白莲英豪

挑落「盛世」巨匾的铁血长矛

「江城子」：四海无澜尽太平，五谷丰，颂圣明。地狱火喷，万勇闹国中。刀剑赛风羞盛世，白莲教，战旗红。

堂堂皇皇的大清盛世，在一场农民暴动的洪涛荡涤下，现出了虚弱的原形。反清复明的潜流潺湲不绝，从未断流、干涸。白莲教，以「教义」为招幌，在民间发展壮大，聚拢人心，终汇成滔天狂澜，席卷半个中国。揭竿而起今在哉，白莲英豪卷地来。攻强惩奸忘生死，肝胆映日天下白。

华夏出版社
HUAXIA PUBLISHING HOUSE

王占君 著

图书在版编目（CIP）数据

白莲英豪/王占君著.--北京：华夏出版社有限公司，2021.10
（读鉴小说轩）
ISBN 978-7-5222-0048-4

Ⅰ.①白… Ⅱ.①王… Ⅲ.①长篇历史小说－中国－当代 Ⅳ.①I247.5

中国版本图书馆 CIP 数据核字（2020）第270625号

白莲英豪

作　　者	王占君
责任编辑	高　苏
出版发行	华夏出版社有限公司
经　　销	新华书店
印　　刷	天津海德伟业印务有限公司
装　　订	天津海德伟业印务有限公司
版　　次	2021年10月北京第1版 2021年10月北京第1次印刷
开　　本	710×1000　1/16
印　　张	18.25
字　　数	324千字
定　　价	59.80元

华夏出版社有限公司　地址：北京市东直门外香河园北里4号　邮编：100028
网址：www.hxph.com.cn　电话：(010) 64663331（转）

若发现本版图书有印装质量问题，请与我社营销中心联系调换。

姜子石——男,杨国仲师爷。

梅翠苹——女,妓女,外号"野玫瑰"。

侯小八——男,杨国仲的腿子,"野玫瑰"之夫。

史　斌——男,乡勇营官。

曾大寿——男,牛栏山二寨主,后为义军副元帅,终变节投敌。

秦承恩——男,清廷陕西巡抚。

明　亮——男,清廷广州将军。

袁国璜——男,清廷重庆总兵。

陈夫之——男,惠令及德楞太的幕僚。

张三纲——男,清廷襄阳知府。

主要人物表

王聪儿——女,白莲教总教师,八路义军兵马总指挥。
王　清——男,白莲教义军"掌柜",王聪儿之父。
姚之富——男,白莲教教师,义军元帅。
范人杰——男,白莲教教师,义军元帅。
刘启荣——男,牛栏山寨主,后为义军元帅。
李　全——男,白莲教义军先锋,王聪儿师兄。
高艳娥——女,白莲教义军总管。
高均德——男,白莲教义军总兵,高艳娥之兄。
王廷诏——男,白莲教义军总兵,王聪儿大伍。
张汉潮——男,白莲教义军总兵。
沈　训——男,白莲教义军总兵。
静　凡——女,道姑,王聪儿之师。
缪回春——男,医生。
杨　升——男,乡绅杨国仲养子,后加入白莲教。
高老实——男,南山老林中的棚民。
王光祖——男,乡勇哨官,后加入白莲教,缪回春之甥。

杨国仲——男,杨家坪大财主、乡绅。
德楞太——男,清廷领侍卫内大臣,楚、豫、川、陕、甘五省官军兵马总统。
刘半仙——男,白莲教军师,后变节投敌。
红　珠——女,杨国仲宠妾。
惠　令——男,清廷湖北巡抚。
杨　怀——男,杨国仲家管家。
杨　发——男,清廷襄阳府守备,杨国仲之子。
杨　举——男,清廷郧西县令,杨国仲之子。
费　通——男,杨国仲家教师爷。

目 录

第 一 章	遭变故黄龙荡突围	赴南山天河渡遇险	1
第 二 章	伏虎沟杨国仲贪色	玄女庙王聪儿传教	13
第 三 章	杀解差竹林夺教友	除饿豹月夜救杨升	23
第 四 章	打擂行刺李全中箭	探风围庙聪儿陷身	35
第 五 章	杨家坪道姑劫法场	回春堂神医藏群英	46
第 六 章	绝谷习武兄妹相恋	村店救友父女重逢	61
第 七 章	酒店借银老实惊变	虎穴擒贼新娘扬威	75
第 八 章	血洗南山老贼发狠	救民疾苦聪儿进城	88
第 九 章	劫粮船巧伏夹河岸	劝手足礼访牛栏山	102
第 十 章	举义旗初战黄龙荡	用内应轻取杨家坪	114
第十一章	败惠令激战大洪山	斩杨发火烧吕堰驿	130
第十二章	将计就计智取孝感	审曾杖曾暗结仇冤	141
第十三章	中埋伏傅成朋殒命	诈降计王聪儿破敌	155
第十四章	牛角峪惠巡抚惨败	镇安城秦中丞丧师	168

第十五章	两万清兵鬼门设伏	八路义军东乡聚会…………	181
第十六章	德楞太奉旨任统帅	白帝城王清化英魂…………	192
第十七章	抢粮砸厂声势复振	退银斩将假面骗人…………	202
第十八章	玄妙庵中观音显圣	杨府堂上半仙跳神…………	212
第十九章	老贼伏法人心大快	孟生认母返本归宗…………	227
第二十章	胜负顷刻战果谁知	福祸转瞬君心难测…………	240
第二十一章	妖娆少妇果能倾城	卖唱盲叟实为奸细…………	250
第二十二章	堵河岸两军大血战	老林中二女让红丝…………	263
第二十三章	三岔河聪儿惊敌胆	卸花坡白莲永飘香…………	274

第一章　遭变故黄龙荡突围　赴南山天河渡遇险

公元一七九五年初夏的傍晚。

夕阳的余晖，洒向苍翠起伏的峰峦。山谷间、林莽上，升起了一缕缕飘袅的炊烟。湖北襄阳附近黄龙荡村的居民，大都开始做晚饭了。从那些简陋的茅棚中，传出了剁野菜的"梆梆"声，烧树枝的"噼啪"声，以及此起彼伏的犬吠鸡鸣声，使得荒凉的山村，多少有了一些生气。

黄龙荡村后，有座山神庙。由于香火冷落，年久失修，神殿及庙墙大都已坏损坍塌。庙宇的四周，十几个农民打扮携带兵器的人，正在暗中巡逻。殿内，香烟缭绕，明烛高烧，一片肃穆景象。供案上，大红纸书写的三个神位一字排列。正中是白莲教始祖无生老母，左边系东汉末太平道的创立者和黄巾起义领袖张角，右面为光明之神摩尼。此外，还供奉着佛祖如来、道祖老子以及日月诸神。神位后，高挂一幅三尺见方的粉红色细绢，上绣偌大一朵恰似出水新放的白莲花。那如雪似玉的花瓣，青翠碧绿的枝叶，宛如真花，分外鲜艳。

此刻，王聪儿坐在神案前，正焦急地等待着总教师、丈夫齐林归来。按约定，齐林应在下午从襄阳城内赶回，主持入教仪式，然后商议起事大计。如今襄阳附近各路教师二十几名已经到来，正在后殿等候，只是齐林和城内的几个首领，仍不见踪影，王聪儿不免有所担心。

这时，黄龙荡村白莲教教师、齐林的徒弟姚之富，和王聪儿的父亲王清一起走进殿内。王清年约五十岁，中等身材，腰板挺直，面目和善。姚之富二十岁开外，正在血气方刚之年，长得浓眉阔目，鼻直口方，虎背熊腰。他身挂一口巴掌宽的腰刀，越发显得威武剽悍。

姚之富走近王聪儿说："师母，新教友们已按教规准备停当，等候多时了。"

王聪儿点点头："再耐心稍待片刻。"

"聪儿，"王清在一旁说，"齐林迟迟不归，也许被什么事情缠住，入教仪式就莫再等了。"

"师母，"姚之富也说，"您来主讲教义亦无不可，何必定等师父。况且，许多人久聚于此，万一走漏消息岂不误事？"

王聪儿想了想说:"也好。"
　　于是,仪式开始。十名新教徒由引进师王清引导,牵起右手依次而进,面对神位排成一列俯首肃立。教师姚之富唱道"升香",童男击磬,童女燃香。新教徒每人一炷,双手捧香,向神位三跪三拜,王清一一把供香接过插入香炉。然后,十名新教徒依次向姚之富行参师礼。姚之富逐一受拜,告诫新徒要严守教规,上不得告知父母,中不得告知夫妻,下不得告知子女。礼仪完毕,最后,由姚之富恳请副总教师王聪儿为新教友讲道。
　　王聪儿眼望新教友,不禁想起了自己入教的前后。她的家,原在襄阳西北汉水南岸。十岁那年,汉水泛滥,洪波横溢,全家八口人有五口葬身鱼腹;只有她与父、兄幸免,但活下来的人并不幸运。洪水过后接着大旱,树皮野草吃光,人们只好以观音土、石粉充饥,甚至人自相食。在奄奄待毙之际,王聪儿之兄又被诬为教匪屈死狱中。从此,十三岁的王聪儿就随父卖艺流浪,饱尝了人世的辛酸。十六岁那年在襄阳城里卖艺时,她被告老还乡的兵部郎中、豪绅杨国仲撞见。老贼见王聪儿貌美,便欲霸之为妾。王聪儿哪肯受辱,与父亲一起同老贼手下人争斗起来。在寡不敌众,眼看落入贼手时,幸亏齐林赶到,救出了他们,并让他们加入了白莲教。此后,王聪儿同父亲一起,以卖艺、传授武艺为名,走遍襄阳一带传教。王聪儿武艺高强,胆略过人,是总教师齐林的得力助手,因此深孚众望,很得教友之心。近来,官府对穷苦百姓的压迫越来越重,而白莲教发展很快,仅黄龙荡村一次就有数十人入教。王聪儿感到举旗起事的日子为期不远了。
　　新教友都用热切的目光望着王聪儿,等她讲解教义。王聪儿看视他们一遍,徐徐说道:"各位教友,我白莲教起于东汉末年,由太平道教教主张角首创,其后便称白莲教。因有无生老母在天护持,佛、道、明诸圣诸神保佑,历唐、宋、元、明数朝不衰,而今愈盛。楚、川、陕、豫、甘诸省棚民、流民、饥民、贫民,以至工匠、小贩、僧道、役隶等,无不争相入教。万恶清廷,自乾隆登极以来,无道愈甚,我等贫民苦不堪言。而今天地皆暗,日月无光,大劫在迩。加入我教,有白莲花护身,方可免此劫难。况黄天当死,苍天当生,无生老母即将转世临凡,世界必一大变。到那时,日月复来,天下升平,旷土闲田甚多,凡在教者俱可安居乐业。"
　　众人听至此,无不对未来充满了希望。
　　"我教以白莲为名,绝非无意。各位教友请看,"王聪儿手指高挂于神位后的绢绣白莲花接着说,"它中通外直,不蔓不枝,出淤泥而不染,濯清涟而不妖。花白如雪如玉如银，圣洁无瑕。凡我教友，均应似白莲花无污无秽。大家有患相救，有难相死，穿衣吃饭，不分你我，所获资财悉以均分。我等同教人都生于天宫，俱是无生老母子女，教内无尊卑贵贱之分，教友皆平等。愿你等严守教规，广结善缘，多多劝化亲友入教。待清廷数尽劫运一满，老母降生，就揭竿而起，推翻清室，共享太平！"

王聪儿之语，如在教友心中投下了火种。他们多么盼望早日改变这吃人的世道，扫尽不平，共享太平啊！

仪式结束，新教友各自离去。但依然不见齐林归来，王聪儿的担心不免又添了几分。正在焦虑时，一个年约五十岁、江湖术士打扮的人走进来。此人是襄阳城里的算卦先生，姓刘名敬温，人称"刘半仙"。他也是教内主要首领，因教内数他才学最高，齐林等人都尊他为"师相"。

王聪儿见刘半仙来到，心头顿觉轻松，心想，齐林等人定然随后亦至。

未待王聪儿问话，刘半仙取出一卷黄布说："副总教师，今天乃你喜庆之日，老朽家徒四壁无以为贺，幸昨晚为人占卜，得此一丈黄布卦金，以此相赠，权为贺礼。"

王聪儿有些懵懂，不禁问道："刘大叔，我有何喜庆之事？"

"今日乃副总教师十九大寿，怎说不喜？"

王聪儿这才想起，今天是自己的生日。她看着黄布摇了摇头："刘大叔，我年纪轻轻，说什么大寿，您此举大可不必。"

刘半仙径自把布放到王聪儿面前："我信手得来，并非特意。些许微物，聊表寸心而已，又有何不可？"

王清对此也不赞成，笑了笑说："贤弟，你如此做来，岂不折杀了她！"

刘半仙颇为不悦："既然如此，下不为例就是。"

王聪儿放下布问："刘大叔，总教师为何还未到达？难道你们并未一起出城？"

"怎么，总教师还不曾回来？"刘半仙也觉诧异，"因我顺路去方集访友，故而一早便已出城。我离开时，总教师等十余人俱在王廷诏下处饮酒。总教师说午后出城，我以为早就到了。"

"他们在城内喝酒！"王聪儿柳叶似的双眉皱起，"刘大叔，襄阳城里差役如麻，细作云集，理应百般审慎，怎能聚众会饮？您应加劝阻，倘出意外，岂不误了大事！"

"我也曾劝阻，但众人执意不肯作罢，廷诏更是定要同总教师痛饮。总教师不忍推却众人美意，我怎好再深加阻拦？"刘半仙接着说，"我看也不必担心，总教师过去也曾几日几夜留在城中，从无闪错，谅来不会出事。"

方说至此，从外面踉踉跄跄、跌跌撞撞、气喘吁吁跑进一个二十多岁的汉子。他满身尘土，衣帽不整，面带伤痕。王聪儿一见此人，不由大吃一惊："廷诏贤侄，你因何如此模样？"

王廷诏扑倒在地，失声哭诉道："大事不好，总教师遇难身亡了！"

恰似沉雷突然在头顶炸响，众人无不惊呆。王聪儿不敢相信，声音颤抖地又问："总教师怎么样了？"

"他，他已经战死！"王廷诏顿足捶胸大放悲声。

王聪儿顿觉天旋地转，身子一软昏了过去。众人手忙脚乱，又是捶背又是呼唤。过了一会儿，她渐渐缓过气来，禁不住珠泪双流，想起夫妻三年恩爱，越发心如刀绞。

刘半仙劝道："副总教师，不可过于伤感，还要保重身体。"

王清忍住老泪说："聪儿，总教师虽遭不幸，你身为副总教师，可不能乱了方寸。"

一语提醒了王聪儿，是呀，自己肩负重任，怎能陷入个人悲伤不能自拔？她取出手帕拭泪，看见手帕上绣的白莲花，深感应以白莲教大业为重。于是她忍悲问道："廷诏，总教师如何战死？其他首领又都怎样？"

王廷诏抑住哭声："总教师同十余首领俱在我住处饮酒，不知因何走漏风声，襄阳守备杨发率五百官军，将我等团团包围。众首领奋力死战，虽然斩杀官军上百，怎奈清兵蜂拥而上，终因寡不敌众尽皆战死。官府还在全城大加搜捕，城内百余名秘密教友亦全都遇难。"

王聪儿听着不觉站起："这事蹊跷！莫不是有人告密？"

"着！"刘半仙说，"不然官府怎能将城内教友一网打尽？"

姚之富冷眼看着王廷诏："总教师和众首领俱都战死，为何独你得以逃脱？"

"是呀，只你幸免，岂不怪哉？"刘半仙也来盘问。

王廷诏眼中又滚下热泪："总教师与众首领说，须有人冲出报信。因只有我与守城官军中的秘密教友相识，总教师等才合力保我突围。思想起来，若不是我百般主张饮酒，何至出此变故？总教师之死，罪在廷诏，我无颜再生于世，理当一同战死！"

"哼！"姚之富冷笑一声说，"王廷诏，独你生还，是何道理？"

"这……"王廷诏不知如何回答。

刘半仙缓缓踱了几步:"廷诏,总教师与百余教友,顷刻之间全都遇难,你说,若无人告密何至于此?"

"这?"

"你说谁会是告密叛教之人?"

"这,我哪里知道?"

姚之富猛然拔出短刀:"我看你就是告密奸贼!"

"我?!"王廷诏苦笑一下,"好吧,我是,我是。之富贤弟,你快把我一刀砍死,我好去追总教师,同升天界去见无生老母。"

"你以为我还会饶恕你这个叛教败类吗!"姚之富怒火中烧,把钢刀高高举起。

"且慢!"王聪儿一声断喝。

姚之富怒气难平:"师母,难道还饶了他不成!"

王廷诏伸出头去情愿受死:"姑母,你快叫之富杀了我吧,我只有一死心中方会好受。"

王聪儿沉思不语,她倒不是因为廷诏是自己的侄儿不忍下手,而是感到不妥。她见廷诏周身上下血迹斑斑,衣裤全然破碎,脸面手臂胸背,无不布满伤痕,有几处仍在淌血,显然是经过了一番激战。他如卖身求荣,还会如此厮杀吗?需要行此苦肉之计吗?为何要来报信?难道不知这是自投罗网吗?

王清见女儿沉吟不语,轻声提醒说:"聪儿,无真凭实据,不可孟浪行事。万一屈斩无辜,岂不自伤手足?"

王聪儿点点头,又问王廷诏:"你是如何出城的?"

"总教师等保我杀出重围后,城门业已关闭,我只得冒险缒城而出。"王廷诏说至此,猛然想起一事,他从怀中取出一纸短柬交与王聪儿,"我只顾悲伤,险些误事,这是总教师留给姑母的短信。"

王聪儿急忙接过展开,果然是齐林亲笔,字迹十分潦草,显然是匆匆写就。信上说:"聪儿,我已被围,难免一死。闻讯万勿悲伤,要以大业为重。继我未竟之志,早举义旗,我将含笑九泉。今日之变,实属突然。若无人泄密,断不致如此。廷诏殷勤劝酒,莫非有因?刘半仙提早出城,难道无意?清兵已然逾墙,不及细想,望你慎之思之。查明叛教告密之人,一可清除内患,二可为我等雪恨。千言万语短柬难尽,万望珍重。齐林匆此。"王聪儿忍泪看罢,决意继承丈夫遗志,早举义旗,并查明告密之人。

刘半仙见聪儿把信收起,问道:"总教师有何遗言?"

王聪儿知道王廷诏目不识丁，不知信中言语，当然也不便让刘半仙知晓，遂说道："总教师告诫我等莫要悲伤，仍以大业为重。"

这时，一个巡哨的教友惊慌跑进："副总教师，大事不好，有无数官军杀来，相距不远了！"

姚之富怒火又起："王廷诏，分明是你将官军引来，好邀功请赏。教中败类，留你何用！"说罢他举刀就砍。

王清抢上一步，托住姚之富的手腕："之富，他若有意如此，与官军同来岂不更为妥当？"

"之富不得鲁莽。"王聪儿斩钉截铁地说，"我们须立即离开此地。刘大叔与廷诏俱已暴露，不能再回襄阳，火速同去郧西县，找张汉潮落脚。刘大叔仍以卖卜为生相机传教，廷诏设法混入官军中，等待时机以图后举。"

二人走后，王聪儿又对父亲说："您速往后殿，引众首领从后山出走。告诉大家，暂回本地隐居待命，无有教令不得轻举妄动。"

"你呢？"王清问。

"我去将官军引开。如能突围，咱们在西山顶松林相会。"

"聪儿，还是由我引走官军。"

"爹爹，事不宜迟，众首领安全要紧，十万火急，分秒必争，您快去吧。"王聪儿说罢提剑直奔庙门。

姚之富出外探望，转回来正遇王聪儿，便说："师母，庙已被围，到外都是官军。"

王聪儿暗说不好，立即吩咐道："之富，我去庙前吸引住官军主将，你快去后殿，协助我父掩护众首领突围。"

"师母，让我去前面冲杀！"

"不，教令不可违，快去，快去！"

姚之富无可奈何地一跺脚，只好奔向后殿。

这时，上千名官军在襄阳守备杨发驱赶下，已将山神庙围住。这杨发乃是乡绅杨国仲长子，年方四旬，鹰鼻鹞眼，兔耳猴腮，恰似凶神恶煞一般。只见清兵们舞刀弄枪，弯弓射箭，施放火器，狂呼呐喊，但是谁也不敢冲进庙来。

杨发跨马提剑，高声悬赏："快上，活捉王聪儿，赏白银千两！"

官军越发鼓噪起来。山神庙正殿已被火器射中燃烧。山风呼啸，火借风势，风助火威，转眼，金蛇狂舞，烈焰冲天，山神庙成了一片火海。

杨发冲着庙里一阵狂笑："王聪儿，齐林已成刀下之鬼，今番谅你也插翅难逃！识时务者，赶快出来投降！"

话音未落，他头顶上传来王聪儿一声断喝："杨发，你在白日做梦！"

杨发举目一望，只见浓烟烈火中，一个英姿凛然的青年女子，怒目横眉挺立于庙门脊瓦之上。她一身短打扮，白绸裤褂紧裹着丰满窈窕的身躯，头罩白帕，足蹬快靴，浑身雪团相似，胸前绣了一朵碗口大的白莲花。她以金鸡独立势站在庙门顶上，柳眉直立，杏眼圆睁，粉面含怒，手中剑光闪闪冷森森，凛然正气直冲霄汉，使清兵望而生畏，不敢进逼。

杨发不由脱口尖叫一声："啊！王聪儿。"

这一声不打紧，喧嚣的战场顿时鸦雀无声，官军们无不瞪大两眼张望。他们早就听说，王聪儿武艺高强，能穿房越脊，飞檐走壁，登山过河如走平地。半年前，她曾只身与杨发手下十多人争斗，连伤七名清兵，救走了被捉教友。时至今日，杨发手下人说起王聪儿，还不免谈虎色变，心有余悸。如今闻得王聪儿就在眼前，官军们无不瞪眼观瞧，看看她是否长着三头六臂。

就在杨发一愣神的工夫，王聪儿右脚一点瓦脊，腾空而下，一道白光直扑杨发面门。说时迟，那时快，杨发招架已然不及，急忙伏在马鞍上。"嗖"的一声，头上的顶子已被削掉。

王聪儿落地，迅即杀入敌群。其剑光闪处，恰似砍瓜切菜，清兵挨着死碰着伤。一把剑，左冲右突，所向披靡，如入无人之境。杨发自知不是对手不敢上前。清兵见主将畏缩，也无不退后，阵脚顿乱。王清见时机已到，大吼一声，率二十多名首领从庙后杀出。常言说，一人拼命万夫难挡。这二十多人如虎入羊群，都奋起神威夺路冲杀出去。王聪儿为使众人脱险，虚晃一剑，往相反方向跑去。

杨发唯恐一无所获，自己吃罪不起，便不顾一切督促着败兵，尾随王聪儿紧追下去。

王聪儿见杨发中计，暗自高兴。她借树木山石的遮掩，躲避着射来的箭矢。王聪儿紧跑，清兵紧追。她越跑越快，清兵越追越紧。山势越来越陡，王聪儿不得不还剑入鞘，双手攀登。她捷如猿猴快似羚羊，一鼓作气登上山顶。她拔步飞跑，但是只跑出几箭地，便不由止步愣住了。原来前临断崖，足有几十丈高矮。王聪儿明白这是到了断魂崖，下临黑龙潭。她正在崖边徘徊之际，官军趁机赶了上来。

杨发一见不由狂喜："王聪儿啊王聪儿，你走上绝路了！"

王聪儿执剑在手，轻蔑地说："守备大人，你上前来捉我领赏去吧。"

杨发知道王聪儿的厉害,心生一计,装出伪善的笑容说:"王聪儿,我来之时,太尊曾特别吩咐,只要你肯改邪归正为大清效力,非但以往事可一笔勾销,而且还保你高官得做、骏马得骑。"

王聪儿冷笑一声:"杨发,你那套鬼把戏,只能蒙骗孩童。有胆量上前来战他几百回合!"

杨发见软的不行,又威吓道:"王聪儿,你别不知进退。你已上天无路、入地无门,只有投降才能活命!"

"杨发,你休再做梦了!我王聪儿生是白莲教人,死是白莲教鬼,为'兴汉灭满',纵然粉身碎骨,我也心甘情愿。"

诱降不成,杨发又生一计。他把上百名弓箭手调到前面,个个张弓搭箭待发,然后,得意地说:"王聪儿,你可知唐朝的王伯当、罗成,宋朝的杨再兴?你和他们一样也是身陷绝境,任你有通天本领,也难免要乱箭穿身!"

王聪儿毫不畏惧,微微一阵冷笑。不等官军放箭,她已大步走向崖边,纵身一跃凌空跳下。

杨发和众清兵无不惊呆,许久,杨发才定下神来。他缩手缩脚走到崖边,提心吊胆往下一看,顿感头晕目眩,赶紧退回来。

一个千总问:"大人,下面是何模样?"

"深不见底呀!"杨发犹自心跳不止,"我看,西天取经路上的无底洞,也不过如此。"

"大人,"千总又说,"王聪儿跳崖,必死无疑。我们绕道下去,找到尸体割下首级,也好回去报功请赏。"

"那是当然。"杨发望着遍布于山谷中的一个个茅棚,顿起杀机。他明白,清兵死伤太多,回去难以交代,只有杀良冒功。于是,他咬牙切齿地说:"这黄龙荡家家通匪,户户入教,大小人伢一个不留,所有茅棚尽皆烧掉。回去之后,按人头论功行赏。"

杨发一声令下,清兵们恰似豺狼出洞、马蜂炸窝,舞刀举枪向村中扑去。

再说王聪儿,她从断魂崖跳下,恰好落入黑龙潭中,借着水的浮力游上岸来。她料定清兵必来搜寻,飞速离开,一口气登上西山顶,到了黑松林内,始得松了口气。

方才这半个时辰内发生的事情,实在是太突然了。直到现在,王聪儿甚至还怀疑这是梦吧,然而这毕竟又是现实。她想到再也不能和齐林一起习武传教、造反冲杀了,不禁伏在树干上"呜呜"痛哭起来。山下,随风传来了清兵作恶时的狂叫声，村民们的反抗厮打声，妇女被辱时的怒骂声，婴儿撕裂人心的啼哭声……王聪儿擦擦泪眼望去，整个黄龙荡黑烟弥漫，火光冲天。她忍不住拔剑又要冲下山去，这时王清和姚之富刚好赶到，迎面把她拦住。

王清把王聪儿手中的剑夺下插入鞘中，轻声劝道："聪儿，官军势大我们势单，你不能方出龙潭再入虎口。齐林一死，千斤重担落在你肩，要以大业为重，不可意气用事。"王聪儿点点头，忍泪问道："爹爹，众首领可都突围？"

"有三人战死，余者虽有人带伤，但俱已脱险。"王清接着问，"聪儿，下一步你欲如何？"

王聪儿想了想说："日前齐林对我说，意欲派我父女去南山老林传教，那里山深林密，棚民众多，起事之后可为立足之地。原本想今日计议商定，谁料出此变故。"

"齐林生前既有此打算，我们更当努力为之。"王清说。

"齐林所说，甚为有理。为了早日举起义旗，哪怕有千辛万苦，我们也要去南山老林。"王聪儿打定主意后对姚之富说，"我们走后，你暂时只宜偃旗息鼓保存力量，待官府稍有松懈后，方可谨慎传教。"

"这里师母尽管放心。"姚之富关切地说，"此去南山老林有四百里之遥，各处路口都有官军哨卡，一路之上师母要多加保重。"

"我与父亲扮成走江湖卖艺之人，谅来无妨，你不必挂念。"

于是，三人下山来到前村一个教友家中，王清父女都改扮装束。王清头罩蓝布包巾，身穿灰粗布紧身裤褂，胸前肋下密密麻麻排着十三太保的纽扣，腰扎硬板丝绦英雄带，足蹬六耳麻鞋，肩挑一副担子，一头是刀枪棍棒之类的兵器，另一头是行李。王聪儿也是一身短打扮，外罩一件披风，腰挂一口宝剑。

二人与姚之富互道珍重告别，徒步登程。一路上只见田园荒芜，十室九空，满目废墟，遍地饿殍，真是野狗出没，狐鼠横行，父女暗暗叹息。这日中午，二人行至汉水岸边的天河渡口附近。这是去往南山老林的重要路口，关卡盘查得很紧，王清父女互相关照，格外小心。

渐渐，渡口已经在望。此刻庄稼人正在歇晌，田野里、道路上几乎看不到一个行人，天河渡口也显得空荡荡的。两个清兵和两个乡勇坐在树荫下耍钱，岸边拴着一只渡船，有个乡勇蹲在船头抽烟。他们看见王清父女走来，互相嘀咕几句全都站起来。待王清和王聪儿走到近前，其中的大个子清兵，一抖手中枪问道："干什么的？"

"过江。"王清从容不迫地回答。

"去哪里？"

"郧西。"

"做什么？"

"卖艺。"

"从何处来？"

"浪迹江湖，四海为家，卖艺之人，居无定处。"王清拱拱手，"各位，我们要在日落前赶到城内，请方便一下。"

大个子清兵把王清、王聪儿上下打量了一会儿，和同伙们咬着耳朵说："把他们当白莲教抓起来。"

"没有凭证啊。"小个子清兵说。

"管他是不是，咱们两三天未曾发市了。你看那个姑娘，嫩得像刚出水的莲花。"

清兵、乡勇商量好，用刀枪四面逼住了王清父女。大个子清兵抖抖手中枪说："你们抬头观看。"

王清、王聪儿举目一望，树杈上挂着一颗血肉模糊的人头。树干上张贴的告示上写："张大顺系白莲教匪，斩首示众……"

王清强忍悲愤，故作害怕说："这，简直吓杀人。"

大个子清兵一阵冷笑："休要装聋作哑，你们与他分明是一路！"

"这是从何说起，我父女俱是本分人。"

"莫再啰唆，把刀剑交出来！"

另几个清兵、乡勇也齐声叱呼："快！"

王聪儿感到非动手不可了，她用眼色示意父亲。于是，二人都趁解刀摘剑之机，猛地拔出武器。王聪儿手起剑落，先砍翻一个乡勇，随即跳上船，又把使船的乡勇砍倒。与此同时，大个子清兵也在王清刀下做了无头之鬼。小个子清兵与另一乡勇见势不妙，拼命奔逃。王清也不追赶，跳上船砍缆绳，王聪儿摇橹他撑篙，把船直向对岸驶去。

小个子清兵见船已离岸，反身回来从树上摘下弓搭上一支箭，直向对岸射去。这是支响箭，带着哨音从船上飞过，落入对岸树丛中。立刻，有一小队官军冲出来，吵嚷呼喊着，拉开了张网捕鱼的架势。方才逃命的乡勇，不知从哪儿又勾来十余个乡勇，也鼓噪着拥向岸边。前有拦截，后有追兵，船在江心团团打转，王清浓眉紧锁，焦灼地思虑着对策。

王聪儿见状忙说："前后无路，我们何不顺流而下？"

一语提醒了王清，他立刻掉转船头顺水放舟。两岸的官军、乡勇急得乱叫，沿着江岸边放箭边追下来。

顺水行舟，小船像离弦箭如飞而下。眼看就要把清兵、乡勇甩掉，不料对面却驶来十几条篷船。首船船桅之上，高插一面旗帜，旗上斗大的"杨"字清晰可见。船头立个佩剑青年，他身旁，站着七八个执枪握刀的乡勇，都穿着黑色号衣。前胸是偌大一个"勇"字，后背是个"杨"字。后面各船也都有乡勇护卫。追来的清兵、乡勇远远望见这支船队，狂呼起来："快。截住，他们——是白莲教！"

王清见前有乡勇船队，就把船驶向岸边，打算弃舟逃走。船到北岸，却见芦苇丛中有个江汊子，便顺势把船撑了进去。

逆水而上的是队粮船，乃郧西县杨家坪大财主杨国仲家的。船头的青年，是杨国仲养子杨升。他年方弱冠，俊美儒雅，是个风度翩翩的美少年，锦衣玉食的贵公子。他见王清的船进了江汊子，略微思索一下，也吩咐船夫摇船跟进。

王清的船只沿着曲折的水道，左弯右拐行进一里多路，到了尽头。水面豁然开阔，一个方圆数亩的水荡出现在面前，水面长满了白色的莲花。水路已尽，追兵即至，王清父女欲弃船登岸逃走，清兵、乡勇已向水荡包抄过来。

王聪儿果断地说："爹，硬拼不利，我们且隐身莲花丛中，如果暴露再厮杀不迟。"

王清点头赞许，二人下船蹲在花丛之内，只把头露出水面。

岸上的追兵和杨升等追到荡里，只见空船不见人。杨升抢先说："我等迟了一步，已被他们逃脱，踪迹全然不见。"

小个子清兵很不甘心："定是藏在荡里，我们且搜一搜。"

杨升道："搜也无益，他们还会坐等被擒？"

小个子清兵又说："我们接踵而至，不信他们能上天入地。"

"如此说，就找找看。"

于是，清兵、乡勇就搜查起来，找了几遍也无踪迹。杨升在船头向莲花丛中张望，王清、王聪儿屏神静气一动不动。突然，王聪儿的目光与杨升目光碰在一起，显然杨升看见了她。王聪儿暗说要坏事，不料杨升略微点点头，又把目光移开了。

小个子清兵在岸上问："喂，可有什么发现？"

杨升回道："形影皆无呀！"

王聪儿听杨升如此回答，越发纳闷，好生不解。

清兵、乡勇们折腾一阵，一无所获地走了。待敌人远去，王清、王聪儿走出莲花丛来到岸上。

　　王聪儿一边拧干衣服上的水，一边说："爹，方才那个乡勇头目，分明已看见我，却未声张，岂不作怪？"

　　王清猜度一番，也不明其中原委，便说："也许是秘密教友暗中帮忙，我们加紧赶路吧，此去南山老林的伏虎沟不足百里了，明天过午当可赶到。"

　　王聪儿闻知离目的地相距不远，力量倍增。王清挑子已失，也觉身轻脚健。父女二人不顾连日劳累，继续赶路，恨不能一步迈进南山。

第二章　伏虎沟杨国仲贪色　玄女庙王聪儿传教

　　南山老林，西起陕南略阳，向东经宝鸡、洋县、宁陕、镇安、山阳，直到湖北西北部的郧西，绵延上千里。重山叠嶂，古树参天，断崖绝壁，怪洞深涧，藤葛遍布，荒草没人，多有毒蛇猛兽出没，乃人迹罕至之处。但是，自乾隆中期以来，成百万无家可归的贫民，便陆续辗转流徙进入了南山老林，过着半野人的生活。他们用树皮茅草搭成简陋的棚子存身，被称为"棚民"。早在几年前，齐林就派了范人杰来这里传教。

　　这日下午，王清父女来到了南山老林东段的门户伏虎沟。走进沟口，只见两侧陡峭的山峰并肩而立。迎面横一巍峨巨石，恰如一虎伏卧。沟内乱石横路，野草丛生，行进甚难。走出一里多路，便觉汗透衣衫；又行三里远近，道路始渐宽阔，两侧山势也显平缓。山腰树丛中，似有人家居住。王清方要上去询问路径，忽见山坡上下来一个小孩。这个六七岁的男孩长得虎头虎脑，头顶梳根冲天杵小辫，两只大眼睛滴溜溜直转，显得格外机灵。离沟底尚有三四尺高矮，他两只小胳膊一甩，往下就跳。他身后，一个背柴的姑娘急忙喊道："小龙，别蹦，当心崴了脚。"

　　小龙已经站在了沟底，他扬起笑脸童声童气地说："大姐，不怕。"

　　"这孩子，总是不管不顾的。"姐姐嗔爱地说着，也走下沟底。

　　王清正想上前问路，小龙尖声尖气地喊起来步："白兔，一只大白兔！"可不，顺着沟底跑过来一只又大又肥的白兔。兔儿见前边有人，惊慌地停住。小龙眼疾手快，从脚边摸起一块碗口大的石头，照准白兔打去，恰巧打在头上，兔儿应声倒地。小龙一溜烟地跑上前，抓住兔耳朵拎起来："大姐，你看，好肥的一只白兔！"

　　没等小龙姐姐回答，一阵马蹄声响过，有个管家打扮的人骑马来到，嘴里不干不净地骂着："小狗伢子，快把兔子给我。"

　　小龙瞪他一眼："凭什么给你？"

　　"嘿嘿，人不大还挺刺呢。叫你拿来就痛快拿来。"他说着伸手便抢。

　　小龙把白兔背在身后躲了几步："我打的兔子你伸手就抢，挺大人羞不羞！"

"你打的？这是我家老爷攥过来的。"

正说着，又一阵杂乱的马蹄声传来。随着"咴咴"的马叫声，一匹黑马当先来到。这匹马铜镫银鞍，装饰得非常华贵，马上坐个年约六旬的乡绅。他长个扁扁头，窄长脸，绿豆眼睛，下巴上还留撮山羊胡子。此人就是这方圆百里，为所欲为、独霸一方的杨国仲。他曾在朝中做过兵部郎中，于六年前告老还乡。而今虽已退归林下，由于朝中门生故旧颇多，地方官吏对他无不畏让三分。再加上他次子杨举就是本县郧西县令，长子杨发位居襄阳守备，他越发有恃无恐，在地方上胡作非为。今日天气晴和，杨国仲心血来潮要郊游射猎，就带着几十名乡勇家丁，如瘟神下界出了杨家坪。乡勇们有的担羊抬酒，有的牵狗架鹰，一路上前呼后拥，横冲直撞，人们无不远远躲避。方才草窠中惊出一只白兔，杨国仲连发三箭未中，便放马来追。先到的骑马人，乃是他的管家杨怀。杨怀见主子来到，迎上去挤出笑脸说："老爷，兔子被我追上了。"

"拿来。"杨国仲说话不太清楚，嗓子里总像含着痰。

"老爷，兔子被我追蒙撞死，叫那个小伢子拣去了。"说着他指了指小龙。

"叫他送过来。"杨国仲端着膀子眯着眼。

杨怀复又上前来夺，小龙一闪躲开，用食指划着自己的脸蛋，不住声地："呸！呸！呸！"

小龙的姐姐高艳娥，一见这伙人的阵势，知道遇上了杨国仲。老贼的凶狠歹毒出名，艳娥怕出意外，急忙上前劝哄弟弟："小龙，听姐姐话，把兔子给他们，过几日姐姐给你捉只活的。"

小龙一晃脑瓜："不嘛，我打的凭啥白给他？"

"小龙，不听姐姐话了？姐姐叫给你就给。啊，好小龙，别叫姐姐生气。"

小龙见姐姐作难，不甘心地把兔子甩在杨国仲马蹄下："你们欺负人！吃了兔子肉，嗓子里长疙瘩不得好死！"

杨国仲的心思早已不在兔子上了，他一见高艳娥，两只鼠眼就再也挪不开了。这个十八岁的棚户女儿，虽说是粗布衣服不施脂粉，没有满头珠翠，却是格外淡雅端庄，天然俏丽。杨国仲邪念顿生，看见高艳娥领起小龙要走，放马上前拦住去路，奸笑着问："姑娘，你今年多大了？"

高艳娥想张嘴骂几句，又一想还是快些躲开为好，于是狠狠唾了一口，回身便走。

杨国仲拍马又挡住去路："姑娘，怎么不回话呀？"

杨怀在一旁对主子的用心早已心领神会，不待杨国仲发话便吩咐乡勇们：

"来呀，把她带回府去。"

高艳娥又羞又气，大声责问："青天白日，你们就敢抢人，是强盗不成！"

乡勇们哪管高艳娥呼喊，上前就要动手，可气恼了在一旁的王清和王聪儿。几年前，他们曾与老贼打过一次交道。那是在襄阳城里，杨国仲欲抢王聪儿，幸遇齐林搭救。时隔数年，杨国仲一时认不出来他们，他们却认得老贼。王清大喝一声："住手！"他挺身站在了高艳娥姐弟面前。

杨怀把嘴一咧："干吗？要挡横吗？"

王清怒目相对："青天白日，无故抢人，是何道理？"

"抢不抢关你屁事，我看你是活够了！"杨怀举刀就砍。王清用刀一架，杨怀便觉虎口发麻，刀也飞了。他一抖爪子，不是好声地叫起来："给我一起上，把他砍为肉泥！"

乡勇们"呼啦啦"一拥上前，聪儿正待拔剑助战，突然从天上飞下个黑乎乎的东西，不偏不斜砸在杨怀身上。杨怀"妈呀"一声，从马上跌下。人们定睛一看，原来是个大箩筐扣在地上，白花花的咸盐撒了满地。四五十背盐的棚民，已从山坡上飞步奔下。为首的黑脸大汉，如下山猛虎扑到乡勇队中，背盐的棚民随后赶到，怒目横眉与乡勇们相对。

杨国仲一见面前情景，知道难以称心如意了，便吩咐说："杨怀，不要与他们计较，打马回府。"杨怀见棚民聚来，先自胆虚，主子发话赶紧收篷，爬上马来，和乡勇们一起，簇拥着杨国仲，一溜烟地离开了。

小龙冲着他们的背影，天真地笑起来："喂，还要兔子不？兔子溜了！"

这时，背盐的黑脸大汉认出了王清父女，欣喜而又惊异地问："王大叔，你们因何到此！"说话人就是伏虎沟一带的白莲教教师范人杰。他见副总教师和王清亲自到来，料到必有大事，又问道："莫不是为……"他刚想说下去，看看四周，知道这里不是说话之处，就叫其他背盐棚民和艳娥姐弟先走，他则领着王清父女直奔自己的住处。

从伏虎沟北沿上去，拐过一条沟岔，再爬上个小山岗，就到了范人杰的家。王清一见，范人杰住的棚子比他的还要简陋。三根胳膊粗的木杆，一长两短支架在一起，上面铺了些树皮和茅草，比看瓜人住的瓜窝铺也大不了多少，强的只是门口挂了一个草帘子。

范人杰笑问："我这个家如何？"

"人杰，你的景况也够苦了。"王清叹息说。

"大叔，天下的棚民还不是一样穷。"

"是呀，"王聪儿望着远远近近的茅棚说，"所以我们才要改变这个世道。"

"对，快改变这吃人的世道吧！"范人杰急不可耐，"你们来此，是不是要起事？大家都等急了！总教师是何打算？他身体可好？"

范人杰一问，勾起了王聪儿的伤心，她急忙背过脸去。王清沉默了一下，和范人杰坐在石头上，把发生的事情讲述了一遍。

范人杰听说齐林已死，还有一百多教友同时遇难，不由两眼冒火。他霍地站起对王聪儿说："副总教师，总教师死难，你就领着大家干吧！咱们马上就树起义旗，给总教师报仇！"

王聪儿伫立不动，在想着什么……

范人杰又说："副总教师，你莫要伤感，总教师二十年后又是一条好汉。咱活着的只要有口气，就和官府斗！"

"斗，那是当然。"王聪儿忍住悲痛，"范大哥，我也恨不能马上举旗造反。"

"那就动手吧！"范人杰说着，不觉摩拳擦掌。

"范大哥，"王聪儿平心静气地问，"你手下共有多少教友？"

"大约四百。"

"太少了。"王清在一旁说。

"该入的都入了，胆小怕事的不入也好。"范人杰显然已没有耐心，"我们把反旗一举，不愁没人响应。"

"范大哥，不能仓促起事，必须充分准备。这里的人马还太弱。只伏虎沟附近，就有上万棚民，我们耐心传教，何愁无千人加入？"王聪儿说，"天上无云不下雨，地上无土不成泥，有穷人就有白莲教。我们还要多劝人入教，人多势众才能打败官府。"

"这么说还得等等？"

"是还要等些时候，河南总教师刘之协去四川联络，约定全国起义时间，他也该转回了。"

"那就等吧。"范人杰又问，"你们父女如何落脚呢？"

王聪儿已然有了打算："这里的木厂棚民集中，让我父到那里挂上号，一可掩人耳目，二可趁机传教。至于我，就留在女人中传教。"

"这样也好。"

王聪儿这时又想起了刘半仙和王廷诏，不知他们可在郧西城里站住脚？他们二人中是否有告密者？如果有，张汉潮会否被出卖？想到此她问范人杰："近日，张汉潮可曾派人来联络？"

"不曾。"范人杰答道。

"平素都是谁进城与张汉潮会面？"王聪儿又问。

"每次去郧西县城的，都是沈训。"范人杰又问，"怎么？你对汉潮不放心？他现在官军中当了把总，混得蛮不错呢。"

王聪儿不便把对刘半仙或王廷诏的怀疑告诉他，便说："我欲写封信给张汉潮，不知能否让沈训送去？"

"这有何不可，教令谁敢不尊？"

范人杰找出纸笔，王聪儿刷刷点点很快写完，封好交与范人杰。信上告诉张汉潮，齐林已死，她与父亲已到伏虎沟，并要张汉潮把刘半仙、王廷诏到后的情况回信告知。

范人杰收好信说："我今晚便交给沈训，让他明早进城。"

"叫他多加小心。"王聪儿特意嘱咐了一句。

"看，光顾说话了，你们快进去歇歇腿，我给做点饭吃。"

三个人进了棚子，几乎难以转身，这下子范人杰可愁了，叫他们住在哪儿呢？王聪儿又是女的。

王清也考虑到了，试探着说："人杰，这住处？"

"王大叔，你们父女就住在棚子里，我到沈训家借住。"

王聪儿说："这终非长久之计，莫若我们另搭盖一个。"

范人杰猛然想起来："有了，不必搭了。离此不远有座玄女庙，虽然半已倒塌，但收拾一下，还可住人。"

王聪儿一听便动了心："既然不远，我们且去看看。"

范人杰领他们父女二人走没多远，就来到了荒废的玄女庙。只见庙门庙墙已成一堆瓦砾，东配殿也全都倒毁，正殿尚有半截未坠，只有西配殿完好。王聪儿觉得这里蛮好，就问："范大哥，这现成的房屋怎么无人居住？"

"人们传说这庙里夜间闹鬼，吓得无人敢住。"范人杰笑着问，"你们怕不怕？"

王聪儿也笑着说道："我们有无生老母保佑，白莲花护身，怕什么妖魔鬼怪！"

三个人一起动手，把院内半人高的蒿草铲掉，把正殿内的碎砖断瓦清出，连神像和供案上的蛛网灰尘也全打扫干净。正中的神像倒还完好，九天玄女娘娘居中端坐，扫去灰尘后依然光彩照人。左右侍立的女童塑像，也清新雅丽，栩栩如生。王聪儿还在香炉中燃起一炷香，使这座不知荒凉冷落下多少年的庙宇，又有了香火。为了保护王清和王聪儿，范人杰也搬进庙里。他与王清住在正殿，王聪儿就住在西配殿中。

第二天，沈训去郧西县城给张汉潮送信，第三天下午安然返回，把回信交与王聪儿。看罢信，王聪儿知道刘半仙、王廷诏都已平安到达。刘半仙仍操卖卜旧业，张汉潮正为王廷诏活动，设法补名当个清兵。第四天，姚之富又派徒弟田牛前来送信。这田牛虽然才十九岁，但是已经入教三年了。他惯走山路，人称"飞毛腿"。因此，姚之富经常派他传递消息。原来，姚之富已经获悉：密告齐林，使一百多教友遇难的人乃是孙老五，目前孙老五已在襄阳县衙当了捕快班头。王聪儿得此消息，对刘半仙和王廷诏才算放下心来。但是，她又想起了齐林短柬上的言语："廷诏殷勤劝酒，莫非有因？刘半仙提早出城，难道无意？"对于廷诏，她是了解的，虽然他们是姑侄名分，但从小一同长大，他性情耿直，平日毫无背叛迹象，又是那样死战得脱，告密不大可能。而刘半仙为人则不免有些虚伪，当然平素对白莲教也是忠心耿耿。虽然已明白是孙老五告密，但孙老五乃是刘半仙引入教内，日常里这二人也过从甚密。刘半仙在教内举足轻重，此事是否与他有关必须查清。因此她回信给姚之富，要他设法活捉孙老五，把事情弄个明明白白。

转眼，王聪儿来到伏虎沟已经六七日，时间虽短，她却同邻近的姑娘媳妇们混熟了。这里的棚民，大都在木厂、盐厂、铁厂、纸厂、煤厂等处卖苦力。他们的家小，为了填补生活的不足，也得拼力卖命。给盐厂编背筐挣钱，便是妇女们的主要收入。自从王聪儿来后，这些居住在深山里的妇女，觉得心里亮堂多了。她们愿听王聪儿讲今说古，谈各地的奇闻趣事。在她们听来，王聪儿说的什么都是新鲜的，感到一时一刻也离不开她。她们每天起早给父兄丈夫做好饭后，就带着刀子树条子来玄女庙编筐。这样既不耽误活，又能听王聪儿讲今说古。王聪儿也就趁机传教，每天早早起来，把正殿前的空地打扫干净，再给女伴们烧好开水等候。

今天，范人杰要领王清到木厂去挂号，王聪儿天未明便起来做好了早饭。其实所谓"饭"，不过是野菜掺糠的菜团子。她知道，到木厂背木头要爬山上岭，如不吃饱，就难以走完四十里山路。她给父亲和范大哥每人做了十个菜团子。怕亲人路上口渴，她还给灌了两葫芦凉开水。刚把父亲和范大哥送走，编筐的姐妹们已经陆续来到了。

十几个姑娘媳妇团团围坐在院中，高艳娥最后一个来到，紧挨着王聪儿坐下。自从伏虎沟相遇,她俩就成了要好的姐妹。高艳娥比王聪儿小一岁,视王聪儿如亲姐姐一般。她敬佩王聪儿有满身武艺,又见多识广,几乎天天到这里来,常在晚饭后跟着王聪儿习武,听她讲说天下的新奇事。高艳娥本想搬来与王聪儿同住,可她那脾气古怪的父亲高老实说啥也不应;就是艳娥来这里编筐,也同她爹吵了好几次呢。

王聪儿一见高艳娥,便关切地问:"你哥哥回来没有?"

"还没有,"高艳娥有些忧愁地说,"走了快两月,按理早该回来了。"高艳娥的哥哥高均德,两月前轮到杨家当夫役,去后不久就被派随人入川为杨府买马,本来一个月就可回归,可是至今还没消息。为此事高老实心中一直不安。

这时,坐在王聪儿身边的一个姑娘说:"聪儿姐,你别只和艳娥说悄悄话呀,给我们大家讲故事吧。"

"对,讲故事吧。"众人齐声赞同。

王聪儿故意推辞说:"天天讲,也没啥可说的了。"

"不,你讲,"一个年轻媳妇说,"我们来就是来听你讲的嘛。"

"讲一个吧。"众人又一齐恳求。

王聪儿看看大家:"好吧,咱姐妹都不是外人了,我告诉你们一件怪事。"

众人见她神态庄重,都睁大眼睛注意听着。

王聪儿说:"昨晚睡到半夜前后,我恍恍惚惚听见有人在院中说话。我不由一惊,心想莫非来了歹人?急忙抽身起来拔剑在手,心说管你是小偷还是强盗,在我面前都休想得到便宜。我轻手轻脚走到门口,从门缝往外一看,真的使我吃了一惊!"

高艳娥抱住王聪儿一只胳膊:"聪儿姐,你看见了什么?"

"只见院中站着两个仙女,好像还认识,细一看,就和庙里玄女娘娘前的两个女童一样。只听一个仙女说:'姐姐,昨天你随娘娘到哪去了?'另一个仙女答:'妹妹,娘娘到无生老母那里赴宴去了。娘娘回来说,天下又要大乱大变了,清朝气数已尽,白莲教就要坐天下了。'那个仙女又问:'姐姐,白莲教是做啥的?'这个仙女答:'白莲教都是无生老母的弟子,专门杀富济贫,救苦救难。听我家娘娘说,她和王母娘娘、观音菩萨、无生老母一起,都要帮助白莲教呢。还说,将来白莲教坐天下,四海升平,五谷丰登,六畜兴旺,白莲教给无生老母大修庙宇,也给咱们重塑金身。'那个仙女又问:'姐姐,你手里捧的何物?'这个仙女说:'这是无生老母交给我的一轴画,让我带回庙来传于人间。'说着两个仙女看起画来,看了一会儿,把画挂在树上就一闪不见了。"

一个口快如刀的姑娘说:"聪儿姐,画在哪里?快叫我们看看。"

众人也七嘴八舌,齐声要看。

王聪儿回屋取出个黄色布卷,当众打开。只见上面画着两只山羊,一白一黑。黑羊陷在烂泥塘中就要淹死,只露着脑袋还在挣扎。白羊站在碧绿的山坡上,四蹄下,有四朵盛开的白莲花。周围长满了灵芝草,缭绕着五色祥云。白羊二角之上,一顶太阳,一顶月亮。画上还题着八个字,写的是"青阳劫尽,白阳当兴"。人们看后,有的不解,有的略微悟出一些道理。

一个小媳妇说:"聪儿,你给我们说说啥意思吧。"

王聪儿看着艳娥问:"你说这画是什么意思?"

高艳娥想了想:"我猜得不准,我看这画是说白莲教的。聪儿姐听两个仙女说的话,不也是这个意思吗?'白阳当兴',就是白莲教要兴起呗。'青阳劫尽',就是清朝要完了。"

"对!"快嘴姑娘抢着说,"我琢磨也是这个理。"

王聪儿随即说:"我看也是这个意思。"

一个总也不大开口的媳妇说:"这白莲教到底啥样?"

"啥样?人呗。反正官府老财不会当白莲教。"快嘴姑娘说,"人家都说范大哥就是白莲教。"

又一个姑娘说:"范大哥讲义气,好打抱不平,肯帮人,一身好武艺,白莲教要这样,准和穷人一条心。"

又一个媳妇说:"杨家坪的财主们说,南山老林的棚民,十有八九都是白莲教。"

"是就是,都是才好呢!"快嘴姑娘说,"不知白莲教要不要女的,要的话,我头一个入伙。"

一个较为老成的媳妇说:"听说当白莲教让官府抓住后,破肚子剜眼睛啊!"

快嘴姑娘"当啷"回了一句:"这个穷日子,整天好比在油锅里滚,还不如跟着白莲教造反,或许能过几天好日子!"

一个年岁较大的媳妇说:"咳,人都说咱南山老林里的棚民,比阴山底下的冤魂还苦十分。"

高艳娥接着话音问:"聪儿姐,你卖艺走过很多府县,别处的日子比这里好些吧?"

王聪儿放下手里的荆条:"姐妹们,哪里没有官府?哪里没有财主?哪里的毒蛇不咬人?我们老家襄阳附近有个渔鼓小调,是这样唱的。"说着,她轻轻地唱起来：

> 月儿无光夜深深，
> 九州处处罩乌云。
> 世事从来不平等，
> 富的富来贫的贫。
> 富贵家田连阡陌居广厦，
> 贫苦家茅棚石洞度光阴。
> 富贵家绫罗绸缎穿不尽，
> 贫苦家破衣烂布难遮身。
> 富贵家山珍海味难下咽，
> 贫苦家树皮野菜无处寻。
> 富贵家使奴唤婢乐团聚，
> 贫苦家卖儿卖女痛离分。
> 官府财主心肠狠，
> 敲骨吸髓对穷人。
> 人说世上黄连苦，
> 棚民更要苦十分。
> 油锅里熬啊刀山上滚，
> 黑沉沉苦海万丈深。
> 苦海茫茫何时尽？
> 豺狼当道怎生存？
> 要翻身去投白莲教，
> 用刀枪杀出新乾坤。
> 到那时白莲怒放艳阳照，
> 天下升平处处春。

王聪儿唱得委婉动听，歌词明白如话，深深打动了人们的心。唱完许久了，人们还陷在沉思之中。

那个年岁大些的媳妇问："这白莲教真能成事？"

"怎么不能？"快嘴姑娘说，"白莲教给穷人办事，穷人都信它，就一定能成。"

有人说："真那样可就好了，也该咱们吃上饱饭了。"

有人说："五百年一个轮回，也该叫财主老爷们下下地狱了。"

有的女人知道自己男人秘密入了白莲教，本来有点担心。方才听王聪儿一讲，看了仙图，又听了大家议论，心里安定了不少。

快嘴姑娘这时忍不住问："聪儿姐，你是不是白莲教呀？"

"我也在找呢。"

"找到可告诉我一声，我非加入不可！"

"放心吧，落不下你。"王聪儿笑着说。

那个年岁大的媳妇迟疑了一下，又问："聪儿，加入白莲教后，大家都有钱花吗？"她的丈夫打算入教，已经跟她商量好多次了，并且讲了入教的好处，她总是不信，所以也没答应。

王聪儿看出了她的心思，就说："我在襄阳附近卖艺时，听白莲教里人说，入教后一文不拿，可以周行天下。全国到处都有白莲教的人，只要对上暗语，就有人管饭吃，找住处，临走还送盘费。教里的人，不分男女老幼一律平等，有福同享，有难同当，有钱大家花，有饭大家吃。等打败了官府，教内的人还全有地种呢。"

年岁大的媳妇听了，不住地点头。她的心已经活动了，打算答应男人入教。

这些饱受人间苦难的女人，她们的心已经和白莲教连在一起了。

第三章　杀解差竹林夺教友　除饿豹月夜救杨升

还不到吃早饭的时间，南山老林中木厂的大门前，就已挤满了等活干的棚民。王清随着范人杰走进人群，只见沈训坐在大门口的木墩子上，正对围在身边的人们讲说什么。王清走近前听他说道："小刘成把窗户纸用舌尖舔湿，抠个黄豆大的窟窿眼，使个木匠单吊线往里一看，好不怪哉！画上那朵白莲花开了，花心里站起一个漂亮的小媳妇。就像刚睡醒，伸伸胳膊伸伸腿，水汪汪的大眼睛转悠几下，就从画上走下来。一眨眼，便和真人一般高了。她先帮小刘成磨好了面，又从腰中抽出一块白布，撒了一把莲花瓣，蒙在桌上吹口气，再揭开白布一看。嗬！桌上摆满了热气腾腾的大馒头，还有大碗大碗的肉，大碗大碗的酒。那个香味直往小刘成的鼻子眼儿里钻……"说到这里，他突然看见了站在人丛中的王清、范人杰，便打住了。

范人杰见他停住不讲了，就说："沈训，往下说呀。"

沈训站起来，拍拍肚皮："肚子里打鼓了，没劲头了。"

"没吃早饭？"

"三碗稀菜汤，两泡尿就走没了。"沈训说着，又勒勒裤带。

王清取出个菜团子递给他："给你，堵堵心口。"

"这……"沈训不好意思伸手。

范人杰说："给你就拿着，王大叔也不是外人。"

沈训一笑，接过菜团子送进嘴，只三两口便吞下去，噎得他直抻脖子，做鬼脸。

沈训吃完，范人杰问："今天已到此时，为何大门未开？"

"听说木厂的少东家昨天从杨家坪来此，还在睡觉，开门怕惊了少东家的好梦。"沈训告诉完又问，"范大哥，叫门吧？大家都等半个时辰了。总这么等下去，可真受不了。"

沈训一说，立刻有人响应："可不是，再等一会儿，今天晚上就返不回去了。"

沈训见范人杰没有反对，就快步走向大门，用拳头"咚咚咚"砸起来。他一带头，人们一齐拥过来，连敲带砸震得大门直晃。

这时，大门里传出了猴叫似的喊声："你们疯了！快给我住手。惊醒了少东家，扒了你们的皮。"

人们照样砸门，连门框都摇活动了。沈训冲门里问道："尖嘴猴，太阳都出山了，再不开门别说给你推倒。"

尖嘴猴岂肯示弱："姓沈的，这里顶数你捣蛋！非把你除名不可，叫你喝西北风去。"

"你敢！你尖嘴猴要敢算计我，就把你吃饭的家什砸扁。穷命换富命，我怕啥！"

门里门外正吵得不可开交，大门里又有人说话了："姜掌柜，大门外为何喧哗？"

只听尖嘴猴"嘻嘻"笑了两声说："啊，没什么。少东家您起得好早，昨晚可睡得安稳？还早呢，再去睡一会儿吧。"

大门外，人们"嗡嗡嗡"，越发嚷叫不休。少东家似乎生气了："我问你，大门外为何如此喧哗？"

"是这样，"尖嘴猴答道，"这些'骡子'急着进来驮木枋。我怕惊醒您，让他们再等等，他们就闹起来了。"

"既然如此，放他们进来。"

"好，好，我这就开门。"尖嘴猴说罢叫手下人打开了大门。

门一开，几百棚民呼的一下拥进，争先恐后奔向院中的长条桌，都想抢在前面。他们乱了好一阵，其中夹杂着谩骂和厮打，终于排好了队，在桌前站成一字长蛇阵。

尖嘴猴高坐于条桌之后，几个帮手分立两侧。左边太师椅上，坐着一个年方弱冠的英俊青年，华衣丽服，手摇一把雪白的鹅毛扇。看打扮像个书生，腰间又挂着一口宝剑。他一边喝茶，一边看着这纷乱的场面。

王清觉得此人眼熟，仔细想来猛然忆起，这青年就是在天河渡莲花荡相遇的乡勇头目；再一问范人杰，方知他是杨国仲养子杨升，不由得对他在莲花荡的举动越发不解。

"这人怎么样？"王清小声问范人杰。

"不太清楚。"范人杰说，"听说他倒是不干啥坏事，还有人说他心眼挺好，大概是岁数还小吧。杨国仲家还能有好人？"

王清点点头，没有作声。

这时，轮到了沈训。他手拿巴掌长的一块木牌，递给了尖嘴猴。尖嘴猴慢慢腾腾地放下水烟袋，接过牌子，前前后后翻来覆去看了几遍，才交给身边的帮手。他手下人接过去，放在箱子里。尖嘴猴拉开抽匣，取出个压着字的圆铜牌交给沈训，然后咧着嘴问："还背吗？"

"废话，不背来干啥！"

"你小子吃枪药了！"尖嘴猴用白眼珠看看沈训，扔过一根竹签。沈训接过，往木垛那里去了。

王清看着这一切，不解地问范人杰："这是怎回事？"

范人杰告诉他说，棚民来木厂驮木头，要先上名，上名得有保人。损失或拐走木材，要加倍罚赔。上名以后，从尖嘴猴手里领到竹签，再凭竹签到木垛领取木枋，背到四十里外的河岸上，从那领回一个长方木牌作为凭证。第二天再来这里用木牌换铜牌，每十天一次，按铜牌发给工钱米。

王清、范人杰边说边往前移动，他俩排在最后，在他们前头，是个头发花白的老人，五十多岁年纪。听见了生人说话声，老人回过头来看看王清。王清也就打量他一眼。只见他满是皱纹的脸上积满尘垢，两眼深陷，目光像死人的一样呆滞。看他回头，范人杰打个招呼："高大伯，你还背呀？"

"啊，啊。"老人脸上毫无表情地答应两声，就赶紧转回身。范人杰告诉王清，他就是高艳娥的父亲高老实。

说话的工夫，已经轮到了高老实，他以乞求的目光看着尖嘴猴。

尖嘴猴打个哈欠问："老高头，你还想背？"

"啊，背，背。"

"瞅你那个德性，说话气都上不来，回家待着去吧。"

"不，不，不行啊！"

"我看你也不中用了。前天你背小号木枋，还拉下二十多里，要不是范人杰接你，你哭也哭不到地方。"尖嘴猴发落了几百人，大概是累了，伸个懒腰说，"回家享福吧，柜上把你除名了。"

"别，别，千万别呀！"高老实伸出枯柴般的手，急忙恳求。

尖嘴猴不耐烦地一挥手："走，滚开！少废话，你不怕死，我还怕木头白瞎呢。半道上你掉进山涧，一根木头就搭了。"

"姜掌柜，我，我……"

"你痛快闪开，让后边的人。"尖嘴猴伸手狠劲一推。

被尖嘴猴一拨拉，高老实正好站在了杨升面前，便哀求说："少东家，你行行好，可怜可怜我吧。"

杨升眉头皱了一下，对尖嘴猴说："他一定要背，不必拦阻。"

少东家发话了，尖嘴猴不敢不依，只得取出一根竹签："老高头，少东家大慈大悲，你可要当心，真要出了事我可不客气！"

高老实什么也顾不上说，接过竹签奔木垛去了。

王清暗暗叹息一声，和范人杰一起站到了尖嘴猴面前。

范人杰换好铜牌领罢竹签说："姜掌柜，给你领个人来，挂个名。"

"挂名？"尖嘴猴的眼光在王清身上转了几圈，"姓甚名谁？"

"他叫王清。"

"多大了？"

"四十八。"王清答。

"哟，岁数可不小了。二三百斤能背动？"

王清晃晃膀子："几百斤不在话下。"

"从何方来？"

"山外。"

"因何进山？"

"在外边混不下去了。"

尖嘴猴看看少东家，摇头晃脑地说："不妥，不妥，如今白莲教无孔不入。"

范人杰说："姜掌柜，他可是个老老实实的庄稼人哪。"

"难说，难说，"尖嘴猴还是摇头，"白莲教脑门也不贴帖，难说。"

"我担保。"范人杰有些焦急地说。

"你，"尖嘴猴还是拨楞脑袋，"按规矩要俩人作保，一个人不行。"

"我算一个！"沈训早已等候在附近。

因为少东家坐在一旁，尖嘴猴故意讨好地问："少东家，您看？"

"无非为了糊口。他有力气，你何乐不为。"

"那好。"尖嘴猴对王清说，"少东家广开方便之门，算你走运，给你挂上名。沈训，你也算个保人哪。"

沈训上前按了手印："放心，掌柜的，有事冲我说。"

办好手续，三个人一起来到木垛前。只见数不清的木枋，堆成了几座山。两个管事人不耐烦地吆喝着他们："快点！"背木头的棚民都已先后走了，只有高老实还站在那里。他见范人杰过来，想说什么又闭上了嘴。

范人杰关心地说："高大伯，还没走？背不动就算了。我那还有几斤米，晚上给你送去。"

"不，不，我行，我能背，我背二百斤的。"

王清也来劝说："老哥，别背了，有难处我们帮你。"

高老实看着范人杰说："你，帮我搭上肩。"

范人杰叹口气，蹲下身和沈训一起，把木枋给他搭上肩。高老实脸上，立刻流下了黑色汗道。他咬咬下唇，艰难地抬起腿，脚步踉跄地走了。王清他们担心地看着，唯恐高老实跌倒。

管事人等烦了："还背不背？"三个人急忙交了竹签，背起大号木枋走了。

出了木厂几十步，看见高老实摇摇晃晃地走在前面，他们紧走几步赶上。范人杰有几分责备地说："高大伯，你这怎么行呢！"高老实看他一眼啥也没说，仿佛一张嘴力气就会用尽。王清见他随时都可能摔倒，想陪着一起走，好有个照顾，无奈他走得太慢了。沈训说莫如加快走再空身回来接他。三个人就迈开大步，咬紧牙关，使足力气，头前走了。

太阳越升越高，天气越来越热，山路越来越崎岖，王清他们走得也越来越慢。走出大约二十里路，三个人都几乎筋疲力尽。背上的木枋像大山一样重，双腿像木头一样沉。衣服被汗水湿透又晒干，干了又湿透。

王清边走边想，无怪厂主把背工称为"骡子"，棚民们要活下去该是多么不容易呀！这个世道不变变又怎么行呢？

前面有一片树影阴凉，沈训说："王大叔，歇一会儿吧，我再接接高老实。"

三人卸下木枋，王清说："我去接。"

沈训忙说："我年轻，还是我去。"由于他们走一段接一段，高老实并没落后多远，眼见他已走上山坡，沈训刚迎上去，高老实突然一下子栽倒了。王清等人急忙奔跑过去，只见高老实压在木枋下动也不动。三人急忙挪开木枋，抱起高老实，只见他脸色蜡黄，地上有一滩血，嘴角还在淌血。任凭范人杰怎么招呼，他也不应一声。

"怎么办？"沈训急问。

"救人要紧，"王清火急地说，"我把他背回庙里，叫聪儿先给他服些草药。你二人等我回来一起去送木枋。"

沈训一听，抢先背起高老实："我年轻，还是我来。你们在山坡下酒店等我。"说罢他背起高老实，如飞似的去了。

范人杰把木枋搬在一处，指着下边的酒店说："大叔，反正是等着，木枋在这跑不了，我们下去喝两碗。"

王清摇摇头："背一趟木头，累个半死，也挣不来一斤酒钱，还是别喝了。"

"大叔，从你来到伏虎沟，咱们还没喝过酒呢。今天，就算我给您接风。"范人杰扯起王清就走，兴致勃勃地接着说，"自古以来，英雄好汉就离不开酒，武松要不是喝了十八碗，也不见得三拳两脚就打死猛虎。"说起喝酒，范人杰格外有精神，随风飘来的酒香，好像有无比神奇的魅力，把他的疲劳全都驱散了。

山坡下的小酒店，坐落在郧西县城至杨家坪的中途。因为南山老林荒凉无比，毒蛇猛兽出没，还有杀人越货的强人，所以之前从来无人在山野中开店经商。可是几个月前，却来了两个胆大的买卖人，在这里开起了酒店。这两人是对夫妇，男人叫侯小八，四十岁左右，猴头八相。女人叫梅翠苹，三十多岁，模样虽不十分俊俏，倒也并不难看。她原是杨家坪的一个妓女，不知是因为人老珠黄，还是侯小八有钱，竟跟侯小八从良了。她喜风流，爱打扮，头上经常插朵玫瑰花，所以人称她"野玫瑰"。这两口子人性不怎么样，生意经可挺精。他们从杨家坪发来劣质白酒回来兑上凉水，再把酒提改小，从中捞钱。除此，他们还兼卖油、盐、酱、醋、针头线脑之类的东西。棚民或用现钱买，或拿山货换，虽然明知很不合算，但谁也不愿为一根针半两盐，跑到几十里外的杨家坪。更有一点，侯小八许可赊欠，又往外放债，许多棚民在急等用钱时，也只好饮鸩止渴，明知是陷阱，也得往里跳。因为以上种种原因，侯小八的酒店倒也兴隆，时有客人光顾。

酒店地势选得也好，前面是一道清澈的山溪，细流涓涓，水声淙淙，恰似琴声日夜不停。酒店后，山冈拱立，竹林环绕，景色爽目宜人。三间房舍，一厅堂，一作坊，一卧室。门前两侧，都用竹竿搭起了凉棚。酒店依山临水，大热天行路人在这里一坐，立刻感到暑气全消。门前，竹竿挑着一面酒幌，随风飘动，像是对过往行人招手。幌上三个醒目的大字——"半途香"。

范人杰在前，王清在后，跨过小溪上的竹桥，来到酒店门前，范人杰便喊起来："老板娘！老主顾到了。"

"来了，来了。"随着浪声浪气的连声应承，"野玫瑰"一阵风似的迎出来。"哟，我当是谁呢，大兄弟来了，这一阵子可有十多天没见了，想是又发财了？"由于走得急，她头上那朵绢制的玫瑰花还在不停地颤动。

"发财，发疟子吧。"范人杰问，"有好酒吗？"

"兄弟，你算来着了，""野玫瑰"不时用眼睛瞟瞟王清，"刚从杨家坪进来两坛绍兴老酒，听说蹲了八十年。你们二位在哪喝呀？"

范人杰瞅瞅王清，王清说："外边凉快，就在凉棚吧，还能看着木头。"

二人进凉棚坐下，范人杰对"野玫瑰"说："打三斤酒，切三斤熟牛肉，再来三大碗辣子豆腐。都记在我账上，放心吗？"他把沈训那份也带出来了。

"看你说的，别说三斤，就是三十斤我也敢赊。这伏虎沟三里五村，谁不知大兄弟是个仗义疏财的好汉哪！我给你端去。""野玫瑰"嘻嘻笑着，扭着屁股走了。转眼，酒菜送到。

范人杰把一碗酒捧给王清："大叔，请您先干一碗。"

王清没接酒碗，眼睛却盯着大道，说："你看，那边押来一个囚徒。"

范人杰望去，大道上果然有两个解差，押着一个蓬头垢面、戴着长枷的囚犯，慢慢地走过来。那囚徒一步挨一步，好不艰难。

那个胖解差边走边骂："快走，蘑菇个屁，找打怎么着！"

瘦解差说："属毛驴的，不打不走！"说着，他举起手中的水火棍，照囚徒大腿就是一下。囚徒的腿猛地一弯，险些跌倒，踉跄几步方又站住。未及站稳，背上又挨了一棍，痛得他一咬牙，只得挣扎着快行。

范人杰气得火冒三丈："大叔，现在押解的犯人，十中有八是咱教里的，我们不能袖手旁观。"

王清小声说："别急，他们也奔酒店来，想是要打尖。"

只见胖解差先走过竹桥喊道："店小二！店小二！"

侯小八迎出来："差官老爷，要打尖吗？请到上房。"

胖解差看东凉棚有人，就说："押着犯人进屋不便，就在西凉棚吧。"二解差押着犯人进了凉棚，叫犯人席地而坐。他们坐在桌前，棍棒不离左右。

侯小八抹着桌子含笑问："二位差官老爷，用什么酒饭？"

胖解差转转眼珠："小二哥，你这里可卖蒙汗药酒？"

侯小八咧咧嘴："差官老爷真会要笑，我们是本分生意，酒好肉香，价钱便宜。"

胖解差说："笑话归笑话，生意归生意。我们哥俩押的朝廷要犯，你要是学孙二娘开店那一套，可小心脖子上的脑袋！"

"要犯？"侯小八打量一眼犯人，"准又是白莲教吧？"

胖解差一瞪眼睛："你问这做甚？想必你们是一路！"

"不，不，"侯小八忙说，"我不过信口而言。二位要多少酒？"

"公事在身，不敢多饮。打一斤酒，多切点牛肉，来二十个烧饼。"

没多久，酒饭齐备，二解差推杯换盏地喝起来，哪管犯人饥饱。这些，全被王清、范人杰看在眼里。为了弄个明白，王清装了一袋烟，迈步来到西凉棚。

胖解差急忙抓住水火棍："干什么？"

王清一笑："差官老爷，借个火。"

胖解差没再言语，把火镰递给王清。王清抽着烟，往犯人脸上斜了几眼。犯人也恰好扭头看他，四目相对，两人都不觉怔了一下。王清赶忙收回目光，对胖解差说："多谢！多谢！"

回到东凉棚，王清悄声告诉范人杰："囚徒是河南总教师刘之协呀！"

范人杰闻听是刘之协，忙说："大叔，他去四川联络，约定全国统一起义日期，聪儿还在等他的消息呢，怎么落入了官府之手？大叔，我们无论如何也要把他救下。"

"那是自然，"王清说，"我们出去仔细商议，以免解差生疑。"说罢，二人喊来"野玫瑰"，记上账后，便扬长而去。

两个解差也是久走江湖之人，他们总感到王清借火有些蹊跷。算账时，胖解差问侯小八："掌柜的，方才那两个客人你可认识？"

"他们是背木头的棚民，年轻的叫范人杰，年岁大的不相识。"

瘦解差问："这条路上，可有什么险要去处？"

侯小八说："往前三里远近，有片竹林略觉偏僻一些，其余皆是阳关大道。"二解差一听，方才放了心，算完账，又押着犯人上路。

走出三里路光景，路北出现一片繁茂的竹林。路南是个坡度平缓的山谷，谷中生满一人多高的灌木丛。微风吹过，竹林飒飒作响，树丛轻轻摇动。二解差看看前，瞅瞅后，不见一个行人，未免有些紧张，紧握棍子，不住地东张西望。胖解差用手紧抓住犯人，好像怕他会飞走。囚犯也像是心里有事，不住地两边瞧看。解差越催他快走，他反而越走得慢了。

王清所认不差，这囚犯正是刘之协。一月前他离河南经湖北去四川，在商定了全国起义日期返回途中，不幸落入官府之手。地方官弄不清他的身份，又怕他是教首，才派人押送武昌听候发落。方才他看见王清，料定必会救他。可是，竹林已快走完，还不见一点动静，他感到大失所望。一路无事，两个解差也松了一口气。就在这时，竹林内突然跳出两个人，二解差未及呼叫，就被石头砸倒。王清、范人杰每人拽起一具尸体，往南面谷中一扔，尸体就滚入树丛不见了。

王清把刘之协扶到竹林深处，去掉枷锁，也不及叙谈，范人杰背起他就走。刘之协想下来，范人杰说："你行走不便，莫要任性，我们快些离开险地，免出意外。"

路上边走边谈，他们始知对方的情况。刘之协听说齐林已死，痛哭失声。

路上，王清、范人杰经过商量，决定把刘之协掩藏在玄女庙后的一个山洞内。他们小心地避开住户和行人，神不知鬼不觉地进了山洞。这个石洞，离玄女庙不过一里路，洞口全被浓密的茅草遮盖，外来人就是坐在跟前，也很难发现。此洞约有半里路深，漫说掩藏一人，就是千百人也尽可容下。

把刘之协安顿好，王清叫范人杰赶快回去找到沈训一起背走木枋，以免叫人怀疑，他回住处取些吃食随后赶上。

王清回到庙里，编筐的女子早已散去。高老实躺在正殿里，尚且昏迷不醒，高艳娥和王聪儿都守在床前。王清上前看看，伤势确很严重。他劝慰高艳娥几句，然后叫出王聪儿，告诉她刘之协遇救一事，并要她弄些草药，做些稀饭送去。王清说罢去追赶范人杰了。

很快，王聪儿就带着稀饭和治棒疮的草药到了山洞。刘之协一见，挣扎坐起。他先安慰王聪儿，不要因齐林遇难而过于悲伤。然后他又告诉王聪儿，他在四川见到了徐天德、冷天禄和冉天元，经过商量，约定明年三月十日全国白莲教一同起义。陕甘两省，由四川派人报信。他自己要赶回河南。王聪儿劝他莫急，在此好生将养，待棒伤痊愈，派沈训保护他回转河南。王聪儿安顿好刘之协，又急忙转回玄女庙。

王聪儿帮助高艳娥，给高老实又服了汤药。但是直到天黑，高老实的病情仍毫无好转。

王聪儿对高艳娥说："应该找个先生，给大伯瞧瞧，别把病耽误了。"

"聪儿姐，"高艳娥摇摇头，"南山老林里哪有医生？"

"杨家坪呢？"

"有倒是有，可五十里山路，医生是不会来的。我长这么大，还从未见过看病先生进山。"

"那病危之人就活活等死吗？"

"也有求神讨药的，也有到杨家坪抓药的。"

"我们何不去杨家坪抓药？"

高艳娥叹口气："聪儿姐，无钱也是枉然。"

王聪儿想了想问："艳娥，杨家坪可有收山货的？"

"有哇。"

"那就有办法了。"王聪儿站起来说，"我到深山里转转，若能打几只野物，拿到杨家坪一卖，不就有钱抓药了。"说罢，她背起弓箭就走。

高艳娥拦阻说："聪儿姐，天色已晚，明日再去吧。"

"不，大伯的病不能耽搁。"

"那，也要等王大叔、范大哥回来。"

"不必等了，早去早回。"王聪儿想，若能有所猎获，一可为高老实抓药，二可给刘之协买药，而且还可买些白米，不然刘之协如何养伤？……

高艳娥见王聪儿决意要去，又感动又不放心，她抓起一杆扎枪："聪儿姐，我与你同去，也好有个伴儿。"

"你要照顾大伯呀！"

高艳娥想好了主意："我把爹背回家，叫妹妹照看。"高艳娥执意要去，王聪儿也只好同意。两人把高老实送回家，就往密林中去了。

夜幕低垂，一轮欲圆的明月，从东山顶上冉冉升起。群山、树木都如同沐浴在银辉之中。深山老林更增添了许多迷人的色彩，像是神话中的世界。

往常一到夜间，高艳娥连门都不敢出，如今同王聪儿在一起，胆量也大了。她见王聪儿射野兔、打山鸡箭不虚发，非常羡慕，暗暗发誓要学王聪儿，也练出一身好武艺。两人转了一个时辰，并未遇到大兽，只射到几只鸡、兔。王聪儿怕父亲挂心，就同高艳娥赶忙转回来。

她二人沿着山坡行走，听见坡下大路上传来了马蹄声。注目看去，明月高照，只见有个骑马人，在几个步行者的簇拥下，顺着大路正向杨家坪急驰。王聪儿好不纳闷，这些人从何而来？因何连夜赶路？……

骑马人乃是杨升。他奉杨国仲之命来木厂核对账目后，不愿再宿木厂，因此连夜返回家府。他骑在马上，望着两旁阴森的山影，摇摆的树丛，不免有些心惊。正自胆虚，忽然山坡上的树丛一动，一个黑乎乎的东西蹿出来向他扑去，杨升欲待躲闪，已经不及，早被野兽叼下马去。他吓得面无血色，真魂出窍。心想，今番休矣！一个随从看得真切，惊叫道："豹！金钱豹！"其余随从一听，慌忙各自逃命，哪里还管杨升死活。

豹子叼住杨升，一跃上了对面山坡，恰好落在高艳娥身边。王聪儿喊了声："赶快救人！"艳娥举枪向豹子刺去。这只豹数日未得饱餐，今日好不容易叼来一人，岂肯轻易吐出。它饥饿难忍，只想快些到僻静处去受用，并不想恋战，便一跃闪开高艳娥，不料又被王聪儿拦住去路。豹子发疯，口衔杨升，直扑王聪儿。她沉稳不慌，蹲下身子把剑直立，豹子扑到，剑尖恰好划着肚腹。"哧"的一声，豹子就被开了膛。顿时，鲜血飞溅，五脏外流。豹子摔落在地，打几个滚儿便不动了。

杨升从地上爬起，走到王聪儿面前躬身施礼："大姐，多谢救命之恩。"

王聪儿说："不必称谢。你可曾伤了哪里？"

"不要紧，只不过咬破了皮肉。"杨升万万没想到，这样一个年轻女子，竟如此英勇，心中十分敬佩。他抬眼望去，月光下，只见王聪儿容貌俊丽，体态娟秀。他顿生爱慕之心，从腰中解下一物，双手奉上说："大姐，路途之中，不及准备，这祖传短剑吹毛立断、削铁如泥，锋利无比。欲以此相赠，权表谢意。"

王聪儿摆摆手道："不必如此。我救人乃理所当然。"

"大姐，此剑名曰'青锋'，今日与你相遇，实乃天意。你武艺高强，理当佩此宝剑，万望笑纳。"说着，他深施一礼，双手将剑呈至王聪儿面前。

王聪儿向杨升手中望去，这青锋剑约一尺五寸长短，绿鲨鱼皮鞘，贴金剑柄，上面还镶了一颗碧盈盈的宝石，在月色中闪闪发光。杨升见王聪儿不肯接受，便双膝跪地，情词恳切地说："大姐，你如不收下，我便今生不起了。"

王聪儿又急又窘，忙说"请起"，接过剑来，同时扶起杨升。在月光下她轻轻抽出半截，"刷"！一道寒光直射斗牛，果是宝剑。

她连忙推辞说："祖传宝物，不敢领受，快请收回。"

杨升说："大姐此言差矣，若非你舍生忘死将我救下，我已入豹腹多时。此剑也定然埋没荒郊。我武道不精，佩此剑也无作为。大姐如此英雄，此剑归你定能龙吟虎啸，建功立业，亦不至埋没此剑也！"

高艳娥在一旁说："他既然诚心给，姐姐就留下吧。"

杨升又要跪倒，王聪儿一见只好收下，并施一万福说："如此，愧受了。"

杨升十分高兴，又施礼问道："请问大姐芳名，仙乡何处？日后也好登门拜访。"

此时，王聪儿猛然忆起，莲花荡遇险时，碰到的乡勇头目就是他。听父亲说，在木厂已见过他。她不由问道："你可是杨升？"

"在下正是杨升，家父即杨国仲是也。"

杨升一报名姓，高艳娥惊叫起来："原来你是老贼之子，呸！"说着，她扯着王聪儿就走："聪儿姐，算我们瞎了眼，从豹子嘴里救了一只狼。"

王聪儿不明白，杨升在莲花荡中为何有意遮掩。可是，高艳娥不容她再问，扯起就走。

王聪儿说："既然如此，待我把青锋剑还与他。"说着，她上前要去送还。

高艳娥将剑一把夺过:"不能便宜了他!聪儿姐,这宝剑留下,将来用它取老贼杨国仲之头!"说罢,她拉着王聪儿,抬起豹子便走。

杨升"大姐""大姐"地连呼数声,也不见王聪儿答应,眼睁睁地看着她们越走越远。许久,他还呆望着王聪儿的背影出神……

第四章　打擂行刺李全中箭　探风围庙聪儿陷身

早晨，大雾弥漫。山峰、树木、村庄全被浓雾包裹起来。雾浓得像毛毛雨，伸手抓一把，几乎可以攥出水来。太阳如同一个金红又近似枯黄的圆球，在雾海中飘浮。王聪儿和高艳娥都做猎户女儿打扮，快步走在去往杨家坪的路上。王聪儿手携布包，里面是昨晚连夜褪下来的豹皮。高艳娥拎着几只山鸡、野兔。

越接近杨家坪，路上的行人越多。有老有少，有女有男，有的提篮，有的挑担，有的要去杨家坪卖点山货土产，有的想买回些日用物品。当王聪儿、高艳娥来到杨家坪城边时，浓雾已散去大半，杨家坪城池的轮廓展现在面前。

杨家坪虽然非州非县，可规模却大于郧西县城。据说建城已有二百多年，但繁荣起来，还是近几十年的事。杨国仲的祖父曾做过一任知府，常言说，"三年清知府，十万雪花银"。其在任上大发横财不算，在家乡也极尽搜刮之能事，明霸暗抢巧取豪夺，不上十年，杨家坪方圆百里的土地，几乎全都姓了杨。杨国仲祖父卸任后，为防仇家报复和草寇袭扰，以原有府第为基础，修起了一个高大坚固的城堡。两丈五尺高的围墙，一色灌灰的青条石，铁皮铜钉大门。一里方圆的城堡，也只杨家及几户至亲居住。后来，三亲六故纷纷前来投靠，城里很快挤满。而邻近的一些财主，感到这里保险，也不断拥来。更由于杨家坪是进出南山老林的通道之一，是附近农副土特产品的贸易集散地，越发兴旺起来，居民也越来越多。到杨国仲回乡时，杨家坪已有居民几千户、商号百十家，围城又拉起了数条大街。杨国仲害怕白莲教，又计议修筑外城。按人派钱，按户抽丁，不到两年，外城筑好，果是坚固无比。他常说杨家坪固若金汤，天兵难破，也不全是吹嘘。这样一来，杨家坪就有了两道城墙，人们分别称之为内城和外城。

王聪儿、高艳娥来到城门前，看见城楼顶上飘动着一面三角形大旗，上绣斗大黑色"杨"字。垛口前站着些手持枪戟、身佩弓箭的乡勇。大门口也有两个乡勇侍立，一个手执方天画戟，一个手挂开山大斧，虎视眈眈地注视着进出的行人。看那架势，似乎随时准备把每个可疑人砍为两段。王聪儿、高艳娥随着人流，走过吊桥，穿过门洞，来到城中。

杨家坪果然非一般山寨可比，真是热闹非常。大街上人流拥挤，挨肩擦背。长袍马褂的老财士绅，头肥腹大的巨商富贾，服饰清贫的小手艺人，衣衫褴褛的棚民、乞丐……无不拥来挤去。街道两旁，店铺密密麻麻，俱是生意兴隆。王聪儿和高艳娥信步走进一家山货店，一个伙计急忙迎上，从艳娥手中接过野兔、山鸡，略一议价即便成交。

高艳娥收好钱说："聪儿姐，你倒是拿出来呀。"

王聪儿留神往墙上看去，上面挂了一排皮张，都标着卖价。其中也有张豹皮，色彩并不鲜艳，还有几处缝合痕迹，显然是乱刀砍伤，标价是纹银二十两，便觉心中有数了。

山货店掌柜见王聪儿不作声，便问道："你的包里可是皮张？要卖尽管拿出。本掌柜是有名的刘公道，买卖公平，童叟无欺。"

"好，请过目。"王聪儿解开包，把豹皮一抖，刘掌柜登时就眼花了。这张豹皮不但皮张大，而且色彩斑斓、耀人眼目，背部还无刀伤，是名副其实的金钱豹皮。豹皮上一个个斑点，如同一个个金钱在闪光。刘掌柜看了不只眼花，而且眼红了。他一把抓住豹皮问："你要多少银两？"

"你出多少价？"王聪儿反问。

掌柜欺她年轻，又是女子，伸出五个指头："给你足色纹银五两。"

王聪儿把豹皮抽回来："不卖。"说着抖开包皮便包。

刘掌柜急忙拦住："别包，给你翻一番，怎样？"

王聪儿也不答话，只管包豹皮。

刘掌柜急了："十五两怎么样？"

王聪儿用手往墙上一指："你那样的豹皮还标价二十两，我这张少于二十五两不卖。"

刘掌柜没想到这一青年女子，竟有如此心计。经过一番讨价还价，终以二十二两成交。

走出山货店，高艳娥问："聪儿姐，到哪家药铺去抓药？"

"找人问一声。"王聪儿说着，恰好有一老者从身边走过，她急忙上前施礼说："请老伯留步。"

老者站住脚："喊我何事？要问路吗？"

"老伯，只因我一邻居患病，托我进城抓药，不知哪家药铺最好？万望指教。"

"噢，这个不难，杨家坪的名医缪回春缪老先生你可知道？"

王聪儿摇摇头。

老者有些叹息地说："缪先生你都不知，待老朽告诉你。这城里最大的药铺'回春堂'，有个名医缪回春，那真是神医。不管什么病，经他一治就非好不可。他十几岁就行医，今年六十多了，行医整整五十年。经他手治好的绝症成千上万。郧阳府、襄阳府、武昌府的人都远道来找他看病，就连河南、四川的求医人都来往不断。那真是声名赫赫，妙手回春。"老头是个碎嘴子，说起来便没完没了。

王聪儿好不容易等到话空儿，插嘴问："老伯，往回春堂怎么走？"

老者这才意识到自己的话匣子一打开就关不住了，赶紧指点着说："不远，不远，过十几家门面就是。"

王聪儿向老者致了谢，同高艳娥一起奔回春堂去了。走过小十字街，向北路西有一家大药铺四间门面，非常豁亮。"回春堂"金字牌匾高高悬挂，店里顾客盈门。二人走进，见临窗有两张方桌，桌后各有一个坐堂先生，跟前都围着三五个问病开方的。

王聪儿等轮到她了，问道："缪先生在吗？"

坐堂先生放下毛笔："缪先生被杨府请去看病了。你是自己看病，还是代人问病？"

王聪儿想，缪先生不在也得抓药呀，就把高老实的病情陈述了一番。坐堂先生很快开好了药方，王聪儿到柜台上抓了药，又给刘之协买了棒疮膏药，走出回春堂。

她二人本想再买些白米就回去，在回春堂门前，见人们都蜂拥往北走去，边走边议论说："快走哇！老爷庙那儿就要开擂了。""看打擂去。"高艳娥问："聪儿姐，什么叫打擂？反正还早，咱们难得来一回，也去看看热闹吧。"王聪儿听说有打擂的，本来就动了心，因为擂台都是英雄聚会之处，会武之人对此怎能漠不关心？高艳娥一说，她欣然同意了。

二人随着人流向前，在她们前边，有两个人在谈话，引起了王聪儿的注意。这俩人一老一少，年老的五十上下年纪，是个道姑打扮；年少的是个二十岁左右的青年，中等身材，很是英俊。只听青年小声说："姑母，只要今天他在擂台露面，我就除掉他！"道姑急忙环顾一下左右："全儿轻声，到时见机行事，千万不可莽撞。"他二人的话，使王聪儿好生纳闷，不觉已来到老爷庙前，人多拥挤，那道姑和青年已不见影了。

庙前空场，已经挤满了人，士农工商云集。做小买卖的，更是挨挤不开，有搭棚子的，有摆铺板的，有推车子的。卖的东西也是应有尽有，什么吃的、穿的、戴的、用的、玩的……买卖人比赛似的尖着嗓子吆喝着，唯恐别人的生意超过自己。再加上一些算命摇卦的，打把式卖艺的，耍猴卖假药的，赌钱押宝的……人在其中，好比置身蜂房，只听"嗡嗡嗡"，但见乱哄哄，不知都在忙些啥。王聪儿、高艳娥唯恐挤散，挽手往前挪动，好一会儿才挤到擂台前。

擂台摆设在庙门前，用大腿粗的木杆、三寸厚的木板和雪白的苇席搭成，既宽大又气派。台上靠东，有一条桌，后坐三人。当中，正是留着山羊胡子的杨国仲。左边是个瘦老头，干萝卜似的小脑袋，脸色与死人相差不多。他下巴上有几根稀稀零零的胡须，戴一副银丝边眼镜，手里拿把羽毛扇，却难得见他摇动一下。他紧闭眼睛一动不动，恰似泥胎；不管擂台下面如何喧哗，他的眼睛也绝不肯睁开，大有旁若无人之势。偶尔，当杨国仲向他问话时，他微微睁开眼睛，你会立刻感到，有两道寒光向你射来，就像人走夜路时，看到的饿狼目光一样，凶狠而又贪婪。可是不等你仔细看看，那双眼便又紧合上了。这人是杨国仲的师爷，姓姜名子石，自称"赛子牙"，是木厂掌柜尖嘴猴的堂兄，人都叫他"姜师爷"。右边那位胖得像肥猪，满脸横肉，叫驴眼，蛤蟆嘴，两个朝天漏风的大鼻孔往上翻着。他敞着上怀，胸膛长着一溜半寸长的黑毛，手里拿把大蒲扇扇个不止，不时用眼睛瞟一下擂台底下的人群，咧咧蛤蟆嘴。此人姓费名通，是杨家坪乡勇和杨府家丁的教师爷，人称"费总爷"。这二人堪称杨国仲的左膀右臂，一文一武，一毒一狠。凡是杨国仲做的坏事，总少不了他们。

在擂台前东西两侧，还搭有两个席棚，前立高大柱子，上挑两面长幡，系由杏黄软缎做成，镶着月白缎子飞边，缀着两个饭碗大的红流苏。每面旗幡上都是七个大字，左边是"同心剿除白莲教"，右边是"协力奋勇保家邦"。王聪儿见此，不禁冷笑一下。东边席棚里，是个鼓乐班子。四边席棚里，杨怀领着一干人等正在忙碌。席棚上插起一面三角小旗，上写"招募"二字。棚内还准备了许多花红彩礼之物。

这时，杨国仲站起，慢慢踱到台中，习惯性地捋捋山羊胡子，故作威严地说："各位父老乡亲，老夫自退归林下，多蒙大家抬爱，操持杨家坪事务。几年来我方万民乐业，歌舞升平。不料逆匪白莲，逆天行事，啸聚不法之徒，蠢蠢欲动，不可不虑。杨某曾为朝廷大臣，又受百姓重托，保境安民，义不容辞，责无旁贷。为确保杨家坪万民安居，老夫决意倾尽家财招募乡勇。倘若教匪作乱，可无后顾之忧。上可报效朝廷，下可安定黎民。今杨某破财立擂，就为广纳天下豪杰壮士。不论家乡居处、富贵贫穷，尽可应招投效。凡我部乡勇，一应吃穿杂用，俱由杨某供给。除此之外，每月关饷二两，尽可养家。如有武艺高强者，可自愿上台与费总爷比武，胜者自当重用。此擂自今日起，连摆十天，各方勇士，莫误良机。"杨国仲说罢，又回原处坐下。他很为自己的深谋远虑得意，招募乡勇，扩大实力，既可对付白莲教，又可在地方上抬高身份。至于费用，还不是向杨家坪商号和居民摊派。

听了杨国仲方才这番话，又目睹了眼前的场面，不禁引起了王聪儿的深思。官府乡绅们为对付白莲教，已经磨刀霍霍了。而我们的起义准备还远未做好，看来时间紧迫，非抓紧不可了。

王聪儿沉思之际，费通已到了擂台中间。这位教师爷先来个"大鹏单展翅"亮相，随后就打起拳来。他又蹦又跳，又伸胳膊又踢腿。他虽然胖如肥猪，但打起拳来还很灵便。费通自幼曾经名师指点，确实有些功底。他把拳脚使开，缠头裹脑，恰似车轮在台上滚动。他手下的乡勇和杨府家丁们，不住捧场，齐声喝彩："好哇！""好！""天下第一！""举世无双！"

费通打了一趟拳，收身立步，对下边说："哪位上来打擂？"立刻有人应声："我来了。"随着话音，一个歪戴帽子的大汉走上台来。费通也不问话，伸手就打，那大汉急忙招架，不过两三个回合，费通使个扫堂腿，那大汉就趴下了。他站起来毫无愧色地说："费总爷武艺高强，我甘愿在您手下充当乡勇。"说完，他下台到西边席棚杨怀那里报上名，领一套乡勇皮穿上，手拿二两饷银，站在席棚前好不得意。

费通又问："哪位再来比试？"

"看我的！"随着话音，又一个二十多岁的汉子走上擂台。可是不出六七个回合，他也照样趴在了台上。于是，他也下台报名，穿上乡勇服。话休絮烦，接二连三又有两个打擂人败在费通手下，也报名当了乡勇。

看了方才这番表演，王聪儿觉得好笑。高艳娥这时碰她一下说："聪儿姐，你看他。"王聪儿往台上看去，不知什么时候杨升到了台上，坐在了杨国仲身边。王聪儿心中暗想，这个杨升倒也一表人才，可惜生在杨家，还不是锦衣美服包着狼心狗肺。

费通连败四人后，拱手对下言道："各位，有愿当乡勇者，请快去报名，莫失良机。有武艺高强者，请上台比试。如有能打中我一拳者，赏彩缎一匹，踢我一脚，赏纹银一锭。若有胜得我者定予重用。杨老爷有话在先，绝不食言。可有人上擂？"

费通话未落音，人丛中有人搭言："且慢！我来打擂。"只见人丛中走出一位英俊青年，来到台下，他不走木梯，旱地拔葱，飞身一跃，便上了六七尺高的擂台。台下立刻爆出一阵掌声，王聪儿、高艳娥也暗暗叫好。待他在擂台上站定，王聪儿认出他就是路遇与道姑同行的青年。他与道姑的对话，立刻又响在了王聪儿的耳边，对他的上擂，不禁更加关注了。

杨国仲、杨升、姜子石也都很惊讶，他们没想到杨家坪会有如此本事高强之人，个个睁大了眼睛。

费通是个行家，知道对方来者不善，便问："请问尊姓大名？"

"以武会友，何必要问名姓？"

见对方不肯报名，费通更难放心："我观你相貌不凡，根底不浅，若愿投效，不必比武也当重用。以免拳脚无眼，伤你筋骨。"

青年答道："打擂，打擂，既上擂台，岂有不打之理？如不交手，怎分高低上下？"说着，他瞟了杨国仲一眼。

费通想：此人年岁不大，口气不小，如不将他制服，岂不叫众人笑我无能？想至此他便说："一定要比，那就请吧。"说着，他猛然一个"黑虎掏心"朝青年心口打去。青年不慌不忙，轻轻一转闪开。费通头招落空，二招又到，又使个"双风贯耳"，一对巴掌打向青年太阳穴。青年一低头，费通又打空。上边手空，下面脚到，费通满以为这一脚非把对手踢倒不可，青年却轻轻跳起，并且一拧身转到了费通身后。三招落空，费通不免心慌，青年却是从容不迫。俗话说："行家一伸手，就知有没有。"只三个回合，王聪儿就看出这位青年武功不凡。

台上的对打，已过二十回合，情景和刚交手时大不相同。青年的攻势越来越猛，费通只有招架之功，并无还手之力，渐渐步法错乱，头上汗如雨淋，口中气喘如牛。青年完全占了主动，当他转到离杨国仲只几步远时，虚晃一着，卖个破绽，逗引费通扑来。他却抓住费通手腕就势一拉，把费通摔到了台下，人群里立刻发出了震天动地的欢呼声。就在杨国仲等人还在发愣之时，那青年突然抽出匕首，以迅雷不及掩耳之势，刺向杨国仲。老贼这一惊非同小可，慌忙一闪，尖刀刺中左耳，把耳朵削掉了半边。那青年本想再刺，不料台下的费通却趁他不防，一抬左臂射出一支袖箭，正中青年右肩，青年顿觉半身麻木。姜子石和费通一起高声呼叫："来呀！快拿刺客！"

台下观战的道姑见势不好，急忙招呼："全儿，莫再恋战，快走！"那青年把缩在桌下的杨国仲看了一眼，狠狠一跺脚："老贼，叫你多活几天！"随后，他纵身跳下擂台。

这时,几十名乡勇、家丁,拿着刀枪棍棒蜂拥围了过来。费通从乡勇手中接过一把刀扑向青年,口中喊:"一齐上,抓住刺客,赏银百两!"青年欲待迎战,半身发麻难以支持。道姑手疾眼快,从乡勇手中夺过棍来架住了费通的刀。但是,乡勇人多,道姑欲战恐难敌众,而且青年已站立不稳,欲走亦难。道姑与青年处境危急。王聪儿见状毫不迟疑,冲进乡勇队中,夺过一条木棒,左抢右扫,打得乡勇纷纷倒地。高艳娥也上前助战,敌住了费通。道姑趁机背起青年,也不及向王聪儿道谢,闯出了重围。

此刻,关帝庙前已然乱套,人们四散奔逃乱挤乱撞,王聪儿见道姑、青年业已脱险,也不恋战,同高艳娥一起汇入奔跑的人流中。费通领乡勇随后紧追,但是马乱人花,你拥我挤,休说抓刺客,连张三李四也分辨不清。关帝庙前人群一乱,闹得全城哗然。人们不知有了什么祸事,都胡乱奔跑。王聪儿、高艳娥混在人群中,很快来到杨家坪南门。守门乡勇想拦也拦不住,人群如潮水一般涌出。等费通领人赶到要关城门时,王聪儿和高艳娥已出城多时了。

费通垂头丧气回到府中,杨国仲耳朵已经包好,正在议事厅等候,姜子石、杨升坐在两旁陪伴,杨怀站在一旁侍候。从费通的表情,杨国仲已猜出八分,冷冷问:"刺客可曾拿到?"

"回老爷,人多混杂,不好下手,致使刺客趁机逃脱。"

"哼!养兵千日,用兵一时,你率兵数十,大天白日又在城中,竟叫凶手逃遁,我杨府养你何用!"

"事出意外,不及提防,老爷息怒。"

姜子石与费通平素互不服气本有矛盾,如今姜子石见费通被斥,心中暗暗高兴,但表面上不得不做个人情,为之开脱一番:"老爷,今日之事,实乃出人意料,并非费总爷不尽心竭力也。况且,若不是费总爷袖箭射伤刺客,老爷性命几乎不保。望老爷宽恕于他,此后多加小心就是。"

杨国仲不过是想借机警戒费通一下:"教师爷,我们人多势众,眼睁睁叫刺客逃走,面上无光,下次万万不可。"

"老爷放心,以后断不会如此。"

杨国仲吩咐杨怀给费通看座,然后问:"教师爷,据你所见,今日刺客可是教匪?"

"很难说定,如非教匪,恐无此胆量。"

"我看不然。"姜子石又在卖弄聪明,以显示他的见解与众不同,"老爷,那青年刺客打擂是假，借机行刺于你是真，很可能是仇家前来报复。"

"是仇人行刺？"杨国仲手捋山羊胡子沉思。

姜子石问："老爷能否忆起，何时何地曾与那道姑或青年结仇？"

杨国仲苦思苦想，却是毫无记忆："一时难以想起，也许我曾与他们结怨？"他干的坏事实在太多了，要问他害死过多少人，杨国仲自己也实难说清。

费通说："依我看，还是白莲教结伙而来，台下还有两个青年女子接应。那白衣女子好生厉害。要不是她来救应，青年和道姑很难逃出我手。"

"那女子我似曾相识？"杨国仲自问，"我在哪里见过？"

"那白衣女子，我……"杨升想说就是她从豹口中救了自己，忽然想到，倘若照直说出，父亲必然追问，顺秧摸瓜，难保不去捉她，那岂不是恩将仇报？因此，他又把话咽回去了。

杨国仲却不肯放过："升儿，你待怎讲，莫非你认得那一女子？"

"不，爹爹，我看那女子不但武艺高强，而且年轻貌美，恰似白衣观音，实在叫人难忘。"

"哼！"杨国仲使劲一捋山羊胡子，"孩童见识，满口胡言。"

这时，一家丁把杨怀叫出去，瞬间杨怀转回禀道："老爷，有一官府解差，有要事求见。"

杨国仲不知何事，吩咐请解差进来。求见的解差不是别人，乃是押送刘之协的胖解差。他被石头砸倒后并未绝气，在树丛中过了一夜又苏醒过来。今天上午，他不顾伤痛，挣扎来到杨家坪。见到杨国仲，他把刘之协被劫经过一说，便又昏迷过去。杨国仲让杨怀把解差扶下，然后对姜子石、费通二人说："此事非同小可，白莲教首在我处被劫，我们干系不小。纵然朝廷不怪，我们也不能坐视，匪首逃走，不异于放虎归山。他倘与此地教匪合手，则杨家坪永无宁日。我们务必设法重新拿获逃犯，既可向朝廷请赏，又可除我方后患。"

"老爷之言甚是有理，待我领一队乡勇，去往伏虎沟，抓到范人杰，不愁找不到逃犯。"费通拉着架子要走。

"不妥，不妥。"姜子石晃着干萝卜似的小脑袋，"那南山老林，无边无际，盲目捉人有如大海捞针。解差言道，曾在'半途香'酒店与行劫者相遇。我们何不去找侯小八问个明白，叫他查访得实？然后，费总爷再多带乡勇前去，方能将匪首和同伙一举拿获。"

杨国仲手捋山羊胡子赞许道："师爷真不愧人称'赛子牙'，果然虑事缜密。此事非同小可，就烦师爷亲往'半途香'。事成之后，再摆酒相谢。"

"老爷言重了，尽心效力乃分内之事。既承老爷看重，老朽即刻前往。"姜子石辞别杨国仲，坐上马车直奔"半途香"酒店。

过午，姜子石来到。侯小八、"野玫瑰"一见，好不诧异，急忙要置办酒席款待。

姜子石一摆手："且不要忙酒饭，先把幌挑了，闭店关门，我有大事与你们商议。"

侯小八不明来意，又不敢问，只好遵令摘幌关门。他为何如此听姜子石摆布呢？原来这酒店本是杨国仲拿钱开的，是为了在此安根钉子，探听白莲教的虚实。可是，侯小八两口子来了数月，却没有什么重大发现。

侯小八关好店门，姜子石端坐在椅子上闭着眼睛问："近来因何未曾报信？"

"师爷，不是我不去，没啥可说的。"

"你每天只知喝酒，难道忘了老爷的吩咐！"

"师爷，不是我们两口子不尽力。""野玫瑰"见男人下不来台，接过话说，"这些棚户'骡子'，可鬼着呢。你想从他们嘴里问出谁是白莲教，真比叫哑巴说话还难。"

"都是废物！"姜子石气得直晃脑袋，"哪个叫你们直说明问，不是告诉你们暗中查访吗？"

"那，查不出来，又有什么办法。""野玫瑰"撒娇地伏在姜子石肩上，用手扒开他的眼睛，"我的师爷，把你的慧眼睁开吧，别难为我们两口子了。"

"咳，你们真是有负重托，"姜子石叹口气，把话转入正题，"昨天中午，可有两个解差，押着一个囚徒在这里打尖？"

"有哇。"

"可有两个棚民在场，一个叫范人杰，一个年岁大些？"

"有哇。"侯小八奇怪地反问，"师爷怎知道这般详细？"

"你可知押解的犯人是谁？"

侯小八摇头不语。

"小八，我告诉你，发财的机会来了。"

"发财？"侯小八十分纳闷，"师爷，到底是怎么回事？我越听越糊涂呀！"

"小八，"姜子石郑重其事地说，"那犯人乃白莲教首，是朝廷要犯。出了酒店后，被范人杰与人合伙劫走。他们将两个解差打死，有一个命大又活转来，到城内报了信。你可知那范人杰住在何处？如能领路捉回逃犯，就可得到一百两赏银。"

"野玫瑰"一听先乐了:"这个不难,范人杰住进了玄女庙,费总爷多带兵马,小八领路,管保手到擒来。"

"哪能如此容易,范人杰岂能毫无防备?如果贸然前去,万一扑空,打草惊蛇,反为不美。"姜子石说,"我看,小八暗中去查访一下,看范人杰家可藏有外人?摸得确实了方能发兵。"

"我就去。"

"急不得,"姜子石按侯小八坐下。"须待天黑以后方可。我们暂且小饮几杯,谁也不能多喝,以免误了正事。"

"野玫瑰"急忙准备酒菜,姜子石上坐,她和侯小八相陪,推杯换盏喝将起来。侯小八也不管"野玫瑰"与姜子石眉来眼去,只是盘算着如何探得真实消息,好拿到百两赏银。他们边喝边谋划着如何接近玄女庙,而又不叫范人杰知觉,方能得到实情。直到掌灯时分,侯小八才起身离去。

侯小八像鬼魂一样,偷偷摸摸来到玄女庙后。庙东几丈远,是个险峻的山崖,大约十余丈高,中间凹进去几尺,长满了茅草。侯小八悄悄爬上去潜伏下,眼睛盯着下面的玄女庙,一动不敢动。但是要想不动,也并非容易。他刚一趴下,成群的蚊子就嗡嗡飞来。他的手、头、脸和所有暴露的部位,都落满蚊子,死死叮住,贪婪地喝着血。侯小八奇痒难熬,伸手在脸上拍了几下,居然拍到了几十只,手心都染红了。尽管如此,他还是咬牙忍受着。

夜空云走,浮星明灭,大地上的景物很难分辨,到处都是漆黑模糊的一片。山风吹过,树影摇动。附近有一只饿狼,不时发出令人毛骨悚然的嚎叫。叫声凄厉,拖着长音,在暗夜里久久飘荡。侯小八感到一阵恐惧,他仿佛看见,由于自己带路,范人杰等人全被抓住并砍了头。忽然间,那些无头鬼全都奔他而来,向他索命,吓得他直往后缩,后边是硬邦邦的石壁,无处可躲。风声飒飒,饿狼哀嚎,鬼影幢幢。侯小八猛然想出了主意,不顾疼痛,一狠心咬破了中指,鲜红的血滴下来,他冲着鬼影抡去,心里叫着"灭!灭!"左手使劲拍着自己的头发,据说这样可以吓退鬼魂。说来也怪,正当他心里连声说"灭"时,玄女庙里的灯光却更亮了。那跳跃的油灯光,仿佛一下子把天地全都照亮,侯小八感到直晃眼睛。他把害怕也忘了,不错眼珠地盯着庙里,听着动静。

不大工夫,范人杰、沈训出了玄女庙,往石洞走去。时间不长,他们领着刘之协回到了庙中,王清出来关好了门。侯小八看得真切,乐得发疯,心说,这真是天助我也,还不快回去报信,更待何时?他急着走下山去,不料一块拳头大的石头被他碰掉,"骨碌碌"滚下去,夜深人静,响声格外大。石头落地,惊动了庙里的人。范人杰走出来查看，侯小八吓得心都提到了嗓子眼。屋里有人问："范大哥，是什么？"侯小八情急智生，学了两声山猫叫。范人杰说："一只山猫，蹬掉块小石头。"说罢，他转身回去了。

侯小八长长地松了一口气，待一切又都恢复了平静，赶紧小心翼翼地爬下来，然后像兔子一样，飞蹦回酒店。姜子石闻情，急忙坐车回到杨家坪。杨国仲闻报，立刻派费通率领三百乡勇扑奔玄女庙。

行前，姜子石再三叮嘱费通：白莲教全都骁勇，不宜短兵相接，四面围住后便用火攻；倘有人突围，就乱箭齐发，多预备挠钩绊脚索。杨国仲还交代，不能活捉就要死的，务必不使一人漏网。

天亮前，费通领人把玄女庙围住，吩咐放火。顿时，火器齐发，从四面射向玄女庙，大火立刻烧将起来。

王聪儿等人见发生突变，急忙各抄兵器在手。王清忙说："快，分头突围！"于是五个人往四面分别夺路杀去。火蛇飞舞，乱箭如雨，刘之协棒疮未愈，行动迟缓，身中数箭而亡。王清当先闯入乡勇队中，虽然也中一箭，但不是要紧处，带伤闯了出去。范人杰身上着火，就势一滚掉下了山崖，乘夜逃脱。王聪儿腿快，接连砍倒了五六个乡勇，刚要脱身，忽见沈训被费通截住，便返回救援。费通抛开沈训，来战王聪儿，沈训趁机杀出。费通和乡勇们都是长枪，王聪儿使短剑交战不利，欲待要走，被一乡勇用挠钩钩倒。乡勇们一拥而上，把王聪儿活捉。

费通借着庙宇燃烧的火光一看，认出了王聪儿就是擂台下援救打擂之人的那个女子，不禁狂笑几声："想不到你也落入了我手！"

王聪儿双唇紧闭，昂然挺立，毫无惧色。

乡勇哨官史斌拎着刘之协的头走来说："总爷，都跑了，只捞到一个死的。"

"都是废物！饭桶！"

"总爷息怒，白莲教不好对付呀！"史斌说，"我们总算捞到了一个活的一个死的，可以交差了。"

王聪儿看见刘之协的人头，不觉一阵心酸。但是，当她想到父亲、范人杰和沈训都已杀出去时，又感到一点慰藉。她想只要有他们在，白莲教就散不了，造反的大旗就会打出来。想到这里，她把自己的生死置之度外，脸上现出了不屈的笑意。

第五章　杨家坪道姑劫法场　回春堂神医藏群英

　　傍晚的风，是那么柔和，就像少女的手，轻轻抚摸着婆娑的垂柳。巍峨的假山，澄碧的湖水，翠绿的芭蕉和水榭亭台，抚摸着杨家花园中的一切。杨国仲的爱妾红珠，伫立在"漾蟾"湖畔，凝望着湖水中欢快游动的红色鲤鱼出神。柳枝轻拂粉面，她顺手折下一段，摘下片片绿叶投到水面，逗引得鱼儿成群结队游来。微风吹动她那湖蓝色的百褶长裙，也仿佛湖水在荡漾。也许是她站得太久了，有些累了，方才那样亭亭玉立，现在又似乎弱不禁风了。于是她无力地靠在水榭的朱漆圆柱上，良久方转过身来，用手略微拎起长裙，一步步懒洋洋地踏上了水榭的石阶。她那比月季花还要俊俏的脸上，蒙着一层淡淡的忧郁。她走上水榭，面对波平如镜的湖水，坐在铺着锦裀的石鼓上，把石桌上的瑶琴端正一下，凝思片刻，轻轻拨动起来。开始，《霓裳羽衣舞》那诗与梦一般的意境，也许使她暂时抛却了尘念。然而只弹了一段，她就无论如何也弹不下去了。她的目光，又触在那柄"青锋"短剑上，于是琴音完全乱了，她只好停下不弹了，双手握起剑贴在胸前，久久地出神。

　　红珠的家，本在京城里。她父亲经营一家规模中等的当铺，家中的日子很过得去。她从小就跟哥哥一起在家塾读书，由于聪明好学，诗词歌赋、琴棋书画无不精通。刚十五岁，她便才名远播，一些同等门第，甚至巨商富户的求亲者络绎不绝。但红珠发誓要嫁个才貌双全的读书人，好夫唱妇随、偕老百年。

　　可是，事与愿违，她十六岁那年，一场横祸突然飞降。由于当铺里的伙计一时疏忽，贪图便宜，收当了一串珍珠，她父亲被江洋大盗扳成窝主，全部家财抄没入官。生活突然发生巨变，父亲入狱，全家衣食无着，又求借无门。为了不使母、兄沦为乞丐，她无奈牺牲了自己的青春，以二百两银子的身价，卖与了杨国仲做妾，使得她的亲人，总算又过上了安定的日子。六年过去，她已二十二岁，杨国仲也年过六旬。她觉得，自己的青春已如江水东逝一去不返，好比是一朵开谢的玫瑰，已经凋零。有时对镜顾影自怜，见花容月貌日渐香消玉减，她便有无限的惆怅和心酸。每当从睡梦中醒来，看到自己竟和六十多岁的老叟躺在一起，她更有说不出的凄怨和伤感。听着杨国仲喉咙中那"呼噜"

"呼噜"的痰音，她几乎要呕吐。她觉得，伴在身边的分明是具僵尸。这华丽的卧室，也不是杨国仲说的什么"温柔富贵之屋"，而是一座坟墓。多么可怕又可憎呀！僵尸在梦呓中又向她摸索来……她无处可逃，只得听凭那快要烂透了的老朽的摆布。她常常扪心自问，难道自己的青春韶华就葬在这坟墓中吗？咳，命运，可怕的命运！她只能这样回答自己，一切都是命运作怪呀！她因心情沉闷，厌倦生活，很少走出房门，终日关在屋内以读书作画消磨时光，或与贴身婢女翠盘下棋取乐。她本想长此下去了却今生，可是青春的心毕竟不甘死去，一个偶然的场合，使她那已经熄灭了的青春火焰又开始复燃。

大约半月前的一天，是杨升十八岁生日。杨国仲为此举行家宴，但不论他怎样劝说，红珠就是不肯出席。她宁愿独自闷在房中面壁而坐，也不愿光临这种喜庆场面。因为她心中只有痛苦，没有欢乐。杨国仲拗不过她，只好作罢，但却叫杨升前来拜见。六年前杨国仲告老还乡时，红珠来到杨家坪，杨升还是个十二岁的孩子，后两年杨升便去襄阳，在杨发那里住下，偶尔回来，红珠也不曾相见。后来杨升大了，杨国仲家规甚严，更无缘得见。如今，当杨升向红珠拜见请安时，她不禁惊呆了。面前竟是个风度翩翩的美少年，真是面白唇红，体态轻盈，谈吐文雅，又腼腆老成。红珠越看越爱，不由倚老卖老地执手问长问短，并将杨国仲的青锋剑作为见面礼赠给了杨升。

从此，杨升的影子就印在了红珠心中。她扳着指头计算一下，虽然名分上她与杨升是母子，其实她只不过才大杨升四岁呀！她觉得，自己与杨升倒是天生地就的一对。她恨月老，偏把红绳系在杨国仲身上。近来她常想：为什么不可以把红绳扯断，再系于杨升之身呢？几天来，这件心事折磨得她茶不思、饭不香、睡不稳，终日里周身酸软、四肢无力。

那日夜里，费通捉来王聪儿，青锋剑又到了杨国仲之手，红珠便从这柄剑上打起了主意。她把剑要来，欲以此为借口，找来杨升吐露情怀。现在，她趁杨国仲去郧西之机，让翠盘去叫杨升。此刻，她正焦急等待，竟想入非非，发起呆来。

这时，从月亮门闪进来一个轻盈的身影，原来是翠盘转回来。她分花拂柳走上水榭，见红珠正在出神，就轻轻叫声："夫人。"

红珠一惊，嗔责说："小妮子，吓死人了！"

"哟！我的夫人，干吗抱着宝剑出神？"

红珠的脸腾地绽开了两朵桃花："翠盘，你再信口胡说，看我撕破你的嘴。"

"撕了我的嘴，谁去给你当红娘？"

红珠沉下脸来，假作生气。

翠盘上前来劝："夫人，消消气吧，你的信我送到了。"

红珠忍不住问："他怎样答复于你？"

"答复，"翠盘拉长声说，"人家没工夫。"

红珠的脸立刻变白了，好像突然落了一场秋霜。

翠盘见红珠当真了，忙改口说："夫人，你听我说完。他说虽然没工夫，但夫人唤他，不敢不来。"

"死丫头！"红珠的脸又恢复了方才的笑容。

"夫人，你就别在花园坐着了。回房去吧，少爷一会就到了。"

红珠点点头，站起身来，手拿青锋剑走下水榭，翠盘捧起瑶琴跟在身后。主仆二人沿着方砖铺的甬道，穿过月亮门，绕过影壁墙，回到了房中。

说不上是羞愧还是心虚，红珠看着翠盘总有些难为情。她拿起一本《西厢记》，信手乱翻着说："翠盘，我有些头晕，到里面躺一下。等他来时，到内室见我。"说罢，红珠走进卧室对着菱花镜忙乱地打扮一番，侧身躺在了象牙床上。躺下不久，就听翠盘说："夫人，少爷到了。"

接着，是杨升的问话："姨娘，是您呼唤我？"

红珠娇滴滴地说："升儿吗？进来见我。"

杨升望着卧室门上的撒花湘妃竹帘，犹豫地说："这？"

"进来不妨。"

翠盘已然打起帘子，杨升只得硬着头皮走进。

红珠的卧室，布置得很不寻常。靠北墙，是个紫檀色楠木雕花象牙床，床前挂着大红绣花幔帐。此刻幔帐半掩，搭在两个明晃晃的铜钩上。屋顶垂下一盏莲花型玻璃吊灯，东面贴墙摆个精美的梳状台，上有各式各样的化妆品。靠西墙是张酸枝木八仙桌，两旁各有一把酸枝木太师椅。八仙桌上，放一架苏州产的自鸣钟。钟左侧，立尊象牙雕刻的观音大士像。象牙洁白如雪，雕工精巧，观世音栩栩如生。钟右侧，是个博山香炉，一缕缕香气袭人的轻烟，淡淡袅袅飘出。此外，屋内还有瑶琴、凤箫、横笛、棋盘……墙上还挂幅红珠亲笔画的《贵妃新浴图》。画中的杨玉环刚从贵妃池中洗浴站起，一副娇容媚态。杨升觉得有些头昏眼花，也不敢细看。

红珠正侧卧在"芙蓉夜月"的绣花枕上，见杨升走进，慢慢坐起："升儿来了。"

杨升急忙上前施礼："姨娘好。"

红珠轻启朱唇："免礼吧，哪有这么多规矩。"

杨升垂手站立一旁，缓缓问道："姨娘唤我有何事吩咐？"

红珠见他既老实又规矩的样子，越发增添了几分爱怜，便说："坐下讲话。"

杨升谢座，规规矩矩地坐在离红珠远些的椅子上，头也不敢抬。

红珠扭头对翠盘说："看茶。"

翠盘很快端来两盏香茶，放好后悄悄退出。

红珠拿起青锋剑问："少爷，我把此剑赠你，因何到了匪女之手？"

杨升答道："姨娘，此剑乃杨家世代相传，堪称奇珍。我长兄官居襄阳守备，多次向父亲索取此剑都未能如愿。姨娘做主，将剑与我，父亲也只好顺水推舟。那日夜晚，我从木厂返回途中，突然遇豹险些丧命。幸亏一青年女子相救，才得活命。我感念她救命之恩，身边又无别物，便以此剑相赠，此事我已向父亲禀明。哪想到费总爷把她捉来后，方知她乃白莲教首，名叫王聪儿。"

"噢，原来如此。"红珠不由问道，"那王聪儿多大年纪，竟能杀死豹子？"

"看年龄与孩儿不相上下。"

红珠越发惊奇："她一弱小女子，竟有如此勇力。"

"她武艺高强，又俏丽无比，实乃世上无双。"杨升见红珠提起此事，遂趁机说道，"姨娘，王聪儿是我救命恩人，望您在父亲面前美言几句，饶她性命。"

"你叫我说情？"

"愿姨娘大发慈悲恻隐之心。"

"此事恐不好办。我闻听捉到她后，你父当即便派入去郧西报信，你那当县令的二哥，也连夜派人去往武昌，请示如何发落。据你父说，她乃白莲教首必死无疑。你父也曾劝她降顺，不料反被她打。因此，你父一气之下，今日亲往郧西，催问武昌回文，欲将其从速处死。"

"此情我也略知一二，原是我父欲行非礼才遭她打，倘耐心开导，她必然会改邪归正。"

"那你为何不去劝说她？"

"我也曾到牢房去过两次，怎奈有乡勇在旁，不好启齿。"

红珠想了想说："听你一讲，我也很想见识见识这位'巾帼英雄'。我叫人把她带来，你可在此解劝，看她能否回心转意？若能劝得成，可莫忘了我的一番苦心。"

杨升赶紧施礼："多谢姨娘。"

红珠便叫翠盘去带王聪儿，杨升在外屋等候，她却避开仍在卧室之中。

少时，翠盘和二乡勇押着背绑双手的王聪儿来到，乡勇和翠盘全都退出。杨升一见王聪儿，急忙上前便欲松绑。

王聪儿横眉立目，厉声说道："你与我闪开！"

"大姐，你这是为何？难道信不过我？你是我的救命恩人哪！"

"悔之当初未叫豹子吃了你！"

"你，何出此言？"

王聪儿想起刘之协被杀，自己身陷囹圄，不由紧咬银牙："你们一家在杨家坪为非作歹，欠下了多少血债，白莲教早晚要同你们算账！"

"大姐，我虽生在杨家，但自幼读诗书、识礼义，从不做非礼非法之事。更莫说伤天害理，损人利己；对杨家之人，你也不能一概而论。"

"说得好听，为富不仁古来理。我就不信，在一个染缸里，你倒能清白。"

"我也不与你分辩，但有一言相告。"杨升走近一些说，"白莲教乃一邪教，为国法不容，你何必执迷不悟，以致杀身被害。"

"住嘴！白莲教济困扶危，光明正大，广行仁义，万民爱戴，你休得诋毁，莫再胡言。"

"大姐，自你除豹救我性命，我便对你不能忘怀。想你正值妙龄，如蓓蕾初开，白莲教纵然好，也不当为之献身，莫若权且降顺。不然一旦死于王法之下，岂不可惜！"杨升此时牵动情怀，竟然忘了还有红珠在场，不觉脱口而出，"那时，叫我还有何望活于人世！"

"呸！你算什么东西？我死活与你什么相干？快闭住你的臭嘴！"

"不，"杨升一念全在王聪儿身上，"你纵然忘了赠剑之情，我也绝不忘救命之恩，今生不能与你成连理，我绝不罢休！"

王聪儿气得浑身发抖，一口唾去，吐了杨升满脸唾沫。

红珠一掀门帘走出来："哟，这是怎么了？"王聪儿没想到内室还有人，感到又气又羞。

红珠慢闪秋波仔细看去，见王聪儿昂首挺胸在屋内站定，虽然反绑双手，却不失为女中豪杰，真是丽质无双、风采照人，不觉相形见绌。她心中说，怪不得杨升对她如此动情，天下竟有这般英俊女子。幸亏杨升有情她却无意，不然自己岂不枉费心机？她看着杨升颇含醋意地说："怎么样？少爷，有道是落花有意，流水无情啊！"

杨升羞红双颊："不，无论如何，这救命之恩，我不能不报。"

红珠冷笑一声，叫翠盘唤乡勇把王聪儿押走，然后故意问杨升："你当真要我说情？"

"愿姨娘在父亲面前为她开脱。"

"我真要出面，你父亲总不会把我的话当作耳旁风。来，你我到里面仔细商议一下，该如何为她求情。"说着，她拉起杨升衣袖走进卧室，杨升身不由己，只得跟了进去。

红珠此时心跳不止，脸也像醉酒一样发烧。她把杨升扯到桌前，指着上面的一幅画说："少爷，都说你能诗善画，你看我这幅画得如何？"

杨升仔细一看，原来画的是南方常见的一种野生植物，名曰红豆，俗称相思豆。画笔工整，挥洒自如。上面还题着王维的一首诗："红豆生南国，春来发几枝。愿君多采撷，此物最相思。"

红珠见杨升只管呆看不发一语，便问："画得可好？"

"好，好。"杨升机械地回答。

"你可知我是为谁而画？"

"我，我不知。"

"傻孩子，还不是为的你！"红珠说着，把手搭在了杨升肩头。

"为我？！"杨升感到茫然，也觉得有些不妙，求援似的四处看看。

感情的激流，已经冲开了理智的闸门。红珠对着杨升的脸问："你可喜欢红豆？"

"我，我……"

"你可愿意采摘？"

"我，我……"

红珠再也抑制不住，猛地张开双臂，把杨升搂在怀里，将发烫的樱唇，贴上了杨升颤抖的嘴。

正在这时，翠盘一头闯入，见此情景不由又羞又惊。

红珠忙推开杨升："翠盘，如此慌张，是何道理？"

翠盘从窘态中挣扎出来："夫人，老爷回府了。"

"在哪儿？"

"已到二门了。"

红珠忙把杨升推到外屋，刚嘱咐几句，杨国仲已走进来。杨升只好硬着头皮上前施礼。

杨国仲甚为诧异："升儿，你因何在此？"

红珠唯恐杨升说漏嘴，急忙答道："老爷有所不知，少爷说匪女王聪儿正是除豹救他性命的恩人，要我设法劝她归降。"

杨国仲淡然一笑："真是个孩子。"

杨升也趁机说："望父亲念她年幼无知，又曾救我性命，免她一死，以便慢慢劝她改邪归正。"

"全是孩子话。"杨国仲手捋山羊胡子说，"你道她年幼无知，她实乃白莲教匪首，身为副总教师。"

"我不信。"

"武昌已有明文，王聪儿乃齐林之妇，同为湖北教首，已约期作乱。事泄齐林毙命，王聪儿漏网，不料逃来此处，被我拿获。巡抚惠令大人闻之甚悦，本欲押解武昌，为防教匪途中拦劫，吩咐在郧西就地正法，绝不待时。斩后，将人头送往武昌领赏。如此朝廷要犯，岂是你我能够做得主的？求情之话，休再提起。"因为要受奖赏，杨国仲说来甚为得意。

杨升不肯甘心："爹爹，难道就无一线希望！"声音不免哽咽。

"升儿，休再胡缠。我已与你兄商议停妥，为防万一，也不将王聪儿押送县城，就在杨家坪处斩。你去告诉姜师爷、费总爷，叫他们在花厅等候议事。"

杨升不敢不听，只得垂头丧气地走了。

杨国仲又对红珠说："我从县城叫个戏班子，杨怀已在安排，等会儿在小戏台上开演，你也去看看，好散散心肠。"

红珠推辞说："我身体不爽，不想去看。"

"好，不想去就不去。"杨国仲不敢勉强，"等我把处斩王聪儿之事计议好，就回来陪你。"

姜子石、费通得信以后，先后来到了花厅。杨国仲叫来的戏班子，正在化装，准备粉墨登场。杨府花厅共有三间，虽说不大，倒也文雅别致。一色雕花门窗，里面摆满应时的鲜花和常青的碧草。四面墙上，挂满历代名人的花鸟画轴。花厅对面几丈远，有座戏台，建造得小巧玲珑、金碧辉煌。两侧的朱红廊柱上，刻着一副漆金对联，乃杨国仲亲作亲题。上联是：富贵荣华皆如梦毕竟好梦。下联是：功名利禄俱是空到底不空。

杨国仲来到后，戏班子班主请他点戏。杨国仲捋着山羊胡子寻思一会儿，点了《连环套》中一折《天霸拜山》。

姜子石问："老爷，为何不看全本，只看一折？"

杨国仲说："《连环套》的草寇窦尔敦，如同而今的白莲教。黄天霸艺高胆大，为了大清江山，寸铁不带，只身拜山，可算英雄好汉。眼下白莲教阴谋作乱，必须有黄天霸这样的英雄，把教匪剪除。我儿杨发，在襄阳斩擒齐林以下一百余人，堪比黄天霸。老夫又生擒副教首王聪儿，当可比黄三太。何愁当今万岁不把黄马褂赐予我家？"

姜子石连称佩服，并且点了一出《九江口》。他说："当今天子好比朱洪武圣明无比，白莲教至多不过如陈友谅之辈，必败无疑。"

杨国仲点头赞许，费通也胡乱点了一出。众人一边看戏，一边说起了处斩王聪儿之事。杨国仲问姜子石："师爷，对此有何高见？"

姜子石说："这乃是杀一儆百的良机，就在城中心关帝庙设立法场，通告全城百姓前往观看，让他们知道入白莲教的下场。但是，费总爷要看好法场。"

费通不以为意地说："出动几百乡勇守护，管保无事。"

杨国仲说："明早起四门紧闭，白莲教要进城除非腾云驾雾。真要进来，城门不开，也叫他们插翅难逃。明日午时三刻，就在关帝庙前将王聪儿斩首，老夫亲自监斩。"

第二天，杨家坪的城门根本没有开。一早，两个乡勇就手提糨糊桶，夹着告示来到关帝庙前。刘之协的人头，还挂在高竿上，虽然经过风吹、日晒、雨淋，五官都模糊了，但那双眼睛依然圆睁。眼神里，充满着对这个世界的仇恨，仿佛在说：不把这吃人的世道翻过来，就是死了也不瞑目！

乡勇们一贴告示，立刻有人围拢来看。乡勇又敲响了手中的破锣，用沙哑的声音喊起来："全城军民人等听真哪，今日午时三刻，在关帝庙前设立法场，处斩白莲教女匪首王聪儿……"乡勇走街串巷，边敲边喊，破碎的锣声和乡勇沙哑的叫声，在杨家坪里回荡。很快，杀人的消息就传遍了全城。

临近午时，法场布好。听说要杀白莲教首领，而且是青年女子，围观之人甚众。为防人们拥挤，乡勇在法场上站成了人墙。顷刻，一队人马向法场走来。

王聪儿走在队前，她被反绑双手，项上插着亡命招牌。脸色异常平静，眼睛仍像秋水一样清澈明亮，眉宇间仍然荡漾着那股英风侠气；步伐也是沉稳的，完全是一副视死如归的神态。她身后，是两个手执鬼头刀的刽子手，三尺长的红绸子刀穗一直飘到脚面。这两个刽子手，全是五大三粗，满脸横肉，眼露凶光，都喝了壮胆酒，脸红得像猪肝，不时喷出浓重的酒气。往后，是一小队乡勇，大约几十人，由史斌率领，一个个年轻力壮，血气方刚，手拿明光耀眼的兵器，真是刀枪林立，杀气腾腾。随后便是杨国仲、姜子石、费通等人骑在马上。马后，杨怀领着一群家丁紧紧相随。来到法场，杨国仲、姜子石、费通在准备好的座位上坐下，王聪儿被刽子手押着，立在庙门之前。

杨国仲看看黑压压的人群，手捻着山羊胡子站起来。

乡勇急忙敲锣喊道："肃静，听杨老爷说话，一律不得喧哗！"

杨国仲咳嗽两声，尽量抬高声音："列位父老乡亲，老夫今日奉命监斩白莲教女匪首王聪儿，有片言奉告诸位。白莲教冒犯王法，以邪说迷惑人心，图谋叛乱，杀人越货，骚扰地方，实属大逆不道。一群鸡鸣狗盗之徒，正所谓乱臣贼子，人人得而诛之。诸位万勿踏入邪途，以免日后身首异处，获罪满门。"

这时，第一声炮响，杨国仲说完坐下了。费通站起走到王聪儿面前，咧着嘴，腆着肚子问："王聪儿，你死到临头，还有何话说？"

王聪儿没理费通，环视一下人群说："父老姐妹兄弟们，不要听老贼一派胡言。白莲教都是好人，专管人间不平，和贪官污吏财主作对！皇上、官府和杨国仲这些财主才是坏得很呢！他们吃山珍海味，我们吃树皮观音土。这个世道太不平了！要想过好日子，就得跟着白莲教，只有杀尽不平，才能得到太平！"

"住嘴！给我住嘴！"杨国仲急得直拍桌子。

费通急忙对一个年老乡勇说："快，给她吃上路饭，好打发她走。"

乡勇端着两个馒头和一小碗肉，来到王聪儿面前，用匙箸去喂王聪儿。王聪儿紧咬牙关，全然不理。乡勇劝道："姑娘，吃了馒头吃了肉，阴曹地府少挨揍。"王聪儿把头转向一边。

费通把手一挥，斥退乡勇："不吃就拿开，她愿当饿死鬼，不用管她。"

"嗵！"二声炮又响。刽子手从王聪儿背上取下亡命招牌，做好了杀人的准备。忽然，一阵急骤的马蹄声传来，有人高喊着"刀下留人！"闯进了法场。

来人正是杨升。听说今日处斩王聪儿，他无力营救甚是不安，又因不忍去看，就留在书房读书。但是，一行一字也看不下，他只觉六神无主，坐立不宁。快到午时，便更加坐不住了，总感到问心有愧，决意在最后关头力争一下。于是他就飞马来到了法场，直奔杨国仲面前跪倒，气喘吁吁地说："爹爹，刀下留人哪！"

杨国仲大为恼火："升儿，你疯了不成！"

"爹爹，王聪儿对我有救命之恩，匪首刘之协业已伏诛，何必定要她的性命？望父亲网开一面，给她条生路。"杨升说完，全场哗然。

杨国仲气得一拍桌案："胡说！王聪儿乃朝廷要犯，罪当万死，岂可因私情而废国法？休说是你救命恩人，今日即便受刑者是你，也只有引颈等死！快与我滚开。"

杨升见求救无望，转身来到王聪儿面前说："大姐，眼见你就要身首异处，我却不能相救，实实叫人肝肠寸断。"

"哪个要你说情，与我滚走！"王聪儿大声呵斥。

杨升并不在意："救命之恩，今生不能报答，来世亦当变犬马相报。临行之前，且容我几拜。"说罢，他在王聪儿面前跪倒，叩了三个响头。

王聪儿扭头闭目，只是不理。

杨升站起又说："愿恩人早升天界！"

一旁的杨国仲气得浑身发抖，大叫："反了！反了！给我轰出去！"

费通早就看不惯了："我说小少爷，你快闪开吧，看崩你一身血！"说着，往外就推，杨升站脚不住，只得离开法场，上马时不免又掩面哭泣了一会儿。

午时三刻眼看就到，王聪儿看看黑压压的人群，又看看蔚蓝的天空。一朵洁白的云，正从头顶徐徐飘过，就像新开的白莲花，美极了。一只山鹰正自由地飞旋，有时，那双翅竟一动不动，显得那么悠闲。王聪儿想，自己要能变成雄鹰该多好，那就可以振翅飞上蓝天了。一扭脸，高杆上的人头赫然闯入眼帘，王聪儿从遐想中回到法场。她知道，自己马上就要离开人世了，自己不过才十九岁呀，还有多少事情要做！她想起了齐林，想起了父亲，想起了明年三月十日的白莲教大起义，想起了……

"嗵！"第三声炮又响了。一个刽子手举起了鬼头刀。杨国仲凶狠地喊了声："斩！"王聪儿紧紧地闭上了眼睛。就在这时，"嘶"的一阵风声，从天上飞来一颗石子，正打在刽子手的右腕上，鬼头刀"当啷"落地。几乎紧接着又一颗石子飞来，另一个刽子手"哎哟"一声，用双手捂住了眼睛，刀也撒了手。

这突然的变化，使全场静了一瞬。有人明白过来，高声喊道："快跑呀，白莲教劫法场了！"说时迟，那时快，石子已接二连三飞到费通、史斌、杨国仲、姜子石的头上、脸上，几个人无不被打得蒙头转向、鼻青脸肿。杨国仲也不知来了多少劫法场的好汉，唯恐自己在混战中丧命，嚷叫着："快，快给我备马！"

在这混乱的当儿，早从关帝庙房脊上跳下两个人。他们一跳到庙墙，二跳到法场。这两人便是曾经打擂的青年和道姑，青年手疾眼快，先挑开了王聪儿的绑绳，说声"跟我来"，当先冲杀出去。王聪儿捡起一把鬼头刀，随青年砍杀起来。乡勇们抱头鼠窜，无人敢挡。道姑手握一张弹弓亲自断后。史斌不顾脸已被石子打破，领着一群乡勇尾随追来。只听道姑口中连说："着！着！"弹弓响处，石不虚发，史斌头上早已又中两弹。乡勇们不是被打掉门牙，就是鼻眼流血，再也没人敢追了。王聪儿等三人去如疾风，拐过几条街巷，转眼消失。

待费通重整旗鼓率众赶来，连他们的踪影也找不见了。

杨国仲听说王聪儿已被救走，十分恼怒，发狠说："四门未开，不怕他们飞上天去，全城搜查，不抓住他们绝不罢休！"

于是，乡勇全部出动，一队一队逐街逐巷、挨家挨户搜查起来。杨家坪顿时陷入混乱中，砸门声、叱呼声、狗吠声、鸡叫声、婴儿的啼哭声、老人的哀求声……交织在一起。乡勇们趁机翻箱倒柜，把金银细软塞入腰包，有的调戏妇女，有的借故生事，敲诈勒索。直弄得杨家坪鸡飞狗跳，家家遭劫，人人不安。

史斌领着一小队乡勇，查完了升平里，又来到了天康巷。他们从一头搜起，很快来到一个黑门楼前。整条巷里，顶数这一家气派。门前有三级石阶，蹲着两个不大的石狮子，靠墙根还立着一根拴马桩。两扇黑漆门上，镶着两个金兽铜环。

哨官王光祖就要越门而过，去搜下一家。史斌站住说："老弟，走过了。"

王光祖问："怎么，我舅舅家也搜？"

"老爷交代得明白，不论官商富户，一家不许空过。咱哥俩让过去，哪个弟兄回去奏上一本，咱回去就不好交代了。"

"史兄，我舅舅缪先生可是杨府的座上宾，出入杨府如走平地，杨家上下谁不尊重？咱们进去闹腾有好处吗？"

"咱是例行公事，过场不能不走。"史斌说着吩咐两个乡勇到回春堂前门把守，他自己上前敲动角门。

半晌，有人在门里问："何人打门？"

"我，奉命搜拿白莲教逃犯。"

大门打开，彼此全都认识。开门的是缪回春的独生子缪超。他从小随父学医，得父真传，本人又极上心，医术也是出众的。

史斌上前现出笑脸说："哟，小先生，把你给惊动出来了。我们哥几个奉杨老爷之命，逐户搜拿逃犯，上命差遣，概不由己。"

缪超双手扳着门扇："史兄，家父染病，刚刚睡熟，正在发汗，怕受惊动，是否……"

"怎么，神医缪老先生竟也患病？这倒是头遭听说。"史斌故作惊讶。

缪超冷冷地说："神医也非金刚佛祖，也吃五谷杂粮，食人间烟火，难道就不生病吗？史兄未免有些少见而多怪也！"

"啊，啊，不知老先生身患何病？"史斌眼球转了几转，"记得昨日还见老先生出诊呢。"

"天有不测风云，人有旦夕祸福。家父昨夜偶感风寒，因年事已高，遂至卧床不起。"

史斌笑笑："不管怎么说，杨老爷之命不敢违，我们不进去打个照面，回去也难以交差。"

"这么说史兄是信不过我们，那就请吧。"缪超让开大门，面带不悦之色，"眼睛可要睁大些。"

史斌干脆不言语了，领人拥进大门。缪超暗中把王光祖的衣袖拉了一下，王光祖会意地点下头，然后转身匆匆离去。

缪家是个四合院，天井虽然不大，但极其整洁，全是方砖铺地。四间门面搜完，史斌走进正房。东两间是客厅，史斌打量一下，只见北墙上高挂一幅《行医图》，两旁是副对联。上联是：金丹草药常治不死之病。下联是：银针土方甘为有求之人。东墙上挂两幅轴画，一是《华佗疗毒刮骨》，一是《扁鹊起死回生》。西墙上也对称地挂有两幅轴画，一是《张仲景著金匮要略》，一是《李时珍修本草纲目》。屋内除去桌椅、屏风就是医书，显然没有藏人之处。史斌出了客厅，又把西配房缪家家眷住处也搜看一遍，仍然一无所获。最后，史斌来到缪老先生卧室。缪回春就住在正房西屋，史斌走进，见一人头蒙被单躺在床上。

史斌看看全屋，只有两个衣柜可以藏人。他叫缪超打开衣柜，里面尽是衣服，哪有人影？史斌暗想：如果逃犯不在他家，缪超为何开门时慢慢腾腾？又为何要阻我进门？我倒要看看缪老头是真病假病？他刚要上前掀被单，缪回春说话了："超儿，我正发汗，是谁来此走动？"史斌的手又缩回来，被单里肯定不是逃犯，但这床下可以藏人，而且藏下三五个也蛮宽裕。他蹲下身掀开床帘往里一看，里面空荡荡，别无一物。史斌垂头丧气地站起来，甚觉没趣地走出上房。

缪超一边往外送，一边说："史兄，可看仔细了？"

"小先生，千万莫怪，适才打扰，实在是不得已而为之。"史斌走出大门口，一回头看见了停在客厅前的马车。这是缪回春出诊时乘坐的，有很讲究的车篷。如今停在院里，竟然放下了车帘。史斌又起疑心，逃犯会不会藏在车内？他问身边的乡勇："马车可看过？""不曾看。""那也要看上一眼。"史斌说着从大门口扭身想回来。

缪超满面怒气上前拦挡："我说姓史的，你搜也搜过了，也该叫我们清净一下了。"

"对不住，还要看看马车。"

"史斌，你未免欺人太甚了！难道白莲教就藏在我家不成？"

"既然没藏，看看马车何妨？有道是为人未做亏心事，夜半叫门心不惊。"

"我缪家岂容你任意胡行？"

"说什么我也要看马车！"史斌想挤进大门。

缪超双手把定门扇："我偏就不许你看！"

"我却看定了！"史斌用力去推缪超。

忽然他身后有人说："哪个敢在此无礼！"

史斌回头一看，是少爷杨升，王光祖跟在身后，他心里明白这是王光祖搬来的。他急忙上前对杨升说："少爷，我在奉命搜拿白莲教逃犯。"

缪超趁机掩上了大门，站在门外说："史斌，我们家你里里外外也都搜到了，还在此胡缠不休，是何用意？"

杨升瞪了史斌一眼："你搜查也应分分所在，竟敢在缪老先生家如此放肆，这还了得！还不与我退走！"

"少爷，院中马车尚未查看，实属可疑。"史斌仍不甘心。

杨升怒道："你因何如此不知进退！"

史斌说："少爷，若车内无私，看看何妨？"

缪超说："看来你非查不可了？"

"如果拦挡，便是无私有弊。"

"史斌，你太无礼了！"杨升气得跺了一脚，"给我滚走！"

缪超阻止道："且慢，少爷，他既然疑心，如不叫他看一眼，他总难相信，就叫他看！"缪超说罢，双手推开了大门。

史斌气昂昂走进院，来到马车前，把车帘一挑，不免傻眼了，里面空空如也。

缪超一阵冷笑："姓史的，白莲教在哪里？"

史斌脸上红一阵白一阵，忽然又想到，莫不是方才缪超掩门时，人又趁机溜走了，便说："缪超，你且慢得意，逃犯分明是藏于车中，定是方才又趁机溜到房里，我再搜一遍！"

王光祖冷笑一声说："史兄，你也该收篷了。这样闹下去，你不怕缪老先生动气吗？"

缪超已然大怒："姓史的，你未免太自不量力了，难道我家就任你欺侮不成！走，我与你去见杨老爷！"他上前扯住了史斌。

杨升走近史斌："你太胆大妄为了！我是来接缪老先生给老爷治伤，倘若老先生一气不肯前往，定与你算账！给我滚！滚！滚！"

史斌见杨升发怒，无可奈何，只好悻悻地走了。

杨升上前对缪超说："适才受惊了。"

缪超道："不敢当，少爷请进来坐。"

"不必了，老爷被石子打伤头部，请老先生屈尊光临。"

"家父患病在床，难以从命。如不嫌弃，我愿前往。"

"小先生去也是一样的。"

"那请少爷先去复命，我收拾一下药箱，随后就到。"

"我回府恭候。"杨升带着从人走了。

缪超关好大门，方才松了口气，已是一身冷汗。来到客厅，缪回春和王聪儿、道姑、青年男子俱已在座。原来王聪儿等三人就藏在车内，在缪超关大门时，趁机又到了客厅。

王聪儿等三人一起向缪家父子致谢。道姑说："老先生，此番若非您举家掩护，我们恐还免不了一场恶战，也许会落入魔掌。"

缪回春长寿眉笑抖几下："莫客气，一年前我出诊遇到歹徒劫路，若不是你师徒搭救，怎有今日？那日打擂，王聪儿救了你师徒，今日你们拼死劫法场，又救她出来。就如你我互相救护一样，看起来这人世间的事，有时真是巧得很呢。"

缪超背起药箱到杨府去了，这里四人继续交谈。言谈中王聪儿方知道道姑号静凡，青年男子名李全，是姑侄关系。道姑还是李全的武师。李全因与杨国仲有杀父之仇，想借打擂之机报仇，不料反为暗器所伤，伤后一直藏在缪回春家调养。这次他们劫法场，得到了缪老先生的赞同。

大家说着，说到了王光祖身上。王聪儿说："老人家，方才也多亏令外甥了，倘不是他搬来杨升，史斌还不肯轻易离去。"

"并非我夸口，"缪回春说，"他虽在乡勇队中，也素怀正义之心，近来几番对我提起，欲脱去乡勇衣另谋生路，只是苦于无处投奔。他从我学医杨国仲必然不允，何况他在乡勇中身为哨官，又正值杨国仲扩大乡勇用人之际。"

王聪儿说："如有去处离开固然好，不然，便在乡勇队中，只要心存正直，何时不能行善事？即以今日，若非他从中周旋，我们岂能如此安然？"

缪回春笑着点头："说得也是。"

这时，静凡问道："聪儿，待风声过去，出了杨家坪，你意欲何往？"

"当然要回伏虎沟，寻找我父亲和范人杰等人，以便加紧筹划起事。"

李全摇摇头说："不妥，昨日王光祖来此说，自那夜你被捉，乡勇一直在伏虎沟附近撒网设伏，据说白莲教头领已隐藏起来，令尊定然也暂避锋芒。你此刻回去，危险甚大，应到别处躲过一时再回南山老林。"

王聪儿一听，觉得也有道理。但是她说："我总不能就藏于此处不走，万一泄露，我死活事小，岂不连累老先生一家？"

静凡说道："南山暂不可回，此处也非久居之处，我倒有一万全之策。贫道在深山绝谷中的青莲庵修行，那里人迹罕至，聪儿如若愿往，可去那里暂避一时。"

从劫法场义举，王聪儿已知道姑武艺非凡，心想：此时不便回去，何不向她拜师学艺？静凡刚刚说完，她便双膝跪在地上："倘若您不嫌弃，就收我做个弟子吧。"

其实静凡也有此心，只是不好启齿，一见王聪儿跪倒，眉开眼笑地说："孩子，快起来，折杀贫道了。"

王聪儿行了师徒之礼，又与李全见过礼。缪回春在一旁高兴地说："待我吩咐整备酒席，为你师徒庆贺。你们且宽住几日，待城门开了，盘查松了，我亲自送你们出城。"

王聪儿问道："老人家，不知如何出城？"

缪回春道："这个不难，待轮到王光祖把守城门时，你们坐上我的马车，要出城有何难哉！"

王聪儿见缪回春胸有成竹，也就放下心来。

第六章　绝谷习武兄妹相恋　村店救友父女重逢

　　云雾像轻纱一样洁白，飘浮在绝谷上空。从下往上看，只能见到两侧青黢黢的、刀削般、直立的陡壁。偶尔一阵微风吹来，拂动罩在深谷上空的云雾，难得有一瞬间露出一块明净瓦蓝的碧天。露出在云雾之上的，仍然是峭壁千仞的山崖。站在崖顶向下望，那轻纱般的云雾，却又像在谷底浮游。而谷底究竟是什么样子，人们却很难看到它的庐山真面目。此崖人称"舍身崖"，据说从此跳下去即可成仙。虽然成仙得道对人是那样有诱惑力，长生不老的仙境那样令人向往，却总不见有人从此跳下。只有一个采药老人，曾反复向人们讲过，他曾恍惚见过一位青年女子从崖顶跳下。可是人都说他眼花了，根本无人相信。人们以为这里人迹罕至，哪知谷底还生活着道姑静凡和李全这两位"世外神仙"。近来，又添了一个王聪儿。

　　转眼王聪儿来到绝谷已经两个月了。谷底有座半倒塌的青莲庵，便是他们的住处。这座庵堂，也不知是哪朝所建，修在了这样一个荒凉所在。三间正殿，只有一层院，真比土地庙大不了多少。庵后石壁缝里，流下一线清泉。泉水曲折流入一个半亩地大小的深潭。这里是谷底最宽阔之处，水潭四周生长着白杨、翠柳。柳丝在微风中轻轻舞动她那苗条的腰肢，拂点着荡漾的碧波。蜻蜓在水面上频频起落，激起一个又一个涟漪。五彩缤纷的蝴蝶，在莲花丛中翩翩起舞。缓缓漂动的浮萍下面，几尾鲤鱼相互追逐，游来游去。有一对多姿的鸳鸯，正嬉戏于莲花下的绿梗之间，一忽儿潜入水底，一忽儿浮上水面。风儿吹过，不时送来莲花扑鼻的清香。水潭四周明洁、清丽而又恬静，宛如世外桃源。王聪儿无暇欣赏这美丽的风光。她时刻怀念着南山老林和那里的教友，真想立刻离开这里，但是有条无形的绳索似乎拴住了她的心。

　　王聪儿来到青莲庵以后，便几乎与世隔绝了。这里只有她与师父、师兄三人。她虽然挂念着父亲和范人杰等人的下落，但也抓紧时间刻苦习学武艺。谷中有一处绝壁，异常陡峭。从谷底向上整整三十丈高，俱是光秃秃、寸草不生的石岩，有道巴掌宽的裂缝斜通上去，一棵碗口粗的松树长在裂缝尽头。静凡教王聪儿爬这个陡壁。王聪儿不知失败了多少次，甚至摔伤。但她牢记师父的话："要想武艺精，必须下苦功。"失败了再重来，她一手抠着石缝，另一只手尽可能抓住岩石凸起之处，把脚插进石缝里，甚至把指甲都抠秃了。功夫不负苦心人，她现在也能像师父、师兄那样上下自如了。王聪儿的武艺本来就不弱，两个月来经过静凡的指点，比以前又大有长进。但是，王聪儿始终不肯满足，每天都坚持苦练不止。

今早，她已向石壁上爬上两次了，如今她正在做第三次攀登。李全把早饭做好，还不见她回来，就到绝壁下找她，发现王聪儿正奋力向上，跨坐在松树之上。

李全在下招呼："师妹，下来吃早饭吧。"

"好，我就下去。"王聪儿方要下去，一眼看见十数丈外那棵杏树，满树杏子俱已黄熟。她便从左胁下的兔皮袋中取出弹弓和石子对李全说："师兄，看我给你打些杏子吃。"弹弓响，石子飞，一枚杏子应声落地。紧接着只听弹弓频响，石子如流星飞出，杏子纷纷坠落。

李全高兴地说："师妹，人说'青出于蓝而胜于蓝'，你这手神弹，足以赶上师父了。"

"师兄过奖，我怎能同师父相比，还差得远呢。"说着，王聪儿像猿猴一样轻捷而下。然后她来到水潭边，用手掬起潭水，洗去脸上的汗污，跪坐在青石上，抖开长发沾着潭水，梳洗起来。她见李全站在身边，便说："师兄，你先去吃吧。"

静凡有事出山去了，谷中只有他二人。李全当然不肯先吃："不急，还是一起吃。"说着，他在附近坐下等候。

水潭边上，又有几朵白莲花竞相开放，在晨光里争芳斗妍。王聪儿不禁赞赏地说："这花开得真美！"

"是呀，真美！"李全的话语向来很少，如今师父不在，他越发感到拘束。

王聪儿看得出，李全虽然沉默寡言，但内心里却是火热的。每当她贪练武艺，忘记烧饭时，李全都主动抢着把饭做好。王聪儿为了表达感激，也总是抢着为李全洗衣缝补。两个月来，他们之间每一次真挚无私的相互关怀，都像一场春雨洒在各自心头。两个人心中，都已萌生了爱的幼芽，但却都深深埋在心底，谁也没有向对方吐露情怀。

潭水，被王聪儿激起一个又一个涟漪，她的身影，随着波纹不住地变幻；她的心同这潭水一样，也不是平静的。自从齐林遇难后，她曾暗中发誓，不实现白莲教"兴汉灭满"的大业，绝不再婚。可是，人非草木，又朝夕相处，对李全的痴情，王聪儿怎能无动于衷？她让自己不想李全，可李全的身影总是浮现在心中，就像漂在脑海中的葫芦，按下去又浮上来。

王聪儿匆忙梳洗完毕，和李全一起胡乱吃了早饭。不知为什么，她总觉得精神有些恍惚。她手拿一本残缺的《三国志》，在杏树下看，看了一整天，竟连一句话也没记住。

李全见王聪儿一整天只管捧着书本出神，也没练武，感到她可能身体不爽。李全想问，又觉得难以开口，便在晚饭上下了功夫，给王聪儿做了一小锅加了兔肉丝的可口稀饭。但是，王聪儿只勉强喝了半碗，就苦笑一下撂了筷子。李全的眼中，闪出一丝忧愁的神色。

第二天，王聪儿竟然病倒了。也许是因为爬绝壁出了一身汗，在潭边洗发被风吹着了，也许还有其他原因。早晨，她挣扎了几次也没爬起来。身子竟像棉花一样软，头也涨得厉害。

太阳升起老高了，李全还不见王聪儿起来，却听到了哼哟声，走进房来见她病倒了，急忙去灶台把粥热过端来："师妹，你起来挺着吃些。"

王聪儿无力地说："我口苦，吃不下。"

李全急得直搓手，他站了一会说："师妹，你准是受了风寒，我去给你采些草药来。"

王聪儿忙说："不用，过一天就会好的。"

李全叫她好好歇息，起身采药去了。

一个多时辰后，李全采回药来，支上锅煎熬起来。药锅"咕嘟""咕嘟"地开着，屋中弥漫着一股浓郁的草药气息。他方才采药时，脸被划了一道口子，现在还渗着血，隐隐作痛。但李全顾不得这些，急着把药煎好，端到了王聪儿床前。他见王聪儿正在昏睡，便用两个碗折起药来。王聪儿听见响动，睁开眼睛，李全扶她坐起，尝尝药正好温乎适口，递给她说："师妹，喝药吧。"

王聪儿看见李全脸上的伤痕，感激地说："师兄，你受累了。"

"师妹，莫如此讲，师父不在，我照顾得不好。"他等王聪儿把药吃完，又出去到潭中摸了几尾鲤鱼，给王聪儿做了碗鱼汤端来。王聪儿虽然口苦心腻，腹内有火，但不忍拂却师兄一番心意，硬是喝了下去。由于李全的精心照料，过了两天，王聪儿的病就大好了。

这日傍晚，天边还残留着几抹尚未收尽的淡红色落霞，风儿清爽柔和，山谷里清凉宜人。王聪儿有病初愈，迈步来到水潭边，感到十分舒畅和惬意。渐渐明月升起，银辉遍地，李全跟着王聪儿，坐在水潭边、莲花旁。几天来，李全无微不至的关怀照看，使王聪儿更加坠入了爱情的深渊。

两人默坐无言，甚觉难堪，王聪儿猛地想起曾提过几次的话头，便打破沉寂问："师兄，你和师父为什么来到青莲庵？今日得闲，能告诉我吗？"

"师妹，并非我不说，说来叫人伤感。"李全停了一下，诉苦道，"我家本在杨家坪北五十里的李坝，父亲做豆腐谋生。我五岁那年，杨国仲突然带着几十名家丁闯到我家，说是抓我姑母，还说姑母杀了他家两名家丁。后来没找到她，杨国仲就将我爹妈绑走了。不久他们就被折磨死在杨家坪。我被一位好心邻居收养，半年后姑母偷偷来到，见我还活着，就仍拜托那家邻居照料，并留下了银两。那时，姑母即已出家当了道姑。我十岁时，姑母便领我来到这里，每日教我习学武艺。依姑母之见，要我等白莲教起事后去投白莲教，再报杀父害母之仇。我报仇心切，又自恃有满身武艺，遂打擂行刺，不料竟被暗器打伤，幸遇师妹相救。"

王聪儿又问："那师父如何与杨家结怨？又因何在此学道出家呢？"

"我也曾问过几次，姑母只是不肯讲，之后我便不敢再问了。"

王聪儿深有所感地说："我们都受过杨家之害，都同杨国仲有血海深仇。师兄，白莲教专打人间不平，你有满身武艺，也加入白莲教吧！"

"师妹，"李全终于鼓起了勇气，"让我们今后在一起杀尽不平，永不离分！"

"永不离分？！"王聪儿感觉到了这句话的含意。

李全有些胆怯地说："师妹，我们，我们永远在一起好吗？"

李全终于把事情挑明了，王聪儿抬起头，正好遇上师兄那期待的目光。李全那英俊的脸庞，在月光下分外清秀。师兄长得好，武艺强，品行端正，对自己又是一片深情，而且志同道合，有这样情投意顺的丈夫应该是十分满意了，不能叫师兄伤心，应该答应他。王聪儿想到此，双眼脉脉含情，刚要启齿，猛然想起了遇害的丈夫齐林，立刻又联想到死难的一百多名教友，和被杨国仲杀害的刘之协。教友们为了"兴汉灭满"的大业，已经流洒了热血。自己身为副总教师，理应继承遗志，克服险阻，早日起事，为死难教友报仇，为百姓杀出条活路。怎能在这危难关头，顾及自己的私事呢？王聪儿拿定主意，委婉地说："师兄，这事且待将来再说吧。"

李全原来就担心王聪儿拒绝，想不到果真如此。他不禁有些茫然，又后悔自己冒失，此后见面该有多么难为情？他这样越想越觉得难堪，站起来抽身便走。王聪儿想再解释一下，但李全已大步如飞地走远了。

月儿似与人心相通，她扯过一片浮云，罩住了自己明媚的面容。周围顿时暗多了，花好月圆、诗情画意般的良宵美景，蒙上了一层忧郁的面纱。看到李全失魂落魄地离去，王聪儿的心像被揉碎了。她想，自己为什么是个女子呢？要是个男子汉，不就没有这些烦恼了吗？世上事为啥这般难呢？思前想后，王聪儿禁不住伏在青石上哭泣起来。哭一回想一回，千思万念齐上心头。想了许久，她终于打定主意，等师父回来，便要求出山。

这时，身后响起了脚步声。王聪儿以为是李全转来，回身一看却是师父。静凡已经回来一些时候了，她见李全回到庵中神色不对，便问明了原委。其实，静凡早有成全李全与王聪儿之心，只是尚未提及。李全告诉了方才的经过，她便来找王聪儿，当面说明要为二人做媒。

听师父说出做媒之言，王聪儿当即跪在地上："师父，我与师兄情同手足，常言道，人非草木孰能无情？弟子并非无意，只是暂且不能应承。"

"这是为何？"

"师父，王聪儿虽是女流，但女孩家也应有鲲鹏之志，不能只是儿女情长。师父、师兄拼死劫法场救我，又传我武艺，理应不负白莲教苦难教友，不负黎民百姓之望，为'兴汉灭满'大业轰轰烈烈干一场。眼下，白莲教迭遭挫折，棚民水深火热，我身为副总教师，在此关头，怎能因个人事而废大业？我只有尽快返回南山老林，整顿人马，早举义旗，狠狠惩治贪官污吏，打翻吃人的世道，才不枉师父教导一回。"

这番话，说得静凡哑口无言，只有点头称赞，刚想说些鼓励言词，忽见李全来到面前跪倒说："姑母，方才师妹所言，我尽皆听见。古人语，'与君一席话，胜读十年书'。师妹之言使我顿开茅塞，我不及师妹万一，大不该提起此事。我本七尺男儿汉，若陷于儿女情中，淡忘了国恨家仇，长此下去，只想花前月下，哪来救民壮志？我向师妹请罪，此后定抛却个人情念，以白莲教大业为志，'兴汉灭满'，献此一生！"李全情词恳切，可以听出实是出自肺腑。

静凡点头称是："全儿，你方才所说不差。诚然，男婚女嫁人之常理，但只想自己欢乐，不顾百姓安危，又与匹夫何异？你二人俱有远大志向，为师心中甚喜。"说着，她伸手扶二人站起来。

王聪儿不肯起来："师父，我还有一言相告，望您不加责怪。"

"你有话尽管直言，不必吞吞吐吐。"

"师父，弟子欲辞您出山，重返伏虎沟。"

"好，你起来讲话。"静凡扶起王聪儿，从怀中取出一张纸来，"你看看这个。"

王聪儿接过一看,原来是张石印揭贴,上面写着:"清朝气数已尽,日月复来归大明。""无生老母下界,白莲教普度众生。""大秤小斗不公平,上天降下火德星。""不平人杀不平者,杀尽不平方太平"……

王聪儿喜形于色:"师父,这从何而得?"

"就在杨家坪附近。"

"师父,我不能再蛰居深山了。"

"你欲何时离此?"

"说走就走,我想连夜下山。"王聪儿恨不能马上飞到伏虎沟,"不知师父是否应允?"

"好吧,你应该走。"静凡紧握王聪儿之手,无限深情、意味深长地说,"你聪明盖世,我无须多嘱,只有三句话愿你切记。一、欲创大业,须扎根于穷苦百姓之中,救其疾苦,解其倒悬。二、事业初兴,须知鱼龙混杂,谨防家贼内鬼。三、征途坎坷,'兴汉灭满'须立志不渝,万一身陷,宁为玉碎不做瓦全。"

王聪儿庄重应道:"师父教诲,字字铭刻在心,永志不忘。"

静凡又问:"你就如此走吗?"

"我欲女扮男装。"

"这样甚好,快去改扮吧。"

少顷,王聪儿改扮完毕,向师父拜别,又向李全探施一礼:"师兄,两月相处,师兄深情永记在心。"

李全还礼:"师妹,愿你此去前程远大、壮志凌云。"

"今后愿师兄多多劳神,照看好师父。"

"师妹放心,李全一定尽力。"

静凡说:"聪儿,你放心走吧,过些时候,我与李全也将前去,与你共创大业。"

王聪儿一听,分外高兴:"如蒙师父、师兄相助,则白莲教幸甚,黎民百姓幸甚!"

静凡、李全一直把王聪儿送过谷口,王聪儿再三劝阻:"请师父、师兄留步。"

"也好,相送千里,终有一别。"静凡止步说,"聪儿,青山不改,咱师徒后会有期。"

师徒依依不舍,洒泪分别。

王聪儿离开青莲庵，路上走了几日，这天傍晚来到了距郧西城四十里的祝家坝，这里离伏虎沟还有三十多里路程。时近黄昏，红日西坠，鸟雀归林，渔舟唱晚，暮云低垂。远山已经融合在苍茫暮色里，路上也已很少行人。今日无论如何也赶不到伏虎沟了，王聪儿决定在此投宿过夜。

祝家坝村口，有家车马店，王聪儿迈步走进。只见院中停有两三辆大车，七八匹牲口正在槽头吃草，上房门口不断有人进进出出。这个山村小店虽然说不上生意兴隆，倒也并不冷清。

店小二见来了客人，从上房迎出："壮士，住店请到上房。"

王聪儿打量了一下，见厢房上着锁，就问："这厢屋也招客吗？"

"招，只是不及上屋洁静。"

"我喜欢清静，就住厢房吧。"

店小二把王聪儿让到紧南头一间，里边陈设简单，用具粗糙。店小二用肩头搭的抹布，掸掸桌上尘土说："壮士如未用饭，小店备有现成的烧饼、馒头……"

王聪儿说："来五个烧饼吧，如有开水相烦给提一壶。"

"好嘞，马上就到。"店小二拿起茶壶，一阵风似的出去了。

王聪儿望望屋内，只见到处布满灰尘，屋角结有蜘蛛网。迎面墙上贴了一张"店家格言"，写的是："日落西山又黄昏，人投客店鸟归林，出门在外莫大意，店家有言你听真。画龙画虎难画骨，知人知面不知心。同行同往同店住，各人各物各小心……"未曾看完，店小二已将烧饼、开水送到。店小二问明王聪儿无事，便去照应别的客人去了。王聪儿拿起烧饼，坐在桌前，面对窗户慢慢吃起来。一个烧饼未曾吃完，就见大门口又走进一个住店人。不用细看，显然是个走江湖卖艺的。但是奇怪，这人的打扮王聪儿甚觉眼熟，禁不住站起来仔细观望。"啊！"王聪儿心中惊呼，"这不是父亲吗！"她扔了烧饼，揉揉双眼，又仔细辨认，分明不错，正是父亲王清，不禁喜出望外。这时，店小二已将王清领到紧挨王聪儿住的厢房中。待店小二安顿好离去，王聪儿迫不及待地来到父亲房前叩门。

"谁？"正在吃饭的王清心存警觉地问。

王聪儿兴奋得忘了回答，径直推门而入。

王清诧异地站起："壮士，你有何事？"

日思夜想的亲人就在面前，王聪儿竟激动得一时说不出话来。她心中悲喜交加，百感交汇，泪水如珍珠断线，成串滚落。

王清却似丈二金刚摸不着头脑："壮士，你这是为何？"

王聪儿猛然向王清怀中扑去，喊了声"爹爹"就泣不成声了。

王清似懂非懂，犹疑地问："难道你是？"

王聪儿仰起脸："我是聪儿。"

"啊！"王清又惊又喜，退后两步打量起来。

王聪儿扯去头上包巾，露出了女儿家的本来面目。

王清眼中涌出几滴热泪，双手抓住女儿的胳膊，喜出望外地说："想不到我们父女今日在此相逢！"

父女重逢，各叙别情。王清告诉女儿，自从那夜突遇变故，杨国仲自以为得手，越加猖狂起来。他和儿子郧西县令杨举一起，借口搜捕白莲教，四处抓人。现在，光是杨家坪就关押着无辜棚民二百多，郧西城里还有二三百人。杨家父子放话出来，被押之人可用银五十两赎回。棚民哪里有钱赎人？被抓之人受尽折磨，生命朝不保夕。范人杰急得心如火燎，意欲集合教友救人。王清不允，决定亲去县城探听虚实，不期在此与女儿巧遇。

王聪儿听后问："张汉潮等人在县城内情况如何？"

王清说："张汉潮在官军中已劝化十几人入教，王廷诏也已补上清兵，刘半仙仍在卖卜。"

父女二人正在倾谈，院内传来嘈杂的人声。二人隔窗看去，只见十数个乡勇，押着个五花大绑的汉子走进。为首之人乃是乡勇营官史斌。他进大门就喊："店家呢？死了！"

店小二不敢上前，五十多岁的店东迎上："史爷，小人侍候。"

"你也认识史爷呀！"

"这杨家坪周围，一提起史爷大名，谁人不知，哪个不晓，可称如雷贯耳、皓月当空。"

杨国仲眼下已把乡勇扩充到一千余人，分为前、后、左、中、右五营，史斌也就由哨官升任了营官。今日他又押送二十名棚民去郧西，回来时路遇这个大汉醉倒在路边，随即顺手抓来。史斌原以为不过是个醉鬼，哪知此人在这一带也颇有名气。他姓刘名启荣，绰号"大铁锤"，就在距杨家坪六十余里的牛栏山落草，手下也有五六百号人马。前几个月，杨国仲派人入川买回二十匹好马，就是被他全数劫去了。史斌获悉醉汉就是刘启荣，不由兴高采烈。因为他可以向杨国仲报功请赏了。

这时，店东讨好地说："史爷，把我的住处腾出来给您安歇。"

"少拍马屁，老子今天不住这里。把弟兄们全给安排在上房，这个小子，"他一指刘启荣，"被我不费吹灰之力拿住，找间牢靠点的空屋子关他，要是跑了，你也脱不了干系！"

店东连声应承，把刘启荣关进西厢房紧北头那一间，乡勇在门前持枪看守。

店东又对史斌说："史爷，请到上房，小人略备水酒薄菜给您洗尘。"

"用不着，我有吃饭之处。你把我手下人招待好就行了，酒呀、肉呀，你看着办吧。"史斌又对乡勇们吩咐，"你们也都有点出息，别见酒没命，跑了刘启荣，我会要你们的命！"说完，他进村找相好的寡妇去了。乡勇们被店东让进上房，少顷，厨房里炒勺叮当，菜香扑鼻，猜拳行令声也随即从上房里传出来。

看了这一切，王清对女儿说："聪儿，刘启荣就关在隔壁。既然遇上，我们要设法救他。"

王聪儿点头："闻听刘启荣专杀富济贫，偏与官府、杨国仲作对，这样人理应搭救。将来若能劝他入教，可是我们的好帮手。"

父女计议停当，各自歇息。待三更以后，门前守卫的乡勇睡熟，王清父女用刀剑挖开墙，救刘启荣过来。然后又把后墙挖通，带上东西，三人悄然离去。直到村外树林中，三人站定，刘启荣无限感激地对王清说："大叔，救命之恩，小侄没齿不忘。请和令爱同到牛栏山，容我摆席相谢。"

"有事在身，实难从命。"王清说，"我父女救你，只因敬你杀富济贫。今后，我们或许还有相求之处。"

刘启荣忙说："只要用着小侄，赴汤蹈火亦在所不辞。"

刘启荣与王清父女分别，自回牛栏山去了。王清父女整顿一下行装，连夜赶路奔向郧西。天亮时分，早到了郧西城外。

王清父女进得城来，到饭铺吃罢早饭，便去闹市寻找摆卦摊的刘半仙。但是，他们在闹市转了一遭，却没有找见刘半仙。父女二人怕引起侦探疑心，便找个空场划个圆场，耍练几套拳脚枪刀。

王清双手抱拳，向四面来个罗圈揖："列位，我父女自幼学得几手拳脚，只因生活无着，混迹江湖。今日来到贵方宝地，还望各位多多关照。"说罢，他先打了一道拳。只见他穿蹦跳跃，闪展腾挪，人群爆出掌声。接着王聪儿又舞了一路剑，王清耍了一趟刀，俩人又对练了流星锤对三节棍，人群里掌声不断。王清瞧见刘半仙也挤进人群来观看，便虚晃一招纵身跳开，说声"献丑"，而后一揖。王聪儿也收了棍，与父亲一起，用小笸箩收了铜钱，待人群散去，便与刘半仙一起离开闹市，去往刘半仙的住处。

自从仓皇离开黄龙荡，刘半仙心情一直很坏。他心中有个难言之隐，就像一把刀子时刻刺着心。刘半仙年轻时曾中过秀才，他也曾幻想一举成名耀祖光宗，怎奈时运不济，连举不第。父母又相继而亡，祖传下的几亩地也被豪绅霸去。为了糊口，他无奈进城卖卜为生。由于命运坎坷，他对白莲教的主张寄托了希望，从而加入了白莲教。因白莲教内读书人甚少，刘半仙就格外受到器重，在齐林约定起事前，已把刘半仙尊为"师相"。刘半仙对教内之事也颇为尽力，做了许多筹划。那日，约定在黄龙荡村商议起事大计，刘半仙闻之甚为兴奋，以为出头之日就要来临，出城前走在街上，遇到了姑表兄陈夫之。二人阔别十余年，相见甚为亲热，刘半仙将表兄领到与他要好的教友孙老五家中，烫酒炒菜与之叙旧。刘半仙问表兄做何谋生，陈夫之答道，在武昌巡抚衙门当一名小小书吏，甚不得意。半仙想，将来白莲教起义，这可是用得着的人。如果拉表兄入教，在巡抚衙门安个内线，那白莲教的耳目就灵多了。因此，他话言话语免不了透露出他与孙老五俱已入教，还拐弯抹角地劝表兄入教。陈夫之虽然没当时答应入教，但是许诺，以后用得着他时可到武昌找他，一定给白莲教帮忙。刘半仙与陈夫之分别后甚为得意，暗想自己又为白莲教立了一功。不料，他出城后不到半日便出了差借，总教师齐林和一百多教友全都死难。不久前他听说只有孙老五活着，说是杨发先将孙老五抓去，孙老五受刑不过供出了一切。但是杨发怎知孙老五是白莲教呢？莫不是表兄陈夫之暗中告密了？若果真如此，那他就是天大的罪人哪！齐林等一百多人的性命，分明等于是丧在他手。这些天来，他总是提心吊胆，生怕陈夫之咬出他，官府会寻到这里找麻烦。他还怕此事被王聪儿知道，要找他算账。因此来到郧西城后，他也无心劝人入教，整天价为此事坐卧不安。如今，他不知王清父女找他何事，心中又有些忐忑。刘半仙把王清父女领到住处后，转身出去打水。王聪儿信目打量一下屋内的陈设。小房简陋得很，除了土炕上的一个行李卷和地上的一桌一凳外，几乎别无他物。北墙上贴着一张字画，王聪儿认出是刘半仙的笔迹。上面写着："七星北斗参共辰，上有日月照得真。日月如梭催人老，更尽世上多少人。汉朝有个诸葛亮，明朝有个刘伯温，二人能写又能算，字字句句锦乾坤，现今山河依然在，去了争名夺利人。"

刘半仙打水回来，见王聪儿正在品评他的字画，便说："写得不好，让副总教师见笑。"

王聪儿说："我不懂，但觉得有出世之念。刘大叔，白莲教可不是这样，咱们不争名夺利，而是要为百姓争条活路。"

"副总教师解得好,我也是这个意思。"刘半仙倒上水,彼此先问了各自的近况。末了,刘半仙问:"王大哥,你们进城来必有要事?"

王清问:"抓来的棚民关在哪里?你可知道?"

"全押在城内孔庙里,由汉潮领人看守。他见棚民受尽折磨,天天有人饿累病死,几次想放他们逃跑,因无教令,又不敢贸然轻动。你们来就给拿个主意吧。我去找汉潮和廷诏。"

"我们亲自走一遭,也看看关押棚民的所在,不知是否妥当?"王聪儿忙问。

"这有何不可?"刘半仙说,"我领你们前往,就说是亲人来访。"

于是,三人同往孔庙走去。到了门前,守门清兵闻知是张把总亲人到此,忙进去回报。很快,张汉潮就迎了出来。他大约三十岁,看外貌很像个读书人。见是王清、王聪儿到来,张汉潮心中甚喜,赶紧让他们进院。

孔庙院内,不论大殿和两厢,全都押满了棚民,显得十分拥挤,从屋里发出一股呛人的霉臭味。他们一直来至后院,到了张汉潮房中。

王聪儿问:"因何不见廷诏?"

"副总教师,这些日子他和三班衙役混得很熟,已经引进好几人入教。他正加紧传教,又找人去了。"张汉潮说罢问,"王大叔,你们进城为了何事?"

"专为被押棚民而来。"

"要救他们吗?"张汉潮急切地说,"那就快些吧,几乎天天有人不堪折磨而死。"

"要救他们,可有办法?"

"这些人俱归我看押,我手下的清兵也已有教友多人,趁他们做工之时一放,岂不便当得很?"

"那么,你和廷诏等人岂不全都暴露?"王聪儿问。

张汉潮早有打算:"我们也可趁机拉入南山老林,省得再过这种难心日子。"

王聪儿摇摇头:"这样不妥。"

"为什么?"张汉潮恨不能立刻离开这里。

王聪儿说:"张大哥,你在城里还会大有用处,绝不能只图一时痛快,轻易离开。"

"那,棚民不救了?"

"救!"王聪儿坚定地说,"一定尽快救出他们,你们且加紧劝人入教,但也须加小心,莫再出襄阳那样的事情。我们回去后,就商议办法,有了万全之策，就给你们送信。"

张汉潮不放心地叮嘱说："千万要快，延迟时日，人愈死愈多。"

王聪儿站起来："张大哥，千万不要意气用事。好了，这里不是久留之地，我们就此出城。"

"对，"张汉潮说，"今日有些棚民家属要来赎人，杨举说他亲自到此发落，说不定就要来了。"话刚至此，清兵来报，县太爷已到大门了。张汉潮忙叫王清等三人去仓房回避，他则急急迎出来。

少许，一乘二人抬的绿呢小轿来到，杨举在衙役扶持下爬出轿来。这位七品大人，胖得像头够刀的肥猪。

张汉潮弯腰打躬："太爷，请进上房。"

天气很热，杨举脑门流汗，他扭动一下肥胖的身躯说："外面风凉，就在院内发落赎取教匪之人。"

张汉潮把桌椅在树荫下摆好，杨举坐稳，一个衙役在后为杨举摇扇。

杨举呷口茶水："来呀，谁想赎人，给老爷一一带上。"

立刻，有人领进一个白发苍苍的老者。老人近前跪下："给大老爷叩头。"

"你来赎谁？"

"我儿子。"

"银子可带来？"

"五十两，请大老爷过目。"

"好，交上来。"

老人从怀中取出银子，衙役接过递上。杨举数数，正好五十两，又仔细看看，确认了没假才发话说："你儿子姓甚名谁？"

"叫李大宝。"

杨举对张汉潮说："把李大宝叫出来吧。"

张汉潮告诉一个清兵，很快领上来一个骨瘦如柴的汉子。

老人一见，发疯似的扑上去："儿呀，可苦了你呀！"

"爹，你怎么来了？"

"我来赎你。"

"赎我？"儿子反问，"钱呢？"

"交给大老爷了。"

"爹，你哪来的银子？"

老人哽咽一下："儿呀，走吧，大老爷开恩，你这条命算是保住了。"

李大宝不动:"爹,咱家求借无门,你不说清楚我就不走。"

老人见儿子催问,不由老泪纵横:"儿呀,你妹子她,为了救你把自己卖了!"

"啊!"李大宝一惊,"爹,她是不是卖到了钱大肚子家?"

老人只是哭泣。

李大宝证实了自己的猜测:"爹,你好糊涂,叫我妹妹进了火坑呀!不,宁可我在这上刀山下油锅,也得叫妹妹回来。爹,你把钱拿回去!"

老人一听,心中酸楚,左右为难,越发泣不成声。

杨举不耐烦地说:"怎么还不快滚!"

李大宝说:"我不回去了,把银子还给我们。"

杨举冷笑一声,用手捂住银子:"不愿走可以,银钱已经入库了。"

张汉潮怕他们再受害,就叱呼说:"痛快走!再不走叫你们人财两空!"他吩咐两个清兵,把李大宝父子赶了出去。

杨举喝口茶水:"带下一个。"

一个三十左右的妇女被领进来。

杨举可能嫌絮烦了,开口就问:"钱呢?"

妇女把银子呈上,杨举点验够数问:"赎你男人?"

妇女点头:"嗯。"

"姓甚名谁?"

"武才。"

很快,武才被带上来。

杨举说:"武才,大老爷开恩放你回去。再当白莲教,抓住后休想活命。"

武才见老婆没领孩子,不放心地问:"桂花呢?"

武妻张口结舌,无言以对。

武才瞪大两眼:"你莫非把孩子卖给了白抽筋?"

武妻不敢看丈夫,掩面饮泣。

武才一跺脚:"你,你太狠心了!白抽筋是干啥的,他买去小孩装在坛子里,憋成大头娃,当玩物去挣钱!你,你!"

武妻心如刀绞,一下子昏了过去。张汉潮怕他们也闹个人财两空,忙叫手下人给赶走了。

杨举笑眯眯地看着桌上雪白闪光的银子,又呷口茶水:"带下一个。"

很快,又领上来一个老太婆。她双目失明,拄一根七扭八歪的木棍,又瘦又小背又驼，头几乎触到了地上。

"你来赎谁？"杨举问。

"我孙子。"

"钱？"

老太太把银子呈上，杨举数了两遍后发怒说："你敢欺骗本太爷，这银子不够！"

"啊？"老太太耳朵也有点发背。

张汉潮在一旁看看老太太的银子，算了算是四十八两，就大声说："老太太，还差二两呢！"

"啊？"老太太听明白了，"青天大老爷，可怜可怜我吧，地和房子全卖了，就凑这些。"

张汉潮心中惨然。他见杨举还在沉吟，就小声劝道："太爷，差二两就二两吧。不然过两天他孙子一死，可就一两也捞不着了。"

杨举一听，可也是这个理，就收起银子："好吧，我念你双目失明，格外开恩。你孙子叫啥名？"

"他叫安百岁。"

"叫安百岁上来。"

清兵下去带人，一会空手而归，回报说："大老爷，安百岁在昨天修城墙时已经被砸死了。"

老太太一听，登时背过气去，半天才缓过来，就如疯了一般，扔掉拐棍，扑向杨举。她嘴里喊着："还我孙子，你们还我孙子！"一头撞在桌子上，杨举被桌子砸倒，不由大怒："来人哪！把这个老乞婆装入麻袋，扔到庙后河里淹死！"

两个衙役被逼无奈，把脑门淌血的老太太装入了麻袋。

张汉潮看着实在不忍："老爷，她一个垂死之人，犯不上跟她生气。"

杨举瞪了一眼："怎么，你心软了？要慈悲你上武当山出家。"

衙役抬起老太太走了。王清目睹院中情景，牙咬得"格格"响。王聪儿强忍悲愤，嘴唇都咬出了血印。

杨举折腾了一阵后，终于走了。张汉潮对王清、王聪儿说："你们看，凡是有点血性的人，谁能忍受得了！"

王聪儿双眼闪着怒火，坚定地说："我们一定要把这个吃人的世道打翻！"

第七章　酒店借银老实惊变　虎穴擒贼新娘扬威

天色就要黑定，"半途香"酒店还没有挑幌，酒店内没有一个客人。"野玫瑰"倚在门框上，眼望山路出神。侯小八去杨家坪未归，四周空寂寂，只有山风吹过竹林，发出一阵阵令人心烦的"沙沙"声响。"野玫瑰"感到有一种说不出的寂寞和无聊，不由想起在妓院时常常念叨的诗句："晚风细雨又黄昏，一片春心如火焚……"此刻，她真恨不能从天上掉下个如意郎君。可是，山路空荡荡，不见一个人影。看来，侯小八是不会回来了，今夜免不了要独守空房。刚挑下幌要关门，忽见山路尽头走来一人，而且分明是个男子。她就像叫花子跌跤拾到狗头金，立刻喜上眉梢，用手摸摸鬓边那朵绢制的玫瑰，脸上现出了风骚的笑意。等来人走近，"野玫瑰"好不扫兴。来的是个男人不假，却是个胡子拉碴、佝偻气喘、猫腰弓背的老头子。她气得一扭屁股走进屋去。

来人是高艳娥的父亲高老实。吃了王聪儿抓的药后，又将养几日，他的病已经好了。说起高老实来，可真是老实到家了。正如俗话所说，他是个树叶掉下怕砸头的人。他父亲临死时，留下的唯一遗嘱和遗产就是"老实"二字. 高老实当真就牢记父训，五十多岁了，从不曾与别人吵过嘴。有时人们说他："高老实，你也太老实了，给木厂背木头明明是三趟，尖嘴猴说是两趟，也不争辩争辩。"他却说："争啥，两趟就两趟。""要说你一趟没有呢？""没有就没有。"

今晚高老实来到酒店，是想找侯小八借钱。他儿子高均德去四川买马，归来时马被牛栏山的强人劫去。杨国仲反诬他们不肯出力，把买马人全都关押起来，并说每人须出五十两银子赔偿损失。有人倾家荡产赎出了亲人，高老实分文没有，走投无路，只好硬着头皮来找侯小八。

高老实步履蹒跚地挨进酒店，"野玫瑰"伸臂拦住："哎，你这个要饭的，真不知好歹，怎么还进屋了？"

"我找侯掌柜。"

"他不在家，你有何事？"

"内掌柜，我，我想找你们借点银子。"

"什么？！"

"我想借五十两银子。"

"哟！你真好大的口气呀！我们这个巴掌大的小店，里里外外，上上下下，全算上也不值五十两银子。真是疯子说傻话，瞎子说梦话。走，滚！老娘正难受呢，哪有闲心和你扯淡！"她不由分说，把高老实推出门去。

高老实被推得绊绊磕磕，好容易站住脚，门已经关死了。路上想了多少遍的哀求言词，也全用不上了。希望破灭了，他的心情就像越来越黑的天色一样阴沉。长长打个咳声，他拖起比来时沉重十倍的双腿，慢慢踏上了归程。

"野玫瑰"关上门，倒了一壶酒，撕盘狗肉，自斟自饮。刚喝上两盅，门又"砰砰"响起来，她立刻火了："滚！给我滚！"

"开门哪，你混了！"门外是侯小八的声音。

"野玫瑰"赶忙打开门："是你呀，我还以为那个该死的又来借钱呢。"侯小八进屋，她赶紧闩上门："你可回来了，刚才把我吓坏了！"

"怎么了？"

"那个穷得要死的高老实来了，你说可笑不，张口要借五十两银子。他也不撒泡尿照照，一把老骨头砸碎卖了，也不值两个大钱。真他妈不知进退！店里就我一个人，我还真怕他开抢呢！"

侯小八睁大了眼睛："你说，方才谁来借钱？"

"高老实呀。"

"你借了？"

"我还没那么混蛋呢。"

"他人呢？"

"叫我撵走了。"

"咳！"侯小八一拍大腿，"他走多久了？"

"做什么？""野玫瑰"有点纳闷。

"老子找他有事，你说他走了多久？"

"什么了不起的狗屁事，你针扎火燎的。他刚走，也就撒泡尿的工夫。"

"我去把他追回来。"侯小八把肩上的钱褡子递给"野玫瑰"，转身去开门。

"野玫瑰"接过钱褡子，觉得沉甸甸的，用手一摸都是银子。她掂量一下足有上百两，忙问："嗳，你哪来的这么多银子？"

"等我回来告诉你。"侯小八唯恐高老实走远，顾不得多说，急忙出门去追。大约一袋烟的工夫，真把高老实追回来了。

侯小八把高老实按在椅子上坐下，吩咐"野玫瑰"："把烟装上，叫高大叔抽一袋，再给沏碗茶来。"

"野玫瑰"心里老大不愿意，但她不知侯小八葫芦里卖的什么药，只得捏着鼻子照办。

侯小八的热情，使高老实有点感激涕零。他手足无措，不知如何是好，嘴里只是说："这，这……"

侯小八亲亲热热地坐在高老实对面："高大叔，你身体还好吧。我们两口子总说去看看你，但被这个穷店绊住脚，今日咱爷俩好好地叙谈叙谈。"

高老实心想，看来侯小八比他女人好说话，借钱的事兴许能行。

想不到侯小八竟先说了："高大叔，听说你要借钱，这可是真的？"

高老实从嘴里拔出烟袋："啊，是呀，侯掌柜，你可怜可怜我吧。"

"大叔，这么说不就远了，"侯小八嘿嘿笑着，"我婆娘的话你别往心里去，她是个心甜嘴辣的人。借钱的事我包了，你用多少？"

"五十两。"高老实伸出了五根干枯皲裂的手指。

"这好说。"侯小八从钱褡子里摸出十锭银子，正好五十两。"野玫瑰"伸手要拦，被他瞪了一眼，推到高老实面前："大叔，拿去吧。"

高老实眼睛都被晃花了，他仿佛看见大儿子均德已经赎回来了。他一时感激得不知如何是好，只知跪下给侯小八磕了个响头："侯掌柜，你真是救苦救难的活菩萨呀！"

侯小八扶起高老实："别谢我，别谢我，其实要谢的话，得谢杨家坪的杨老爷。"

高老实有点糊涂了："这银子，不是侯掌柜的？"

"高大叔，银子是杨老爷的。"

"他？"

"大叔，"侯小八笑嘻嘻地说，"我给你老道喜了！"

"喜？"高老实感到要有什么祸事临头。

"大叔，你真是好命，生个好闺女。"

"闺女？我闺女怎么了？"

"你老头算是交了好运，杨老爷打猎时遇见过你家艳娥。杨老爷一见哪，可就相中了。也是该着你们走运，其实城里的大家名门闺秀，杨老爷还不随便挑，可偏偏相中了山沟里吃野菜长大的艳娥。老爷叫我提亲，我想这是打着灯笼也难找的天大好事，就替你应承了。这五十两银子就是聘礼，老高头，今后你可要抖起来了。"

侯小八说得高兴，高老实听着却傻眼了。方才的满天欢喜，全被冷风吹散。他怎能把亲生女儿往火坑里推呀！

侯小八见高老实呆呆不语，有些急了："怎么样？高大叔，你得谢谢我呀。"

高老实喃喃地说："侯掌柜，我孩子还小，长得粗野不懂事，不是侍候老爷的材料呀！"

"老爷既然相中了，你就不用担心了。"

"侯掌柜，你不知道，自打艳娥她妈死后，我们那个穷家，烧火做饭，洗洗涮涮，缝缝连连，全都靠她呢。"高老实想起了大女儿艳娥整日里辛劳操持家务的情景，越发心如刀割。

"闺女总不能老在家里吧，""野玫瑰"插嘴来劝说，"你闺女到了杨府，衣来伸手饭来张口，丫鬟老婆子一大堆。一辈子吃香的喝辣的，你们一家都跟着沾光，还不赶快答应。老爷要是相中我，我冲南天门磕八个响头。"

侯小八不管高老实愿意与否，将五十两银子硬是塞进了他的怀中："高老头，你可别敬酒不吃吃罚酒。杨老爷从来说一不二，他一怒派人把艳娥抢走，你可就鸡飞蛋打人财两空。何不趁早答应？女儿荣华富贵，儿子平安回家。别再三心二意了。"

高老实苦苦哀求："侯掌柜，别，别，这不行。"

侯小八变了脸："这事已是板上钉钉，应也得应，不应也得应！三天后抬人。"说罢，侯小八不容高老实再哀告，把他推出了店门。

高老实望着紧闭的店门，无可奈何地叹口气，失魂落魄地往家中走去。夜风瑟瑟，高老实越想越觉得无面目去见女儿。他望了一眼黑幽幽的山谷，心想不如死了干净。他站在崖边正自犹豫，王清和女儿来到了身后。

王清父女离开郧西，回到了伏虎沟，途中遇见高老实在山谷边徘徊，急忙上前拉住询问原委。起初，高老实只是叹气不肯言声。后来王清、王聪儿再三劝问，他才把事情一五一十讲出来。

王清劝道："老哥，你可不能糊涂呀！艳娥绝不能叫老贼糟蹋，这事我们白莲教给你做主，均德我们也一定设法救回！"

虽然王清再三劝慰，高老实依然愁眉不展。一路上王聪儿沉思不语，像在盘算什么事情。把高老实送到家后，她也想好了救人的主意。她把想法对父亲说了，王清沉吟了好一阵才开口："这样风险太大。"

王聪儿说："爹爹，虽有风险，但也大有希望。为了五百被押棚民，我担点风险也值得。"

王清见女儿说得恳切，又充满信心，自己又想不出别的办法，便说："那就同范人杰他们商议一下吧。"

王清、王聪儿回到玄女庙后的石洞，有个教友在洞口放哨，见是王清忙说："王大叔，你可回来了，快进去看看吧，范大哥想打杨家坪呢。"

王清不觉一怔，急忙与王聪儿进洞。只见松明灯光中，有十几个人的身影在晃动，争论声在洞中回响。见此情景，王清示意王聪儿放慢脚步，悄悄站在了暗处。

王清走后，范人杰本想等王清探听消息回来再做定夺。可是教内的十几个头领却陆续来找他，其中有几个人主张动手攻打杨家坪，而范人杰一听就沉不住气了，也主张集合人马去干。但是也有人坚决反对，认为这是冒险。他们从晚饭后开始争论，至今还没有结果。

范人杰见有人还不赞成，呼地一下子站起来："别啰唆了，谁要怕死就拉倒，不怕死的跟我去打杨家坪！"

这一来反对的人受不住了："啥，怕死？当了白莲教，早把生死置之度外，脑袋掉了碗大疤，打就打！"人们你一言我一语地说开了，有的摩拳擦掌，有的抄起了兵器："打就打，咱们现在就走！"

"往哪走？"王清忍不住搭话了，他和王聪儿突然出现在人们面前。

范人杰迎过来："大叔，你可回来了。"

沈训也挤上前："大叔，怎么样？县城能打吗？"

王清慢慢说："别急。我给咱白莲教带回来一员大将，你们看！"他指了指女扮男装的王聪儿。

范人杰愣了一会，第一个认出站在面前的青年壮士却是王聪儿，高兴地对大家说："副总教师回来了！"

人们立刻躁动起来，围着王聪儿问长问短。

寒暄过后，范人杰说："王大叔回来了，副总教师也赶回来，这真是太好了，我们明天就去打杨家坪吧！"

王清点了一锅子烟，稳稳当当地说："杨家坪暂时打不了，县城眼下也打不了。"

"为什么？又不是铜墙铁壁！"范人杰不服气地反问。

"你莫急嘛。"王清说，"聪儿同我一起到了县城，让她说说看。"

王聪儿环视一下全场说："县城与杨家坪，高城深池，而且俱有清兵、乡勇防守，我们尚未公开举旗造反，现有人马未免不足，还需积蓄力量。如果现在强攻,不仅难以取胜,而且还要败露。"

"那么,关押的人我们不救了?"范人杰问。

"不但救,还要快救。"王聪儿说,"但只宜智取,不宜强攻。"

"智取?"范人杰叮问一句,"如何智取?"

"办法总会有,众教友暂且回去休息,沈训留下,待我们从长计议。"

众首领纷纷离去了。范人杰心里不落底,急着问:"副总教师,你有什么妙计?"

"我要乔扮新娘,入杨府生擒老贼!"王聪儿扯掉包头巾,露出一头乌黑的头发。

沈训感到糊涂:"副总教师,你说明白些。"

"杨国仲欲霸高艳娥为妾,我借此机会,顶替艳娥入杨府,活捉老贼,逼他放人!"

范人杰沉默了一会儿,连连晃头:"不行,这太悬了。"

"不妨事,"王聪儿信心十足,"老贼死生握于我手,谁敢动我一个指头?你们再化装入城,于杨家门外接应,可保万无一失。"

沈训也晃头:"不怕一万,就怕万一呀!你是我们的副总教师,上次死里逃生,不能叫你再冒风险。"

王聪儿说:"我个人担点风险,总要强似大家集合起来攻城都去冒险。现在别无良策,我意已决,誓必生擒活捉老贼!"

范人杰又说:"你想顶替艳娥,只恐胆小怕事的高老实不肯答应。"

"这个不难。明日我同父亲前去劝说,我们为救五百乡亲,也为救他儿女,他总会明白的。"

范人杰无可奈何地说:"那就试试看吧。"

第二日吃过早饭,王清、王聪儿来到高老实家。高老实坐在棚子门口正闷声不响地编筐。昨晚,虽然王清劝了一路,他回家后心头仍如石坠,一夜也没能入睡。早起,女儿空肚子去割荆条,老儿子小龙躺在床上饿得起不来,他自己也饿得头昏眼花。儿女的事,在他脑子里走马灯似的转个不停,不知如何是好。直到王清、王聪儿来到面前,他还没有发觉。

王清先打招呼:"老哥,真勤快,编筐呢。"

"咳,不干吃啥,这还糊不上口呢。不怕你们笑话,今早上还没动烟火呢。"高老实瞅瞅王聪儿,把自己身边的一个草蒲团递过来说,"棚子里太脏,就在外边坐吧。"

王聪儿感到，一夜之间高老实又苍老了许多。她顺手拾起小刀破条子："大伯，艳娥呢？"

"割条子去了。"

王清把话引上正题："老哥，昨晚那件事，你可拿定主意？可不能把艳娥往火坑推呀！"

"又有什么办法呢？"

"大伯，我有一个办法。"王聪儿接下来说，"但是要您帮助。"

"有办法？"高老实眼中有了些光彩。

于是，王聪儿就把自己的想法婉转地讲了一遍。

高老实听完，又是摆手又是摇头："使不得，使不得，我是个老实人，撒谎可做不来。"

王清又问："老哥，你不想救儿子了？"

"想也白想，吉凶祸福，早有八字造就，要不该死，早晚能回来。"

王聪儿也问："大伯，你真忍心叫艳娥进火坑？"

"亲骨肉，我怎能忍心？"

"那么，侯小八限你三天回信，你怎么答复？"

"这……"

"你不送艳娥，乡勇来抢，你又如何办？"

"这……"

"你不应亲事，杨国仲对均德下毒手，你又该怎么办？"

"这……"

"大伯，"王聪儿委婉地说，"杨国仲和南山老林的毒蛇一样，你老实他也要咬你。这事也不难为你，只要你对侯小八说声愿意，让杨国仲明媒正娶来迎亲，余下事就不用你管了。这样，不但艳娥、均德都能得救，咱那五百名乡亲也能活命。"

王聪儿的话，句句问到点子上，说到高老实心里。他觉得除此也无别的办法，但还有些不放心："我就怕你被人看破。"

"大伯，你放心，侯小八两口子不认得艳娥，绝不会出差错。我们都已计议周全，保证能活捉老贼。"

正说着，范人杰来了。他把一个小口袋递给高老实："大伯，这几斤杂粮你收下，给孩子们熬点粥喝。"

高老实连忙推辞："这，使不得。"

"你家断粮了，快收下吧。"范人杰又问，"大伯，救人的事和你说了？"

"说了。"

"你同意了？"

"聪儿为大家，命都豁出去了，我还能说啥呢？"

范人杰见高老实同意了，十分高兴："大伯，你去给侯小八回信吧。"

侯小八得到高老实的答复，立刻回报杨国仲，当即定好次日上午迎娶。第二天起五更，侯小八派人用一乘小轿，接来了王聪儿乔扮的高艳娥。

一到"半途香"酒店，"野玫瑰"就忙着给假艳娥梳妆："哟，我说艳娥妹子，这回你可是一步登天了。进了杨府你就是夫人了，使奴唤婢，前呼后拥，到那时可别忘了姐姐我呀！"

王聪儿假做害羞，只是点头。

外屋，高老实按照王聪儿教的话，正假意同侯小八纷争："侯掌柜，这门亲事我总觉着不妥。"

"什么不妥！"侯小八唯恐翻车急着说，"老高头，你闺女可算是泥鳅跳龙门，山鸡进凤窝，美透了。哪里还不妥呢？实在不愿意，叫我老婆替她，我们还巴不得呢！"

"那，叫我们艳娥回去吧。"

"什么！"侯小八几乎要跳起来，"你这个老东西可真能逗，这是闹着玩呀？如今就算生米做成熟饭，木已成舟。去，一边凉快去，我没工夫跟你废话。"侯小八心想，好在高艳娥听话，要是她再寻死觅活闹起来，可就费事了。

侯小八正急呢，一阵阵笙箫唢呐声和鞭炮声传来，显然是迎亲的队伍就要来到。渐渐，迎亲的人马从大道上露头了。最前面是两匹白马，上坐两个衣着华美的杨府家丁。每人用竹竿高挑一挂长鞭，一路放来连响不停，鞭炮声使人震耳欲聋。马后，是个鼓乐班子，只听鼓声咚咚，锣声咣咣，钹铙齐响。吹鼓手将喇叭嘴朝天，鼓着腮帮子起劲吹。此刻，在他们看来，世界上一切都不存在了，只有他们的喇叭在响。随后便是聘礼行列，但见挑的挑，担的担，抬的抬，推的推。什么整猪、肥羊、成坛的美酒、成匹的绸缎……这都是摆样子给人看的，还要原封不动拿回去。后边，是一班丝竹细乐。笙簧悦耳，音律悠扬，与前边鼓乐班子的狂欢气氛又有所不同。紧接着，是一顶四人抬的花轿。轿后，跟着一队刀枪耀眼的乡勇。最后，马上坐着杨府管家杨怀。

迎亲队伍来到酒店前停住，杨怀马也不下，就催新人上轿。假艳娥"咿咿哎哎"地哭了几声才上花轿，杨怀吩咐起行。一路上吹吹打打，不知不觉进了杨家坪。王聪儿把轿帘掀开一角向外观看，城里依然人流拥挤，市面兴旺，店铺商号燃放鞭炮。转眼，来到杨府门前，这里戒备森严，乡勇林立，看热闹的人都远离照壁十几丈远。王聪儿看见了混在人群中的父亲、范人杰、沈训等人，顿时觉得心稳胆壮。

杨府仪门大开，悬灯结彩，上下人等喜气洋洋。门前的车马和大小轿子已经排了半条街，送礼或赴宴的客人还在不断拥来。花轿一直抬到二门里才停下，两个伴娘走上前扶新人下轿，烦琐的仪式立刻开始。简短捷说，王聪儿被扶到堂前，和杨国仲双双站定。老贼那个高兴劲就不用提了，乐得山羊胡子直撅搭。刚要拜天地，忽然新人甩掉了大红盖头，一把揪住杨国仲前胸，另一只手里的匕首，离杨国仲的鼻子尖，只差一分二厘三了。整个花堂里的人全都惊呆了，站立一旁的杨升最先认出叫了一声："啊？是王聪儿！"

"对，我是王聪儿。"王聪儿扫视一下全场，高声喝道，"今天我找杨国仲有事商量，谁敢轻举妄动，我就先要了他的性命！"

杨国仲忙说："副总教师，千万手下留情，只要不伤害我，凡事都好商量。"

费通闻讯来到，拔刀就想上前。王聪儿吼道："你再向前一步，我就叫杨国仲人头落地！"

杨国仲急了："费总爷，休得莽撞！"

费通掂算一下，不等他上前，王聪儿手起刀落，杨国仲就没命了，他也就不敢动了。费通老实了，别人当然更不敢乱动。

王聪儿又说："杨国仲，我今日只身前来不为要你性命。你若想活命，就老老实实跟我走出大门。"

"副总教师，有事就请在此商议，我无有不从。"杨国仲想耍花招。

王聪儿胸有成竹："休得废话，要命就走出大门。如敢不从，我就先一刀宰了你，再把你这贼府搅个天翻地覆。有道是来者不善，善者不来，要命就快走！"说罢，她推着杨国仲就走。

杨国仲唯恐丢命，乖乖地走出了大门。王清、范人杰、沈训等人一见，马上过来接应。范人杰跟随王聪儿逼近杨国仲，姜子石不免有些发慌。

王聪儿跳上门前的石狮子说："杨国仲听真，我有言在先，今日找你有事相商。"

"副总教师，有何见教，尽管提出。"杨国仲精神极为紧张。

王聪儿接着说："近来，你伙同官府，无故抓走五百棚民，他们家无隔夜之粮，哪来银钱赎身？你们便百般折磨，已使数十人丧生。白莲教岂能坐视不救？

今日请你随我们走一遭，专门商议此事。"

姜子石走上前："副总教师，既为被押棚民之事，何妨就在此商议？"

王聪儿冷笑一下："姜师爷，此处不是商谈所在。我们白莲教光明磊落，说到做到。说不伤害他，就不伤害他。你立刻准备一辆马车，送我们到'半途香'酒店，就在那里商议。"

王聪儿又对杨国仲说："你可以找两个心腹陪伴，以便往来传递消息。如再迟延，你的性命我可不能担保。"

"不敢，不敢。"杨国仲料到，落入白莲教之手，不依从也不行，就说，"姜师爷准备车，你和杨怀一起前往。"

姜子石也无妙策，只好照办。少顷，马车来到，王聪儿、范人杰、沈训等把杨国仲押在中间，王清抄起鞭子，大车一溜烟地奔出城池，一直来到"半途香"酒店。

花轿抬走后，侯小八、"野玫瑰"才算放下心来。两人合计着，杨国仲能给多少赏钱。他们一边说笑一边喝起酒来，正喝得高兴，忽听门前车响马叫。两人出来一看好不纳闷，怎么杨老爷和新娘子全都坐车来了。

侯小八还在发愣，杨怀上前抡圆巴掌，赏了侯小八一大耳光："你干的好事！"

侯小八的牙被打掉两颗，顺着嘴丫子淌血，他捂着脸，含混不清地说："凭什么！打我？"这时，范人杰等人已押着杨国仲走进酒店，姜子石告诉侯小八原委，侯小八一听傻眼了。

范人杰把杨国仲按在椅子上，刀尖顶着他的后心，沈训在门外守望。王清、王聪儿和姜子石、杨怀分别落座。

杨国仲心急："副总教师，我们就此商议吧。"

王聪儿说："要商议也简单，把抓走的棚民放回，我们就放你回去。"

"这……"杨国仲看着姜子石。

"说起此事，"姜子石摇头晃脑地说，"关押这些人，乃郧阳府之令，不过是暂拘杨家坪，杨老爷也难做主。如果众位头领有亲朋好友在内，我们放出十数人或数十人也许还能办到，如要全放，实是无能为力。"

"姜师爷，不必讨价还价。被押棚民全是我等亲人，少一人也不行！"王聪儿说得斩钉截铁。

姜子石转转眼珠："这实在叫我们作难，放人做不了主，不放又不行。副总教师，我们用钱赎回杨老爷可否？"

王聪儿微微冷笑:"姜师爷,你愿出钱?"

"愿意。"

"出多少?"

"钱多少都好商量,就是放人难办。"

"好,可以出钱。"

"啊!"范人杰好难理解。

姜子石暗自高兴,"此话当真?"

"当真。"

"果然?"

"果然。"王聪儿说得毫不含糊,王清也感到莫名其妙。

姜子石可来劲了:"请问,要赎银多少?"

王聪儿轻轻地说:"白银二万五千两。"

"啊!"杨怀伸出了舌头。

姜子石眨眨眼睛:"副总教师取笑了。"

"嫌多了?姜师爷,这是你们自己定的价。"

"我们定的价?"杨怀越发不懂。

"每个被押棚民,你们收取赎身银五十两,五百人岂不是二万五千两?"

范人杰一听放心地笑了,姜子石却如同挨了当头一棒,嗓子眼儿像被堵上,舌头也转动不灵了。

"姜师爷,如何?"王聪儿盯着他问。

姜子石看杨国仲,杨国仲看他。憋了好一阵子,姜子石才说:"我们情愿放人。"

"放多少?"

"二百。"

"不行,一个不能少!"

"三百人全放?"

"不是三百,而是五百。"

"哎呀,副总教师,"姜子石装出为难的样子,"杨家坪只关三百人哪。"

"县城还有二百。"

"那里我们不能做主,副总教师要体谅我们的苦衷。"

王聪儿一声冷笑:"谁不知郧西县令是杨府大公子?姜师爷少要兜圈子。杨国仲,你想不想活命回去!"

范人杰的刀背在杨国仲脖梗上蹭了一下。杨国仲觉得脑后直冒凉风，忙说："情愿放人。"

"一个不许少！"

"全放，全放。"

"好吧，杨家坪的你当面吩咐杨怀。郧西城里的，你立刻修书一封，告诉杨举放人。把信交给姜师爷，叫他去办。"王聪儿吩咐侯小八找来纸笔，杨国仲无奈，只得作书，并嘱咐姜子石与杨怀照此办理，快些救他回去。

姜子石临走说："万望各位头领开恩，不要难为我们老爷。"

王聪儿说："你快去传信，给你三天期限，过了后日午时，休怪我们手下无情。"

杨国仲不放心，又叮嘱说："姜师爷，千万莫误限期。"

姜子石、杨怀坐车走后，王聪儿叫沈训把杨国仲押在"野玫瑰"房中看守，并限定侯小八、"野玫瑰"待在灶房里不许乱走。然后她对范人杰说："我们还要多个心眼，防止姜子石回去捣鬼。你和沈训等人一起在此看好老贼，我们父女回去，集合百十名教友，带上武器赶来这里，以防乡勇夜间来抢人。"

范人杰说："你们放心，老贼性命握在我们手里，谅他们也不敢捣乱。"

王聪儿叮嘱说："小心无闪错，大意出纰漏，还是谨慎为上。"说罢，她和父亲匆匆走了。

范人杰回到屋里，"野玫瑰"凑上来挤眉弄眼地问："大兄弟，副总教师和老王头呢？"

范人杰瞪她一眼："你给我回去，谁让你出来的！"

侯小八也凑上来说："范头领，你们早该饿了，我弄点酒菜，快活快活。"

"你想把我们灌醉，想得倒美！给我滚开！"

侯小八与"野玫瑰"讨了个没趣，只好又溜回去了。

天，渐渐黑了。范人杰、沈训等人带的干粮中午就已吃光。王聪儿找人尚未归来，他们的肚子里都打鼓了。侯小八、"野玫瑰"好像故意气人，搬出一坛好酒，摆了一桌子好菜，野味山珍，有煎有炸，酒香菜香在全屋弥漫。

"野玫瑰"手里端着酒，又嬉皮笑脸地凑过来说："大兄弟，来，少喝点不碍事。"

范人杰怒目横眉："我看你要找死！"

侯小八接话说："算了，让到是礼，心到佛知，咱俩吃。"

"野玫瑰"和侯小八对面坐定，你一杯我一盏连吃带喝。"野玫瑰"还不时大声浪笑："我说掌柜的，他们是怕酒里有蒙汗药吧？咱干！"

范人杰越听越气，忍不住走过去把桌子一脚踢翻，"哗啦啦"，酒坛子、碟子、碗全都跌个粉碎。范人杰怒冲冲地说："滚起来！给我们做饭，烙饼。"

侯小八、"野玫瑰"赶紧起来忙活。过了一会，侯小八端来一笸箩油饼，"野玫瑰"端来一盆汤。范人杰不放心，叫侯小八先吃了一张，看看没事，四个人方狼吞虎咽吃起来。一会儿，如风卷残云，他们把饼和汤吃个精光。过不多久，他们都觉着头沉。范人杰说："不好！我们中计了，准是汤里下了蒙汗药！"说着拔刀去杀侯小八，可是药性发作，脚下无根，一下子跌倒在地。沈训等三人，也都软绵绵地躺下了。

侯小八奸笑着走过来："怎么，都睡下了，起来呀！"

杨国仲一见甚喜："侯小八，快些救我回去，重重赏你！"

"野玫瑰"上前给杨国仲割断绑绳，三个人忙如丧家犬，急似漏网鱼，什么也顾不上了，开门就走。没等他们走过竹桥，一溜人影对面来到，正是王清、王聪儿领人返回。不消说，杨国仲三人只有束手就擒。王聪儿喝令侯小八给范人杰等人灌下解药，未等他们苏醒，门外传来了急骤的马蹄声。王聪儿急忙出去，见王清已领人同费通交起手来。费通原以为来五十骑奔袭足以取胜，不料王聪儿已有防备。方一交手，乡勇就倒下了三五个，费通见状，担心反倒伤害杨国仲性命，就收兵回去了。王清、王聪儿也不追赶。

王聪儿走进屋怒问杨国仲："你还想跑吗？"

"不，不，副总教师，这并非我之本意，全是侯小八夫妇所为。"杨国仲禁不住浑身发抖。

这时，范人杰已然起来，手握钢刀站在侯小八、"野玫瑰"面前："不杀了你们这对狗男女，不解我心头之恨！"

"野玫瑰"吓得咕咚一声跪在地上："大兄弟，坏事都是他干的，下蒙汗药是他，给杨国仲报信，给乡勇领路，抓去副总教师，害死刘之协的都是他呀！"

范人杰上前揪住侯小八的脖领子："你，你，你原来还是个密探！"手起刀落，侯小八立刻人头落地。"野玫瑰"吓得昏了过去，杨国仲紧紧闭上了眼睛。

范人杰怒气不息，举刀对准杨国仲说："老贼，你若再敢捣鬼，侯小八就是你的下场！"

杨国仲连声说："不敢，不敢。"

费通抢人不成，姜子石黔驴技穷，只好放了所有在押棚民，换回了杨国仲。这样一来，在南山老林入教的人越来越多了。

第八章　血洗南山老贼发狠　救民疾苦聪儿进城

中午，杨家花园里静悄悄的。芭蕉、垂柳都无精打采，昏昏欲睡。湖心亭上，正襟端坐着杨升，虽然对面有人在同他说话，但是他却如同睡着了。

红珠倒有耐性，仍在温存地侃侃而谈："你莫太痴心，王聪儿是白莲教，岂能与你成亲？你对她那样钟情，对我又未免太薄情。你可知，我为你度过了多少不眠夜，哭湿了多少鸳鸯枕，腰肢瘦损了几多。我不过比你略长几岁，我们满可以做对恩爱夫妻。我虽无文姬之才华，文君之见识，但与你花前月下，吟诗作赋，抚琴对棋，浅斟低唱，尚可并蒂同心。你若想为官，我愿伴你共守寒窗挑灯夜读，助你一举成名。你若愿隐迹，我愿陪你泛舟五湖，遁迹山林，也可快乐终生……"

不论红珠说什么，杨升只是不语。

红珠滴下几点伤心泪，强忍悲声说："少爷！"

这一句，声音大些。杨升一激灵，睁大眼睛："啊，姨娘。"

"你扪心自问，假若你与白发老妪结为连理，你又当如何？我这妙龄女子朝夕守伴花甲之人，心中该是何滋味？难道你对我就无一丝同情！"红珠粉面含泪，词切情哀。

杨升不得不开口了："当然，红颜白发难以美满，但已如此，也只有听命于天。"

"命？现在我不信命了！要说命，我与你朝夕可见，近在咫尺，岂非前世姻缘？"

"姨娘此言差矣，你我乃母子名分，莫道礼义廉耻，须知伦理纲常。"

"不然！你我名为母子，实乃堪称姐弟。你非杨国仲亲生，不过是养子。我非杨国仲之妻，乃一妾侍。碍着哪条纲常伦理了？"红珠又移近一些，"少爷，我已收拾好金银细软，愿效红拂、文君。你我趁杨国仲被白莲教抓走，何不就此远奔他乡！"

"你要我同你私奔？"杨升大惊失色，"这怎么使得？万万使不得！"

红珠叹口气："少爷，那齐王氏乃一寡妇，你因何被她迷恋如此！"

正在这时，翠盘匆匆来报，杨国仲已回来。红珠好不扫兴，诅咒地说："白莲教怎不将他碎尸万段，却又放虎归山？"

杨升乘机摆脱了红珠的纠缠，来到花厅，只见杨举、姜子石、费通、杨怀等人全在。他上前问候说："爹爹受惊了？"

"不妨。"杨国仲回到家中又来了威风，"自古以来，建功立业之人谁无磨难？昔日太公姜尚曾有九死七灾，何况我乎！"

杨举说："父亲大人虽然平安归来，但此仇不可不报！我们即刻行文上报督抚，恳请早发大兵清剿。"

"等官军到来，不知何年何月。"费通说，"我们有千余乡勇，对付些许教匪足矣。何不集结起来，杀进南山，出出这口闷气！"

姜子石老奸巨猾："老林内山高林密，蒿草没人，教匪闻讯躲藏，如鱼儿入海。恐难奏效。"

杨怀说："纵然抓不到教匪，也能捉到棚户穷鬼，咱就再抓他几百回来，看她齐王氏还能如何！"

杨升忙说："这样使不得，上次拘押无辜之民已属非法，且与人道有违，再若如此岂不有罪？"

"你小小年纪，懂得什么，休再多言！"杨国仲报仇心切，"众人言之有理，举儿行文申报，加紧整备人马，三日后进山报仇。师爷你看如何？"

姜子石稳了一会儿说："老爷，常言道兵贵神速。若要报复，依愚见就在今夜三更做饭，四更起身，五鼓进山。延迟三日，容易走漏风声。兵法上曰，出其不意，攻其无备。杀个措手不及，方可稳操胜券。"

杨国仲不觉频频点头："所论极是，真可谓我之子房也！就依师爷之见，明日五鼓进山！"

王光祖闻知乡勇明早进山，心急如焚，甚为山里棚民和白莲教担忧。但他又不得脱身，思之再三脱空到回春堂，告诉了缪回春。老先生当即让儿子缪超，以出诊为名乘马车出城，去往伏虎沟，找到范人杰，通报了消息。

王聪儿等人接到消息时，已是定更时分了。众人赶紧计议应付办法，要迎敌对打肯定是来不及了。一是时间紧迫，不及集合人马；二是纵然集合起几百人，武器不全缺粮少吃，也顶不住一千多乡勇的进攻。因此，王聪儿决定不与乡勇碰面，立即连夜撤往老林深处，分散隐藏，叫乡勇扑空。计议已定，他们就分头去告知棚民。

王聪儿来到高老实家时，听见老人正在发火。她止步看去，高老实手拿一根烧火棍，气哼哼地站在门口，堵住他儿子均德的去路："你要敢走出门口一步，我就打断你的腿！"

高均德又气又急，把手中扎枪狠狠戳在地上。

高艳娥走过来劝道："哥哥，你也老大不小了，净惹爹生气，有事慢慢商量吗。"

"商量！都商量一天了，还不是白说。"

艳娥心里也替哥哥着急，很多青壮年棚民都参加了白莲教，他怎能不急呢！他要是知道妹妹艳娥早已入了教，那说不定会急坏呢。高艳娥决心劝通父亲："爹，现在年轻人差不多都入教了，你也让哥哥入吧。"

"住嘴！"高老实哆哆嗦嗦地说，"你们知道啥，鸡蛋碰不过石头，白莲教斗不过官府。入教就算造反，犯了事要全家抄斩，祸灭九族！"

这时，高艳娥看见了王聪儿，高兴地招呼："聪儿姐！"

高老实料想方才的话可能被王聪儿听去，有些发窘，他结结巴巴地说："副总教师来了，屋里坐。"

高艳娥拉着王聪儿的手往里走，十五岁的月娥，十二岁的彩娥，都跑过来围住王聪儿问长问短。

月娥摇着王聪儿的手说："聪儿姐，我也入白莲教，你们要不要？"

高老实瞪了女儿一眼："去！小孩子跟着闹啥，一边玩去！"他恐王聪儿劝说高均德入教，又说，"副总教师，你舍命救了均德和艳娥，我们一辈子也忘不了你！"

王聪儿说："大伯，要不是你帮助，怎能活捉杨国仲，救出五百多乡亲？"

"还是多亏你们白莲教了。"

"白莲教都是穷棚民，穷人才入白莲教，要不为穷人棚民做主，还要白莲教做啥！"

"对，我也要入教！"高均德走过来说。

"你！"高老实脸都白了，"你毛毛愣愣的，白莲教要你？"

"为啥不要我？我年轻力壮一身武艺。"高均德恳求说，"副总教师，收下我吧。"

高老实急了："副总教师，千万不能要他呀！我求求你，我老了，我们全家都指着他呢。"

王聪儿理解高老实的心情，微笑着说："大伯莫急，我知道您老实了一辈子，不愿招灾惹祸。可是光怕不行，现在官府、财主比虎狼还凶，大家也都是被逼得没了活路，才入白莲教。入教后大家一条心，有难相帮，总比自己为难要强，前几天，若不是白莲教的人都出头，怎能救出人来？我们棚民都入白莲教，人多势众，才不怕官府。可是，入教要自愿，白莲教不收无缘之人。"

高老实听到最后，才算放点心："副总教师，我宁可挨欺负也不入教，管它吃糠咽菜呢，过个太平日子就行。"

"大伯，就怕官府、财主不让你过安生了，"王聪儿说，"如今，我就是来送信的，杨国仲吃了亏，明早要进山害人。你们全家赶快收拾一下，连夜往深山里躲躲。"高艳娥一听着急了："聪儿姐，我怎么办？"王聪儿知道高艳娥入教的事还瞒着她爹，就含而不露地说："你就不用跟我们一起走了，大伯正病着，你帮助照看弟弟妹妹们吧。"高艳娥点点头："那也好。"说着她要去收拾东西。

高老实拦住艳娥："我才不信呢，杨国仲会来得这样快？"

"大伯，这是真的。"王聪儿见高老实不以为然，关切地提醒说，"我曾扮作艳娥生擒了老贼，他定要报复，可大意不得呀！"

"这，这……"高老实也有几分害怕了。

这时，有人在外面呼唤王聪儿。她还要去查看教内藏粮之处，临走，再次叮嘱说："大伯，快收拾一下跟大家走吧，千万不能三心二意呀！艳娥，你照顾好大伯，劝他一定走。"王聪儿说罢，急忙走了。

王聪儿走后，高艳娥就要包干粮。高老实却又抄起了烧火棍。他思忖了一会，打定主意不躲了："我看你们谁敢动！"高艳娥也有些急了："爹！难道你真要我们在家等死？"高老实一瞪眼睛："你们知道啥！乡勇不定来不来。就是真来，我们也不去跟着跑，要跟他们一起走，叫乡勇抓住，有嘴也说不清。"艳娥、均德兄妹急得团团转，高老实就是不让他们走。

夜越来越深，风声也越来越紧，棚民起初是三五一伙，后来是成群结队扶老携幼往深山里走。高老实看着有点稳不住了，心想：也许明早乡勇真来？……

高均德实在忍不住了："爹，你不走我走！"

高老实终于打准了主意，紧绷着的脸也舒展开了，他对儿女们说："人家都走了，咱们也藏藏。均德上回押在杨家坪，就像摘了我的心，这回不能留在家。你把那张狗皮背上。带点干粮，拿上扎枪防备野兽。你走可走，要自己走自己藏，别跟他们掺和，人多招风，让人一起抓住，跳到黄河也洗不清了。"

高均德忙说："爹，你放心，我听你的。"他心里却想，出去就我自己做主了，找范大哥他们去。均德收拾了一下匆忙走了。

高艳娥急着问："爹，我也得躲出去呀！"

高老实却说："你们姐三个和小龙，藏在棚后小石洞里，洞口我用树枝子盖上。我哪也不去，就守在家，照看你们。"

高艳娥劝道："爹，怕是不保险，万一叫乡勇发现，跑都没处跑。"

"叫你藏你就藏，少废话。"高老实的脸拉得老长。艳娥自己走也不放心父亲和妹妹弟弟，无可奈何地叹口气。

高老实把四个孩子藏进洞里，预备了吃食和饮水，缸口大的洞口用树枝塞严盖好，他才回到棚子里，惶惶不安地等待着天明。

后半夜，下起了牛毛细雨，这下可苦了逃难的棚民。有些心存侥幸的人，就中途返回了。哪知道，天还没亮，乡勇们已经分路顶雨进山。他们分成几路，逐条沟搜索，哪管你是不是白莲教，见人就抓，一个不放。但是，他们扑进十家有八九家是空的。

姜子石提醒杨国仲："老爷，是不是走漏了风声，不然为何全都事先躲藏起来？"

杨国仲捋捋山羊胡子："莫非白莲教有内线？"

"难说，人心隔肚皮，你知道谁与白莲教私通？"

"嗯，今后倒要留心。"杨国仲说，"把棚子全都烧光。"

杨国仲一声令下，转眼间伏虎沟一带就浓烟弥漫，火光四起，鸡飞狗跳，哭声震天。高老实手拿一小筐菜团子，藏在棚子边的蒿草中，也被乡勇搜了出来。

杨怀一见好不高兴："老高头，是你呀！你怎么没跑呀？"

"我也不是白莲教，用不着跑。"

杨怀冷笑一声："你还不是？叫王聪儿顶你女儿抓了杨老爷，你准是个教头！"

杨国仲一见捉到高老实，咬牙切齿地说："老东西，你好大胆子！竟敢叫齐王氏冒名顶替，算计老爷，今天落到我手，还想活吗？"

"老爷，白莲教要干，我有什么办法。"

杨国仲想从高老实嘴里掏出点东西："我问你，人都哪去了？"

"头半夜就跑了。"

"因何要跑？"

"听说你们今早进山。"

"你们怎知道？"

"大伙，都这么说。"

姜子石走近前问："你说，齐王氏藏在哪里？"

"我不知道哇。"

"老东西，你还叫高老实，我看你一点也不老实！"杨国仲又压压火气，"只要你讲出齐王氏的下落，我保你一生一世吃用不尽。"

"老爷，我真不知道。"

"要不给你尝点厉害，你也不知好歹！"杨国仲吼道，"把这个老东西绑在树上！"

乡勇上前，把高老实绑好，手拿鞭子站在了近前。

杨国仲叫乡勇把鞭子举起，然后说："老高头，说出齐王氏的下落，你女儿之事一笔勾销，否则，难免皮肉受苦！"

"我，我实在不知道呀！"

"好，我看你到底知不知，给我打！"

立刻，鞭雨飞落，高老实的破衣服被抽成碎布条，脸上、身上出现了一道道血印。开始，高老实还在哀求，后来声音渐渐微弱……

杨国仲上前托起高老实的下巴："说是不说！"

"不知道呀。"高老实有气无力。

杨怀说："多余跟他费事，烧死算了。"

"烧，便宜了他。"杨国仲折腾累了，坐在旁边喘气。

乡勇们搬柴草。有个乡勇扯动树枝子，将艳娥等人藏身的洞口露了出来，于是，忙喊道："哎，这有个暗洞，准保藏着好东西！"另一个乡勇怕别人沾光，探头往里钻，刚进去半个身子，就"妈呀"惨叫一声，脑袋被砸扁，一只双耳陶制水罐也跌碎在洞口。

旁边的乡勇惊叫起来："不好了，打死人了！"

杨怀见状忙说："不要喊，继续搜！"

有了前车之鉴，乡勇们大眼瞪小眼，谁也不敢进洞。杨怀逼着一个乡勇爬进去，没等下身进洞，这个乡勇就"嗷"地叫了一声，拖出一看，胸口被扎个窟窿。杨国仲吩咐把他抬走了。

姜子石说："老爷，不能再吃亏了，用烟熏。"

杨国仲点点头。乡勇们一齐动手，把树枝点燃，并用衣服往里扇风，浓烟打着旋往洞里卷去。洞里人立刻咳嗽起来，一会便受不住了。

高艳娥见妹妹、弟弟们要被熏昏了，在里边说："住手！我出去。"随后她钻出洞来。

杨国仲一见，捋着山羊胡子奸笑起来："哈哈，真是想不到。蓬蒿里藏棵灵芝草，淤泥里埋着夜明珠。这不是高艳娥吗！嘿嘿嘿，踏破铁鞋无觅处，得来全不费工夫。"

突然，高艳娥一抖手中枪刺了过去。杨国仲慌忙躲闪："快，给我活捉。"

乡勇们一拥而上，高艳娥很快被反绑起来。这时，月娥、彩娥、小龙已全被杨怀拖了出来。小龙见大姐被绑，扑上去在杨国仲手上咬了一口。杨国仲发狠，照准小龙肚子狠踢一脚。小龙一声惨叫倒在地上，喊了声"姐姐"滚了几下就不动了。彩娥扑到小龙身上号啕大哭。月娥心中冒火，猛地上前去抢杨国仲腰间佩剑。杨国仲死死按住。彩娥扑上来，在杨国仲脸上抓了一把。杨国仲被挠得满脸开花。他忍痛拔出剑来狠命一挥，可怜彩娥被砍为两段。随后，月娥也被斜肩带背砍倒在地。高老实目睹此等惨景，立时昏死过去。

这时，王光祖来到报知杨国仲："老爷，一共抓了二百多人，全在玄女庙附近，费总爷请您去发落。"

杨国仲一听，与姜子石、杨怀押起高艳娥就走，并对王光祖吩咐："你点火把这个老东西送上西天。"

杨国仲走后，王光祖手下两个乡勇问："王爷，还烧吗？"显然，他俩也不愿下手。

王光祖眼中含泪，指指地上三具血肉模糊的尸体："咳，我这人心软，实在见不了这个，都死了三口，咱们何苦还斩尽杀绝？"两个乡勇也眼中落泪，三个人就不作声地离开了。

等高老实醒来，已是傍晚时分，乡勇们已经出山了，王聪儿等人也早已把他从树上解救下来。遭受酷劫的伏虎沟，到处是一片悲惨景象。棚民们赖以存身的茅棚几乎全被烧成灰烬。一只只破草鞋，一团团烂棉絮，抛在山坡，挂在树梢。能拿走的全被掠走，拿不走的，包括锅碗瓢盆、坛坛罐罐，全被砸成了碎片。玄女庙前的情景，更是惨不忍睹。一百多具无头尸体，横躺竖卧地堆着，血水流成了河。青壮年男女被押走，老人小孩被屠杀，割去人头拿回报功。面对这一惨景，人们已经哭不出声了。大家强忍悲痛，把死者合葬在一个墓坑中。你一锹我一铲，培出一个巨大的坟墓。一个须发斑白的老人，老泪纵横地说："薛刚反唐，出个肉丘坟，万万想不到，当今我们这儿也出了肉丘坟哪！"老人说罢，放声痛哭。顿时，人们悲声大放，直上云霄，听来叫人心肝欲裂。

王聪儿、王清、范人杰和沈训等人，分头挨门逐户安慰失去亲人的生者，人们无不要求白莲教给报仇雪恨。现在不要说在教的教友，就连未入教的棚民，也感到忍无可忍了。范人杰急得直跺脚："副总教师，等死不如拼命，晚干不如早干，马上就造反吧！"王聪儿何尝不急，但作为副总教师，她不能不想得多些，全国起义日期还没到，准备工作也远未做好。

他们来到高老实家，见高均德正在熬药，高老实躺在床上，两眼直勾勾地望着棚顶。

王聪儿小声问："高大伯，怎么样？"

高均德泪眼红肿："方才又吐血了。"

王聪儿轻轻走到高老实跟前，俯身柔声问："高大伯，你好些吗？"

"完了，都完了！"高老实声音微弱。

"大伯，你要想开些。"

高老实双眼涌出两行老泪："副总教师，我没听你的话，害了孩子们，我后悔呀！我老实了一辈子，到头来处处受气。还是副总教师说得对，官府财主就像南山老林里的虎狼一样，你老实它也要吃你。看起来，要想过安生日子就得入白莲教，和官府财主们干哪！"

"老哥，你说得对。莫要太伤感，身子要紧哪。"王清也来劝解。

"王清兄弟，你们给我报仇呀！"

范人杰眼中冒火："高大伯，你放心，我不杀了杨国仲，誓不为人！"

沈训说："大伯，白莲教绝不会叫老贼为所欲为！"

高老实又想起了大女儿："我那艳娥，也不知怎么样了？"

"大伯，我们会想办法救她的。"王聪儿俯下身说。高老实点点头，拉住儿子的手："均德，爹过去错了，你，你现在就入教吧！"

"爹！"高均德眼中泪珠成串滚落。高老实吃力地把眼神移向王聪儿："副总教师，你能收下他吗？""收！收！大伯，我们收！""好，均德跟了你们白莲教，我也就放心……"高老实说到这里，手一松头一歪便咽了气。

高均德一见，伏在爹身上痛哭起来，众人也无不伤感。王聪儿等人与高均德，把高老实掩埋了。料理完丧事，大家议论起缺粮的事。如今，粮食是最紧迫的难题。住在山里的棚民，正常年景还要以野菜、野果充饥，一年难得吃到几粒粮食。今年大旱，几乎颗粒无收；残存的几粒粮食也被劫掠一空，这怎不叫人忧心如焚？

王清自言自语说："粮食非想办法不可了。"

沈训猛然来到王聪儿面前说："副总教师，你让我带着教友，到杨家坪去抢粮。"

"那不等于去送死吗！"王清说。

沈训手握刀把："就是死也心甘情愿！"

"干脆反吧！"范人杰看着王聪儿。

王聪儿沉思不语。

范人杰急了："副总教师，你倒是发话呀！你们都不干我自己干！"

王清见范人杰一心要拼，便问："人杰，你一个人干？这清朝的江山，你一个人能推倒？"

王聪儿接过来说："范大哥，你急我也急，我也恨不能立刻打起反旗，轰轰烈烈干起来。但我们已经同四川等地教友约定，明年三月十日共同起事，给嘉庆来个四处起火，八方冒烟，叫他顾头顾不了尾。我们怎能只图一时痛快，而影响全局？而且，乡勇刚洗劫了伏虎沟，住处被烧，吃的被抢光，大家总不能饿着肚子上阵吧？比如我们几个人，一天未曾用饭，哪有力气杀敌？眼下须先解决吃的。有道是兵马未动，粮草先行。粮食之事，我去想办法。范大哥找些年轻力壮的教友，帮助各家把棚子压上，风吹雨淋的，不能没有藏身之所。"

范人杰没说的了，又问："你去搞粮食？但不知有何办法？"

"莫非去抢木厂之粮？"沈训问。

王聪儿看看大家说："木厂存粮如今仅有几石，杯水车薪无济于事。如今只有去杨家坪走一遭了。"

"去杨家坪？"范人杰一愣，"若叫乡勇认出，不就糟了！"

"我巧妙化装，不会被人识破。"

"进城去买吗？"王清问，"恐不济事。"

"不，"王聪儿已经有了想法，"要解决眼前困难，非大干一场不可。我进城去找缪老先生，通过他找到王光祖，询问一下杨国仲的囤粮情况。如果条件许可，我们就动手。"

范人杰一听高兴了："副总教师，你回来后一定有办法，只要你下令，我们一定把粮食抢来。哪怕钻龙潭入虎穴呢。"

王聪儿又说："你先别急，我只是进城探听消息，具体做法再定，能行则行，不能行则止。同时，我再顺便打探一下艳娥的消息。"

王清点点头："去探听一下消息也好，但你一人前去太孤单，叫沈训与你一同前往吧。"

王聪儿想想同意了："好吧。"

第二天，王聪儿和沈训扮作卖药材的山里人，顺利进了杨家坪，到了回春堂。缪家父子恰好全在，急忙把王聪儿让进了客厅。

王聪儿首先致谢道："老伯，若非你们报信及时，伏虎沟一带棚民必全陷罗网，棚民们无不感念老伯父子及令甥王光祖大德。"

"我们所为，乃些微末之事，何足挂齿？"缪回春说，"况且据闻又捉来青壮男妇数十人，还杀害了老幼一百余人，莫不是我们报信迟了？"

"不，"王聪儿说，"只因有些棚民贪恋棚舍，心存侥幸，才使杨国仲逞淫威。"

缪超问："听我表兄说，乡勇在山里烧杀抢掠，无恶不作，棚民受害不小？"

沈训答："家家被劫，户户遭殃啊！"

缪回春看看王聪儿："副总教师，此番进城莫非为医药之事？如需我父子帮忙，尽管直言。我们虽然并未入教，但济困扶危，尚可少效微力。"

缪超说："爹爹，您一生行医，救过多少性命，可杨国仲只半天时间，就屠杀一百多人。这岂是医药所能救治？这世道如不改变，纵有神医圣手、灵丹妙药也是枉然。"

缪回春点点头："看起来，拯救万民之举，就要靠白莲教了。"

"白莲教也要靠万民呀！"王聪儿接了一句。

"副总教师，是否有急需救治之人？"缪回春又问。

王聪儿答道："医药虽缺，尚可缓待，缺粮之苦，却急在燃眉。目前山中棚民，家家无米，户户断炊，饿毙之人，时时有之。此次进城，便欲请老伯父子对此大力相助。"

"但不知要我父子如何出力？"

"我欲见令甥一面，弄清杨国仲囤粮所在，如得便下手，就设法搞出一些。"

缪回春道："要见光祖不难，可叫超儿引他前来。"

缪超起身去找王光祖，过了许久，方同王光祖一同来到。

王光祖对王聪儿抱拳施礼："副总教师，叫您久等了。因为我已改调去看守被抓来的棚民，表弟找不见我，才耽误了时间。"

"不急。"王聪儿说，"昨日多亏王兄报信，才使千万人免遭涂炭，聪儿代山中父老百姓当面谢过。"

王光祖忙说："当不得，当不得。副总教师，今日得以相见，我有一言，不知可讲否？"

"王兄有话请说。"

"想我王光祖，自幼父母双亡，多亏舅父照应，才得以活下来，当初杨国仲按户抽丁，我无奈当了乡勇。眼见得杨国仲无恶不作，实难忍受。更甚者，昨日一百多老弱妇幼竟无辜被杀。天理安在？公道何存！我实在不愿再与杨国仲这些禽兽为伍。我敬慕白莲教抗暴救贫，愿以身投效，不知副总教师信否？肯收纳否？"

王聪儿听罢王光祖一番言语，喜不自胜，因为她正有意在乡勇中安一眼线，以为内应。如今王光祖既有此心，岂不省却安插？她便说："王兄所言，句句由衷，感人至深。白莲教广结有缘之人，似王兄素怀正义，我教求之不得。但为大局，还望王兄暂且屈身乡勇队中。"

"这却为何？"王光祖问。

"王兄，"王聪儿说，"杨国仲豺狼之心，屡与我教寻衅，彼多有阴谋，而我无耳目。如昨日若非王兄传信，我们和万民必受大灾。故王兄如有意于白莲，愿暂留其中，以做内应。"

王光祖听王聪儿一说，方始明白："既蒙副总教师如此信任，王某听信从命。"

缪回春高兴地说："光祖，你投教之志可嘉。副总教师所言极是，你今身在乡勇之中，且为哨官，为白莲教做耳目，十分有利，愿你善自为之。"

王聪儿问："王兄，方才说你正在看押被捉棚民，不知高艳娥如何？能否设法救出？"

"杨国仲有意霸占艳娥姑娘，因此，独她未经我处看守，而单独囚居于杨府之内。"王光祖说，"据悉，老贼曾几度逼婚，均遭艳娥痛斥。杨国仲因不死心，只将艳娥软禁，每日饮食也未有少缺，看光景眼下不致吃苦。但要救出也难办到。"

"啊。"王聪儿对艳娥的情况多少放下点心来。

王光祖问："副总教师，方才路上听表弟说，你们进城为粮食？"

"正是为此。王兄，杨国仲囤粮之所在何处？用数十人偷袭可否搞出粮食？"

王光祖想了一会儿："副总教师，请恕我直言，杨国仲三座粮仓均在院内。"

沈训着急地问："看来这是不行了？"

缪超在一旁说："上次副总教师出其不意活捉杨国仲，逼他放出五百棚民，何不再设法把他活捉,逼他放人并以粮来换?再来个如法炮制,有何不可?"

沈训一听高兴了:"对,再活捉老贼为人质。"

王光祖晃晃头:"此计亦不妥,凡事可一而不可再。杨国仲吃亏以后,处处小心,谨慎得很,昼夜提防,恐怕难以捕他入网。"

"难道就束手无策了吗?"缪回春不免也有些焦急。

王聪儿觉得王光祖所说句句在理,便求教地问:"王兄,你久在杨家进出,你看此事该如何办?怎样才能把粮食搞到手?"

王光祖想了想说:"办法倒是有,只是我也不知近期可有此机会。"

王聪儿启发道:"你且说说看。"

王光祖说:"往年每逢粮荒米价暴涨之时,杨国仲总要把仓中囤积之粮,用船装载至郧阳府抛售,以谋暴利。而今,粮价正高,粒米如珠,杨国仲若运粮出去抛售,你们组织人马打劫一下粮船,是最好不过了。只是我也不知老贼今年是否还要卖粮。"

王聪儿一听,感到打劫粮船确是个好办法,便说:"王兄,烦你探听一下确实消息如何?"

"光祖当然可以尽力,只是万一探查不清,或错过时间,岂不误事?要弄明此事,只需舅父出头便可。"

缪回春笑道:"但不知要我如何去问?"

王光祖说:"老贼养子杨升,最听舅父教诲,找他一问,岂不便当?"

缪回春不住点头:"若要问他,这个不难。"

王聪儿说:"望老伯问明粮船何时出发?走哪条水路?如果粮船队近日真的出去,劫粮成功则南山老林百姓均对各位感恩戴德。"

"副总教师快莫如此说,当尽力处自当尽力。"缪回春转身对缪超说,"你去杨府走一遭,如杨升在府,就领他来此,我自有办法问他。"

王光祖站起来说:"副总教师,我就先告辞了,时间太久恐人生疑。"

王聪儿站起相送:"王兄千万珍重。"

"放心,我自会小心。"

缪超与王光祖走后,王聪儿有些不放心地问:"老伯,杨升他会以实相告吗?不会走漏风声吗?"

"副总教师但放宽心。"缪回春十分自信地说,"一者,我自会巧妙询问,不致叫他生疑;二者,杨升还算听我教导,绝不会用谎言骗我。"

王聪儿越发纳闷:"老伯,杨升因何如此听你言语?"

"此事说来话长，"缪回春沉吟一下，"如今我以实相告，日后他一旦落入你们手里，也好照顾一二。"

"老伯请道其详。"

缪回春回忆往事说："杨升并非杨国仲亲子。十八年前初秋时节，我出诊归来，路经杨府后花园门，听见阵阵婴儿哭声。循声望去，看见墙角有一弃婴。我上前抱起一看，像是新生不久，甚是疑惑。心想，幸亏无野狗先至，否则此婴已入狗腹矣。我恐婴儿性命难保，不忍再弃之，遂抱回家中。打开一看，还是个男婴，左足腕套有银镯一只。我想，此婴生母也许是杨府中使女丫鬟之流，与人私通有孕。产儿后不敢抚养，无奈弃之路旁，希望被人捡去收养。这银镯必为信物，将来万一母子相见，此镯便是物证。于是，我用裹婴的红绫小被将银镯包好。但此子又如何处置呢？我想起杨国仲一房夫人曾嘱我代为物色一个断根男婴，便有了主意。杨国仲那时有两房妻子，结发原配夫人不能生育。杨举、杨发俱是二夫人所生。杨国仲在外为官，也将二夫人及二子带在任上。原配夫人守在杨家坪，对此甚为忌妒。她还担心万贯家财俱落入二夫人之手，因此欲抚男婴。我去杨府对她一说，她甚为高兴。一月后待杨国仲离家回任，我便将婴儿抱去。杨国仲得知后虽然不悦，但亦不愿因此与夫人闹翻。好在杨国仲在外为官，也就默许了。此子从杨举、杨发排下来便取名杨升。杨升十二岁时，夫人去世。杨举、杨发对他并不以手足相待，几番欲以加害，都因杨升奶母机警得以幸免。但杨升在杨府总受歧视，他与杨国仲父子貌合神离。当他得知自己非杨家嫡生后，便再三盘问奶母。奶母被问不过，便告诉他是我送其入府。从此，他就常来找我。我虽然不知他生身父母究竟为何人，但每次都教他做人的道理，奶母也尽量引他走上正路。因此，他虽然自小在杨府长大，心并未黑，对穷人亦知同情，对杨国仲等人所作所为也甚为不满，还经常暗中周济穷人和援救被杨府加害之人。当然，他长在杨家，也难免沾染恶习，但总不是一个坏人。今后你们免不了要与杨家刀兵相见，望副总教师莫把他与杨举、杨发之流同等看待。"

听缪回春从头讲完，王聪儿才明白了在天河渡莲花荡，杨升佯作不见父女二人之事。她于是便把此事及除豹救杨升之事，一一告诉了缪回春。

缪回春捋须而笑说："你救的并非虎狼之辈，看来不必追悔。"

这时，门外传来了缪超与杨升的说话声，王聪儿、沈训起来隐身到屏风后面。

杨升进来向缪老先生施礼后问："老人家，找我前来，有何教诲？"

缪回春说:"有件事想请三公子帮忙。"

"老人家有话尽管吩咐。"

"三公子,近来我处几味药材用尽,如人参、鹿茸、牛黄等,须往郧、襄二府购买。闻知贵府常有粮船往返,我欲派人同往,这样可保路上无事。不知近期可有粮船开航,可否搭乘同往?"

"老人家,说来也巧,四日后便有一队粮船去郧阳。如欲买药,尽可同行。有乡勇押船,谅无差错。而且我也随船同往,更可照应。"

缪回春心中暗喜,又问:"你去郧阳所为何事?还是押船吗?"

"押船是借口,我想出去散散心肠。"杨升皱着眉头说,"近来心情太烦闷了。"

"这却为何?"

"老人家难道未曾有闻?我父领乡勇进山,带回一百多颗首级,说是斩杀教匪,其实全是老幼良民。押回的数十棚民,也俱是善良百姓。他们被押在土牢内倍受折磨,女人们更是难耐。费通那厮以提审为名欲行非礼,已逼使两个女子碰头自尽。老人家你说,这种种作为,分明禽兽之行,叫我如何看得下去?又怎能不生闷气?"

缪回春说:"只要你自己洁身自持,不为非作歹,也就是了。"

"老人家,现在我始明白,棚民为何都通白莲教。原来白莲教所做俱为穷人,而官府财主所做却是残害百姓。像我父辈这样行事,使我亦生投白莲教之心。"

"三公子说得是,穷人也是人,总要让人温饱,对穷人亦不能过苛,官府财主所为,未免太过。你虽身在杨府,心存良善,这是好的,暗中神明也会有知。有道是但行好事,莫问前程。你多行善事,也无愧于生身父母。"

"咳!但不知我生身父母到底何人?现在何处?"

"苍天有眼,只要你父母还在人世,总有一天会相见。"

杨升与缪家父子又叙谈一会离去了。王聪儿、沈训转过屏风,再次向缪回春称谢。王聪儿与沈训便离开回春堂,急急忙忙回奔伏虎沟。

第九章　劫粮船巧伏夹河岸　劝手足礼访牛栏山

自北向南的夹河，是汉水支流。其中有段河道，弯曲而又狭窄，两岸长满一人高的芦苇。这里，被人们称作"九曲十八湾"。

按商定的办法，范人杰带二十人乘两只小船埋伏在下游。待粮船到来，迎头拦住去路。王清带二十人乘两只小船，埋伏在上游，待粮船队过去，堵住退路，这叫前后夹击。为防乡勇弃船上岸逃走，王聪儿和沈训各带一百教友，分别埋伏两岸，造成四面合围之势。王聪儿负责全盘指挥，截住船队后，迅即摇入河汊僻静所在，那里有几百教友、棚民隐伏，每人准备好一条袋子，等待背粮。高均德在玄女庙点验。

太阳已经升起。有几条渔船慢悠悠划过，又有一队运盐的官船通过。埋伏的人们，个个屏神静气，唯恐惊动过往船只，走漏风声。大家知道，劫粮成败，关系到成千上万棚民的生死存亡，都感到责任重大，小心万分。范人杰也格外耐着性子一言不发。

"呱呱"，"呱呱呱"，有节奏的蛙鸣从上游传来，这是粮船已进入十八湾的暗号。范人杰注目留神，见船队慢慢驶过来。为首一条彩绘官船，朱漆门窗的船舱，在晨光下分外醒目。杨升坐在船头，正在观赏两岸风景。后面的粮船首尾相连，一字排开。船上或坐或卧都有乡勇押送。杨升看到夹河水滚滚奔流，两岸松林挺立，青山叠翠，阳光照耀水面，仿佛撒了一层碎金，波光耀彩，粼粼闪烁，真比画图还美。可是，两岸不时可见荒芜的田园、萧条的村落，不免使他心生感叹。

杨升边看边想，原本是缪超买药与他同船做伴，不料为救垂危急症病人往医，临时又不得同行，想来好不扫兴。杨升正想着，忽见芦苇中有两只小舟箭一般射出，直靠他的船头。没等他明白过来，范人杰已带人上船，眨眼之间，将杨升和几名乡勇全都绑起。几乎同时，伏兵齐起，王清早已截住粮船退路。各条粮船上的乡勇，在突然袭击下手足无措，大都举手投降。有几个想顽抗的，不是做了刀下鬼，就是在枪下亡身。前后不过两杯茶工夫，就把整个船队夺到了手中。王清告诉船工掉转船头，后队改作前队，飞速回驶。很快进入河汊，一直向前，越行越窄，在一处林草茂密之处停下。一声"嗯哨"，等候多时的教友棚民齐出，分成十数队，奔上十几条船。每人扛上一袋白米，由范人杰打头，直奔伏虎沟而去。

此刻，王聪儿、沈训把被俘的乡勇，全押在了官船之中。

杨升一见王聪儿，急忙喊道："副总教师，今番巧遇，我情愿归附白莲教。"

王聪儿微微一笑，对沈训说："给他绑松些。"

杨升感到大有希望，急忙又说："副总教师，青锋剑现在我身，这原本是我赠你之物，请你收去。"

沈训摘下剑来交给王聪儿："这剑日后打仗时或许用得着。"

"缴获之物，倒可留下。"王聪儿把剑挂在腰间，吩咐沈训说，"你领十名教友看守他们，不得伤害，待粮食运完，再做处置。"王聪儿说罢，也去指挥卸粮。

粮食背走了大半，一个教友突然满头大汗跑来："副总教师，出事了！"

王聪儿忙问："莫不是遇上了乡勇？"

"不是乡勇，是牛栏山的强人，有二百多，把背粮队给截住了。范大哥正在厮杀，咱的人马虽多，可是赤手空拳难以对敌，副总教师快去吧！"

王聪儿、王清顾不得多问，便和报事人一起，快步如飞往出事地点奔去。沈训听说前边打起来了，急得心焦，很怕自己人吃亏。一个教友说："乡勇全都绑着，粮食也飞不了，何必用几十人看守，留下四五人足矣。我们从后边上去，抄强人的后路，一粒粮食也不能叫他们抢走。"

沈训一听觉得有理，就留下四个人看守，带领其余几十人前去助战。

劫住粮队的人，乃牛栏山二寨主曾大寿。此刻，他与范人杰争战正酣。他挥动手中的竹节钢鞭，一边招架着范人杰的腰刀，一边给手下的喽啰们打气："别怕，大伙一齐上，把这个黑小子整住，剩下的就全颓了。"六七个喽啰头目，各抄武器上前助战。他们倚仗人多，死死缠住范人杰就是不退。范人杰一把腰刀，舞动如梨花飞雪，越战越勇，毫无惧色。

那边，粮队聚在一个小山脚下，十几个带武器的教友站在前面，因为要防备小喽啰们动手，所以他们不敢离开，不能上前去帮助范人杰。牛栏山的人虽有二百多，因曾大寿战不过范人杰，所以他们都暂且按兵不动。

曾大寿见一时难以取胜，就向全体喽啰发令说："小的们，别愣着了，全上，开抢吧！"二百多喽啰一拥而上，教友和棚民，没兵器的有人捡起石头，有人劈下树杈。眼看，一场混战就要发生。就在这千钧一发之时，王聪儿、王清赶到了。

王聪儿走至近前，高声喊道："住手，不要厮杀！"她和父亲一起，不顾危险，冲到棚民与喽啰中间，挡住了喽啰们的去路。牛栏山的人马愣了一瞬，见白莲教只来了两个援兵，复又呐喊一声扑上来。有个小头目，欺王聪儿是女子，举刀便砍。王聪儿抽出青锋剑轻轻一挥，钢刀断为两截。几个伸过来的枪尖，也齐刷刷被剑削落地上。喽啰们无不惊呆，谁也不敢再动了。

王聪儿见范人杰与曾大寿还在争战，对他们呼唤道："都不是外人，不要斗了！"

王清也高声说："赶快住手！"

曾大寿这时刚好占些上风，哪肯罢手，反而一鞭紧似一鞭。王聪儿取出弹弓，扣上石子，说声："小心！暗器到了。"曾大寿正在愣神之际，弹弓响，石子飞，正中曾大寿右腕，使得右手鞭险些撒手。范人杰趁机闪身跳出圈外。

曾大寿气得"哇呀呀"直叫："你是什么人？竟敢暗中伤我！"

王聪儿含笑拱手施礼："足下莫非就是牛栏山的曾寨主吗？"

"是便怎样？"

"曾寨主，我等乃白莲教友，闻你无故拦住我粮队，特赶来相劝。你等占据高山，我们流徙老林，皆因生活所迫。天下穷人是一家，我们万不可伤了和气。"

"你少跟我套近乎。"曾大寿说，"既知曾某大名，快将粮食留下，饶你们不死。牙崩半个不字，我手中的钢鞭可不认人！"

王清上前说："曾寨主此言差矣，这粮食乃我等拼死从杨家手中夺来，你半路拦劫，未免于理不通。"

范人杰气呼呼地说："杨家坪里粮食成山，你们有种，就到那里去抢！"

曾大寿无理可讲，只有横推车："老子就从你们手中抢，不夺下粮食我誓不回山！"

范人杰气呼呼地说："要叫你抢走一粒粮食，我就不姓范！"

曾大寿心里打主意，单独对阵恐难讨便宜。对方多是赤手空拳，还是一哄而上方能占先。他正要发话开抢，不料王聪儿又趋前几步说："曾寨主，我有一言奉告。"

"有话快讲。"

"曾寨主，我们皆是受官府财主欺压之人，我同你家大寨主刘启荣，又有一面之识。眼下正值荒年苦月，粒米如珠，棚民们饥饿多日，你们山寨也必定缺粮。我们再难，也不能眼看你们挨饿。今日，情愿让些粮食给你们，以免手足相残。"

范人杰一听急了："副总教师，你！"

王聪儿说："范大哥，厮杀起来，难免互有死伤，我们纵然胜了，也不忍看他们死伤在我们刀剑之下，况且同为受苦之人，让些粮食是我们宽仁大量。"

王清点头道："聪儿所说在理，我们互相残杀，岂不叫杨国仲坐收渔人之利？"

范人杰虽然不高兴，但也不言语了。

曾大寿却很不相信："你说的可是真话？"

王聪儿答道："白莲教说到做到，半字不假。"

"你让出多少？"

"请曾寨主提个数目，再做商量。"

曾大寿正琢磨要多少合适，从他们身后突然传来了呐喊声："弟兄们快上，别叫牛栏山的强人跑掉一个！""让劫粮的王八蛋们，全滚回姥姥家！"

曾大寿手下的小头目说："二大王，不好了！白莲教抄了咱们的后路。"

曾大寿闻听不由得暴跳如雷："好你个女教匪，我只说你诚心实意要休战，原来却是缓兵计。前后夹击，老子也不怕，今天非拼个你死我活不可！"

"且慢！"王聪儿大声说，"曾寨主，来人并非我事先布置，待我叫他们过来。"王聪儿细看，见是沈训领几十人来到，心中吃了一惊，忙呼唤道："沈训，快些把人带过来。"

沈训不动："副总教师，动手吧，前后夹攻，管叫他们束手就擒。"

王聪儿厉声说："带人过来，休再多言！"

沈训只好把人带过来。

王聪儿担心地问："你们来此，乡勇和粮船由谁看守？"

"这，我留下了四名弟兄。"

"胡闹！"王清说，"四个人怎么能行？"

王聪儿压住火气："沈训，你领人跑步回去，看好粮船和乡勇。"

"那，这里呢？"

"这里不消你挂念，快走！"

沈训站着不愿动，正在这时远处尘土飞扬，二十余骑飞驰而来。马蹄嘚嘚，铜铃叮当，转眼如旋风般来到眼前。牛栏山的人一见欢呼跳跃："哈哈，大寨主来了！"

来人为首者，正是"大铁锤"刘启荣。他到曾大寿面前，猛地稳住坐骑，那马前蹄竖起，"咴咴"长嘶一声，戛然停住。刘启荣甩镫离鞍下马，匆忙问道："二弟，可曾交手，可有死伤？"

"尚未得手。"曾大寿说，"大哥你来得正好，咱们更不怕了。"

刘启荣不再听了，他抢前走向王清，躬身施礼："王大叔，小侄晚来一步，险些出了大事，万望原谅。"

"不碍事，"王清说，"有道是不知者不怪罪。"

王聪儿问候道："刘大哥一向可好？"

"多承下问，自从祝家坝获救，一直紧守寨栅。近来粮草不济，才派二弟出来打粮，想不到冲撞了恩人，真是罪该万死！"

"刘大哥言重了，曾寨主也是通情达理之人，正要同我们讲和。"

刘启荣回身叫曾大寿："二弟，还不过来拜见。"

曾大寿勉强挪步过来。刘启荣介绍道："二弟，这是王大叔，这就是白莲教副总教师王聪儿。上回愚兄大难不死，多亏王大叔父女了。"

曾大寿扭着身子，别别扭扭地与王清、王聪儿见过礼，就躲在了一边。他暗中打量王聪儿，心想：看她不过二十岁左右，就是白莲教的副总教师，想必是有两下子。他又一看，不禁在心中咽下口水，他娘的，长得可真够俊的了！

这时，王聪儿问刘启荣："刘大哥，山寨断粮了吧？"

"不，我们还能对付。"刘启荣想遮掩过去。

"刘大哥，莫瞒了。"王聪儿说，"这次我们劫下杨家几十条粮船，分给你们一半，以救燃眉。"

"这，万万不可！"刘启荣其实很为缺粮愁烦，再搞不到粮食，手下人就要散伙了。但他知道棚民更难，白莲教劫粮非易，因此决意不要。

曾大寿恨不能立刻把粮食拿到手，他问王聪儿："你当真分出一半？"

王聪儿笑了："白莲教从无戏言。"

刘启荣一听忙说："副总教师，我虽然落草为寇，但立志要劫富济贫。而今棚民天灾人祸交煎，我不能救其疾苦，反从父老们口中夺粮，岂不羞煞我等？此事万万使不得，我们且另想办法。"

可是王聪儿却转身对大家说："各位父老兄弟，牛栏山的弟兄和我们一样，怎能眼看他们挨饿？把粮食分出一半，大家可愿意？"

沉默片刻，众人纷纷说："听副总教师处理。"

"好，把粮食背过来。"王聪儿指挥着。背粮的棚民逐个把粮袋放在刘启荣面前。转眼，就堆成了一座小山。

就在这时，一个教友满头大汗、气喘吁吁跑来："副总教师，大事不好！"

沈训见是他留下的人，忙过来问："怎么了？这样慌张？"

"乡勇跑了！"报信的教友说，"乡勇见我们人少，用牙咬开绑绳，驾船逃跑了！"

王聪儿忙问："粮食呢？"

"他们只顾逃命，粮船还在，三个弟兄看着。"

王聪儿原本想用杨升交换高艳娥，用乡勇换回被捉走的棚民，谁料竟叫他们逃了。但她听说粮食还在，心中才算安定一些，忙对众人说："空身者马上返回，抢运剩余粮食。有粮的立刻随范大哥进山。"

"副总教师且慢，"刘启荣拦住说，"既然如此我倒有个主意。这里的粮食还是你们背走，船上的剩余粮食交给我们，那里离山寨还近一段路。"

王聪儿一听有理，就说："好，就这么办！"

刘启荣又说："副总教师，您胸怀阔如天海，慷慨赠粮，启荣无以为谢，谨以战马十匹相赠，天高地厚之恩，日后定当重谢！"说着，他叫手下人牵过十匹马来。

王聪儿摇手道："刘大哥，如此莫不是见外了。"

"不，此马想来副总教师还可用上，如果拒之，我们怎么收得粮食？"刘启荣特别指着其中一匹通体雪白的白马说，"这匹白龙驹日行五百里，堪称骏马，正好与副总教师做个脚力，将来冲锋陷阵，或许是可心之乘。"

王聪儿见白龙驹虽不算高大，却是膘满体健，白得可爱，心下暗暗喜欢，又见刘启荣一片至诚，只好称谢收下。然后她对沈训说："你引刘大哥去河边取粮。"

刘启荣飞身上马，在马上一揖："副总教师，王大叔，改日请到荒山一叙！"说罢，他跟随沈训，带领手下喽啰，直奔粮船而去。

转眼，几个月过去了。时令已是深秋，距离明年三月全国起义时间，越来越近了。

这日一早，王聪儿、王清和沈训备好三匹马，另有五匹马驮着一百匹布，从伏虎沟出发了。牛栏山位于伏虎沟南大约八十里，与杨家坪恰成三角形。王聪儿一行三人八骑，早晨出发，两个多时辰便到了牛栏山脚下。王聪儿举目望去，牛栏山虽不甚高，但却也险峻陡峭。遍山长满没人的蒿草，再加上树木丛生，外来人根本寻不见路径。王聪儿等人正在张望，只听一阵锣响，树丛中闪出一队人马，约有二十人。为首小头目手举一根铁棍，拦住王聪儿马头一声断喝："呔，此树是我栽，此路是我开，要想从此过，留下买路财，牙崩半个说不字，一棍一个管杀不管埋！"

王聪儿说道："休得无礼！我等并非过往客商，乃你家大寨主朋友，特来登门拜访，还不快去通报。"

这时，小头目有些认出了王聪儿："你们是白莲教？你是副总教师？"

"快去通报，就说王聪儿来访。"

小头目赶紧回山报告。刘启荣听说王聪儿父女来到，急忙找来曾大寿，统领全山喽啰列队相迎。刘启荣、曾大寿亲自下山，把王聪儿等三人迎到聚义厅坐下。

刘启荣拱手说道："不知副总教师、王大叔、沈贤弟到来，未曾下山远迎，真是罪过。"

"刘大哥何必如此客气？"王聪儿说，"来得匆忙，不及备办礼物，仅有青布百匹相赠，不成敬意，务请刘大哥笑纳。"

沈训把布匹卸下，摆在了厅前。

刘启荣急得站了起来："这如何使得，救命之恩，赠粮之情尚且未报，又赠布匹，叫我于心何安？"

"刘大哥此言差矣。"王聪儿说，"我等在江湖上理当同舟共济，况且你也曾赠马与我，这些布匹万无推辞之理。"

曾大寿唯恐刘启荣拒绝，急忙接话说："大哥，副总教师言之有理，想我们山寨正愁冬衣无着，这些布可称雪中送炭。大哥理当收下，不必推托。"

王清也说："大寨主，相识结交已非一日，怎么反倒见外了？"

刘启荣只好收下："如此愧受了。"

闲话叙过，不觉天已正午。刘启荣吩咐大摆宴席，款待王聪儿三人。聚义厅里，主客五人团团而坐，喽啰们只管把酒肉搬上来。王聪儿虽会饮酒，因心中有事不肯多吃。王清酒量虽大，因为要同王聪儿一起劝说刘启荣，所以也未放量。沈训又多一个心眼，他想，自己随副总教师父女来此，理应保护他们的安全。虽说刘启荣耿直可信，但曾大寿叫人难以放心，为什么总是斜视着副总教师？不怕一万，就怕万一。必须时刻小心，不能因酒误事，所以不肯多饮。刘启荣是主人，见客人并不放量，当然也不便狂饮。只有曾大寿，见酒没命，一碗又一碗，只管干个不休。

酒过三巡，王聪儿停箸说道："刘大哥，今日得闲，我想问一下，你因何在此聚义？"

王聪儿一问，刘启荣脸上的笑容一扫而尽："副总教师，过去之事我真不愿提起。"

"刘大哥，说说何妨，我们也好知道你的身世。"

"咳！"刘启荣叹口气，"说起来不由人气满胸膛。副总教师、王大叔，我本是郧西县城内铁匠，祖传打铁手艺，并带锔锅锔碗锔缸。一家三口苦度时光。谁料，黄连般的苦日子也不得安生。三年前，狗官县令杨举有一只玉石酒杯跌破，把我传进县衙叫我锔补。我小心翼翼、好不容易锔上，递给狗官。谁知他竟故意失手，把酒杯掉落在地，跌成十数片。狗官当即翻脸，逼我包赔。我情知这是有意讹诈，但也不敢申辩，只好忍气吞声。我想，一只酒杯，至多不过一两纹银，认个倒霉，以免惹事。我哪知狗官的狠毒心肠，他说什么这是西凉进贡给皇上的夜光杯，是价值连城的无价之宝，逼我交出千两纹银才肯罢休。当时把我下狱，告诉我妻交银赎人。我妻一听，变卖所有家产方凑得一百五十两纹银，去求见狗官，请求放我出监。狗官贪心未满，哪肯答应？后来，见我家实在榨不出油水，就将我妻和五岁幼女一起抓来，叫人押送襄阳卖掉。我妻痛不欲生，不肯被辱，在船上趁押送人疏忽，抱女投汉水而亡。狗官怕我将来报仇，便欲斩草除根将我勒死狱中。幸亏曾贤弟当狱卒班头，我二人平日有一面之交。那日，狗官说他酒醉调戏了姨太太，要曾贤弟以银百两赎罪，并也欲加害于他。曾贤弟见无活路，遂暗地放我出监，我二人连夜逃出城外，来到牛栏山落草，不觉已三年矣！狗官杨举依然鱼肉百姓，横行无忌，而我妻女的血海深仇至今未报，我真对不起她们！"

曾大寿又干一碗酒："大哥，管那些呢。今朝有酒今朝醉，等兄弟给你找个标致的压寨夫人，你就什么都忘了。"

刘启荣不满地斜他一眼："贤弟醉了，副总教师莫要见笑。"

"不妨。"王聪儿接着问，"刘大哥因何未能报仇呢？"

"深仇大恨，时刻难忘。恨不能扒狗官之皮，剜其心肝！我也曾几次伺机行刺，因狗官防范甚紧不得下手，而我则险些落入他手。去攻城吗？手下人寡，如之奈何？因此，至今未能报仇雪恨。"

"刘大哥，我有一言奉告，不知当讲否？"

"副总教师有何教诲，敬请直言，我愿洗耳恭听。"

"如此请恕我直言。"王聪儿说，"狗官杨举横行郧西，受害者岂止刘大哥一家？因为他做的大清之官，有清兵为他保镖，上有道台、抚台直至皇上给他撑腰，所以，他才敢随意害人。你虽有满身武艺，也无可奈何。若想报仇雪恨，就得将皇上打翻，改变这吃人的世道，穷人方能见到天日。"

"你是说须改朝换代？"

"正是。"

刘启荣摇摇头："面对小小郧西县城，我尚且束手无策，改朝换代谈何容易？"

"不然！"王聪儿说，"刘大哥，而今清朝气数已尽，各地水旱频仍，灾异迭出。此乃上天示警，显然天意有变。无生老母已然下界，白莲教应运而兴。四方豪杰壮士无不纷纷入教，全国已达百万之众。只待一声令下，八方揭竿而起，何愁天下万民不踊跃响应？那时推翻清室江山，只如摧枯拉朽，天下万民之冤可伸，刘大哥之仇何虑不报？"

"副总教师是想劝我入教？"

"我因念刘大哥是位豪杰，平日从不劫掠百姓，只讲杀富济贫，与我白莲教宗旨无大异，故而直言相劝。试想，刘大哥居此牛栏山何时是了？总不能老死这里。况且杨举、杨国仲之流岂能容你久占此地？一旦腾出手来，必发大军征讨。那时寡不敌众，知是何等结局？自身尚且难保，报仇更成画饼，愿刘大哥三思。"

王聪儿的话，句句在理，说到刘启荣心上，使他不觉沉吟……

哪知曾大寿使劲把酒碗蹾在桌子上，喊了一声："不行！"

刘启荣不悦地说："贤弟，你这是何意？"

曾太寿舌头已然转动不灵："大，大哥，你，你千万莫轻信王聪儿之言。白，白，白莲教是什么玩意！大，大，大哥，我们自由自在当山大王，无拘无束，天王老子也管不着。大碗吃酒肉，大秤分金银。可不能入什么鸟教，受人家辖制呀！"

曾大寿的话，使刘启荣很为生气，深怨他不该当面贬低恩人和白莲教，狠狠一拍桌子："贤弟，你休得胡言！再说醉话，定按山规惩办！"他怕曾大寿还信口胡来，忙叫小喽啰把曾大寿扶下去了。

刘启荣转身对王聪儿施礼说："副总教师千万莫怪，曾大寿好酒贪杯，多有冒犯，请您见谅。"

王聪儿感觉到曾大寿为人颇不正派，野性甚大，必是刘启荣入教障碍。见刘启荣赔礼，她忙还礼说："刘大哥不必如此，二寨主多说几句，我们不与之计较。只是我愿重复一下，白莲教光明正大，立志'兴汉灭满'，杀尽天下不平，深得黎民拥戴。像刘大哥这样勇武兼备、有胆有识之人，正当同白莲教一起共创大业，岂可在草野间埋没一生？"

"副总教师之言，可称字字金玉，白莲教所作所为，刘某敬佩万分。活捉杨国仲，搭救五百棚民，岂常人所能为？巧计劫粮并分半数与我山寨，非心胸狭窄之辈所能做。副总教师苦口婆心，刘某岂能毫无所动？只是山寨是我与曾大寿共同掌管，这样大事总要商得他同意。"刘启荣又说，"副总教师等贵客既已来到荒山，就请权住一夜。一则我们可以畅叙，二则待曾大寿酒醒之后，我与他商议个结果。"

"刘大哥盛情挽留，我们就宿住一夜。"王聪儿当然希望刘启荣入教之事能有个结果，因此欣然留下。

晚饭之后，王聪儿闲步出房。她想，离全国约定的起义时间越来越近了，准备工作尚未做好。特别是襄阳姚之富那里，又有半月之久未通信息了，不由心中十分挂念。

虽然刚刚立冬，但天气已凉，山风吹拂，寒透肌肤。王聪儿不顾寒风扑面，走上一个凉亭，扶栏眺望。远处的武当山直耸碧空，清晰可辨。她不禁又想起了师父静凡和师兄李全，在青莲庵中与师兄相处时那些甜蜜的情景，又涌上了心头。想起师兄对自己的一片深情，王聪儿不觉暗地里脸红了。一只山鹰从悬崖上扑棱棱腾空而起，展翅跃入蓝天，惊断了王聪儿的遐想。这时，身后传来了脚步声，她转身回头来看，不知什么时候曾大寿已经站在了她的身后。

只见曾大寿醉眼惺忪，站立不稳，嬉皮笑脸直往前凑。王聪儿警觉地挪一步："曾寨主，你要做甚？"

"嘻嘻！"曾大寿淌下一串口水，"副总教师，王聪儿，你是个小寡妇，我老曾还是个童男身，想来没有男人的日子你也难熬，白莲教能成什么气候？何不跟我当个压寨夫人？"

"曾大寿，你不要无礼！"

"跟我没亏吃，保你一世受用不尽。"曾大寿说着伸手来摸王聪儿。

王聪儿待要狠狠教训教训他，又碍在刘启荣面上，还恐影响劝说刘启荣入教大事，就压住火气，闪身躲开说："曾大寿，你放尊重些！莫要不知进退！"

曾大寿酒令头昏，色迷心窍，哪管王聪儿一再警告，反倒张牙舞爪地扑过来。他哪里知道，沈训发现王聪儿不在，已寻踪找来。沈训见曾大寿无理，早已按捺不住，从后面伸腿一绊，曾大寿便跌了个狗吃屎。这里发生的一切，早有巡山哨兵报告了大寨主。刘启荣深知曾大寿为人品行不端，但万万没料到他竟敢对王聪儿无礼，不由胸中怒火燃烧，急匆匆赶来。

曾大寿吃了亏，爬起来抽出腰刀，"哇呀呀"怪叫着，狠狠向沈训劈去。沈训拔剑相迎，二人杀在一处。其实要论武艺，沈训并非曾大寿对手。只因曾大寿酒未全醒，所以只与沈训战个平手。王聪儿怕双方失手误伤，忙说："沈训，休要再战，以免伤了和气。"沈训不敢不听，虚晃一剑跳出圈外。曾大寿以为沈训怯战，举刀追上。

刘启荣赶到，大喝一声："住手！"

曾大寿怔了一下，心想刘启荣也奈何他不得，仍然去追沈训。刘启荣一怒，伸腿踢倒曾大寿，刀也脱手了。曾大寿不肯干休，把刀抢在手里，爬起来还欲上前。刘启荣拔出刀拦住他的去路："你再敢动一动，我就先砍了你！"

曾大寿迟疑一下，停住脚："大哥，难道你要胳膊肘往外扭吗？"

"说什么里外？"刘启荣用刀尖一指曾大寿，"你对副总教师不恭，触犯了山规，今天我非处治你不可！"

王聪儿恐他二人争斗起来，于争取入教大局更不利，遂上前劝道："刘大哥，姑且念曾寨主酒醉失于检点，并非故意无礼，莫加处罚，以免伤了彼此和气。"

"我不狠狠处治他，怎对得起副总教师？"

王清也已赶到，急忙劝阻说："酒后失言，人皆有之。聪儿不怪，千万莫要责罚曾寨主了。"

曾大寿这时已有八分酒醒，自知理亏，听大家说他酒醉，就又故意呕了一下，再加上方才两番跌倒，胃中翻腾，不觉"哇"地吐了满地，并又装出十分醉的样子。

刘启荣见王聪儿父女大量不怪，就叫喽啰把曾大寿扶走了。但他甚觉过意不去："副总教师，都是我平时管束不严，实在罪过。"

"此事不必太介意。"王聪儿说，"对他这样人，须慢慢劝解，好言开导。"

"咳！这个曾大寿，自我们落草以来，他曾几番强抢民女，都被我劝阻制止。我也曾多次晓明礼义，怎奈他积习难改！"

"只要耐心帮他，慢慢总会好的。"

"副总教师，你们且休息吧，今夜我去找他问问入教之事，看他有何打算。"

王聪儿见曾大寿的光景，料定不会顺利，便说："刘大哥不要急躁，善言相劝才是。"

一夜无话。第二天早饭，刘启荣为王聪儿等人饯行，曾大寿推说醉酒没有出席作陪。席上，刘启荣闷闷不乐。

王聪儿料到必是他与曾大寿谈得不拢，便问："刘大哥，因何如此沉闷？有什么心事吗？"

刘启荣放下筷子："副总教师，我对不起你们父女。"

王清道："何出此言？"

"我再三劝说曾大寿，可他竟执意不肯入教。"

"刘大哥不必为此愁烦。"王聪儿说，"曾大寿野习已久，不是一朝一夕所能劝得通的，刘大哥可慢慢开导他。"

刘启荣猛然站起："副总教师不辞辛苦，亲自来此为启荣指引迷途。我虽然粗陋，但也识大体，愿投无生老母门下，随副总教师兴汉灭满！"

"刘大哥果然爽快！"王聪儿称赞后又说，"但也不需过急。自今日起，我们就把大哥视为教友。对于曾大寿，他总算还救过大哥性命，不能扔下他不管。况且我教起事之日尚无定期，刘大哥尽可慢慢开导，不必急于一时。"

"既然如此，我就耐着性子再劝劝他，待到起事之时，他仍不肯入教，我们就分道扬镳！"刘启荣说罢又叮嘱说，"副总教师，若举义旗，千万莫忘启荣，去打县城，我愿充当头阵！"

"如果起事，自然需我们同心合力，届时有刘大哥相助，何愁大事不成。"……

饭后，王聪儿等三人向刘启荣告别。刘启荣恋恋难舍，直送出十里远方才回山。

第十章　举义旗初战黄龙荡　用内应轻取杨家坪

冬去春来。王聪儿来到伏虎沟已经半年有余，离约定的全国起义日期只剩二十几日了。起义的准备工作，正在紧张进行。伏虎沟一带，教徒人数已经超过了两千。王清又筹集到了一批粮草，范人杰领人日夜不停地赶制兵器。高均德和沈训带着新教徒在僻静的山沟里操练武艺。

这天，王聪儿在棚中正坐，经常往来于伏虎沟、黄龙荡之间传送消息的田牛，忽然又来到了面前。

田牛一见王聪儿，眼中止不住流泪说："副总教师，大事不好！我师父姚之富被官府捉拿去了！"

王聪儿一惊，稳稳心神，镇定下来："田牛，不要慌张，你站起来仔细讲。"

田牛站起来，把姚之富被官府捉去的经过讲了一遍。

自从王聪儿离开黄龙荡后，姚之富在困难的情况下坚持传教。为了搞清齐林等人遇难的真相，在襄阳城里下了力气。襄阳县衙有个姓文的库书，被姚之富引入教中。二人很谈得来，并不时聚会。姚之富要文库书设法摸准孙老五的行踪，以便活捉叛贼，审明原委。哪知，襄阳知县张翱对手下人十分留心，他发觉文库书行动有疑，突然将其拘捕。文库书经不住张翱的软硬兼施，卖身叛变。在张翱授意下，以孙老五为诱饵诓姚之富进城，致使姚之富落入敌手。但是，姚之富也曾奋勇格杀，斩杀官军六七人，把孙老五也一刀砍死。田牛是姚之富之徒，闻变后立即星夜来此报信，如今已经四日，姚之富死活尚不得知。

王聪儿听罢，甚为忧虑。襄阳白莲教因齐林遇难，已遭受一次破坏，经过姚之富努力，好不容易恢复起来。况且起义在即，姚之富入狱，将使整个起义计划受到影响。目前，襄阳教友群龙无首，莫要做出冲动之举。王聪儿感到事不宜迟，必须立刻赶到襄阳。经过商议，决定他们父女与沈训一起前去。行前她叮嘱范人杰与高均德，在她返回伏虎沟前不要轻举妄动。

次日清晨，王聪儿、王清、沈训、田牛一行四人四骑打马起程，一路上晓行夜宿，不觉来到武当山附近。此处离青莲庵绝谷并不甚远，王聪儿有意拐去看看师父，并劝师兄出山参加起义。正自盘算，见俩人对面走来。到了近前，王聪儿看得分明，急忙甩镫离鞍下马，原来恰好巧遇静凡和李全。

众人分别见过，王聪儿方知师父与师兄决计出山，欲往伏虎沟寻她。静凡闻得王聪儿要去救姚之富，便叫李全同王聪儿前去，好助一臂之力。沈训将马让给李全，领静凡回伏虎沟去了。王聪儿、王清、李全与田牛四人又继续赶路。

简短捷说，这日午后四人赶到了黄龙荡。教内十几个首领，正聚集在祠堂内商量着要设法劫狱救人。王聪儿来到，大家重又计议一番，但终无万全之策。田牛主张派百十人混进城去，待夜静更深，四处放火，趁混乱之机，强行救人。

王聪儿摇头："不妥。襄阳非一般州县可比，乃古之军事重镇，防守戒备甚严。即便能有百十人混入，发作起来却又如何出城？难免要蹈总教师的覆辙。"

李全看看大家说："而今姚教师身陷囹圄业已数日，官府将他如何监押，我们一概不知。待我立即进城，探明一切后再议救人方案，岂不心中有数？"

众人拿不出更好的主意，俱都同意李全的主张。王清要派人与李全为伴，李全却说一个人来去方便，不必人多。当下，李全改成乞丐模样，辞别出村。

王聪儿送至村头，把青锋剑交给李全说："师兄，此剑便于携带，而且吹毛立断，削铁如泥，你带去或许能有帮助。"

李全接过短剑，深深感到王聪儿的关心，把剑藏在身上说："师妹，如果得便，我也许会救他回来。"

"师兄，襄阳不可小看，大意不得，还是莫要冒险。待探明情况，再想救人之策。"

李全安慰说："师妹放心，我不会草率行事，到时相机而动。"

说罢分手。晚饭前，李全顺利入城。他先装作讨饭的样子，在牢房四周转了一遭，熟悉了路径。天晚后，挨到三更时分，脱去外面花子衣，露出里面紧身青箭衣，扎缚停当，便向牢房摸去。天公作美，夜空无月，四周一片漆黑。李全来到牢墙西角，张望一下左右无人。从腰间解下一物，乃是拴绳的铁爪。他觑准一丈五尺高的牢墙，轻轻甩上去，铁爪扣在墙头抓牢。李全一提气，像壁虎爬墙一样，攀缘而上。伏在墙头向里张望，这里下临茅厕，静寂无人。李全跳下，转过一个小角门，向前几丈远，有微弱的灯光从房中射出。李全蹑手轻足来到窗前，舔破窗纸往里细瞧，见里边有个狱吏正靠在椅子上打盹，困得前仰后合，显然是当值守夜。外屋，传出人睡熟后的呼吸声，李全静听片刻，辨出至少有两人睡在外间，心想，可能是两个狱卒，怎么办？李全把身子隐在墙角，思索一阵有了主张。他抽出青锋剑，来至外屋房门前把剑从门缝中插入，想要拨开门闩。哪知轻轻一动，门闩已被斩断。李全暗说果是宝剑，竟如此锋利。他轻轻推门而入，门轴却"吱扭"响了一声。外屋睡熟的狱卒倒没知觉，里屋的狱吏听到了响动。他揉揉眼睛问："谁开门，出去解手呀？"

李全急忙隐身在里屋门后。狱吏一问，有个狱卒醒来，起身下地趿鞋欲出去小解，坐在床沿上一抬头，看见一个人影贴墙而立。方一惊愕间，闪着寒光的宝剑已逼近面门："不得声张！"哪知狱卒侧身一滚，喊了声："有贼！"李全见状，也顾不得许多了，哪容他再喊第二声，宝剑已穿心而过，死尸"咕咚"倒地。另一个狱卒迷蒙中坐起，李全手中剑轻轻一挥，那狱卒的首级立刻滚下床来。狱吏听见外间喊"有贼"，又有人跌倒之声，急忙推门过来观看，方一迈步，便被李全绊倒，手中的灯也灭了。李全上前捽住狱吏，用宝剑在他面前晃了几晃："若要出声，便送你归西！"

狱吏吓得浑身发抖，牙齿"嘚嘚"直打战，结结巴巴地说："不，不敢，好汉饶命！"

"我问你，姚之富押在何处？"

狱吏始知是为姚之富而来："在，在后面死囚牢中。"

"你起来与我带路，若敢声张，这两个狱卒便是你的下场！"

狱吏哪敢违抗，领李全来到关押姚之富的牢房。打开牢门，李全叫狱吏给姚之富去了枷锁镣铐，然后绑好狱吏，堵上嘴。姚之富闻知李全乃王聪儿师兄，叩头便拜，李全急忙扶起。二人从李全进处出去，悄悄摸上城墙，戍卒皆在城楼贪睡。李全从腰间解下预备的绳索，在垛口上拴牢，与姚之富滑下城来。泅过了护城河，听谯楼方敲四更。

李全走后，王聪儿一直难以放心，几乎彻夜未眠。第二天，当李全与姚之富一齐回到黄龙荡时，众人无不惊讶，深深佩服李全武艺高超，王聪儿心中也甚为钦敬。

当天一早，襄阳知县张翱发觉姚之富逃去，大惊失色。他立即报与知府张三纲，襄阳知府也知干系不小，当即派杨发点起一千官军去往黄龙荡搜剿。

消息传来，王聪儿想到明日便是三月十日，距约定日期只差一天，不能再拖延了，决计叫官军尝点苦头。遂立即通知各路头领，半日工夫就集合起两千人马，埋伏在村头两侧山林中。

杨发带着一千官军耀武扬威来到，一声炮响，伏兵四起，喊杀声震天，两千教徒以排山倒海之势扑向官军。杨发和手下的清兵，只想这次可以大捞一把，抢够掠够，再杀些平民百姓回去报功。哪里料到会中埋伏，杨发只觉漫山遍野全是白莲教，说不清有几千几万，哪管兵士死活，由亲信保护着拨马就逃。

白莲教初战告捷，这一仗斩杀清兵三百多人。清完战场，王聪儿对众首领说："杨发败回，官府绝不肯善罢甘休，必然要来报复。我们只有刀枪相对，别无其他出路。所有教友都做好准备，明日头午在黄龙荡举起反旗，宣布起义！"

次日上午，两千多白莲教徒齐集黄龙荡村头，连夜赶制出来的上绣王字的白色大旗高高飘扬。王聪儿一身白衣，胯下白龙驹，手执亮银枪，和众教友一起，发出了山摇地动的欢呼！这一天，正是公元一七九六年即嘉庆元年的三月十日。

起义后，王聪儿料定官军必来追剿。而襄阳附近，驻有官军重兵，敌我力量悬殊。义军初起，力量尚弱，不宜在此与敌硬拼。而且伏虎沟那里还在急切等待，便按原定计划向南山老林进发。黄龙荡附近居民，早就对官府切齿痛恨，又担心官军在白莲教走后屠杀，纷纷举家随义军出走，很多人把住的茅棚全然烧毁。

一路上，义军绕开城池，不与官军交战。官军俱已吓破了胆，只顾紧守城池，哪敢出兵拦阻。数日后，王聪儿率军到达伏虎沟。范人杰、沈训、高均德和静凡等一起迎接大军。黄龙荡起义的消息，也已传到这里。这两天，范人杰急得坐立不安，已把两千多教友集合起来，单等王聪儿一到，就要发兵攻打杨家坪。

王聪儿到达后，劝范人杰不要急于一时，决定明日召集教内众首领一起商议军情。当即派人去郧西城送信，告诉刘半仙，王廷诏明日来此议事，张汉潮不便脱离不必前来。又派人报信与刘启荣，叫他同曾大寿一起来此。

次日上午，众首领全都到齐，唯独曾大寿不肯前来。玄女庙的废墟上，摆好了一张桌子。王聪儿、王清、李全、姚之富、范人杰、刘半仙、刘启荣、高均德、王廷诏、沈训以及静凡相继入座。

王聪儿首先说："各位教友，我们原本预定在南山老林举旗起事，不料黄龙荡那里突起变故，就在那里宣布了起义。而今两处教友合在一处约有五千之众，众位看我们下一步该如何行事？"

范人杰紧接着说："那还用说，先打杨家坪，后攻郧西县。"

王聪儿问："廷诏，郧西城里可有准备？"

王廷诏答道："三月十二，杨举就已接到黄龙荡起义的消息，便在城内加强了戒备；他还派人告诉了杨国仲，看来杨家坪必然也有了防范。"

王清说："杨家坪有两千乡勇，城池坚固，又有了防备，硬攻能否取胜？"

刘启荣说："副总教师，牛栏山五百人马随你调遣，如打县城，我愿当头阵！"

王聪儿问："刘大哥，不知曾寨主是何打算？"

"这个尽可放心，等攻下杨家坪，我就摊牌。全山寨之人全都入教，曾大寿人也得入，不入也得入，这叫大势所趋。他一定不入，那就请便！"

"到时还要耐心劝说才是。"

"副总教师发兵吧，先打县城，我当先锋！"刘启荣抢着说。

"硬攻难免损失太大。"王清说。

范人杰急了："王大叔，交兵打仗哪有不死人的？反正杨家坪得打，我来打头阵！"

王聪儿已然有了一个主意，她对大家说："我主张智取，如果不成，再强攻不迟。"她把想法对众人一说，大家齐声叫好，无不折服。

刘半仙觉得自己在这个关头，未能拿出妙计良策，于威信有失。他想了想，接着说："各位教友，老朽有一言相告。我等已郑重举起义旗，常言说，国不可一日无主，军不可一日无帅，自总教师齐林遇难，全靠副总教师力挽狂澜，方使我教大兴。而今，总教师一职理应由副总教师继任，不知各位意下如何？"

众人齐声赞同，并说刘半仙想得周到。刘半仙对此暗暗得意。

王聪儿再三推辞，众人不允。她激动地站起来说："多承众教友信任，聪儿发誓不负重托，不负齐林总教师的教诲！"说至此处，双眼不觉涌出热泪，停了一下她接着说："此后，我既为总教师，定身先士卒，陷阵冲锋，愿洒碧血于沙场上，救黎民于水火中，不灭满清，誓不再生！"

这时，王清搬来了一坛酒，用尖刀刺破中指，把血滴入酒中。众人依次而行，酒渐渐变红。然后，王清给每人倒上一碗，众人一齐端起。

王清严肃地说："让我等饮血酒盟誓。"

王聪儿首先把酒碗举过头顶说："从今以后，我一心兴汉灭满，如有三心二意，形同此发！"说罢她抖开青丝，抽出剑来把长发斩断。

刘启荣跟着盟誓："我同白莲教生死与共，如若变心，天打五雷轰！"

轮到刘半仙时，他沉吟一下，说："我若怀有二心，此身成为肉酱！"

……

众人盟誓完毕，刘启荣意犹未尽。他抱起坛子把酒全都干了，然后抹抹胡须，高举起空酒坛，声如洪钟地说："谁他娘的要是口不应心，这个坛子就是他的下场！"他说完，狠狠摔下，酒坛跌个粉碎。刘半仙看着，不由微微抖了一下。

商议以后，众人分头准备，按计行事。王聪儿又特别嘱咐了刘半仙和王廷诏，叫他们立刻返回，告诉张汉潮连夜做好准备。

第二天上午，郧西城里和往常没什么两样，县令杨举照例要升堂。"咚咚咚"，三通鼓罢，衙役们分班站好。杨举吃力地挪动着肥胖的身躯，好不容易来到大堂。他坐好后喘了一阵，见两旁衙役都直愣愣用白眼珠瞅他，与往日升堂大不一样，不由勃然大怒，一拍惊堂木："嘟！我把你们这些混账，为何如此看着老爷？"

内中一个瘦骨嶙峋的老衙役说："老爷息怒，您胖得迈不动步，我们瘦得风一吹就散，把你身上的肉，匀给我们一些，岂不两全其美？"

"胡说！"杨举又喘了一阵，"你们怎能同老爷相比？老爷是前生修来的福。"

"福不福的我们不知道，老爷三个月没给我们发饷了。"

"老爷还能欠下你们的钱，现在库里没银子。有了自然发给你们。再说你们这些吃衙门饭的，哪天没有外快？你们比老爷都肥。你们要不说，我还想不起来，从这月开始，每人每月孝敬老爷二两银子。要是不交的话，那就脱下衣服另外找事去吧。"

衙役们一听，饷钱没要出来，倒又搭上了。他们心里都憋足了劲，单等到时候再同他算账。

杨举见衙役们全不作声了，"嘿嘿嘿"笑起来，自以为得意。哪知衙役们有的交头接耳，有的用白眼珠斜他，他越看越气，一拍惊堂木："你们都要死了！混蛋王八蛋！"

"是，老爷！"一个年轻衙役说，"我们一半会儿还死不了，就是还没吃早饭呢。"

"我不管你们吃没吃饭，吃官家粮当我的差，就得听我分派。如今黄龙荡反乱的教匪已经窜入南山，为防止他们和城内教匪勾结作乱，我限你们一天之内，每人抓回十个白莲教徒交差。要是不够数，就拿你们的老婆孩子顶。"

一个瘦子衙役说："老爷，这可难办。白莲教脑门上又不贴帖，我们知道谁是谁不是？"

"笨蛋！你们不会猜吗？看谁不顾眼，就把谁抓来。"杨举又吩咐说，"别净抓些穷光蛋，挑些油水大的。"

衙役们明白了，原来杨举又想捞一把。可是谁也不应声，谁也不动弹。杨举气得发昏，心想，这些衙役今天难道都中邪了？老爷说话竟敢置之不理。他正要发作，忽见有两个人一直走上大堂。为首是个女子，紧跟着一个男的。

杨举又拍动惊堂木："嘟！何方村野刁民，竟敢闯上公堂，该当何罪！"

女子笑着说："老爷，你不是要抓白莲教吗？我们就是！"

"你们？"

女子说："我就是白莲教总教师王聪儿，这个便是王清！"

"啊！"杨举惊叫一声，几乎瘫在椅子上，忙喊衙役，"快，快给我拿下！"

衙役们谁也不动。

"你们都混了！快动手拿白莲教。"

瘦衙役说："我们没混，倒是老爷混了，我们都是白莲教，你叫我们拿谁呢！"

"啊！"杨举站起来要跑。

王聪儿站在大堂之上，厉声说："把赃官杨举拿下！"

衙役们一拥上前，抓住杨举，摔在堂上。王聪儿来至书案后，一脚踏在椅子上，一手摁着大印："赃官杨举，一向为非作歹，敲诈勒索，残害百姓，鱼肉黎民，罪恶累累，先押出游街示众，然后在市曹斩首。"

衙役们已经甩了帽子，用白布巾包上了头，加入了起义的队伍。王聪儿说完，他们上前架起杨举，要去游街。瘦衙役从后堂跑出来说："且慢，等一等。"他来到杨举面前："老爷，平日里你爱财如命，净想着刮钱，今日里临死也叫你见钱眼开！"说着，他把一串铜钱塞在杨举右手，又把一锭银子塞进他的左手："我告诉你，到了大街上，我敲一下锣，你要喊一遍'赃官杨举，狗肺狼心，横征暴敛，残害黎民，罪该万死，乱箭穿身'！记住了吗？"

"记住了，记住了。"杨举战战兢兢，浑身的胖肉直哆嗦。

衙役门押着杨举，敲锣游街。刚出了街口，对面突然闯来了四五十名清兵，为首的乃是张汉潮，王廷诏也在清兵里面。

张汉潮手挥双刀，拦住衙役们的去路："好哇！你们竟敢造反。老爷乃朝廷命官，你们如此无礼，难道就不想活命了吗！"

杨举叫喊连声："张把总快来救我！"

张汉潮带人冲杀上来，衙役们一见，扔下杨举就跑。张汉潮让出坐骑："老爷快上马，我拼死也要保你逃进杨家坪。"

杨举央告说："张把总若能保我脱险，必当重赏厚谢。"

张汉潮把杨举扶上马，王廷诏断后。张汉潮手舞双刀在前开路，四五十清兵保着杨举，很快冲出城门，顺着大道，往杨家坪飞奔。他们跑出三里多路，后面传来了追兵的喊杀声。杨举唯恐逃不脱,在马上说:"张把总告诉弟兄们快跑,只要保我脱险,每人赏银十两。不,二十两!"

张汉潮劝说:"老爷放心,保你平安进入杨家坪。"他又连连催促部下:"快,快!"杨举也紧催坐马,好不容易望见杨家坪南门了。杨举回头看看追兵,大约相距一里路远近,越发没命奔逃。城楼上的乡勇全都闹糊涂了,想等杨举进城后就拽吊桥,可是追兵已和杨举那伙人首尾衔接,紧追着杨举,一股脑儿拥进城来。早有乡勇飞报上司知道,杨国仲、费通、姜子石等急忙来到内城城楼,只见杨举被王聪儿等追赶已经来近。姜子石一见,忙喊:"快关城门。"杨举、张汉潮、王廷诏等刚进去二十多人,城门就已关上。城头乱箭齐发,滚木礌石俱下,王聪儿只好佯装退后一些。

杨国仲手搭凉棚往下看,见为首一员女将,白马银枪,一身白裤褂,头罩白包巾,立马横枪,恰似银装玉琢一般。她头顶,一面白色大旗迎风飘扬。杨国仲认出来,这女将正是冤家对头王聪儿。她左右,排列着王清、刘启荣、范人杰、李全、姚之富以及无奈同来的曾大寿等大小众将,无不威风凛凛、杀气腾腾。他们身后,皆是头罩白头巾的白莲教人马,手举各式兵器,不时发出震耳的呐喊。

王聪儿在马上喝道:"杨国仲,赶快开门纳降!"

杨国仲已然没了主意,求教于姜子石:"师爷,你看如何是好?"

"待某以三寸不烂之舌,向他们晓以利害,劝其退兵。"姜子石探探身子,"王聪儿,老朽有一言奉告。举旗造反是为大逆不道,纵然一时从者云集,亦不过乌合之众,不堪一击。杨家坪外城虽破内城尚存,且固若金汤,坚如磐石,一人当关,万夫莫开。况且还有乡勇千名。兵精粮足,你定然攻它不下。而不过旬日,官军大兵一至,你等腹背受敌,难免血溅沙场。听我良言相劝,宜火速退兵,遣散教徒,各回老林,安居乐业。彼等攻陷郧西之事,也不加追究。以后泾渭不犯,各安生理。请你三思。"

"姜子石,你想不战而退我军,真是白日做梦!说什么各安生理,百姓哪一家不想安居乐业?可是上自皇上,下至官吏财主,无不敲骨吸髓,压榨穷人。我等被逼无奈,辗转奔波住进老林深山,与毒蛇为邻,野兽为伴,茅棚栖身。只说苟且偷生,苦度残年。你们依然不肯放过,视棚民如草芥,杀棚民如儿戏。棚民哪有一线生机?有道是官逼民反,民不得不反。这就叫逼上梁山!"

停了一下,王聪儿又说:"杨国仲尔等听着,说什么你内城固若金汤,你可知众望所归,人心思变。眼下,黎民百姓火热水深,我白莲教上顺天意,下合民心，救苍生于倒悬。义旗一举，八方响应，万民支援。如今，起义烽火，已在楚、豫、川、陕、甘五省燃起，不久定然燎原。漫说你这区区弹丸之地，就是北京城里，我们也要放马，一定要杀上金銮殿，把皇上的龙座打翻！让普天同庆，四海共欢。"

王聪儿的话，字字如刀，句句似箭，杨国仲等人听了，冷汗直流，心惊胆战。义军战士却雀跃欢呼，喊声震天。

杨国仲急着问姜子石："师爷，快想退兵良策！"

姜子石转转贼眼珠子，说："老爷，有了！把高艳娥和被押的棚民带上城头，逼他们退兵。"

杨国仲一听甚喜："对，如不退兵就杀死他们！"他急令史斌去带人。

姜子石对王聪儿又喊话："王聪儿，你方才所言，我不敢妄加评论。但争战厮杀，总要伤人害命，可否商量一下，化干戈为玉帛呢？"

费通在一旁不满地嘟囔："教匪兵临城下，将至壕边，城下之盟，哪来便宜的！"

王聪儿答复姜子石说："如愿投降，白莲教可免你们一死。"

这时，高艳娥和数十男女棚民，全被押上了城头。姜子石指着高艳娥说："王聪儿请抬头观看，这是何人？"

高艳娥望见王聪儿，高叫："聪儿姐姐！"

高均德强忍悲愤，呼唤道："妹妹！"

王聪儿对高艳娥说："艳娥妹妹，你受苦了。"

姜子石颇为得意："王聪儿，你口口声声要救黎民百姓，如今高艳娥等五十余人性命，就取决于你。只要你们退兵，我保他们不死，并礼送回山。否则，这些人的性命，就要断送在你手！"

高艳娥急忙说："聪儿姐，千万不能退兵！我们盼了多久，才盼到举旗造反这一天。如今，我总算看到了白莲教起义造反的大旗，就是死了也心甘情愿！你别只顾惜我们几十人的性命，要想到解救天下的穷人！打呀！打下杨家坪，打下郧阳、襄阳、武昌，打下京城！把那些贪官污吏、地主老财，还有皇帝老儿全都杀死，一个不留！给我们报仇！给万民雪恨！"

众棚民也齐声高呼："总教师，不能退兵，快攻城吧！"

杨国仲越听越气："高艳娥，难道你就不怕死吗？"

"怕死就不当白莲教！"高艳娥说着，便欲往城下跳，后边的乡勇死死扯住，才没有跳下去。

这时，内城里突然数处火起，浓烟火光立刻升腾起来。无数人声不住呐喊："白莲教打进来了！快跑呀！"杨国仲等人尽皆大惊失色。王聪儿轻擎弹弓在手，照准费通射去，正中面门。与此同时，在城头的张汉潮见王廷诏已然纵火得手，领着在城头的扮为清兵的十几名教友，发一声呐喊，便砍杀起来。城头一乱，杨国仲等人仓皇下城逃窜。张汉潮抢先砍断高艳娥的绑绳，高艳娥夺过一把刀砍杀起来。城内火光一起，王聪儿把短剑一指，顿时战鼓齐鸣，号炮齐响，杀声震天，义军迅即架起云梯，转眼便有几十人爬上了城头。城门口，王廷诏也已带人打开了城门。因为杨国仲已逃下城来，乡勇无人恋战。城门一开，义军如潮水涌入。常言说兵败如山倒，乡勇们争相逃命。杨国仲也顾不得一切了，和姜子石、费通等人穿城而过，出了北门，落荒而逃，把红珠丢在屋中也顾不得了。杨升因与王光祖去襄阳贩米，得以幸免。王聪儿等人领兵尾随着乡勇败兵追了一程，见前面地形复杂，就鸣金收兵了。杨国仲直跑出五十里开外，才敢停下来喘口气。收拾一下败残人马，仅剩七百余人。杨国仲仰天顿足长叹！姜子石劝道："老爷，事已至此感伤无益。不如直奔襄阳，去见二少爷商议，就便申报朝廷。教匪作乱，攻城略地，朝廷岂能坐视？待官军大兵一至，收复杨家坪，还不易如反掌？"杨国仲也无可奈何，只得引兵往襄阳去了。

白莲教义军占领杨家坪后，王聪儿吩咐立即救火，反复申明严禁抢掠，并出榜安民。杨家坪内店铺照常营业，人民欢天喜地，无不额手称庆。王聪儿扯下杨家坪南门上那面"杨"字旗，把白莲教大旗高高挂起，随风飘扬。

这时，高均德匆匆来报："总教师，曾大寿带着一伙人，和十几个弟兄打起来了。"

王聪儿一惊："却是为了什么？"

"几个教友在杨家后花园，捉住杨国仲小老婆红珠。不料曾大寿动手把红珠抢走，有三个教友受了伤。"

王聪儿边听边皱起眉头。

高均德又气愤地说："我们刚刚起义，要都像他这样乱来，成什么样子？"

王聪儿想了想说："曾大寿尚未入教，此事还须妥善处理。我们还有许多大事，急待做出决断。这事且待议事之后再做处置。"王聪儿派人传信于众首领，立即到杨家大厅议事。

少时，众首领相继来到议事厅，众人无不兴高采烈。一条条泥腿，一双双泥脚板，大步踏进了富丽的厅堂。一阵阵爽朗开心的笑声，在这里回荡。那块杨国仲祖父亲题的"福禄绵长"的匾额，也在笑声中不住发抖。王聪儿叫人把摆在厅堂上首的条案搬到正中,大家团团围坐,没有什么高低贵贱之分,显得分外欢乐和气,亲密无间。

沈训赤脚蹲在太师椅上,他那抓惯粗碗泥盆的大手,如今捏着个精巧玲珑的细瓷彩绘茶盅,实在是不得劲。他对刘半仙说:"这玩意倒上茶不够喝一口的,有大碗给我换一个。"

刘半仙有几分卖弄地说:"你是有眼不识金镶玉呀!这是真正江西景德镇瓷器。"他拿起一只茶盅,用指头轻弹几下,茶盅发出带有回音的悦耳"嗡嗡"声,又接着说:"景瓷素有'薄如纸,白如玉,声如磬'之誉,这可是尊贵物件。"

沈训撇撇嘴:"去他娘的!这不是咱们使的。"说着,他掌心一用力,把茶盅给捏碎了。

刘半仙"啧"一声,惋惜地说:"真是罪过。"

王聪儿见人已到齐了,唯独曾大寿未到,就对刘启荣说:"刘大哥,你看看曾寨主,只等他一人了。"

刘启荣站起来说:"这个曾大寿,真叫人伤脑筋!"说完他便出去找人了。

曾大寿早已把商议军情之事,忘到爪哇国去了。此刻,他正死皮赖脸地向红珠求欢。今日在后花园,他一见到红珠那俏丽的倩影,便禁不住神魂飘荡。他觉得,红珠真是貌似蕊宫仙子、月殿嫦娥,姿色绝伦,天下无双。他一心想得到红珠,把抢来的金银细软,全都捧到了红珠面前;还硬是把一柄盈尺长的羊脂玉如意,塞到红珠手里。红珠毫无感觉地握着玉如意,木人一样面窗而立。一双杏眼眨也不眨地望着窗外,思潮似乎结了一层坚冰,已经僵冻了。

红珠被俘后,自料必死无疑。她想,落到了白莲教之手固然不幸,而回到杨国仲身边吗?住在坟墓中,伴着僵尸眠的日子早该结束了。对人生还有什么可留恋的呢?母亲兄妹,自己已经用肉体为他们做出了牺牲,也算问心无愧了,只有杨升难以割舍,但自己一片痴情、满怀恩爱竟不能拴束他的心,这样的薄情男子,还恋他做甚?莫如一死,叫万种情怀全化作东风流水,千缕情丝被一刀斩断,倒也干净。她把玉如意捧在胸前,轻轻抚摸,低声叹道:"如意,如意,咳!为什么我不能如意呢?!"

曾大寿毛毛愣愣地接过话来:"夫人,只要你答应我,我一定使你事事如意。"

红珠像是自言自语,又像是对曾大寿说:"哼!如意?人生能有几多如意?薄情的他不让我如意,谅他今生也难以如意。空有玉如意,人却难如意。"

"夫人，你就答应了吧。"

红珠依旧不理，看着窗外，一阵微风吹过柳丝轻舞起抽芽的枝条。今年的春天来得真早呀！树下的小草已经开始发绿了，草木就要迎来它们美好的季节。可是自己呢？为什么竟这样命苦呢？"人有悲欢离合，月有阴晴圆缺"，固然古来难全，但我何曾有过中秋月明的美好时刻？真是"红颜自古多薄命"吗？

曾大寿有些等不及了，"咕咚"一声跪倒在地，膝行一步，扯住了红珠的石榴裙。红珠回转身来，仔细打量一下抢她来的人。只见跪在地上的曾大寿如半截黑塔，猪肝似的脸上，有数不清的黄豆粒大的麻坑，满口里出外进焦黄的牙齿，油渍斑斑的衣服，散发出一阵酸腐的臭味……她觉得直干噎，胃里如有几只苍蝇在爬动，终于忍受不住，"哇"的一声，把早晨吃的燕窝粥全呕了出来，都吐在曾大寿的身上。她强忍呼吸，用衣袖掩住鼻孔，连声斥道："滚开！你与我滚开！"

曾大寿费尽唇舌，红珠毫无应允之意。他见软的不行，不由怒从心头起，恶向胆边生，猛地跳起拔出刀来，狠狠地说："你若再敢不从，我就叫你做刀下之鬼！"曾大寿手举钢刀步步进逼，红珠已经无路可退。虽然抱有必死的信念，但死到临头红珠又犹豫了。花容月貌天生丽质，真的就这样化为乌有了吗？

"你从是不从？"曾大寿又逼近一些，刀尖顶上了红珠的胸膛。

红珠的心，在"怦怦"地跳动。怎么办？生死关头呀！"不，不能死！"她在心中狂叫起来。我红珠来到人世，还不曾有过幸福和欢乐，我不能就这样离开人世，要活下去，应该活下去，活下去就有同杨升结并蒂成连理的希望。但是，要活下去，就得屈服于眼前令自己作呕的曾大寿，委曲求全，忍辱偷生。咳！明知不是伴，情急且相随。且混过一时再说吧。

"你还想不想活？"曾大寿双眼瞪得大如铜铃。

"咳！到了这般地步，我还能如何，凭你怎么办吧。"红珠痛苦地闭上了眼睛，手一松，玉如意落到地下，跌得粉碎。

曾大寿狂喜地扔了钢刀，把红珠扯入怀中，张开满是胡须的大嘴，在红珠的粉面上狂吻起来。红珠觉得，那胡须像无数钢针刺着她的心，说不出心里是什么滋味，是苦，是酸，还是兼而有之？

就在这时，刘启荣来了。

曾大寿丢开红珠，满面通红地说："大哥，你来了？"

刘启荣完全看在眼里，不由怒气冲冲："你，你丢尽了牛栏山的脸！"

"我怎么了？"

"你方才做的好事！"刘启荣一拍桌案，"下山之时，我如何嘱咐于你，要听从总教师号令，你竟做出此等事来！"

曾大寿说："大哥，她叫红珠，是杨国仲的小老婆，又不是民女，这有何妨？"

"这也使不得，"刘启荣说，"快把她送入土牢，听候总教师处理。"

"这事可不能由你，她已归我，谁也休想夺走！"

刘启荣气不可忍，拔出剑走向红珠："我叫她归你，我先杀了她！"

曾大寿拾起刀迎面拦住："你敢！"

有人见到刘启荣、曾大寿就要火并，飞报王聪儿知道，王聪儿等人急忙赶来。曾大寿见王聪儿来到，气哼哼地后退几步，依然紧握钢刀，站在红珠身边。

刘启荣不管王聪儿来否，宝剑直指红珠前胸。红珠一心求生，开口问道："刘寨主，我与你往日无冤，近日无仇，你为何要杀我？"

"这何须问，杨国仲鱼肉乡里，无恶不作，你是他的宠妾，必然助纣为虐，为虎作伥。岂能脱了干系！"

"不，杨国仲的心是黑的，我的心是红的！血的！肉的！"

"鬼话！你与杨国仲日则同坐，夜则同眠，同盆净面，同桌而餐，你们都是一样的黑心肝！"刘启荣剑尖又向前指。

红珠把樱唇一咬，"咔咔"几下把上衣扯开，袒露出凝脂般的酥胸："刘寨主，你不信就剜出心来看，究竟是黑是红！"

刘启荣一时间手软了，红珠紧接着说："我是被逼无奈才卖身杨家，今年不过才二十二岁，在老贼身边已忍辱六年。六年，我何曾有过一些快乐？有的只是眼泪和辛酸！杨国仲是白发老朽，我是深闺幼女，与他同床异梦，怎说一样心肝！老贼是狼，我也是他嘴边肉，任他慢慢吞食摧残。他手上沾满穷人血，也有我的血，你们与老贼有仇，我也与杨家有恨！你们与他誓不两立，我也与他不共戴天。你们口称杀富济贫、救人苦难，在一个受尽摧残的弱女子面前逞威风，算得什么英雄好汉！你杀，你砍，你斩，你下手吧！"

"我，我……"刘启荣一时不知如何是好了。

王聪儿见刘启荣不知所措，走进屋来，凝视了红珠一阵说："你扣上衣服，不要如此张狂！你固然也有苦闷痛苦和不幸，但你的锦衣美食，难道不是棚民的血汗！应该明白，你是有罪的！我们白莲教通情达理，不杀你，你今后打算怎么办？"

未等红珠回答，曾大寿抢着说："总教师，她已答应嫁我，愿总教师成全！"

对于此事，王聪儿心中已经想过。白莲教方举义旗，壮大力量至为重要，应该尽力团结更多的人。曾大寿本是山大王，野性不改需慢慢管束。他中年无妻，也该婚配。红珠虽系杨国仲之妾，乃被迫卖身。如果同意，叫他们成婚也未尝不可。便问红珠："你当真已答应嫁他？"

红珠料到求生有望，急忙说："如蒙总教师不杀，情愿与曾寨主铺床叠被，侍候枕席。"

"好吧，你二人的过错皆可宽恕，近日之内便可成亲。"王聪儿又正色说，"不过，今后莫做对不住白莲教之事，如若不然，大家绝不答应！"

曾大寿、红珠赶紧施礼称谢。王聪儿说："曾寨主，请去商议军情，众人已等你多时了。"

大家回到议事厅后，曾大寿当先问起来："总教师，我们共同打下杨家坪和郧西县，杨府金银细软贵重什物，县衙的官库粮仓，你都派人看守封存起来，但不知如何处置？"

王聪儿说："此事正待与大家商议，不知曾寨主有何想法？"

曾大寿不好意思直接说出分字，他以守为攻地说："总教师，攻城时我们都听从你的号令，现在还是听你的。"

王聪儿看看刘启荣，胸有成竹地说："刘大哥，曾寨主，杨家坪和郧西虽然富有，但比起襄阳、武昌、北京，又算什么！我们白莲教要'兴汉灭满'，我们合起手来握成拳，何愁大事不成？男子汉大丈夫总要干一番事业，眼前区区微物，何足道哉！与我们一起造反吧，定然强似困守牛栏山。"

"你让我们都入白莲教？"曾大寿问。

刘启荣站起来："曾贤弟，左右也是反，何不跟着白莲教大干！实不相瞒，我已经入教了，你就别三心二意了。"

刘半仙也劝道："曾寨主，当一辈子山大王，也不过是草寇而已。如今白莲教应运而兴，大业必成，难道曾寨主就不能做个开国元勋！"

曾大寿想，王聪儿虽是青年女子，不只武艺超群，而且见识过人。我中途抢粮她非但不怪，反情愿送粮与我们。方才对红珠之事，也是胸襟宽广，大有容人之量，或许能干一番事业。再说，刘启荣已经入教，自己纵然反对，也是孤掌难鸣。莫如权且加入，倘若将来不妥，再走不迟。想至此他赶紧顺风转舵地说："总教师，我曾大寿目光短浅，若不嫌弃，情愿入教。"

"哎，这才是我的好兄弟呢。"刘启荣高兴地大笑起来。

王聪儿想得更深一层："刘大哥，你们手下的弟兄全都想得通吗？"

刘启荣瞅瞅曾大寿："你手下还有几个人不高兴吧？"

曾大寿拍着胸脯说："不妨，包在我身上，他们都得听我的。"

议事厅里的气氛，活跃热烈。人们你一言，我一语，各抒己见，共同商量。有时争得面红耳赤，有时又放声大笑。最后，一致商定，由总教师王聪儿统率指挥全军。推举王清为"掌柜"，掌管钱粮物资。推举姚之富为前军元帅，统领黄龙荡起义人马。刘启荣为后军元帅，曾大寿为副元帅，统领牛栏山旧部人马。范人杰为中军元帅，统领伏虎沟起义人马。推举李全为"先锋"，统领先锋营。并分设"青龙""白虎""飞豹""麒麟"四营，张汉潮、王廷诏、沈训、高均德为各营总兵。高艳娥为总教师大营总管，负责保护和照料总教师。推举刘半仙为军师，参谋军事，赞画戎机。在刘半仙一再提议下，大家同意改"嘉庆"年号，为"万利"年号，以示灭清决心。同时决定，全军暂住杨家坪和郧西城，抓紧招兵买马，积草囤粮。刘半仙近日专管招募事宜，对入教投军之人，严格盘查，验明身份，然后编入"新兵营"，五百人为一营，一百人为一队。李全专管新兵操练。王清专管筹措置办武器、马匹、军械、营帐、粮草。打开官仓和杨家粮仓，拿出一部分粮食，赈济贫民。派出报信人，分赴各地白莲教首领处，通报起义之事，以便互相策应。派出哨探，前往郧阳、襄阳、武昌等地，探听官府动向，以便决定下步行动。指派高均德率军在杨家坪昼夜巡逻，保证市面安全。并且贴出告示，阐明义军的宗旨。告示的大概意思是："自古天道循环，有兴有废。当今无道，万民流离。白莲圣教，上应天意，下顺民心，替天行道，兴汉灭满。所到之处，不杀一人，不淫一妇，不掠一文，商贾照常，秋毫无犯。为民申冤，为民雪恨，开仓放粮，赈济孤贫……"此外，王聪儿还特别规定，乡勇家小不受歧视。义军不得难为他们。

这些事情看似千头万绪，但只一会儿便被王聪儿料理分派得有条有理，人人各得其所，无不心悦诚服。

分派完毕，王聪儿要去后院看望师父静凡。因为没有捉到杨国仲，静凡心中有些不爽。王聪儿猜想师父必与杨国仲有深仇大恨，决定去劝慰一番师父。但她唯恐还有考虑不周之处，又谦逊地请教刘半仙道："刘军师，是否还有应议未议之事？"

刘半仙被大家推举为军师，心中乐开了花。议事之前，他曾躲在屋中给自己摇了一卦。他自己虽然明知这是骗人，但看到卦象吉利，也暗暗欢欣。如今果真当了军师，富贵的狂念，像蛆虫一样，在他心中蠕动起来。"难道我真要发迹吗？""有王侯之命吗？"他想，白莲教旗开得胜，民心所向，众望所归，应天顺人，也许真能取清朝而代之。对，自从盘古开天地，三皇五帝到如今，哪个朝代又能社稷永存呢？改朝换代乃天道循环，每逢乱世，必有真命天子降生。而哪个开国君主，没有神机妙算的军师辅佐？开国军师，又有几人出身显贵？姜尚不过磻溪钓叟，孔明不过南阳耕夫。古语云"将相本无种，男儿当自强"，我刘敬温难道就不能封侯拜相吗？他决意要在白莲教中施展一下自己的本领，当个开国元勋。此刻，王聪儿问他，他思索了一下，说："今日，我白莲教旗开得胜，不应忘却开路之人。总教师齐林为举义旗，经营数载，历尽艰辛。功成前夕，不幸遇难。在此得胜之际，我们应设灵堂，为齐林祭奠，把喜讯告慰于在天之灵，寄托我等思念之情，也叫亡灵在九泉之下得展笑颜。"

刘半仙说罢，众人言说理当如此，当即叫刘半仙布置灵堂。设好灵堂以后，众首领一起前往祭奠。

灵堂正中，是齐林灵位，前边供着香烛纸马和杨举人头。八个教友，为齐林守灵，两旁是刘半仙新题的对联。上联是：喜白莲怒放朝阳起。下联是：笑清风惨淡落日西。王聪儿看后，颇为满意。

刘半仙在前，王聪儿在后，依次向齐林灵位祭拜。此时，王聪儿再也控制不住了，眼泪滚滚而下。王清等人也无不落泪。刘半仙在悲痛中还有些心虚，为了掩饰不安，他急忙取出赶写的祭词，含悲读道：

　　壮哉齐林，自幼清贫，侠肝义胆，武艺超群。清廷无道，鱼肉黎民，棚户饥寒，火热水深。齐林目睹，忧心如焚，解民倒悬，何惧碎身。襄阳传教，唤醒世人，有朝一日，重整乾坤。起事在即，陡起风云，变生不测，竟然丧身。奇哉壮士，壮哉齐林，英勇捐躯，举教同钦，洒泪顿首，痛悼英魂，英名不朽，浩气长存。

王聪儿的哀切哭声，刘半仙的动人祭文，齐林的壮烈业绩，使人们无不涕泪俱下。大家正在感伤，在街上巡查的高均德来报：有一乡勇从杨国仲身边逃回，说是杨国仲已去襄阳、武昌搬兵。王聪儿急忙擦去泪水，不由得沉思起来。

第十一章　败惠令激战大洪山　斩杨发火烧吕堰驿

白莲教攻占杨家坪的消息，很快传遍南山老林及其附近广大地区。穷苦人无不奔走相告，他们从白莲教身上看到了光明，看到了希望。青壮年纷纷前来投奔，只六七天工夫，义军队伍就已扩充到七千人。粮草军械也都大体准备停当，王聪儿决定立即出兵。军师刘半仙主张去打郧阳，理由是路程最近，城池不十分坚固，守军也不很多。王聪儿获悉，郧阳虽近，但守敌戒备森严。郧西失陷后，郧阳官军加强了防守，星夜加高城墙，扩宽、掘深护城河，还从襄阳派来了援兵。所以，她决定舍弃郧阳，经天河渡过汉水，走保康、南漳县境，沿大洪山，直指湖北心脏武昌。保康、南漳一带官军力量薄弱，人民苦难深重，有利于扩大队伍。矛头指向武昌，可以给清廷较大震动，从而有效地策应其他各省各路起义军。大军走后，杨家坪和郧西城，分别留范人杰和张汉潮驻守。

这日早饭后，义军整装出发。杨家坪的百姓，扶老携幼，夹路送行。王聪儿正欲打马而行，忽见白发银须的缪回春和儿子缪超匆匆赶来。王聪儿知道定然又是为随军之事，遂下马迎住说："老人家，这样匆忙，莫非为的随征？"

"总教师，大军出征不能没有大夫，打起仗来或遇有瘟疫，临时抱佛脚怎行？我再三考虑，即便我不去，也要叫缪超同行。"

关于随军大夫，王聪儿并非未曾想过，只是她觉得老先生年岁太大，体力不支。缪超虽然年轻，但老先生只此一子，况且行军打仗万一有个闪失，可怎么办？如今老先生主动提出，王聪儿怎不高兴！于是，她忙说："老人家，你膝前只此一子。"

缪回春急忙说："总教师，这不足虑。我虽只此一子，他若能为白莲教打天下出力，也算有出息了。"

王聪儿高兴地说："老人家，我们十分欢迎，一定加意保护于他。"

"不可特殊！"他把缪超推到王聪儿面前，"跟着总教师，要听从号令。"

缪超志愿已遂，高兴地站到队列中："爹爹放心吧。"

义军又有了随征大夫，王聪儿感到信心更足了，告别了杨家坪的父老乡亲，直向武昌方向日夜兼程。

再说杨国仲，自从逃出杨家坪以来，一天也没能安定。脸上的油光不见了，山羊胡子也顾不得梳理了。经营几代的老巢，被白莲教连窝端了，万贯家财全丢了，一时也离不开的爱妾红珠也失落了，一世英名全付之东流了，怎不叫他垂头丧气呢？到了襄阳，知府又不许乡勇进城，叫他们在城外驻扎，以便白莲教攻城时，叫乡勇挡头阵。七百多名乡勇，每天要吃要喝，拿什么供给？遣散吧，手下无兵，莫说复仇无望，就是投靠别人也无本钱。杨升和王光祖来襄阳卖粮，有两千两银子，他又让杨发给筹措到了一万两。然后他听从姜师爷的主意，带这些银两去往武昌，求见湖北巡抚惠令，恳请抚台发兵，收复杨家坪。

　　杨国仲、姜子石来到武昌后，姜子石经过钻营，先和惠令的折奏师爷陈夫之搭上了钩。这个陈师爷，就是刘半仙的表兄。他五十开外年纪，是个拔贡出身，多年混迹于官场，练就了一身对上司察言观色、曲意逢迎，对下属和有求之人敲诈勒索、中饱肥私的本领，堪称老奸巨猾。姜子石给了他二百两银子的好处，又给惠令买了一千两银子的见面礼。陈夫之在抚台面前给活动了几次。惠令看在一千两银子礼物和杨国仲曾在朝为官的分上，才同杨国仲见上一面。这位湖北巡抚惠令大人，虽然已年近花甲了，由于他官场得意，一向养尊处优，因此看上去不过四十出头的人，真是红光满面，体态丰腴。

　　几句寒暄过后，杨国仲便引入了正题。当他说到"教匪猖獗，聚众造反，攻占了郧西县和杨家坪，并且杀了知县"时，惠令只是摇头，声言杨国仲夸大其词，充其量不过是饥民闹事，并训斥杨国仲不该对棚民盘剥太过，以致激起民变。要他立刻返回，设法平息民怨，不得使事态扩大。惠令还说，今年是乾隆皇帝禅位，嘉庆登基，不能叫圣上不悦。倘事态扩大，惊动圣上，定要严惩不贷。这弄得杨国仲哭笑不得，只能耐着性子诉说起义军如何一呼百应、从者云集，倘不早发大兵剪灭，一旦蔓延将不可收拾。任凭杨国仲再说，惠令已不耐烦地端茶送客了。杨国仲好不烦恼。陈师爷劝他莫急，答应还为他通融。这位陈师爷不愧是抚台心腹，居然很快就把惠令的心事摸到了，就拐弯抹角地告诉了杨国仲，要他孝敬两万两银子。杨国仲手头只有一万两，只得赔着笑脸说好话，求陈师爷呈上。惠令笑纳了这一万两银票，总算答应出兵了。

　　杨国仲、姜子石赶紧收拾好随身物品，只等次日随官军启程。可是等了两天反倒没有动静了，他们去问陈师爷，陈夫之支吾搪塞，说不明白。杨国仲哪知其中奥妙呀，被派出征的游击将军黄光，借口染病不能领兵打仗，给惠令送了三千两银子，惠令就改派都司韩虎了。清朝这些统兵将领，多是贪生怕死之辈。有的是靠父职得官，有人是捐的，有人是保的，就是所谓军功出身，也大有掺假者在，不过是虚报战功，瞒哄皇上，反正只要有钱，便不愁当官。这些人领兵，管什么操练演习、排兵布阵，只不过是变着法儿克扣兵饷，吃空额。有的甚至连花枪也不会耍，只会吃花酒。这样的人，又怎能带兵打仗呢？韩虎见派到他的头上，赶紧托人给惠令送去了四千两银票，诈称丁忧，得免出征。如是而三，换了六七个统兵将领，还是不能发兵。杨国仲长吁短叹，也无可奈何。直至王聪儿率军一路势如破竹打到了宜城，惠令再也拖不过去了，才硬着头皮点起两万人马，离武昌迎战义军。而且他命令杨国仲带领乡勇随征，杨国仲一见收复杨家坪无期，反要被迫在此打仗，心中无限懊悔，但又不敢违令。他只盼官军旗开得胜，然后便能一举收复杨家坪。

义军自西而东向武昌进发，官军自东而西迎战，两军在大洪山下相遇。双方立刻安营扎寨，准备厮杀。一路上，不断有人投军，义军人数已达万人。义军营栅大门上，一面白色大旗高高飘扬，头罩白包巾的义军将士，执刀提枪严阵以待，往来巡逻。义军营寨虽然齐整，但和官军大营比起来，就大为逊色了。

官军大营的帐篷一顶挨一顶，如遍地蘑菇，连绵不绝。各式各样的旗帜，插满了营盘。只听辕门里一声炮响，紧接着鼓角齐鸣，辕门大开。一队高举旗帜的清兵走出辕门。真不愧是抚标大营之兵，步伐整齐，服饰新鲜。数千清兵列开阵势，惠令也跨马出营。他周围旗帜招展，甲仗耀眼，刀枪林立。无数副将、参将、游击、守备、都司环列簇拥，如众星捧月，好不威风。

清兵刚布好阵势，义军也列队出营。惠令在马上望去，只见义军出战大约千人，只有十数人骑马，其余全是步行。一律白布包头，衣服却是五花八门。有的是乡勇服装改制，有的是官军服装反穿，多数还是山里棚民打扮。惠令和手下将官，看着这杂乱的队伍，无不嗤之以鼻。杨国仲在惠令身边指点着说："抚台，那坐骑白马一身皆白的女子，就是匪首王聪儿。"惠令见王聪儿年纪甚轻，心中说："就凭这一青年女子，便能号令三军？"

惠令正看，义军中李全打马出阵，举枪挑战："哪个有胆量，出来厮杀？"

官军中陈师爷说道："叫你们总教师出来答话。"

刘半仙在队中看见表兄陈夫之，不由暗自害怕，唯恐陈夫之与他打招呼，尽量隐身在门旗影中。陈师爷好像是故作不见，始终也没有理会他。

李全回答陈夫之："列阵就要争战，哪来许多闲话？"

"不然，"陈夫之催马上前几步说，"现有抚台面谕，尔等教匪听真。白莲教为我朝明令禁绝，尔等不仅非法入教，而且竟敢聚众反乱，实属大逆不道。而今抚台大人亲征，精兵数万，战将百员。为体上天好生之德，网开一面。尔等如知时务，缴械来降，可免一死。如若执迷不悟，难免丧身殒命！"

"住嘴！"李全说，"清室无道，昏君当政，贪官污吏横行，黎民百姓受苦。白莲教历代相传，根深叶茂。现得无生老母真言，青阳劫尽，白阳当兴。白莲教应天顺人，志在'兴汉灭满'，反旗既已竖起，不打到北京绝不罢休！你少卖弄唇舌，有胆量的战几个回合。"

官军中总兵赛冲阿早不耐烦，他想面前这些乌合之众，根本不堪一击，何必多费唇舌。他立功心切，飞马出阵："陈师爷请回，待我出战。"赛冲阿挥刀便砍，李全举枪应战。两人刀来枪往，战有十几个回合，李全枪法渐乱，败下阵去。赛冲阿拍马便追，义军中"大铁锤"刘启荣舞动双锤截住。不待赛冲阿交手，官军中韩虎抢出阵来。他见义军将领武艺平常，胆怯之心顿消，唯恐功劳为赛冲阿独得，抢出接战刘启荣。韩虎挥动山斧一阵紧似一阵，左劈右砍来势凶猛，七八个回合后，刘启荣渐渐不支，只得虚晃一锤，败下阵去。韩虎哪里肯放，拍马追来。义军中姚之富出战。官军中游击将军黄光看得性起，大叫一声杀出："韩将军，把这场功劳让给我！"他举手中戟刺向姚之富，姚之富举矛相迎，在阵前厮杀起来。官军见主将连连得胜，鼓声大震，呐喊助威。义军却是屡遭挫败。杀着杀着，眼见姚之富只有招架之功，无有还手之力。黄光越战越勇，义军中王聪儿下令鸣金收兵，姚之富也败回本阵。惠令见连胜三阵，传令大军随后掩杀。清兵人人奋勇，个个争先，鼓噪向前。义军退回营栅内一齐放箭。官军冲了几次，未能得手。惠令见义军防守甚严，急切不能攻下，又有几十名清兵死伤，也暂且鸣金收兵回营。

惠令见官军得胜，高兴得很。出兵前他也未将义军放在眼里，认为不过是乌合之众。如今一战，果然如此。于是，他对众将说："今日交兵，初战大获全胜，一来仰仗皇上洪福，二来全凭诸将用力。"

众将齐声应道："抚台指挥有方。"

惠令又说："方才众将亲眼得见，教匪不过流民蜂聚，今日权且收兵，明日全力攻击，要上下一心，将士用命，一举将教匪全歼，势在必胜。生擒教首王聪儿，上报皇恩，下安黎民，正建功立业之时也！"

众将又一齐声应道："明日全歼教匪，抚台但放宽心。"

为了激励将士卖命，惠令又说："今日交战，赛冲阿、韩虎、黄光三位将军，奋勇当先，旗开得胜，每人赏功牌一面、单眼花翎一支。望诸将人人争先，只要有功，本抚不吝封赏。"

赛冲阿等三人，感到非常荣耀，诸将也看着眼热，无不摩拳擦掌，单等明天立功。

惠令见士气大振，欢喜异常，对陈师爷说："你给我拟两道本章。"

"奏闻何事？"陈夫之一时摸不到头脑。

"头道本章，就写官军今日首战告捷，教匪大败，伤亡惨重。官军上下一心，明日必获全胜。二道本章写，明日诸将用力，兵卒争先，攻破敌营，全歼教军数万，活捉斩杀匪首王聪儿以下百余人。有功将士名姓暂空，待明日填写。"

陈夫之试探着问："抚台，拟此本是否还嫌早些？"

惠令有些不满："难道你不相信众将明日一战成功？尽管写就是。"

陈师爷赶紧应道："谨遵台谕。"

惠令兴致勃勃，又吩咐说："为庆贺初战获胜，今晚全军大摆宴席，杀猪宰羊，尽醉尽欢。"

巡抚令下，官军全营忙碌。傍晚，各营都摆上了酒宴，纷纷猜拳行令，大吃二喝起来。惠令的大帐，气氛不凡，众将和亲信、幕僚、随员分坐帐下，面前摆满了山珍海味。服侍的小校，不时把酒坛搬进，又把空的搬出。帐前，一个旗装少女正在轻敲檀板，婉转低歌，使听的人无不摇头晃脑、心旷神怡。少顷，歌声戛然而止。众人怔神片刻，仿佛瑶池初返、月宫方归、蓬莱惊梦、桃源乍回，继而如梦方醒，无不拍案叫绝。惠令看得高兴，叫取大碗，连干三杯。这时，一队唐装女子舞上帐来。舞女们无不秋波送媚，俏脸生春。她们在乐曲伴奏下，广袖舒卷，腰肢频弯，莲步轻移，裙带翻飞。惠令只看得眼醉心痴，口涎淋漓，杯盘倾倒。

清营上下，狂欢痛饮；乡勇营中，却冷冷清清。陈师爷恐乡勇明日不肯卖命，相劝再三，才给了少许酒肉。但狼多肉少，分到每个乡勇名下微乎其微，乡勇皆有怨言。杨国仲对此十分不满，不住叹气。

姜子石劝道："老爷，无酒不喝也好。今日三阵官军全胜，恐教匪有诈。那李全、刘启荣、姚之富，俱为教匪主将。武艺不凡，为何不到十几个回合俱败，莫不是骄兵之计？"

杨国仲问："教匪诈败，意欲何为呢？"

"使用骄兵之计，以懈官军将士之心，难道不会乘夜劫营？"

杨国仲手捋山羊胡子，不住点头："难说，难说。"

费通另有所见："纯属多虑。官军拥兵两万，教匪不过八千，而且俱是饥疲流民，守营尚且自顾不及，又何力劫营？如若真来，亦是以卵击石，飞蛾投火，自取灭亡。"

姜子石晃着头说："不然，常言道有备无患。老爷应面见抚台或陈师爷加以提醒，以防万一。"

杨国仲点头称是，起身去了。

费通冷笑道："多此一举。"

少顷，杨国仲迅即转回。姜子石忙问："抚台如何处置？"

杨国仲满面不悦："抚台已醉入梦乡，陈师爷也不得见，下人不肯传禀。"

"诸将如何？可有防备？"

"无不东歪西倒。"

姜子石轻轻叹息："骄兵必败呀！"

费通说："真是杞人忧天。"

姜子石不与费通计较，对杨国仲说："老爷，应传令乡勇，必须枕戈待旦，不得稍有疏忽。倘教匪前来劫营，不可与之恋战，只准保护老爷突围。"

费通疑问："万一教匪偷营，我们不去援救抚台吗？"

"黑夜之间，乱军混战，哪里去寻抚台，还顾那么许多？再说，我们这七百人马，即便去救，也是白白送死，还是保全实力要紧。"

杨国仲连说："言之有理，言之有理。"

夜，渐渐深了。弯月、疏星的微光，照着静寂的军营和战场。杨国仲拥被而坐，难以入睡，想起红珠来。这不眠的长夜，没有红珠陪伴，该是多么孤寂无聊啊！她现在在哪里呢？一个不祥的传闻，此刻又闯上心头。据说红珠已经下嫁匪首曾大寿了，这是真的吗？此刻，他恨白莲教夺去了自己的心上人，还恨红珠，为什么忘了"饿死事小，失节事大"的古训，不碰死阶前，做个贞节烈妇呢！……更鼓敲过了三更三点，杨国仲感到太疲倦了，才仰身躺下。但他辗转反侧，依然难以入睡。真是"欢娱嫌夜短，寂寞恨更长"呀！渐渐地，他在担心中蒙眬睡去。睡梦中，忽然听见喊杀声四起，他猛地坐起来，心说不好，姜子石的话应验了，定是白莲教前来劫营。因为乡勇们有所准备，所以很快冲出营帐准备逃跑。杨国仲出得帐来，费通已牵马来到，扶他上马，仓皇便逃。

这时，整个官军大营已乱成一团。义军的冲杀声和官军的喊叫声混成一片，到处是刀光剑影，人仰马翻。也不知义军有多少，从何而来，只觉四面八方遍地都是。官军大都在醉梦之中，有的稀里糊涂做了刀下之鬼，有的瞎跑乱撞，自相践踏而亡。得以逃跑之人，也是人不及甲、马不及鞍，十分狼狈。

义军杀进来时，惠令犹自好梦未醒。总兵赛冲阿闻乱闯入，把惠令从床上拖起来。急切之间，惠令也顾不得陪伴的妾侍了，胡乱摸一件衣服穿在身上，慌慌张张蹬上靴子，就被赛冲阿扶上一匹未及备鞍的战马。赛冲阿保着惠令，刚离开大帐，刘启荣舞动双锤已经杀到。惠令吓得面如土色，浑身乱抖。

　　恰好韩虎斜刺里杀到赶来救援。赛冲阿说："韩将军，你敌住贼人，我保抚台突围。"韩虎见是刘启荣，不免志得意骄："败军之将，休得无礼，看斧！"他抖动开山斧向刘启荣狠狠劈下。刘启荣也不答话，左手锤往上一架，锤斧相碰，铮然有声。韩虎觉得双臂发麻，不由"哎呀"了一声，心想，白天交战时，此人败在自己手下，并无这么大的力气。怎么突然力大无比了呢？刘启荣哪容他喘息，左手锤架过，右手锤早杀到韩虎面门。紧接着他左一锤，右一锤，上一锤，下一锤，韩虎气喘如牛，渐渐招架不住了。再加上他坐骑未曾备鞍，甚为不便，又无人助阵。他自知不是对手，不敢再恋战，虚晃一斧，拨马便逃。刘启荣岂肯放过，大吼一声，狠狠把韩虎打落马下，转眼便被踏成肉泥。

　　义军如虎入羊群，横冲直撞，清兵如丧家之犬，没命奔逃。惠令夹在败军中，一直退了四十余里。义军不追了，他才停下脚来。此刻，天色微明，惠令举目望去，部下的兵将早已溃不成军，一个个衣装不整，垂头丧气。计点一下败残人马，损失四千余人。韩虎阵亡不算，还折去守备、千总等二十多将领，粮草辎重尽失，就连巡抚大人的令旗、令箭也全无踪影。

　　惠令坐在马上正自伤感，陈师爷手捧一件官服和一双靴子，呈上说："请大人换上。"

　　惠令低头一看，才发觉自己只穿一只靴子，另一只脚赤着。他再看看身上，满脸刷地红了。原来他慌乱之中，竟把一条女人的裙子当作了披风。惠令又羞又耻，感到无地自容，下马想要碰死，被赛冲阿死死抱住。

　　惠令流泪挣扎说："将军休要阻拦，我身为巡抚，深受国恩，今日遭此惨败，有何颜再活于人世！"

　　陈师爷劝道："大人此言差矣！常言说胜败乃兵家常事。教匪不过侥幸而得一逞，大人不可轻生。"

　　惠令言道："我今方寸已乱，不死又当如何？"

　　"抚台，教匪气焰正盛，宜暂避锋芒。且回军武昌固守，并奏请朝廷发兵。无论如何，也要保住武昌。若武昌有失，则抚台难以向皇上交代。"

　　惠令已不敢再战，听陈师爷一说，就叫大军退保武昌。

　　义军初战告捷，缴获甚多，军心大振。有人提议乘胜追击，兵伐武昌。王聪儿觉得，以义军现有实力攻打武昌，难以获胜。眼下宜趁势挥师折向西北，向襄阳进发。

数日后，义军兵临襄阳城下，当即架起云梯四面攻城。但是，襄阳城池坚固，守军众多，连攻十数日，仍攻不下，而义军已死伤千余人。刘半仙见状，献计分兵，攻取樊城，樊城如下，襄阳失去掎角之势，便易于攻取了。于是，刘启荣分五千人马去攻樊城。襄、樊自古互为一体，樊城防守之严和城池之坚也不逊于襄阳。刘启荣猛攻三日，也未能奏效。王聪儿感到，义军实力有限，襄、樊重镇难攻，不应在此旷日持久。于是，她当机立断，决计绕开襄阳北上，直攻取吕堰驿。

吕堰驿在襄阳北偏东数十华里，是襄、樊北面的屏障，地处楚、豫两省交界，又是襄阳至南阳的"南襄隘道"的必由之路。如果攻取吕堰驿，王聪儿这支义军的影响就会迅速扩展到河南，而且会对襄阳造成严重威胁。

吕堰驿驻有两千清兵，守将傅成朋武艺颇精，身受参将之职。他气焰很盛，根本不把义军放在眼里。再加上又有杨发率领一千援军来到，他越发有恃无恐。他加紧布防，决意倚仗城池坚固、弹药粮草充足，守住吕堰驿，直到襄、樊发兵前来会剿，出城夹击义军。

义军将吕堰驿团团围住，姚之富闻知杨发在内，抢着要打头阵，发誓要擒斩杨发为师父报仇。王聪儿允诺，给他两千人马。

姚之富在马上把长矛一举，高喊一声："杀！"他当先冲出，两千义军齐声呐喊冲上。哪知吕堰驿城头架有数十门大炮，傅成朋待义军进入炮火射程，一声令下，一齐点燃。顿时，"轰隆隆"的响声如沉雷滚过，一片片火光向义军飞来，义军战士不时在炮火中倒下。官军炮火密集，硝烟笼罩着整个战场。王聪儿见硬冲伤亡太大，下令鸣金收兵。姚之富带人退下来，清点一下，折了八十余人，还有一百多人伤残。

姚之富气得大吼："总教师，让我再出阵吧！"

"官军炮火凶猛，如此冲法损失太大。"

"那，难道就叫官军炮火镇住不成！"

"不，"王聪儿想了想，"我们四面同时猛攻，叫傅成朋顾此失彼。"

两袋烟以后，义军四千余人，从四面同时发起进攻。守城清兵发疯般地打炮，义军冒烟突火奋勇冲杀，前仆后继，潮水般涌上。姚之富在南门已冲到护城河边，在河上架起云梯当桥。清兵发射了大量火弹，连火铳、抬杆都使用上了。冲上来的义军多被打杀、烧伤，云梯也很快被烧断，姚之富衣服起火，其他三面攻城亦受挫。王聪儿见状，只好又下令鸣金收兵。

攻城的队伍全撤下来了，又死伤了五百余人，有人未免灰心。王聪儿鼓励教友说："莫要泄气，我们定能攻下吕堰驿。"

"聪儿，"王清说，"我们得另想办法对付官军的大炮。"

"是呀，官军弹药充足，炮火凶猛，如此硬攻伤亡太大。可是，急切之间，又无妥善攻城之策。"

"聪儿，暂停攻城，召集众首领商议一下。人多出韩信，大伙总会想出好办法的。"

王聪儿被父亲提醒，当即招来众首领，在竹林边，席地而坐，商讨对策。刘启荣、姚之富见谁也拿不出好办法，主张强攻。王清、李全等人都不赞成再继续硬拼。

刘半仙坐在一旁尤为着急，自己身为军师，临阵对敌却拿不出一点好主意，岂不叫众人耻笑，以后何以服众？方才王聪儿问他，他却苦笑着摇头，急切地搜索枯肠。刘半仙信手把身边一根竹子弯过来，目光停在竹子上，触动灵机，不觉有了主意。他清清嗓子，故作谦逊地说："总教师，各位首领，我倒有一拙见。因不知是否可行，原本不想说出。今见众教友别无良策，总教师忧心如焚，我想莫如把愚见托出，可否请大家权衡？"

刘启荣嫌他太啰唆了："你是军师，出谋划策本来是你分内之事，何必吞吞吐吐、缩头探脑的？有话痛快说不就得了。"

"军师有何良策，尽管直言。"王聪儿催促道。

刘半仙又咳嗽一声，才说："我想，要想不受官军炮火之害，就要制些遮蔽之物，如盾牌一样物件，护住身体。"

姚之富又问："何物能护身又不怕炮火？"

"看，这遍地青竹，就是天赐之物。我们把它割下，扎缚成捆，外面再蒙上棉被，用水浸湿，兵士们用它护身，又何惧官军炮火哉！"刘半仙说完，甚为得意。

大家一听，觉得这倒是个办法。王聪儿叫沈训做一个试试，果然不怕炮火。刘半仙越发得意了。于是，王聪儿便叫沈训立刻领人扎制竹排。

沈训领了任务后，说："总教师，扎制竹排不难，只是这被子从何而出？"

王聪儿断言道："攻城重要，被子算得什么，先拿我的，不论用了谁的被子，攻下吕堰驿后，我们自会给补发。"

沈训得令制造竹排去了。众人方欲离散，整顿队伍，李全忙说："我还有一言相告。"

王聪儿道:"先锋有话请讲。"

"我们两次攻城失利,今番有了竹排,足以抵挡官军炮火。但从两次失利来看,此股官军甚为强悍,不可轻敌。为保必胜,这第三次攻城,还需要做些安排。"

刘半仙颇不以为然:"先锋有何高见?"

"依我之见,其一,攻城改为夜袭。官军连胜两阵,其志必骄,夜间防守或许稍有松懈。我们于四更天守敌最困乏时,由防守薄弱的西北角悄悄接近,如不被发觉,便可一拥而上。如被发现,就四面同时猛攻,而仍以西北角为主。这样总比白昼强攻要少些伤亡。其二,我挑选几名胆大艺高的兵士,扮成官军,随军登上城头后,即借混乱之机,混下城去,到城内要紧去处放上几把火,就如攻取杨家坪内城时一般。城中大火一起,守敌不知缘由,必然不战而乱。我军则一鼓作气,吕堰驿便易攻下。"

李全说完,王聪儿和众人无不赞成。刘半仙点点头也说:"李先锋所说言之有理,可称得为老朽之计锦上添花。"

王聪儿采纳了李全的建议,决计当夜四更攻城。当即分派姚之富、刘启荣、高均德、沈训攻打四面,王清仍带一支人马注意襄阳方向,以防官军增援。王聪儿统领其余人马,准备往来接应。

三更过后,各路人马悄悄向四面城墙靠拢。但是,傅成朋和杨发毫未松懈,四面城墙上已加派了巡夜兵丁,并点起了灯笼火把,梆锣声不断,吆喝声不绝。直攻西北角的姚之富心切,行进速度最快,先被官军发觉。官军当即鸣响了号炮。偷袭不成,四面义军发一声喊,同时从地上跃起,呼叫着向城墙扑去。清兵忙乱地打炮,施放火器。但是,由于傅成朋尚未赶到城头,官军又有半数在睡梦中,所以炮火威势大减于白日。而义军则快如疾风,人人奋勇,个个争先。等傅成朋匆忙来到城头督战时,义军已冲过了炮火射程。博成朋慌忙叫放抬杆、火铳、火箭、火球、火把,夹杂着灰瓶,箭矢雨点般落下。但是,义军的竹排起了作用。姚之富一路冲杀在前,一手执短刀,一手执盾牌,攀上云梯抢先登上城头。随后,十几个义军也杀上城来,李全和四个义军俱是官军打扮,爬上城头后趁混战之机,溜下城头,插入城中。

城头上,傅成朋不甘失败,率兵与姚之富死战。这时,云梯被清兵掀翻四五个,只剩一架云梯未倒。姚之富和在城头的十多名义军,与身边百十名清兵厮杀,拼命保住最后一架云梯。

就在这时,城内数处火起,转眼火势转甚。傅成明和城头的清兵看得格外分明。火光中，又传来了令人心惊的喊声："不好了！白莲教打进来了！"四门的清兵，都以为别的城门已经失守，士气大落。杨发仓皇地跑上城头，对傅成朋说："将军，大势不好，快突围吧！"

傅成朋把眼一瞪："胡说！我等受皇上厚恩，岂能临阵脱逃？人在城在，与吕堰驿共存亡！你快去把守府库，不得让教匪奸细得手，如若有失，提头来见。"

杨发不敢抗拒，下得城来心中暗想：吕堰驿眼看不保，绝不能等死。他便集合手下的几百人马，欲从北门突围。

西面因有傅成朋亲自督战，所以义军进展不快，双方在城头处于相持状态，其他三面则不然，城中火起，官军自知大势已去，哪还有人恋战，再加上义军锐不可当，官军很快败下阵来，东、南、北三门已被义军夺下。

傅成朋见状，知败局已定，难以挽回，就领手下亲信百余骑出西门突围。姚之富一心活捉杨发，直向城中杀去，并未追赶傅成朋。

西门外，王聪儿布置曾大寿领五百义军截杀溃逃之敌。傅成朋等杀出西门，恰遇曾大寿拦住去路。他逃命心切，哪管许多，挺枪直刺曾大寿心窝。曾大寿措手不及，险些被挑于马下。他不敢迎战，勒马先逃，傅成朋遂率人冲杀出去。待王聪儿闻讯来到，傅成朋等已逃出一里之遥。王聪儿见他们俱是骑兵，难以赶上，就拨转马头入城了。

再说杨发，杀到北门，正遇刘启荣夺下北门冲杀进来。刘启荣一见杨发，举锤便打，只十几个回合，杨发便手软，夺路逃走，急忙退回院中防守。但他又不甘心死守，频频指挥部下不住放枪发箭，乱打一气。

义军将士们见杨发如此顽抗，无不切齿痛恨。姚之富、刘启荣、高均德、沈训一齐杀到。清兵抵挡不住，杨发手下三四百人死伤殆尽。他恰似疯狗，挥动双剑，冲出院门，姚之富当先上前敌住。刘启荣等部随后跟上。李全又赶来助战，稍一疏忽，杨发右脚被李全砍断，扑倒在地。姚之富趁势一刀捅进杨发的心窝，高声说："师父，给你报仇了！"众人刀剑齐下，杨发被砍得烂如肉酱。

王聪儿随即赶到，看见杨发的下场，心头轻松了一些。此刻，天色未明，吕堰驿全城大火熊熊，把整个夜空烧得通红。

第十二章　将计就计智取孝感　审曾杖曾暗结仇冤

襄阳白莲教义军，自三月十日于黄龙荡揭竿而起，两月的工夫，西进南山老林，取杨家坪，下郧西县，又激战大洪山，大败湖北巡抚惠令，继而火烧军事要地吕堰驿。义军东冲西杀，连战皆捷，势如破竹，所向披靡，威慑湖北，震动河南，使得刚即位不久的嘉庆皇帝大为恼火。此时，义军在吕堰驿，南下又可进逼襄樊，北上则可直入河南。嘉庆恨不能立刻拔去襄阳义军这颗眼中钉，便急命惠令率军驰赴襄阳，调陕西巡抚永保率军入楚会剿，又令河南巡抚景安在豫、楚边界布防，妄图造成三面夹击之势，把襄阳义军包围并一举全歼。

惠令接旨后，当即调齐两万大军赶到襄阳。景安调集两万大军进至了邓州、新野、唐州一线。永保带一万大军也过了漫川关，到了湖北境内，对义军已构成合击的态势。形势是严峻的，义军仅有万人，官军则五倍于义军，如不立即行动，迟延几日，就有被包围的可能。

当此关头，王聪儿决定不与强敌硬碰，放弃北上打算，掉头直指西南。日行一百六七十里，兵锋进逼距湖北省城武昌仅一百多里的孝感县。

先锋李全率军来到距孝感十里的吴村停住军马，等王聪儿来到便迎上去问："总教师，来此已是吴村，还向前进发吗？"

"天色已晚，就在此扎营。"王聪儿说，又问，"先锋可去村里看过？情况如何？"

"此村共有七八十户人家，不知何故，家家空无一人。"

"莫非怕我们搅扰，都躲藏起来了？"刘半仙猜测说。

大军扎营后，王聪儿同李全、刘半仙一起进村查看，正如李全所说，全村空无一人。村内有一庄稼院，较为齐整。王聪儿等人走进院子，见是五间正房、两间厢房。屋内陈设虽然简陋，什物却摆放得井然有序。正中是间客厅，有一张八仙桌和两把椅子，墙上挂着一幅《牛耕图》。两侧贴着朱子治家格言："一粥一饭当思来之不易，半丝半缕恒念物力维艰。"

李全说："总教师就在此处安歇吧。"

"我们既有营帐，何必住进民宅？况且主人不在，越发不妥。传令全军，一律不得擅入民宅。"王聪儿说罢，往外走去。

就在这时，牲口棚草堆里钻出个年过花甲的老人。他大步走近前说："诸位请留步，你们莫非是白莲教？"

王聪儿答道："我们正是。"

"果然是你们！真是救星到了！"老人显得很高兴，"快请到房中，老汉我有话相告。"

王聪儿看看刘半仙和李全，随老者走进客厅。落座以后，老人问："请问头领尊姓大名？"

"我叫王聪儿。"

"哎呀呀！"老人惊讶地站起来，把王聪儿从上到下打量了一番，"你就是大败湖北巡抚的王聪儿？"

刘半仙介绍说："正是我们的总教师。"

"这就好了。"老人自言自语地说。

"请问老丈名姓？"王聪儿问。

"啊，老汉我叫吴勤，是本村族长，全村几乎全姓吴。"

"村民为何不见？莫非害怕我们？"

"我正要与总教师说起此事。"吴勤讲述道，"离此十里，便是孝感县。知县吴明，论起来是我的叔伯兄弟。吴明与他弟弟吴孝狼狈为奸，残害黎民，干尽了坏事。如今又坏到了我们头上。今日上午，吴孝领着几十个如狼似虎的官军闯到我村，言说白莲教就要打来，让全村人一律搬进城中。故土难离，谁愿意抛家舍业呀！他们就抓人抢粮，劫掠财物，全村只剩下十几个人未被抓走。方才听说又有军马来到，我们不知是神教天兵，才躲藏起来。这下好了，我们有救星了。总教师，听说你们杀富济贫，专管人间不平，全村老小都在城里受罪，无论如何要搭救一下才是。"

王聪儿听罢，心中有数，安抚说："老丈放心，白莲教造反，就为兴汉灭满救民，我们绝不会袖手旁观。"

"总教师，只是这孝感县不好打呀。"吴勤说，"孝感城修在澴水岸边，城高池深。而且吴孝那厮又有狠毒之计，说什么只要白莲教攻城，就把老人小孩全赶上城头，使义军难以下手。"

"老丈，虽然孝感城池坚固，我们要打，也指日可下。"王聪儿说，"只是，为使黎民免受刀兵之苦，我们先给狗官吴明修封书信，向他晓以利害，劝其放回吴村老小，并为我军筹措军粮。如敢抗拒，定叫他城破人亡。"

刘半仙说:"这叫先礼而后兵。"

吴勤一听高兴地说:"总教师,我老汉愿当送信之人。"

"这,恐怕不妥。"王聪儿说,"万一狗官怪罪加害于你,如何是好?"

"不怕,古语说'两国交兵,不斩来使'。我是为白莲教下书,有你们撑腰,他们敢把我怎样?"吴勤说,"况且,名分上我还是他们的兄长。"

王聪儿想了想:"也好,如此有劳老伯了,就请军师修书。"

吴勤找来文房四宝,刘半仙提笔,片刻写就:"白莲教总教师晓谕明、孝昆仲,我军兴汉灭满,乃应天顺人奉天倡义。尔弟兄平日为非作歹,今又敢与我神教天军为敌,强行逼迁吴村之众,令人发指,姑念尔等无知,不忍加诛。书到之时,速将吴村之民放归,并限两日内为我军筹措白米五百石。如敢抗拒,绝不宽恕!"王聪儿看罢,交与了吴勤,吴勤起身便走。

王聪儿说:"老伯,今日已晚,明早动身吧。"

"总教师,此刻刚刚掌灯,孝感城离此不过十里,全村老小都在城中受难,老汉心急如焚,恨不能立刻救出乡亲。早去,也好早有结果。"

王聪儿见老人执意要连夜入城,就派李全把他送到了城边。

天色已经黑了,孝感城门上亮起了灯光,吊桥也早已扯起。吴勤来至护城河边,往城上喊道:"上边哪个当值,出来回话。"

守门的清兵,听下边口气挺硬,探身边看边问:"你是谁?"

"赶快放桥开门,大爷来了,难道还听不出!"

"你是哪个大爷?天黑我看不清呀!"

"你们太爷的兄长到了。"

"噢。"清兵知道吴明、吴孝有个叔伯哥哥,但他们无甚来往,就说,"太爷有令,天黑之后谁也不准入城。"

"我有大事报告,要是误了,你担待得起吗?"吴勤大声呵斥,"快去通报!"

清兵一听,也怕误事,急忙飞报吴明知道。

没过多久,吴孝来到城头。他年约四十,生得像只长脖鹿,脑袋不大,脖子挺长。孝感城的人都说吴明是"阎王",吴孝是"判官"。吴孝比吴明还坏,眼珠一转就是一条坏道。他要判定谁三更死,谁就活不到五更天。

吴孝故意问:"哪个要进城?"

"是我,你是老二吗?"

"原来是大哥。上午我进村去请,你说死也不进城,怎么半天工夫就变了？"

"吴孝，我有要事找你。"

"要事？"吴孝撇撇嘴，"那你就说吧。"

"吴孝，亏你还是个精明人，难道我就在这里大喊大叫吗？"

"这个，"吴孝一下子被问住，"大哥当真有要事吗？"

"若是无事，我何必连夜来此？"

吴孝往远处看看，确信后面无人埋伏，才叫放下吊桥，让吴勤进城。

来到县衙，吴明正在客厅等候，见吴勤走进，也不得不勉强站起来打个招呼："大哥来了，坐吧。"

吴孝又假作亲热地呼人送茶。一会儿，有个十七八岁的丫鬟端茶来到。

吴勤一见，心中好不酸楚。原来这丫鬟名叫凤儿，已与吴勤之子定亲，只因凤儿家欠下吴孝债务，被迫来当丫鬟抵债。吴勤见凤儿眼含泪水，不忍多看，掉转头来。凤儿忍住泪，紧咬下唇退出去了。

吴明阴阳怪气地问："兄长连夜到此，有何见教？"

"无事不登三宝殿哪。"

"莫非为的吴村老小？"

"就算是吧。"

"兄长，你来得正好。待我直言相告，你村仍有十余户尚未进城，皆你从中作梗所致。乃于兄长不利呀！"

"你们吃得太多，难道不怕把肚皮撑破？同是吴氏子孙，莫要做事太过！"

吴孝接过话："兄长，我们正是为全族人着想，如不把他们接进城来，教匪到后，岂不全死于贼手！"

"你们休要硬充善人，你弟兄无非是想霸占吴村土地。"吴勤说，"我看在村内尽可平安无恙，而进城则如羊入虎口！"

吴明把茶碗一蹾："兄长，你说话尚须谨慎，莫为教匪张目鼓舌！"

吴勤笑起来："岂止是为教匪鼓舌，我今特为白莲教下书！"

"什么！"吴明猛地站起，"你竟敢为教匪传书送柬！"

"送封信又何必大惊小怪呢？"

吴孝问："书在哪里？"

吴勤取出信放在桌上："拿去看吧。"

吴孝取出信从头看过，双眉紧皱递与吴明。吴明未等看完就叫道："真是反了！好大的口气！"他气急败坏地把信扔在地上。

吴勤稳坐不动："吴明，为人可要识时务。赶快照信办理，不然神教天兵一到，难免城破人亡！"

吴明一拍桌子："呸！吴勤，你竟敢以教匪之势要挟，我吴明并非胆怯无能之辈。教匪如有本事，就来攻城！'

"你莫自不量力！"吴勤也站了起来，"慢说是你，惠令又如何？"

"大胆吴勤，为教匪游说，该当何罪！"

"吴明，你别装腔作势。我吴勤一生正直，最明善恶。白莲教因不忍城内百姓受害，才劝尔等改恶从善。书信送到，你既不肯悔悟，我就告辞了。"他说罢就走。

"吴勤，你能来可就走不得了！"吴明大叫一声，"来人！"

立刻有两个衙役走进。吴明吩咐："把这个老东西给我押起来，等候送武昌请赏。"

吴勤仰面大笑："吴明，你抓了我，白莲教大军日内必至，只怕你难逃惩处！"

两个衙役刚要动手，吴孝喝道："大胆！还不与我退下！"衙役迟疑地看着吴明。吴孝一拍桌子："退下！滚！"衙役只得悻悻然退下。

吴孝捡起信，对吴明说："兄长暂且息怒，依弟愚见，此事还需从长计议。"

"二弟，难道你怕了不成！"

吴孝并不回答吴明，却对吴勤说："大哥，请您休息一宿，待我劝劝兄长，明早给您回话。"

吴勤说："好吧，你们仔细想想，莫唐突行事，以免后悔。"

"那是，大哥放心，明早定有满意答复。"吴孝把吴勤送到客房回来，吴明老大不满地问："二弟，你又搞什么名堂？难道你真想向教匪投降！"

吴孝以老谋深算的口气说："不可轻敌呀！"

"这是何意？"

"教匪既能打败巡抚，又火烧吕堰驿，实力必然不小。孝感城虽颇占地利，但守军无几，尽驱老幼迎战，也不过数千之众。教匪大举来犯，我们何以对敌？"

"难道就俯首听命不成？"

"非也，"吴孝在屋内转着圈子，最后推敲着他的阴谋，"常言说，匹夫斗勇，英雄斗智，我们就要和教匪斗智。"

"斗智？"

"兄长，依我看此次正是天赐良机，弄得好，你我弟兄就可以飞黄腾达了。"

吴明好不糊涂："此话怎讲？"

"王聪儿为白莲教总教师，如果将她擒获，岂不是天大奇功！"

"一派胡言！孝感城自身尚且难保，你还侈谈擒拿匪首。"

"不能力敌，可以智取嘛。"吴孝说，"信上条件，我们全都答应，明日我亲自登门回话，并将吴村老小全都送回，教匪必然不疑。然后请王聪儿进城赴宴，只要她入城，就好比鱼儿进网！"

吴明晃晃头："王聪儿难道鬼迷心窍，会轻易前来赴宴？"

"凭我三寸不烂之舌，必然能说动她。"

"她若不来呢？"

"那她就于理有亏，我们推说粮食还未齐备，求她宽限时间，趁机连夜派人向巡抚告急。抚台大军尾追教匪，相距不过二百里。一两日内救兵必至，那时又何惧教匪哉！"

吴明说："且试试看吧，倘若事成，推你头功。但告急尤为要紧，立刻修书派人。"

吴明安排写信告急，吴孝又来至吴勤住处。吴勤倒背双手，正低头在屋内往来踱步，两道银眉紧锁，看得出他在为下书事焦虑。

吴孝满面春风地走进："大哥，还未安歇？"

吴勤说："我牵挂着全村几百口男女，还有孝感全城百姓的安危，怎能高枕入睡？"

吴孝恭维说："大哥'先天下之忧而忧'，令人钦敬。"

"不敢当'钦敬'二字，我不愿看到孝感城玉石俱焚、生灵涂炭，望你们弟兄莫将全城性命当作儿戏！"

"大哥，方才吾兄之言，乃一时气语。经我再三相劝，他已醒悟。"

吴勤愣了一下，感到有些突然："这么说，你们准备按信而办？"

"正是。不然也无路可走呀，与义军对抗，还不是自取灭亡。"吴孝说，"这还要感谢大哥，不辞辛苦前来下书，化干戈为玉帛，救了全城性命。"

"你们何时放人送米？"

"军粮尚需备办，明日即可放人。明早我与大哥同行，面见总教师请罪。"

吴勤松下一口气来："这就对了，如此我定在总教师面前进言，保孝感城平安无事。"

"全仗大哥保护桑梓,祖宗地下有知,也会称赞的。大哥放心安歇,明日早起,好一同赶路。"

吴孝走了,吴勤正高兴地想着,总算不虚此行。忽听有人轻弹窗棂,又听一女子低唤:"吴大伯,吴大伯。"

吴勤走至窗前:"你是谁?"

"吴大伯,我是凤儿,明天你千万莫让白莲教的人进城呀!千万,千万!"

"凤儿,这是为什么?"

外面一阵轻碎的脚步声响过,凤儿已经走了,她显然是怕主人发现。吴勤不由一下子堕入五里雾中,难道吴明、吴孝在玩什么诡计?

吴勤百思不解,一夜没有入睡。

第二天早饭后,吴勤和吴孝一起出城。他二人骑马,还有六个抬礼物的从人步行跟随。到了村口,吴勤说:"兄弟,你在此稍等,待我先去通报,总教师好出来迎接。"

吴孝说:"不必,不必,我们一起进村即可。"

"岂有不接之理?"吴勤说完打马先进村去。他见到王聪儿,忙把昨夜在孝感城的情况说了一遍,特别把凤儿的话重复两次。末了他说:"总教师,我看吴孝不是真心,内中一定有鬼。他是此方一大祸害,今天来了就莫放他回去了。"

王聪儿听罢,想了一阵,便有了主意。她对吴勤嘱咐一番,又在李全耳边如此这般地盼咐一番,李全领计匆匆走了。接着她又派人叫来刘半仙和王清,然后急忙出去迎接吴孝。他们刚出大门,吴孝等不及,已经来到了大门口。

吴孝抢先抱拳施礼道:"久仰总教师大名,今日得见实乃三生有幸!"

王聪儿含笑答道:"不敢当,吴二员外请到房中叙话。"

吴孝装出十分谦恭的样子,与王聪儿等人相让着走进院子。从人把肥猪、美酒抬着放在院内。

吴孝说:"总教师,些许薄礼,不成敬意,聊表寸心而已。"

王聪儿说声"多谢",欣然收下。

来到屋内坐定,吴孝装作痛心地说:"说来惭愧,我弟兄利欲熏心,平日里有罪于桑梓,蒙总教师宽恕,感激之情铭刻肺腑。"

"二员外,汝弟兄肯改恶从善,孝感百姓之所望也,白莲教当然亦深为欢迎。但愿心口如一,造福乡里。"

"总教师教诲当永志不忘,我弟兄今后定竭尽全力为民效劳。如今,吴村老小俱已送回，可表我弟兄心迹。"

"请问二员外，粮食可准备停当？"

"军粮之事，敢不从命。"吴孝发誓说，"一两日内就可齐备。"

"很好，切莫误了军用。"

"万万不敢。"吴孝说，"总教师善心普度，广开方便之门，使我处生灵免遭涂炭。城内百姓无不传颂大德，俱欲瞻仰天威神采。各界父老还在吴氏宗祠备下水酒薄菜，特地委我恳请总教师和各位首领前往，谅来不会推辞。"

"孝感城父老的心意我已领受，赴宴之事就不必了吧。"

"孝感父老百姓，盼见总教师之面，有如大旱之望云霓！总教师无论如何不能拂众人之望。"

"吴二员外，莫不是设下鸿门宴？"

吴孝怔了一下，见王聪儿含笑，也大声笑起来："总教师，真会笑谈。我有天大胆量也不敢班门弄斧。"

王聪儿一笑："有道是盛情难却，既然对我如此抬爱，我只有从命而已。"

吴孝心中暗喜："总教师果是豪爽，吴某总算不虚此行。但不知何时前往？"

"二员外之意呢？"

"酒席业已齐备，家兄和父老们俱在恭候，只等总教师光临。"

"既然如此，请二员外先行一步，我略做安排，随后就到。"

吴孝有些不放心："总教师，莫叫我们望眼欲穿。"

"哎，"王聪儿略显不悦，"常言说，大丈夫一言既出、驷马难追。聪儿虽系女流，但从未失信于人。"

"吴某告罪。"吴孝站起来，诚惶诚恐地说，"吴某以小人之心，度英雄之腹。总教师实乃巾帼英雄，女中丈夫！"

吴孝走后，王清、刘半仙一齐劝说王聪儿不可轻信吴孝之言。王聪儿把如何用计一说，二人恍然大悟。接着她又对二人做了一些布置，便同艳娥一起，只带四个义军战士出发了。刚出村口，吴勤追了上来。王聪儿止步问："吴老伯，你急忙赶来所为何事？"

"总教师，我思之再三，不与你同去，总难放心。"

"老伯不必挂怀，一切俱已安排妥当。"

"不，我还是跟去放心。万一有什么意外，我也许能助上一臂之力。"

王聪儿见吴勤执意要去，又情词恳切，只好答应。

他们一行七人，来到孝感城门，吴明、吴孝早领人在门前迎候。门楼上悬灯结彩，王聪儿一到，立刻鼓乐喧天、鞭炮齐鸣。王聪儿进了城门，缓马而行。市街两旁，挤满了争相观看的男女老幼，那些贫家女子也从住屋窗户探出头来，想见识一下这位女中英杰，看看同是女孩家，为什么王聪儿就能跨马冲杀？有的大家闺秀猜测，这个总教师定和母夜叉一样。有的老太太听说总教师是"白莲圣母"，还在门前洒了清水，摆了香案。他们万万没想到，这个总教师，竟是个年轻的女子。

一路上吹吹打打，到了吴氏宗祠。落座之后，城内的一些头面人物纷纷上前寒暄，无非说些仰慕感恩之类的假话。吴孝此时心中甚喜，暗道：王聪儿不但来了，而且从人甚少，看起来真是天助成功。

说话的工夫，酒宴摆好，吴孝先给王聪儿倒上一杯酒："总教师，孝感穷乡僻壤，并无美味佳肴。但这水酒薄菜，却是我等一片赤诚，总教师满饮此杯！"

王聪儿接过杯，又放在桌上："吴二员外，我平生滴酒不沾，实难从命。"

吴明沉下脸来："既来赴宴，却不饮酒，这是何意？"

"当饮则饮，不当饮便不饮，又有什么奇怪？"

吴明从座上站起："既然来此，这杯酒便非喝不可！"

王聪儿微微冷笑："难道还要逼迫不成！"

吴明又进逼一步："总教师真的不肯赏脸吗？"

正在相持不下，一个家人把吴孝匆匆唤出。原来，一个清兵千总，领五百名官军，在昨夜派出的送信人带领下，已然来到了门外。吴孝一见不免生疑，便问送信之人："你可曾见到巡抚大人，抚台大军现在何处？为何这样快就能回来？"不待送信人回答，千总抢先说道："抚台离此尚远，我乃傅成朋将军部下，距此不过七十里。傅将军见你们告急书信，特派我领五百兵士赶来协助守城。大军随后就到，定将教匪围歼于孝感城下。"

吴孝一听，这才放下心来。他正担心自己手下的几十名兵丁能否将王聪儿活捉，如今援兵到来，就万无一失了。他就把要生擒王聪儿的计划告诉千总，并重新布置了刀斧手。吴孝哪里知道，吴明昨夜派出的信使，一出城便被李全拿获了。送信人平素曾受过吴明鞭打，本来心怀不满，经过李全一说，欣然愿意带路，骗开城门。

吴孝在外布置完毕，回到院中向吴明使了一个眼色。吴明明白一切已办理妥当，便冲着王聪儿发出一阵狂笑："王聪儿，别看你大江大河走了不少，今天在孝感这小河沟里可要翻船了。现在，任你有通天本领，也难免被擒。趁早交出刀剑，免得我们费事。"

王聪儿稳如泰山："你们未免高兴得太早了！"

吴孝大喊一声："来人哪！"话音刚落，千总领着清兵"呼啦啦"闯进。吴孝得意地说："王聪儿，今天谅你也难逃法网！"

王聪儿端坐说道："善恶到头终须报，只争来早与来迟。你们弟兄恶贯满盈，今天是末日到了！李先锋，还不与我拿下！"

王聪儿方才说完，化装为千总的李全，已将吴明、吴孝打翻，手下的义军，三下五除二便把他们给绑了起来。吴明、吴孝愣了，如同闷在了葫芦中。

这时，城门早已被李全带来的人占领，城内的兵丁衙役也俱被缴械。义军又有一千人马进城，王清、刘半仙等人也来到了这里。吴明、吴孝见此情景，方知自己上当了，一下子瘫软在地上。

智取孝感县后，王聪儿见尾追的官军在七十里外裹足不前，决定全军暂住半日，略做休整。孝感全城喜气洋洋，总教师驻地更是热闹非常。因为明天就是端午节了，高艳娥等人还特地从城外采了些艾蒿，扎缚了小笤帚，挂在了窗下门前；又剪了许多大红公鸡贴在墙上，院内树上，还挂起了用纸叠的小灯笼。庭院正中，四张八仙桌并在一起，鸡鸭鱼肉全都摆满，碗里也已斟上了醇香的米酒，树下还摆着好几坛子。

王聪儿从房中走出，看看天色，太阳已经偏西。她问刘半仙："吴勤老伯还没到吗？只差他了，天时不早，也该开席了。"

刘半仙说："我已派艳娥催他去了，吴勤一定被事绊住，否则不会失信。"

正说着，高艳娥回来了。

王聪儿见她一人而回，忙问："吴勤老伯因何还未请到？"

"他说安顿一下，马上就来。"

"他被何事拖住？"

"他的三子安儿又哭又闹，许是又犯了疯病。"

王聪儿说："我们破了孝感县，凤儿已回到安儿身边，安儿的病不是好多了吗？"

"听吴老伯家中人话言话语带出，下午凤儿去给爹妈上坟，一直没回来。"

"难道出了意外？"

"我问吴老伯，他不肯讲。我暗地打听，好像是凤儿被人抢走了。"

"竟有这等事？"王聪儿忙问刘半仙，"附近有强人吗？"

这时，吴勤匆匆进来了。他抱歉地说："总教师，实在对不起，被一点小事拖住，害得大家久等。"

王聪儿单刀直入地问:"吴老伯,凤儿之事如何?她被何人抢去?我们定与你做主!"

吴勤急忙摆手说:"总教师,这些许小事,还要你过心?不要管它,入席要紧。"

王聪儿见吴勤不愿讲,人也齐了,就想待席后单独问个明白,便招呼大家入席就座。吴勤、王聪儿、王清、李全、姚之富、刘启荣、沈训、王廷诏、高均德、高艳娥、曾大寿、刘半仙等团团围坐。

王聪儿先端起酒碗说:"今日我等欢聚一堂,一是庆贺智取孝感,二来明日便是端阳佳节,大家都要畅饮尽欢!"王聪儿举碗相让,众人一饮而尽。

大家喝得高兴,要行酒令。刘半仙为了卖弄才学,故意提议要王聪儿即兴作诗一首。他一说,众人无不赞成,一齐催促。

王聪儿推托不过,说道:"我从小随父卖艺,只懂拳脚刀枪,哪会舞文弄墨?大家一再要我作诗,我只得背一首古人诗句,敬奉与大家。这个古人说:'待到秋来九月八,我花开后百花杀。冲天香阵透长安,满城尽带黄金甲。'"

刘半仙笑着接口说:"此乃唐末黄巢所作。他纵横征战大半个中国,是个起义造反的大英雄。"

王聪儿道:"我不懂诗,可是我觉得,黄巢的诗,说的就是要打翻皇帝,让穷人坐天下。我们白莲教兴汉灭满,也是如此。一定要打到北京,把皇帝拉下马!"

"好!"众人拍掌欢呼。

王聪儿给刘半仙倒满一碗酒:"军师,众人之中,唯有你是个秀才,值此佳节盛会,你给大家做首诗助兴吧。"

众人鼓掌。

刘半仙略做推辞,端起酒碗,即席吟道:

把酒端阳,白莲满庭芳。庆欢会,喜欲狂。巾帼同聚首,英雄共一堂。且开怀,齐把山河用碗量。　　壮志方鹏展,宏图万里长。抖神威,赴疆场。将相本无种,男儿当自强!旌旗卷,白莲怒放九州香。

这首《千秋岁》词,倒也慷慨激昂,说出了白莲儿女的雄心壮志,但也显露一些刘半仙的个人情怀。

刘半仙吟罢,说声"献丑",得意地坐下了。

一个十一二岁的小女孩走进来，径直走到吴勤身边，叫声："爷爷。"

吴勤奇怪地问："娟儿，你来做甚？"

"爹说叫我找你回去，我三叔又哭又闹。"

"好了，我知道了，你先回去。"

"爷爷，走哇。"

"娟儿，听话，你先走。"

"不嘛，爹说我和你马上就回家。"

"你爹在哪儿？"

"他把我送到门口就回去了。"

"为何不进来？"

"怕你说。"

"好了，你先到门房等候，散席我带你回家。"

娟儿刚要走，一眼看见了对面坐的曾大寿，忽然睁大眼睛说："爷爷，抢走凤儿姑姑的就是他！"

"闭嘴！不许你胡说八道，给我滚！"

娟儿不服："爷爷，真的是他，我和凤儿姑姑一起去上坟，就是他抢的，一脸大麻子。"

娟儿一进来，曾大寿神色就有些慌张，坐立不安。娟儿认准他不松口，他不由得跳起来："小孩伢子，你再胡说，我一刀砍了你！"

王聪儿含怒问曾大寿："曾副元帅，可有此事？"

"没，没有，她准是认错人了。"

娟儿又叮了一句："是他嘛，就是他。"

"曾副元帅，你把凤儿藏于何处？"

"我不知什么凤儿鸟儿的。"

"曾副元帅，你若从实说出，尚可从轻发落。"

曾大寿非常硬气："总教师，你不能听一个小孩子瞎说。这真是'贼咬一口，入骨三分'哪！"

王聪儿思索一下说："李先锋，你陪曾副元帅到屋内等候。"

曾大寿心里明白，这是叫李全看着他，心里虽然不满，但也无可奈何。曾大寿走后，王聪儿派人唤来曾大寿的马童。

"马童，我问你一事，从实说来，胆敢隐瞒，定斩不饶！"

"我不敢撒谎。"

"曾副元帅把凤儿藏在何处？"

"这，我不知道呀。"

"看起来你是不想说，"王聪儿吩咐道，"拉下去，先打五十军棍！"

马童见真的要打他，忙说："总教师，别打，我说。"

"讲！"

"今日过午，曾副元帅在坟地把凤儿抢到手，就送到附近一个孤家小院里。那家只有老两口。"

"他把凤儿怎么样了？"

"我就知道他逼凤儿，凤儿直哭。"

"还在那里吗？"

"在，在。"

王聪儿当即叫高艳娥去把凤儿接来，并叫曾大寿出来回话。

曾大寿看见自己的马童，不由一愣。

马童说："副元帅，那事瞒不住了，你别怪我呀！"

"哼！"曾大寿狠狠瞪了马童一眼。

"曾副元帅，你还有何话说？"王聪儿又问。

曾大寿在众目睽睽之下抬不起头来："事已至此，任凭你怎么处置！"

刘启荣早就忍不住了："曾大寿，你，你真给牛栏山来的人丢脸！"

曾大寿还要充好汉："刘启荣，我一人做事一人当！"

王聪儿怒斥道："曾大寿，你触犯军令，该当何罪？"

"杀！"众人异口同声地说。

"将曾大寿绑了！"王聪儿一拍桌子，几个义军战士上前绑了曾大寿。

王聪儿又吩咐说："推出斩首！"

吴勤急忙上前说："总教师息怒，请看在我老汉分上，从轻发落曾副元帅，千万不要伤他性命。"

"吴老伯，军令不严，何以约束三军？曾大寿罪当斩首。"

"总教师，人非圣贤，谁能无过？且饶他这次，以后若犯再杀不迟。此次因老汉之事杀他，我心中不安。"

"吴老伯，您请坐下。"

"总教师，你若不答应，我就给你跪下了。"

王聪儿急忙叫人扶住："老伯，不要如此，我们再作商议。"

吴勤这才坐下，但仍不放心，又催促说："总教师，饶了曾副元帅吧。"

王聪儿怒视曾大寿，说："曾大寿，你违犯军令，本当斩首，只因吴老伯求情，故而饶你不死。"

吴勤说："曾副元帅，还不快谢总教师不杀之恩。"

曾大寿双膝跪下，低头不语。

"死罪饶过，活罪难免。"王聪儿吩咐说，"拉下去，责打五十军棍！"

曾大寿挨了五十军棍，被打得鲜血淋漓，又被架回院中。

"曾副元帅，今后你要好自为之，军令不可犯，再犯定然不饶！"王聪儿说，"抬回帐去，告诉缪超为他上药医治。"

曾大寿被抬走了，王聪儿又叫人取过五十两纹银，交给吴勤作为凤儿办喜事之用。吴勤推辞不掉，只好收下谢过走了。

吴勤方走，探马来报："清兵先锋参将傅成朋，率五千人马跟踪追来，相距不过五十里了。"王聪儿说声"再探"，急命撤去宴席，与众首领商议，该如何迎敌。

第十三章　中埋伏傅成朋殒命　诈降计王聪儿破敌

　　天空，乌云积聚，越发阴沉。傅成朋领五千人马，离孝感城越来越近。他自从失守吕堰驿侥幸逃脱后，仅存一百余骑到了襄阳。惠令大怒，便欲将他治罪，亏众将极力保奏，方许他戴罪立功。义军跳出包围圈，突然南下杀奔武昌，这可吓坏了惠令。他唯恐丢了武昌，慌忙做了部署，命总兵赛冲阿统兵一万，在义军后面尾追，他自己则引大军从水路星夜返回武昌，以确保武昌无虞。赛冲阿害怕与义军交手，远远尾随不敢靠前。孝感失守消息传来，他更为惊慌了。他怕惠令谴责他拥兵自重、追剿不力，遂命先锋傅成朋全速追赶，进逼孝感城下。

　　傅成朋引军催马正行，发现两旁地势渐渐复杂起来，丘陵起伏，树木丛生。虽然不是高山深谷，但两侧也尽可埋伏兵马，不免有些胆虚。向前望望，险路尚无尽头，回头看看，队伍已经进入一片险要地带。傅成朋想，莫要中了埋伏，不如退出此路，另寻路径，绕道前往孝感。于是他吩咐部下，后队改作前队。刚传号令，枪炮骤响，两侧伏兵尽起。旗幡招展，战鼓震天，当先一员大将迎面杀到，双锤高举，正是刘启荣。姚之富在左，沈训在右，王廷诏从背后包抄。傅成朋的五千人马，已经陷入重围。傅成朋料到全军难保，只想自己活命，斜刺里冲去，妄想落荒而逃。哪知，未出一箭之地，便被姚之富截住。傅成朋无心恋战，只想脱身，可是姚之富一条枪将他死死缠住。不过十个回合，刘启荣又从背后杀来。傅成朋顾前不能顾后，稍一疏忽，中了刘启荣一锤，被颠下马；急欲挣扎爬起，姚之富一枪刺下，直透他的胸膛，结果了性命。五千清兵，被杀得鬼哭狼嚎、尸横遍野，主将一死，纷纷举手投降。

　　赛冲阿在后队闻得前面杀声大震，急忙催马引军快行，欲上前增援。未至战场，李全、高均德领两千人马挡住去路。李全一杆枪神出鬼没，只二十几个回合，就杀得赛冲阿手忙脚乱。赛冲阿自知不济，也顾不得傅成朋了，引军败走。这时，天降大雨。李全也不追赶，率军回孝感城去了。

　　这场暴雨胜似瓢泼，大过倾盆，天地之间白茫茫一片。武昌附近，本来地势低洼，湖泊棋布，如今越发遍地水乡泽国，平地水深没腰。义军本欲乘胜进逼武昌，怎奈连日大雨不止，道路断绝，况且惠令大军又已回防，武昌戒备加强。王聪儿见状，遂决定挥师北上。大雨一停，义军掉头向北疾进，又把惠令甩在了后面。

就这样，义军采取避实就虚，以走制敌的战术，分成三路，纵横驰骋于湖北省的北部地区。打得官军东突西走，疲于奔命，狼狈不堪，死伤累累。在半年时间里，义军已发展到四万余人。

嘉庆元年十一月，王聪儿、李全中路义军经谷城渡汉水过了老河口，获悉河南巡抚景安在魏家集一带调兵遣将，准备截击义军，不使义军进入河南。王聪儿决定给景安一点厉害看看，亲率两万大军奔袭魏家集。两军相遇，景安仓促应战，大败而逃，急忙退入魏家集固守，手下一万人马仅剩四千，义军当即将魏家集团团围住。

景安被围之后，派人向惠令求援，请求发兵解围。惠令想领兵前去，又生怕与义军交战，不去吧，见死不救被嘉庆知道后必然获罪。两难之际，杨国仲趁机献上一计，劝他学"围魏救赵"之策，带兵直捣杨家坪。陈师爷也鼓吹说，杨家坪是教匪巢穴，眼下空虚，大军去攻，王聪儿必然回兵来救，那么景安之围自解。如若攻下杨家坪，就是莫大奇功，大洪山败绩之罪也可抵免了。惠令一听，此计可行，便叫杨国仲乡勇领路，他亲领三万军马直扑杨家坪。

义军围住魏家集后，由于景安拼死坚守，一时难以攻破。正僵持间，探马来报：惠令大军已向杨家坪进发。王聪儿见魏家集目下难攻，杨家坪又来告急，遂决定放弃魏家集回军救援，并派人报信与姚之富、刘启荣两路义军，也迅速向杨家坪回师。

留守杨家坪的范人杰，得知湖北巡抚亲领三万官军来犯，与张汉潮计议后，放弃了郧西县城，二人合兵一处，准备固守杨家坪。惠令率军来到后，为了抢在王聪儿回军前占领杨家坪，连续发动了猛烈冲锋。一连攻了三天，由于范人杰、张汉潮严密防守，官军仍然未能得手。数日后，王聪儿率军赶回，依城扎寨与惠令对垒，单等姚之富、刘启荣两路人马到来，就与惠令决战。

这时，嘉庆降旨，命惠令在杨家坪与义军决战。圣旨中说：襄阳贼军最为猖獗，齐王氏为群匪首逆，如将襄阳教匪歼灭，其余各股教匪则不足为虑。嘉庆为对付襄阳义军，又火急调派护军都统惠伦、总兵阿哈保、诸神保、穆克登布等齐赴杨家坪。这时，十万官军会集，将两万多义军包围在杨家坪内外。而姚之富、刘启荣两路义军，又被永保、景安各引大军缠住，一时难以脱身回援。

惠令将义军包围后，也曾想以优势兵力速战速决。怎奈王聪儿、李全见敌强我弱、敌众我寡，只是坚守并不出战。惠令便四面猛攻，但义军防守甚严，连攻十余日，官军总未能越雷池一步。惠令见攻城不利，又采纳了陈师爷的主意，只是死死将义军围困，待其粮绝弹尽，杨家坪自然不战可下。

王聪儿看破了惠令的打算，知道长期固守，粮草不济，形势不利于义军，便几次率军突围。但是，官军人多，防守严密，依靠大炮、火器、充足的箭矢和坚固的寨栅，几番把义军顶回去。义军几次突围，都未能成功。就这样，双方暂时处于相持状态。

转眼，两个多月过去了。背阴的山沟里，还残存着未融尽的积雪，向阳的山坡上，嫩草已经破土而出。汉水流域的春天，今年好像比往年来得早。季节上的严冬虽已过去，但杨家坪还被十万官军厚厚的寒冰包裹着，义军和全城百姓，仍处于生死关头。

傍晚，王聪儿心事重重地登上杨家坪南门城楼，在微寒的晚风中，向清营眺望。艳丽的落晖已经隐去，大地上的景物渐渐模糊，清营中亮起了耀眼的灯火，一阵阵梆声从远处传来。各式各样的帐篷连绵不断，一层层营栅，一条条壕沟，一道道鹿砦，构成了防守坚固的连营。看来，惠令是下决心要把义军困死、饿死。如今，义军已经几乎断粮了，每天只能勉强吃上一顿。昨晚，王光祖偷偷射来箭书，告诉王聪儿，嘉庆又下圣旨，催促惠令尽快破城。看样子，官军近日内即可能全力攻城。怎么办？难道就坐以待毙，等着和杨家坪同归于尽吗？不！不能！教友推举自己为总教师，就定要想方设法带领全军突围。

身后的艳娥，见王聪儿久久不动，关心地说："城上风大，小心着凉，我们回去吧。"

王聪儿摇摇头，仍在想着突围的办法。高艳娥知道王聪儿一整天粒米未进了，甚是担心她的身体。她看见刘半仙走来，急忙迎上去说："军师，你劝劝总教师吧，叫她回去吃点东西。"

刘半仙点点头："你放心，我知道总教师的心事，她是为不能突围而忧虑呀！"

被围困几个月来，刘半仙的心情是很不平静的。刚起义时，义军发展顺利，他真以为不久就可以入阁拜相了呢。想不到一下子被十万官军，困于杨家坪弹丸之地，数月不能动转，两万多人奄奄待毙。更使他不安的是，表兄陈夫之就在城外清营中，真要叫王聪儿知道，齐林之死与他有关，谁管你有意无意，便浑身是口也分辩不清。他也曾想对王聪儿说明此事经过，但又没有勇气。他担心总教师信不过他，就是不被杀死，军师恐也当不成了。因此，他想暗中做些好事，弥补一下自己的过错，可是又效果不大。在粮尽援绝这几天，他还曾想走陈夫之的门路投降官军，又担心惠令信不过他，得不到官职，无用之后被一脚踢开，岂不下场可悲！他左思右想，前思后想，觉得白莲教还有希望，历史上哪一代创业开国君主，不曾有过多少次绝处逢生；自己把宝押在白莲教上，一旦胜了，就可封侯拜相，也不枉为人一世。对，当此紧要关头，作为军师应该大显身手，也叫总教师和众人看看，刘半仙并非等闲之人。他想好主意，便来找王聪儿。

刘半仙走上前，直说王聪儿心事："总教师，莫非为突围之事忧愁？"

"啊，军师，粮尽援绝，官军不日就会全力攻城。形势危急，突围又无良策，怎不叫人忧心如焚！"

"此诚乃刘某之过也。"

"军师何出此言？"

"想我身为军师，眼见大军被围数月，总教师日夜焦虑，我竟无一策可为分忧，要我这军师何用！"

"军师不必如此，办法总会有的，我们且慢慢想来。"

"总教师，近日我也夜不能寐，苦思苦想，得一诈降之计，不知可用否？"

"诈降计？"王聪儿兴奋地说，"军师请道其详。"

刘半仙说："我有一表兄，姓陈名夫之，现在惠令帐下为师爷，初次会阵时，见他不离左右，想必很得惠令信任，或者言听计从也未可知。我修书一封，射入清营，写明陈夫之启，就说我见义军已处绝境，愿与他相约，定期献城，赚他们来攻。那时我们预先设下埋伏，出其不意，将敌杀败，趁机突出重围。总教师看此计可行否？"

王聪儿听罢，又仔细询问了陈夫之的情况，认为可以试试。刘半仙当即写好密信，就要出城。王聪儿还想到城外营寨去查看一下，便从刘半仙手中要来箭书，同高艳娥一起出了杨家坪南门。

南门外，是一片地势起伏的高地，内中有一石岗，光秃秃的寸草不生，像个龟裂的大馒头，因此叫作馒头石。站在馒头石顶，可以望见城内玄妙观中那座七层宝塔的尖顶。馒头石的高度，几乎与外城城墙不相上下，地势颇为重要。它好比杨家坪伸出的一个触角，起着拱卫杨家坪的作用。如果这里被官军占领，杨家坪就将受到致命的威胁。所以王聪儿派先锋李全驻守在这里。

王聪儿、高艳娥来到李全帐中时，李全正在观看一封书信。见王聪儿来到，他站起来说："总教师到得正好。方才王光祖又射来箭书一封，正要差人送去。"

王聪儿伸手接信，忽然感到一阵头晕，急忙用手支住上身，半倚在桌上。

李全一见不安地问："总教师，你这是……"

"不要紧，过一会儿就好。"

高艳娥看一眼李全："李先锋，她是饿的，从早起到现在，还啥也没进肚呢。"

李全一听，立刻出帐去了。过一会儿，他手端两碗热气腾腾的米粥回来，给她们每人一碗："趁热喝了，暖暖身子。"

王聪儿看见白米粥，奇怪地问："你们还有粮食？"

"弟兄们挖开了许多田鼠洞，还挖到了一些粮食。"李全说，"你们昨天来，还能吃到香喷喷的田鼠肉呢。"

高艳娥不由得称赞："你真有办法。"这个姑娘近来已偷偷地爱上了英俊的先锋李全。如今她手捧粥碗，时不时总忍不住要看李全几眼，一次和李全目光恰好相遇，不由得心儿"怦怦"跳，脸也腾地红了。她哪里知道，李全与王聪儿早就暗中相爱了。

"这是大家想的主意。"

王聪儿推开粥碗："还是让弟兄们吃吧。"

李全有些着急。自从驻守馒头石，他与王聪儿见面的机会少了，但思念却增多了。青莲庵那一段难忘的日子，时时在他的心头重现。只是因为王聪儿为"兴汉灭满"甘愿舍弃一切，他才把对王聪儿的挚爱深深埋在心底。但是，他何尝不是每时每刻都在关注着王聪儿？如今，目睹王聪儿几乎饿昏，他又怎能不急呢！李全又满含深情地劝了一句："总教师，你还是喝了吧。"

王聪儿看见李全那关切的目光，不忍拒绝，便说："好，等下就喝。"她把箭书打开，仔细一看，原来王光祖得到消息，姚之富、刘启荣被景安、永保拖住，不得脱身，近期内无望回援。他劝王聪儿应立即突围，如果需要，他愿同几名教友在敌营放火以作策应。

王聪儿已知李全看过信，便问："李先锋，你看我们如何办好？"

"理应尽快突围，死守只能同归于尽。"

"倘若突围，走哪个方向为宜？"

李全早有过考虑，不假思索地说："从北门杀出，穿过西北角乡勇防地。"

"十万大军团团围困，其实并无缺口。"

"乡勇左为惠伦，右为诸神保，乡勇居二者之间，比较起来，此处总算薄弱环节。再有王光祖接应，从此处突围，伤亡总可少些。"

王聪儿听李全一说，下了决心，又把刘半仙的诈降计告诉了李全："倘若诈降得成，更可打官军个出其不意。"

李全说："诈降与突围同时并行，把握就会更大，王光祖再和教友放火，何愁不能突围？"

王聪儿想着更深的一层："关于王光祖放火策应，我不甚赞成。一者，他在乡勇中，是我方唯一耳目。不到万分紧急绝不应暴露。倘若暴露，我们很难再能派人打入。二者，几人放火，虽可制造些混乱，但不能挽回大局。而且，王光祖几人一动作，身处敌群之中，难以脱身，因此不当行此危险之举。"

李全听王聪儿说得有理，不觉点头："总教师所虑极是。"

王聪儿又说："敌军十万，将我团团围困，突围之举，不要看得十分轻松。我想，这是一场硬仗苦战。要想突围成功，还需有人马在敌后接应，这样内外用力，才会更有把握。"

李全说："道理不差，只是姚之富、刘启荣被官军拖住，哪来人马接应？"

"我想，有一支人马可以帮我们解围。"

"有支人马？"李全一时难以明白。

王聪儿深情地看看李全："先锋，我们师父在伏虎沟传教，已有千余名教友，师父闻我等被困，数月以来绝不会袖手而待。只因十万官军层层围困，内外消息不通，师父不知如何着急。假如我们定好突围日期时间，设法去伏虎沟报知师父，届时带人悄悄在西北方向埋伏。我们往外一冲，师父突起接应，定然把官军杀个措手不及。"

李全高兴得不觉站了起来："哎呀，师妹你真是足智多谋呀！"说完，他始觉竟称王聪儿为"师妹"，且有高艳娥在场，不免有些害羞。

王聪儿故作未曾注意，急忙转换话题："先锋，只是报信甚难！你意怎么办？"

李全一挺胸膛："我愿匹马单枪，闯出连营！"

王聪儿摇摇头："先锋固然武艺高强，但一人闯营，难免失陷，断然不可。"

"先锋不可冒险，常言说双拳难敌四手，何况有十万官军。"高艳娥怕李全任性出了意外，急忙劝阻。

李全坐下来，想了想："莫若偷偷潜出敌营。"

"不妥。"王聪儿说，"没有号衣令箭也是枉然。"

"那该怎么办呢？"高艳娥发愁地说。

"办法倒有一个，"王聪儿说，"只是要先锋冒些风险。"

李全说:"总教师,有事尽管吩咐,为了全军脱险,我何惧火海刀山!"

王聪儿说:"若送信与师父,非王光祖不可。因为他身为乡勇哨官,可以借故离开,官军也不会拦阻。但是,要向王光祖传送此信,也非先锋不可。我们不能射箭书给他,非设法见他当面交代不可。而夜入敌营,盲目去找,岂是易事?"

李全全然明白王聪儿之意,接过话来说:"总教师放心,我加倍小心,不致失误。"

"那就烦先锋辛苦一遭。"王聪儿深情地望了李全一眼,"把刘军师的箭书,也交给王光祖,让他说巡营拾到的,以免射入后不被发现,误了大事。让王光祖告诉师父,三日后三更突围。"

李全收好刘半仙写的箭书,换上夜行衣。王聪儿又把青锋剑递与他,郑重叮嘱道:"胆大更须心细。"

艳娥一旁插话:"听总教师的,千万留神。"

李全双手握剑:"总教师,艳娥,你们且在帐中休息,等我的捷报!"说罢,他一闪身出了大帐。

李全出了营栅,悄悄来到城西北乡勇营寨附近,像蛇一样伏身肘行,到了木栅外面。此时入夜不久,乡勇营中星星点点,灯光闪烁,不时有人出帐走动。两个更卒沿木栅走来,待他们过去,李全像只猫一样,轻轻翻入;又很快闪到一顶有灯光的帐篷后,侧耳细听里面的说话声。

帐内议论纷纷。只听有人说:"娘的!官军白米细面有酒有肉,咱们杂粮烂菜还不管够,太欺负人了!"

"咳!有啥法子,谁让咱干这个了?"

"我才不想干呢,是杨国仲逼着穿上了这身狗皮!"

"小声点,要叫史营官听着,可就没命了。"

又有人说:"咱们虽说饿得半死,还是比城里强得多,听说城里连老鼠都吃光了。"

"咳!出来时我那年迈的娘正闹病呢,如今也不知怎么样了?"

"我老婆快生孩子了,可怎么过呀?"

"人家白莲教进城时,咱们的家小一个也没碰,房子、物件啥也没动。就是分粮时,当乡勇的人家也有一份。"

"不管怎么说,要不是白莲教造反,咱们不会和老婆孩子分离。"

"他们造反,还不是叫官府财主逼的。"

"人家白莲教真是仁义之师,打下杨家坪后,对咱们乡勇的家小一点都不难为。可咱们呢,上回进山把老人、小孩杀了多少!"

"咳,照这样围下去,城里的人还不全得饿死呀!"

"白莲教也是,偏偏死守着干啥,打出去算了。"

"官军人多守得严,不是出不去吗?"

"他们要有算计,从咱们这儿过,我看谁也不会给惠令和杨国仲卖命。"

"咱们老婆孩子都在城里,快点解围敢情好了。"

……

李全听着心中想:王聪儿果然有远见,她当初不许难为乡勇家小,看起来是对的。李全不想再听下去了,他要快些找到王光祖。于是,他就试探着逐个营帐暗中查看起来,摸到第四顶帐篷,见里边亮着灯光,却空无一人。李全想了想,闪身进去站在了背影暗处,打算等人进来抓住问问。等了一会儿他又觉不妥,刚想退出,有个人走进帐来。李全一看,正是王光祖,不由大喜,急忙出来相见。

王光祖一见,惊奇地问:"李先锋,为何深夜到此?难道箭书不曾收到?"

李全高兴地说:"真是无生老母保佑,一下子摸到你的帐中。"

王光祖小声说:"此乃史斌营帐,非说话之所,快随我到外面无人之处。"说罢,他领李全来到营帐间一处僻静的草丛中。李全把给静凡送信和诈降计等向王光祖从头诉说一遍,并把刘半仙的箭书交给他。王光祖说他明日设法脱身去伏虎沟报信,一定把信送到。李全走后,王光祖便手持刘半仙的箭书,去往杨国仲营中报信。

杨国仲、姜子石、费通正在帐中议事,杨升也无精打采地坐在一旁。

王光祖走进去,呈上箭书说:"老爷,方才我正巡营,突然射来一封箭书,不敢擅自拆看,特来交与老爷。"

杨国仲急忙打开箭书一看,不由喜溢于表。姜子石不明怎么回事,着急地问:"老爷,箭书所为何事?"

杨国仲看看王光祖:"没你的事了,退下。"

王光祖趁机说:"老爷,明天我想告假一日。"

"为何?"杨国仲手将起山羊胡子。

"郧西城内,有一表亲欠我二十两银子,算来到期,应该归还于我,明日欲去讨要。"

"啊,既然如此,准假一日,可要早去早回。"

"谢老爷。"王光祖施礼退下。

费通又问:"老爷,何人射来箭书?"

杨国仲手拿箭书说:"看来是天子洪福,教匪当灭,教匪军师刘半仙愿约期献城……"说到这里,杨国仲又打住了。他觉得此为机密之事,不宜张扬,便站起身说:"杨家坪收复有望,待我去报与陈师爷知道。"杨国仲手持箭书找陈夫之去了。

杨升听说刘半仙要投降献城,不由暗暗为白莲教和王聪儿担心。不知为什么,自打王聪儿除豹救他之后,那俏丽的身影,总是浮现在脑际,他真恨不能立刻投奔白莲教,也好与王聪儿朝夕相见。去年初春,白莲教攻占杨家坪时,他与王光祖恰好正在襄阳,真使他懊悔万分。如在家中,他就可趁机投靠白莲教了。前年劫粮时,他被王聪儿俘获,就已决意要投白莲教了,只因乡勇趁看守人少逃走,使他未能如愿。以后便没有了机会,一直延迟到今日。两年来,杨升对乡勇、对杨国仲等人的所作所为越来越憎恶。特别是近来随官军征讨,见官军每走一处如蝗虫过境一般,黎民百姓深受其害,更感到白莲教反得有理。路途中,杨升常常看到贫病交加的孤儿乞丐,他总是把身上所有银钱,送给那些穷苦人。杨国仲为此曾不止一次训斥他,并且以军旅之钱粮不济为名,一个铜板也不再给他了。杨升每天混日子,心中郁闷,只盼投到白莲教中。义军在杨家坪被围几个月来,杨升一直为义军的安危担心。如今听说义军的军师竟然要献城,他不免为义军分外着急。他想,白莲教总教师王聪儿尚被蒙在鼓里,到时官军有了内应,把城攻破,说不定有成千上万的白莲教教友要被屠杀,自己既然知道了这一消息,应该设法告诉王聪儿,以免他们被人暗算。可是,两军对垒,消息不通呀,自己莫不如去射一封箭书。杨升想至此,又觉不妥,万一箭书落在刘半仙手中,岂不误了大事!他左思右想,直愁得坐立不安。

再说杨国仲把箭书交给陈师爷,陈师爷看罢大喜。因为,他知道义军已处于绝路,刘半仙又曾有告密之嫌,此刻归降乃理所当然,深信不疑,当即向惠令密陈了内情。惠令正苦于无法破城,听陈师爷一说,喜不自胜,单等后日傍晚,刘半仙派人来定准献城时辰和暗号。

惠令心急,好不容易盼到第三日傍晚,刚刚掌灯,他就坐帐等候。帐里帐外,戒备森严、灯火辉煌。惠令的脸色虽然青黢黢,但头上的珊瑚顶子却闪着红光。那些手握枪刀的标营兵士,成对成双一直排出帐外老远,使得巡抚大帐显得格外威严。

没多久,刘半仙派的送信人果然如期来到。惠令和陈夫之交换一下眼色,吩咐一声:"带奸细!"一声接一声传出大帐,转眼,一个衣衫不整之人被押进帐来。只见他挺胸抬头,昂然而入,来到惠令面前跪倒叩头说:"小人参见抚台大人。"

"嘟!胆大教匪,你年纪轻轻,竟敢来行诈降之计,难道你就不要脑袋了!"

"大人,小人奉命前来下书……"

"住口!分明是一奸细,与我推出斩首!"

下书人当即被拉起来推走,但他一言不发。惠令和陈师爷以为来人必然要极力分辩,可是没想到下书人竟然毫不求饶。陈夫之原想以此试探一下虚实,见此情景也沉不住气了,急忙张口说:"且慢,带回来。"

下书人被带回重新跪好,陈夫之问:"抚台要斩首你,因何一言不发?"

下书人说:"我本不是奸细,抚台说是,我分辩也无用。"

惠令想了想,又下令说:"搜身。"

中军过去,在下书人身上搜检了几遭,却是一无所获。

惠令厉声问道:"你口口声声说前来下书,书在哪里?"

下书人用手指指自己的嘴:"就在此处。"

"难道是口信?"

下书人愤愤不平地说:"大人,我不顾危险,舍命出城,前来报信。只说见到抚台必有重赏,想不到竟如此待我。既然大人信不过我,那我就告辞了。"说罢,他转身要走。

"站下!"惠令大喝一声。

下书人毫不畏惧:"大人还有何吩咐?"

"何人差你前来?"

"军师刘半仙。"

"你姓甚名谁?"

"小人赵四。"

"来此何事?"

"大人可曾见到箭书?"

"唔,有。"

"刘军师之计,大人可愿采纳?"

"唔。"惠令不置可否地答了一声。

陈夫之突然问道:"你如何得以出城?"

"说来也巧，今日是曾副元帅把守南门。他因抢占民女，被王聪儿责打五十军棍，早就怀恨在心。军师已和他约好，届时一同献城。"赵四说，"这也是教匪合当败灭，大人洪福齐天，此乃难遇良机。军师说就在今夜三更，以红灯为号，打开南门，迎官军入城，杨家坪唾手可得。"

　　惠令一听甚为高兴，扭头问陈夫之："师爷，你看呢？"

　　"我看万无一失。"

　　"好，来人，带赵四去用酒饭。"惠令高兴地盼咐。

　　赵四说："多谢大人美意，小人须从速回去，告诉刘军师，好做准备。"

　　惠令笑道："你言之有理，就按计行事．千万不可大意，事成之后，有功者，一律升赏。"说罢他叫人赏给赵四十两银子。

　　赵四收下银两，辞谢出帐，暗自高兴地回城去了。这个化装的赵四正是沈训。

　　下书人走后，惠令立刻调兵遣将。为防万一上当，他命黄光带五千精兵为先锋，只等对上暗号，抢关进城。黄光得手，大队随后跟进。又命惠伦、诸神保、阿哈保、穆克登布等分别攻打义军城外营寨和各门。分拨完毕，已是二更时分。黄光领人马悄悄向南门靠近，鸦雀无声地埋伏好，单等三更天到来。

　　义军馒头石营寨里，李全已经整顿好人马，做好突围准备。单等清兵中计后，他便杀向惠令中军，掩护全军突围。这时，巡哨的兵丁，抓来一个人。李全一看，原来是杨升。李全问他为何深夜潜身来此。杨升口口声声只说要见王聪儿，有十万火急军情禀告。李全怕误了大事，立刻派人把杨升押送至王聪儿处。

　　杨升一见王聪儿，急忙说："总教师，我有机密军情报告。"

　　王聪儿不相信杨升会有什么正经大事，态度严肃地看着他，淡淡地说："讲吧。"

　　杨升瞧见刘半仙还坐在一旁，吞吞吐吐，欲言又止："这……"

　　"有话便痛快讲来。"王聪儿催促说。

　　杨升斜了刘半仙一眼："请总教师叫左右退下。"

　　王聪儿见杨升这种神秘的样子，心想，难道他真有什么重要军情？她便叫众人全都退下。杨升见只有王聪儿一人在场了，便把刘半仙约定今夜献城之事，从头讲述一遍。末了他说："总教师，我的话千真万确，你快做应急准备吧。"

　　王聪儿听杨升说罢，不觉心中暗喜。看起来，刘半仙的诈降计很有希望。另外，杨升冒着风险连夜前来报信，可见他对白莲教还有一片真心。但在表面上,王聪儿却很冷淡:"我知道了,此事不消你多虑,我自会安排。信已送到,你就请转回吧。"

杨升以为王聪儿听后必然大吃一惊,不料竟如此冷漠,而且还赶他回去,急得他不知如何表白才好:"总教师,我对白莲教可毫无二意呀!今日既来,就是死也不回去了。"

王聪儿见杨升执意不走,心想,如今交战在即,放他回去也不妥当,不若权且收留,以后他如不能吃苦,再打发走也不迟。她便叫沈训把他领下,并叮嘱沈训在突围时照应他。

繁星点点,夜风习习,杨家坪似乎沉睡在夜色中。城头上,看不见往日那么多灯火,只有星星点点几处灯光,在城头闪动。夜显得特别长,黄光隐身在树后,焦急不安地眺望着城头。他三十八九岁,正是建功立业的年龄。以往的经历,说明他是一个不可多得的将才。在惠令手下诸特之中,他的彪悍是出名的,也很受惠令器重。今夜,巡抚把抢城夺关大任委付于他,他也大有舍我其谁之感,并在心中盘算,要以迅雷不及掩耳之势直冲进去,抢占内城,尽擒教匪之首。此战之后,不愁升为总兵。

"梆梆梆",三更梆子敲响了。杨家坪南门城头,立刻挑起一盏红灯,黄光也忙叫手下人挑起灯笼,对上暗号,吊桥立刻"哗啦啦"放下,城门"呼隆隆"打开。黄光跃上战马,大吼一声,抢先入城。清兵立功心切,紧随主将,蜂拥而入。

黄光马快,冲入城门时,清兵刚进去两千人。他不见有人迎接,大声喊道:"刘半仙何在?"黑暗中有人在高房上答道:"你们中计了!快下马受死!"说话间,箭矢如骤雨落下,火器似流星飞来,街两旁早已堆满引火之物,顿时烈焰腾腾,火光大起。黄光欲待回马而逃,坐骑已中数箭倒下,他身上也中十数箭,转眼气绝。两千官军,死伤大半,没死的争相逃命,身上尚在冒烟着火。惠令自领大军在后,准备跟着进城。没想到黄光手下之兵,潮水般退下来。惠令的军马立时乱了阵脚,队伍被败兵冲得难以约束。惠令正在惊慌间,李全引人马又呐喊着冲杀过来。义军勇似猛虎,势不可当。惠令的中军越发乱得难以收拾,他的亲兵、亲将唯恐抚台在混乱中有失,簇拥着他先走。这样一来,惠令整个中军两万余人不战自乱,落潮一样败退下去。

这时,王聪儿已经率军杀出了北门,直向西北角乡勇营地冲去。惠伦和诸神保不知官军中计,只听南门外杀声震天,料定义军主力必从南门突围,急忙分兵前往南门救援。哪知王聪儿率大队义军已从乡勇营寨杀开缺口。惠伦、诸神保知道中计，急忙合兵夹击，想阻住义军去路。刚带兵过来，便被范人杰、高均德截住厮杀。阿哈保见西北角杀声甚紧，带兵过来增援，他的背后突然炮声响起，一队人马从背后杀来。道姑静凡手使日月双刀，在阿哈保背后大杀大砍起来。阿哈保见前后遭到夹击，不由心慌意乱，勉强与静凡厮杀。范人杰、高均德敌住惠伦、诸神保。

　　王聪儿已率军杀进乡勇营盘，且在马上大呼："要命的闪开！"乡勇们纷纷逃命，只有史斌、费通领着手下一些死党，还帮着官军死战。且说曾大寿，唯恐突围时失了红珠，把红珠放在自己马上，与自己同乘一骑。二人一马，曾大寿便难以交锋争战。他只好跟在王聪儿后面，小心地躲避着刀剑。曾大寿纵马正跑，史斌从旁侧一枪刺来，曾大寿急用手中刀招架，坐下马受惊前腿竖起，把红珠颠下马去。曾大寿要抢，已然被乡勇将红珠掳去。义军大队突围快如疾风，哪容他停步。曾大寿想冲入乡勇队中去夺，又怕搭上自己性命，无奈，眼睁睁看着丢了红珠。

　　王聪儿率队杀出重围，正遇阿哈保与静凡争战。大队义军压上来，阿哈保难以抵抗，只得败走。王聪儿与师父合兵一处，背后，范人杰、高均德和负责断后的张汉潮、李全也杀退惠伦、诸神保跟了上来。义军突围成功，马不停蹄，连夜离开了险地。

第十四章　牛角峪惠巡抚惨败　镇安城秦中丞丧师

　　天已放亮，杨家坪城里，有几处民房和店铺还闪着火光。空气里弥漫着刺鼻的硫黄味，和房屋布帛燃烧后的焦煳味。杨国仲由姜子石陪着，从南门并马进入杨家坪。一路上，他不住地叹气。大街上，还躺着清兵和百姓的尸体，所有店铺几乎都被捣烂了门窗，值钱的东西都被抢掠一空。不时可见清兵押着被捉的百姓走过，许多民妇因失去亲人正呼天抢地号啕大哭。三三两两的官军还在街中游荡，搜寻猎物。有的肩头搭着刚抢来的被褥，有的枪尖上挑着女人的花衣服，有的倒拎着挣扎啼叫的鸡鸭，有的正在追逐脸色惨白的妇女……这一幕幕场景，真使杨国仲心中有说不出的滋味。自从被义军赶出杨家坪，他无时无刻不在盼望着重回这一天。他认为，杨家坪是自己的世袭领地，理所当然要占有它，好像这是天经地义的。可是，现在的杨家坪，能给杨老爷什么呢？

　　官军是在四更时分进城的。这些老爷兵包括统兵的将领，谁肯拿性命开玩笑，认真去追剿白莲教义军，都是争先恐后抢进城来，唯恐自己捞不到便宜。因为抢夺财物和女人，官军之间还发生了几起火并。有的兵将趁机杀良冒功，使得全城处在恐怖之中。乡勇的家属，大多在城中。他们挂念亲人的安危，都想快些进城与亲人见面。但是，惠令说为防城内混乱，不准乡勇进城，只许杨国仲、姜子石二人入内。对此，乡勇们怨声载道，怨气冲天。

　　杨国仲、姜子石快到内城时，看见前面街心围着一群人，有哭有叫的，把一条街全堵塞了。他们在马上向里望去，只见一家住户门前，有个老妪的尸体倒在血泊之中，三四个清兵，正在扭扯一个年轻的妇人。那妇女头发蓬乱，泪流满面，哭叫着挣扎。一个身穿乡勇号衣的汉子，手握钢刀正在拦挡。乡勇一眼瞧见杨国仲，急忙喊道："老爷，快给我做主！他们杀了我的老母，还要抢走我老婆！"

　　"这……"杨国仲张口结舌，不知说什么好。

　　一个清兵看着杨国仲说："你想怎么的！他不守抚台将令，擅自进城，就有死罪！"

　　乡勇急得直跺脚："老爷，你管不管？"

杨国仲摇摇头："这，我如何来管？你睁一只眼闭一只眼算了。"

乡勇气得浑身发抖："杨国仲，我悔不该为你卖命，早投白莲教多好！"他又扑向几个清兵："什么官军，简直是强盗！白莲教进城都不难为我们家小，你们刚一进来就杀人放火、抢东西、抢女人。我七尺男子汉，眼看老母被杀，妻子被抢，还算什么人！我和你们拼了！"说着，他举刀便砍。几个清兵一见，把乡勇围住，刀剑齐下，眼见得乡勇在血光中倒下了。杨国仲、姜子石怕清兵找麻烦，急忙拨马从另一条路走了。

二人来到昔日的杨府，也即今日的巡抚行辕，等了好久，陈师爷才踱出相见。

陈夫之倒是很客气："有点小事不得分身，叫二位久等了，实在对不住。"陈师爷叫人献茶，杨国仲不免伤感，自己本是这里主人，如今反倒成了客人。

杨国仲此行专为红珠。史斌告诉他，红珠本来已被他劫下，却又被官军夺去，据说押在抚台行辕，因此他急急前来认领。但是，他一提到红珠，陈夫之就用话岔开，只是天南地北地闲扯，哼哼哈哈地应承。

杨国仲耐不住了，打断陈夫之的闲话："师爷，老夫有一事动问，倘言语不周，还望多加海涵。"

"仲翁有话请讲，何必如此过谦？"

"据说小妾红珠，现在抚台处，老夫意欲领回。"

陈夫之正色说："倒也捉住一匪首之妻，不过抚台震怒，已将她收押入狱了。"

"入狱？"杨国仲问，"抚台为何发怒？"

"这个我却说不清。"陈夫之看看姜子石，"不过，若依愚见，权当她已死于乱军之中。"

"这是何意？"

"仲翁昔日爱她如掌上明珠，而她竟委身事贼，这样水性杨花的女人，早该唾弃！"

"她失身事贼，绝非情愿。多年恩爱，我实难割舍。望师爷在抚台面前多进美言，为我成全。"

"仲翁，女人本身外之物，万一抚台迁怒于你，岂不因小失大？"

"师爷，我欲面见抚台，当面求情。"

"还是不见为宜。"

"万望师爷周全。"

"你既然一定要见，待我与你通报。"

少顷，惠令从里面摇摇摆摆走出来，脸色很是不悦。杨国仲见礼，他只是冷冷地瞪了一眼。杨国仲的心不由凉了半截，要红珠的勇气也没了一半。

"杨国仲，你知罪吗？"惠令沉下脸，先声夺人地说。

杨国仲一惊，赶紧站起："老朽不知，请抚台训示。"

"你祖居杨家坪，曾受皇恩国禄，不思忠心报国，反而为肥私囊，横征暴敛，以致激起匪乱，其罪一也。十万大军围困此城，成功在即，而你却持一诈降箭书骗我，致使剿匪大业功亏一篑，其罪二也。教匪败残人马，所剩无几，窜逃至你的防地，你非但不奋力围歼，反倒有意放走教匪，其罪三也。三罪归一，理当问斩！"

杨国仲听着，不由冷汗直流。他知道这是惠令要推卸责任，嫁罪于他。他明知如此，也不敢抗辩，只好求饶："老朽罪该万死，还望抚台开恩。"

陈夫之在旁给搭台阶："大人，念他一生为官，忠心耿耿，饶过这次吧。"

惠令停顿片刻："如今这个局面，叫我如何向圣上交代。"

陈夫之说："教匪残部虽然逃窜，但我们收复杨家坪，捣毁了匪巢，仍是莫大之功。"

"给万岁的奏折可曾写好？"

"已奉命写毕，大意是官军将士奋勇杀敌，赖万岁洪福，诸将用力，抚台身先士卒，于今日晨时攻克杨家坪，斩杀教匪五千余人。残匪及匪首仓皇逃窜，官军正乘胜追击。"

"嗯。"惠令听后比较满意。他对杨国仲说："你立刻出城整顿人马，准备随军追击残匪。"

杨国仲只好连声应承。他本想打下杨家坪后重整门庭，哪料惠令连门都不许他进。他怕惠令翻脸，不敢不听。当然，红珠之事也不敢再提了。他与姜子石一起，诚惶诚恐地退出来。

杨国仲走后，惠令嘴角露出一丝奸笑。原来，他方才不过是吓吓杨国仲，使杨国仲死了要红珠这条心。至于那美貌的红珠，巡抚大人早就有意了，岂肯关押下狱，而是软禁于卧室之中。杨国仲一走，他就急不可耐地找红珠去了。

还是那间卧室，还是那些陈设，观音大士像仍立在那里，自鸣钟还走个不停，菱花镜梳妆台依然如故，可是红珠的心情却大不相同。就在这张象牙床上，她度过了多少痛苦的长夜，被杨国仲那具僵尸，折磨得香消玉残。为了求得生存，以期日后能与心上人欢聚，她在此又忍受了曾大寿多少粗暴的折磨。而今，又有一个男人要把她占据，论官职是一省之尊，论钱财腰缠万贯，而且也是低声下气赔着笑脸。就凭这些，便把自己轻轻地献吗？不，再也不能吞着苦水，含着眼泪，忍着心酸，去满足这些禽兽的淫欲了。要叫他们失望，要叫他们苦恼，叫他们疯狂！一种强烈的报复心理，在她心底油然而生。她第一次意识到，自己的柳眉、杏眼、樱唇、桃腮、皓腕、酥胸、玉肤……都是一件件兵器，不亚于刀剑枪戟之类。她可以用这十八般兵器，给那些贪婪的男人，以沉重的打击！她想，我不给予你，胜利就是我的。报复！强烈的报复心理支配着她。现在，似乎只有报复，才使她感到生存的乐趣。

而她报复的第一个目标，就是湖北巡抚惠令大人。

昨日，惠令与红珠整整纠缠了一天。红珠高兴了，就像耍猴一样逗着惠令玩，不高兴时就一言不发，使惠令可望而不可近。看到巡抚大人那种下贱狼狈的样子，红珠感到好笑。听说，官军今天要追击白莲教，惠令还会来吗？她似乎有些渴望这新的一轮角逐。猛然，她听到身后响起了脚步声。回转身来看，惠令已经张着两手，流着口水向她扑过来了。她灵巧地一躲，从惠令腋下飘然闪过，靠在象牙床上，望着尚在遗憾不已的惠令，露出了鄙视的一笑。

"红珠，你究竟应不应？"惠令贪婪地看着新妆后的红珠。

红珠脸上，还是惠令已见惯了的轻蔑的笑意，看不出可否的样子。

"红珠，你若答应我，一定把你扶正。"惠令撒下了诱饵。

"巡抚大人，我可不配呀！"

"谁说你不配，谁敢说你不配，我就要了他的狗命！"

"我可比不上你那年轻、美貌、俊俏的六姨太。"

"咳！"惠令忙着解释，"你别听传言，闻名不如见面，见面更差一半。她要是站在你面前，那真是天上人间，如同东施比西施。"

"大人，你当真要得到我吗？"红珠挑逗的眼神，在惠令身上扫来扫去。

惠令不惜赌咒发誓："我要是虚情假意，那就五雷轰顶！"

"巡抚大人，我听说你已经有了十多位姨太太，为什么还不满足？我真不明白，你们这些有权有势的男人，家中娇妻美妾成群，为什么还见一个想一个呢？"

"红珠，你问得太新鲜了。"惠令觉得自己似乎明白，又说不明白，"这，有道是家花不如野花香嘛！"

"啊！"红珠仔细玩味着这句话，"这就是你们有权势男人的心理吗？"

"这有什么奇怪的，就好像小孩子，总是觉着别人家的东西好吃。"

"你们这些臭男人，只想自己寻欢作乐，不管别人悲痛心酸！"红珠眼中射出两道寒光，一步步向惠令逼去，惠令吓得直往后躲。此刻，在惠令眼中，红珠再也不是娇媚的少妇了，而是一个发疯的女鬼。

红珠趁惠令停住脚步之际，一口吐沫唾了惠令满脸，紧接着猛扑上去，揪住惠令厮打起来。别看惠令是个男人，还真不是红珠的对手。惠令被这突然的袭击弄得手忙脚乱，紧拦挡，忙招架，头发被红珠扯乱了。他也顾不得脸面了，忙喊道："来人哪！"

陈夫之闻声跑进来，好不容易扯开了红珠。

惠令哪受过这个气，他咬牙切齿地说："好你个婊子！我叫你知道知道厉害！"

陈夫之说："大人，军马已经启程，您的官轿也已备好，该出发了。"

惠令看看红珠，想杀又舍不得，仍然不死心，说："随军带着这个婊子，如果仍旧不从，就杀她祭旗！"说罢，他气冲冲出去，上了大轿。

据官军探马的报告，义军离开杨家坪后，径向东北往河南方向去了，大概想去与姚之富、刘启荣两路会合。惠令催促大军在后紧追，两天赶了将近二百里，这日下午来到了楚、豫两省交界处。

路越来越难走，清兵久不操练，两日行军已十分狼狈，一个个叫苦连天。可是惠令看见路上尽是义军丢弃的烂草鞋、米袋子、破雨伞，甚至还有零星的兵器，觉得义军一定疲于奔命，以为就在前边不远，于是，下令加紧追赶。

太阳渐渐西沉，山路越来越险峻，义军的遗弃物也越来越多，就连粮草也杂乱地丢在山路上了。前面，出现了一个幽深的山谷，谷口有十数丈宽阔，东西两侧高山对峙，直插云天。向里望，不知山谷有多长，只见曲曲弯弯、峰回路转。

官军先锋惠伦，叫前队清兵止步，打马回到惠令轿前问："抚台，前面山路甚险，大军是否继续前行？"

惠令不以为意地说："但追无妨，教匪败残人马，疲于奔命，已走投无路，岂可中途废止？应一鼓作气，全歼教匪！"

惠伦正欲进兵，杨国仲拍马来到近前说："大人，前面是有名的险谷牛角峪，口大内小，形同牛角，越走越窄。大人须提防教匪埋伏。"

惠令哈哈笑道："纵有伏兵，又奈我何！教匪至多不过两万乌合之众，我有十万大军，撑也把他们撑死。如今已被我追上，何惧他们拼命？火速进兵，不得有误。"

惠伦得令，驱军进谷，清兵大队在后跟随。夕阳残照，山路崎岖，官军像蛇一样蠕动着，往牛角峪里钻去。

此刻，义军的情况怎样呢？王聪儿率军从杨家坪突围后，为了确保南山老林义军的根基，静凡又带人返回了伏虎沟。王聪儿则引军去往河南，以便与姚之富、刘启荣两路会师。行至牛角峪前，恰遇姚、刘二军回援来到。三路义军会合，计有五万之众。王聪儿当即决定，趁惠令不知义军会师，在牛角峪设伏，重创惠令。

官军已有半数进了牛角峪，外面还有五六万人马。杨国仲又对惠令献计说："大人，牛角峪狭窄，五万大军足以吃掉教匪，后军应屯扎在外，以防万一，若无埋伏，再行进不迟。"

惠令觉得有理，下令五万人马留在谷外，自己下轿歇息。未等他坐稳，"轰隆隆"震天动地的一声响，把他颠翻在地。紧接着，爆炸声接连不断，呐喊声响彻云天。数不清的白莲教义军，从山坡上、山腰间、树丛中，飞跃而出，直扑官军。

惠令正惊慌间，从他背后和两侧已有上万义军杀来。当先一员大将，胯下花斑马，手使双锤，正是刘启荣。他大吼一声道："惠令，你已被十万义军包围，快快下马投降！"惠令大惊失色，急忙指挥人马迎战，官军两员大将截住刘启荣厮杀，双方混战起来。刘启荣一对铁锤敌住两杆枪，越战越勇。

惠令正在观战，姚之富又拍马杀到，他觑个空隙大吼一声，直挺手中矛向惠令刺去。矛略高一些，只把惠令的顶戴挑掉。吓得惠令真魂出窍，幸阿哈保来救。在两员偏将保护下，惠令拍马而逃，姚之富也不去追赶。刘启荣战败了两员清将后，二人率军紧紧锁住了谷口，如同扎上了口袋嘴。

杨国仲早就担心中伏，炸药一响，他便不顾三七二十一了，带着乡勇赶紧逃命。突然，他发现红珠站在一辆车上，正张皇四顾。他急忙上前抓过红珠，横在马上，乘乱飞马跑走。

进入牛角峪的清兵，不消一个时辰，就有三万多被歼，只有惠伦与万余清兵拼死杀出，得以逃脱。

襄阳义军，三路兵马，五万多人，得胜会师。牛角峪附近，漫山遍野都是欢腾的人马和飘扬的旗帜，荒凉的深山峡谷，如今充满了蓬勃生机。

嘉庆动用三省兵力，以十万之众，妄图一举消灭襄阳义军。不料，反被义军斩杀三万余人。嘉庆一气非同小可，传旨降惠令官衔为领队，由陕甘总督宜绵总统剿灭教匪事宜。

襄阳义军则乘嘉庆易将挪兵之机，分为三路攻入河南。北路一万五千人马，由范人杰、王廷诏率领，西路一万五千人马，由李全、高均德率领，王聪儿与姚之富等人自领二万大军为中路。三路义军，自嘉庆二年初入豫，数月之间所向披靡，攻无不克，战无不胜，杀得官军闻风丧胆。北路范人杰，攻占了叶县保安驿，并将大队清军围在裕州。西路李全、高均德攻到了信阳，又沿豫、楚边界挺进。中路，王聪儿、姚之富打到南阳以后，又北进嵩县；再回军南下，重新占领郧西。

中路义军占领郧西不久，接到陕西白莲教义军首领林开太的火急求援书信。原来，两个月前，林开太等一千余人，在陕西安康起义，几天后，冯得仕在镇安响应。旬月之内，人马增至万余。不料，陕西巡抚秦承恩调四万官军，将林开太等围在镇安城中。林开太突围不成，官军攻城甚急，冯得仕业已阵亡，林开太危在旦夕。王聪儿接信，当即决定星夜杀往镇安，为林开太解围，并派人报信与范人杰、李全，叫他们接信后火速赶赴镇安。

林开太的处境确很危险。近来，镇安城一直被乌云笼罩着。天气阴沉，已经好几日不开晴了。乌云似乎并不浓重，不像盛夏时那样墨黑。因此尽管阴着，却始终不见落下一个雨点来。乌云就像扣在镇安城上的一个罩子，没有风来掀动它，死死罩在这里一动不动，使得镇安城里的义军和百姓，都有一种"黑云压城城欲摧"的感觉。林开太对眼前的情景，虽然焦虑，却不悲观。他原是汉水上的一个船夫，经历过无数惊涛骇浪，闯过无数急流险滩。这使他坚定而又机警，在风浪面前不低头，在险滩面前不心慌，并坚信，一切狂风恶浪都会被人制服。跟前的处境，他也是这样看的。

被困以来，林开太几乎没睡过一个整夜觉，但他依然精神饱满，丝毫不敢松懈，每天夜里都要亲自上城巡查几次。最近几天，官军突然一反常态，疯狂地攻起城来。进攻的次数，一天比一天多，出动的人马，一次比一次多。仅昨天一日，就发动了八次进攻。林开太想来想去，觉得有两种可能，不是皇帝降旨督促，就是有援军前来解围。官军的疯狂，反而使林开太增强了固守待援的信心。向襄阳义军求援的信使派出已经半个多月，他多么希望使官军闻风丧胆的总教师王聪儿快些来解围呀！他并非担心自己的生死，而是忧虑一万教友的存亡。他们忍受了多少年欺压，才盼来了今日这扬眉吐气的日子。刚刚伸直腰，就要遭到官军的屠杀吗？想到这里，他抬头望望阴云笼罩的天空，真恨不能雷电大作，雨暴风狂，把这个世界搅得天翻地覆。

林开太心潮翻卷，走到院中，抄起自己的兵器，一根四十斤重的熟铜棍，先慢后紧、缠头裹脑地使起来。正使在兴头上，猛听"嗵嗵嗵"炮声大作。他心想：官军又攻城了？于是，他急忙收住棍，往炮声最猛烈的东门奔去。

东门城头，烟尘滚滚，火光闪闪，不时有敌炮打来。今日的炮火，要比昨天猛烈几倍，义军已经有了不少伤亡。炮声没停，清兵就像蚂蚁一样蜂拥而上。林开太举棍高呼："教友们，狠狠打呀！把官军全都送回老家去。"城头上抬枪轰鸣，乱箭齐发，滚木、礌石、灰瓶俱下。攻上来的清兵非死即伤，没死的连滚带爬往回跑。可是不等他们败退下去，第二批攻城的清兵，又把他们卷回来，立起更多的云梯，往城上爬去。城上照例是火铳、抬杆、乱箭齐发，滚木、礌石、灰瓶俱下，云梯一架架被翻倒。清兵一批批被杀伤。但是，第三批清兵又增援上来。就这样，攻城的清兵一次比一次多，间隔时间一次比一次短，义军的死伤也在不断增加。更为严重的是，城上的弩箭快用尽了，有几股官军已趁机爬上了城头。前来助阵的广州将军明亮，一见大声呼喊："上，快上！捉住林开太，赏千金，封万户侯！"

林开太挥动熟铜棍，高声激励着教友："弟兄们，杀呀！绝不能叫官军得手！"铜棍飞舞，几个清兵被扫下城去。接着，他奋起神威，掀翻、砸毁了几架云梯。爬上城头的清兵，已有一百多人，义军杀下一批，又拥上来一批，形势越来越危险了。

就在这千钧一发之际，官军背后响起了震天动地的喊杀声。只见烟尘滚滚，旗幡错乱，许多人马混杀在一处。明亮显然顾后难以顾前，攻上城的清兵没了接续援兵，很快就被林开太收拾净，城头的险情得以解除。

此刻，真把明亮气得发昏。前天，陕西巡抚秦承恩就传信与他，襄阳义军有向镇安增援动向，要他务必在近两日内攻下镇安，以免前功尽弃。因此，这两日明亮不顾部下死伤累累，拼力攻城。方才好不容易攻上了城头，后翼却突然遭到意料不到的冲击。背后阵脚大乱，明亮只得丢掉前面不顾，跑到后面指挥。

冲击明亮后翼的义军，乃是王聪儿的先头义军——姚之富率领的五千人马。明亮的后翼，因不曾提防，先是混乱一阵，一个副将急忙拢住人马，与姚之富接战厮杀。姚之富使开长矛如蛟龙出海、银蛇吐信，官军副将也不含糊，一柄大刀抡开似鹰雕翻飞，鸷鹏盘腾，两个人一时间难分上下。主将拼杀，双方兵士也在格斗。明亮又叫两个游击上前围攻，姚之富全然不惧。但是，官军在数量上占了上风，几乎是三打一。义军士气旺盛，所以仍旧势均力敌。明亮见不能取胜，就抽调围城官军参战。两名参将，各带两千人，从两翼包抄过来，把姚之富的五千人马围在了垓心。姚之富四面受敌，左冲右突也不得出来。手下的人马也越来越少，一个时辰过去，仅剩一千余人了。姚之富虽勇，却架不住官军人多，他冲到哪里，官军就围到哪里，左臂也已中了一箭，长矛也使不灵便了，官军几员将领，紧紧围着他。林开太在城头望见，急得直搓手，但也不敢贸然出城，怕被官军趁机攻占城池。姚之富部下，长途行军未及休息就参战，俱已力尽精疲，眼看就要全军覆没。就在这时，王聪儿引兵赶到了。她把银枪一指，当先冲入敌阵。范人杰、张汉潮、沈训等将领，如猛虎出山，同一万义军一齐卷入敌阵。明亮与姚之富交手尚且吃力，怎禁得这一万人马猛冲，霎时乱了阵脚。王聪儿一马当先，连挑两员官军大将，义军士气大振。官军就要溃散，王聪儿正欲一鼓作气解了镇安之围。不料，秦承恩派来的两万援兵赶到，当即厮杀起来。双方在镇安城下展开了一场恶战，直杀到下午，依然难解难分。双方互有死伤，各自鸣金收兵。义军和官军，分别扎下营盘，埋锅做饭，只等明日交战。

　　时令已是四月尾了，处于秦岭和大巴山之间的汉中盆地，春意正浓。这是一个天气晴和的傍晚，艳丽的晚霞还在天边残留，田野已升起了暮云和炊烟。晚风习习，山坡上的油棕树，摇着翠针一样的枝叶。在树影掩映中，有一队骑马的人上了山坡。这队人有三十余骑。到了坡顶，中间那个身穿便服的壮年人缓缓停下，其他人立刻勒马环立左右，恰似众星捧月一样。穿便服的壮年人，皮肤白嫩，面部微胖，除眼角可见细密的鱼尾纹外，脸上还看不到明显的皱纹。尽管他身着便服，但仍然不失一副雍容华贵的神态，从随行者对他的恭敬态度，也可以猜出他不是个平常人物。壮年人手扶雕鞍，纵目向对面望去。大约相隔二三里路，就是义军的营盘。他不时眯一下眼睛，颇为细心地眺望着。微风，轻轻吹拂着他那梳理得非常整齐的胡须。他时而向左，时而向右，仿佛要把义军营中的一切全都看透。这个人，就是官军在这里的统帅——陕西巡抚秦承恩。

　　秦承恩本来已向嘉庆皇帝打了保票，在奏折中说不日内定将林开太部教匪全歼。他毫不怀疑明亮和四万官军的能力，认为区区一万义军必败无疑。当他得知襄阳义军入陕的消息后，有些惊慌了。因为，惠令十万大军惨败的情景，使他确实不敢轻敌。否则，若他重蹈惠令覆辙，也将落个身败名裂的下场。因此，他急急催调各路大军赶赴镇安。而他自己，不等各路军马到齐，就先随两万军马来到了镇安。果然，镇安因王聪儿救援而未能攻下，若非他带兵赶到，明亮也险些被王聪儿击溃。

秦承恩到达后不久，就把明亮等统兵将领，召到大营问话。他询问了一番，发觉手下这些统兵大员，对敌情大都不甚了了，对如何对敌都心中无数，心中又添了几分忧虑。然后他扫视众人一眼说："你等身为总兵、副将，统带千万之众，对匪情却耳如塞、眼如盲，制敌方略也毫无主见。尔等昏庸如此，岂有不败之理！"

众将见抚台动气，纷纷站起，低下头来，不敢吭声。

秦承恩叹口气，叫他们坐下，又说："当今新登九五，便逢教匪之乱，圣上甚为不悦。原以为疥癣之疾，不足为虑，传谕各地，将匪患根除于萌芽。岂料臣下不力，致使匪乱蔓延，扰乱五省。当今急欲听到吾处捷报，不想尔等也大负圣望，以数倍于匪之兵力，两月之久还对镇安束手无策，以至贻误战机，使林开太绝处逢生。眼下，陕、楚教匪即将合拢，形势极为险恶，倘不一举将教匪剪灭，必将遗患无穷。看来，此战已势不可免，我等必须不惜性命，浴血苦战，务将教匪聚歼于镇安城下。否则，吾等俱难免问罪。"

秦承恩说了一气，见众将面面相觑，又带惶恐之色，显然对会战缺乏信心，就故意提起精神，对大家激励一番："各位将军，楚匪入陕，乃天赐良机。目前，教匪至多不过三万，而官军则数逾六万，且兵强马壮。常言说：'养兵千日，用兵一时。'吾辈世受国恩，常思报效，此正尽忠效力之日，也是建功立业之时。教匪不过乞丐、流民、棚户、匠作等啸聚山林而成，怎敌大清官军？只要诸将上下一心，吾敢断言，此战必获全胜！"

秦承恩说罢，为了表示自己身先士卒，亲临前线，便带众人出营，来到两营之间这片小山岗上观敌略阵。为防万一，他在明亮劝说之下，换上了便服。

秦承恩看了片刻，因前方尚有树木遮掩，难以看清，就又向前方一处更高的山岗上行去。

明亮劝道："大人不可，那里地势高峻，万一被教匪看见，于大人安全有碍。"

秦承恩觉得，高岗离敌营尚有二里之遥，箭射不到，料无危险，就说："非也！吾身为巡抚、全军统帅，为探明敌情，有些风险又何妨！"说着，他策马来到高坡之上，众人只好跟随。

地势高，眼界也开阔了。秦承恩看见，义军营内正在晚炊。过了一会儿，秦承恩说："倘若教匪三日内不离此地，定然叫他们覆没于镇安城下。"

明亮不解地问："大人，为何要等三日？"

"你等有所不知。"秦承恩说，"目前，襄阳教匪有两万之兵，林开太虽然有些伤亡,仍有上万兵力。我军不足六万,镇安之围不能撤,围城仍需占去三四万人,与王聪儿对敌之兵,仅有二万人,这样,势均力敌,难保取胜。故而我们暂且按兵不动,只等三日,吾调集的军马便有四万之众来此,那时将教匪团团包围,王聪儿不似在杨家坪,又无险可守,岂有不败之理!"

秦承恩手下将领,听说三日后还有四万大军到达,顿觉松了一口气,心中似乎托底了,齐声赞扬说:"大人神机妙算!"

"哈哈,这叫运筹帷幄……"秦承恩正自得意,话未说完,"咻"的一阵风声响过,一颗石子"啪"地正中面门,顿时皮破血流。石子过后,只见树丛一动,十余骑飞上山坡。当先一个年轻女子,一身白衣,手执银枪,恰似疾风闪电。明亮一见,叫声:"不好!王聪儿来了!"拥着秦承恩拨马便逃。随行的副将,急忙纷纷上前招架,四个人敌住了王聪儿,高艳娥率领十几个女兵随后追上助战。官军将领见王聪儿枪法纯熟,不敢恋战,且战且退。

原来,王聪儿为了探听虚实,决定破敌解围之策,也来哨探敌营。她见一便衣壮年人,在众多官军将领簇拥下,对义军营寨指手画脚,料到此人必非等闲人物,便暗中先发一石,然后飞马来取。秦承恩幸好有手下诸将拼死抵挡,才得以狼狈逃脱。但是,走在最后的一员参将,却被王聪儿挑下马来。

王聪儿见那参将尚在地上挣命,用枪逼住他的面门问:"方才穿便衣者何人?从实讲来!"

参将战战兢兢,肋下血流不止,喘息着说:"是,是陕西巡抚秦承恩大人。"

"他偷看我营,说些什么?"

"他说,权且不与贵军交战,待三日后再有四万大军到来,将贵军全部包围。"

这时,官军辕门打开,两员官军将领和几百骑兵抢出营来,要讨便宜。王聪儿取弹弓、石子在手,连声说:"着、着!"两员敌将立刻被打得鼻青脸肿。高艳娥手起枪落,把负伤的参将结果了性命。义军营中,姚之富唯恐总教师有失,率百十骑接应上来。官军一见,不敢上前,回营去了。王聪儿和高艳娥,带着十余个女兵,也从容返回。方到营前,便听到一片人喊马嘶、喧闹之声。原来,李全、高均德领两万人马赶到了,王聪儿不由大喜。本来,当她获悉三日内将有四万官军到达的消息后,就欲抢在官军到达之前,解了镇安之围,然后再全力破敌。但是兵力似觉不足,如今援兵来到,今夜就可为镇安解围了。

吃罢晚饭,王聪儿把众将领召集到帐中,计议军情。她命高均德、张汉潮、沈训各领五千人马,分别去北、西、南三面,攻打围城的官军。下余人马,分为三队：头队五千人，由姚之富统领；二队五千人，由刘启荣率领；三队一万人，由王聪儿、李全亲自统领。下余五千人马，由王清统领守卫营盘。从二更时分起，四面一起攻打。西、北、南三面只攻不打，只牵制住官军，使其不向秦承恩和明亮的东面大营增援即可。东面敌营，是官军主力所在，秦承恩新来两万人马，加上明亮原有的万余人，共有三万之众。秦承恩本来就打算等三日后援军到来再与义军交战，如今面部受伤，知道了王聪儿的厉害，越发下令坚守不出战了，只等拖过三日，一举包围义军。

方到二更天，镇安城四周，突然间战鼓轰鸣，人声呐喊，号角连天。秦承恩知道是义军要全力解围，传令各营官军死守。正惊慌间，明亮来报，无数义军来攻，攻势甚猛。秦承恩下令，只用强弓硬弩射击。官军营外，姚之富带人杀将上来，五千人一齐呐喊，声震天地。明亮也不知义军来了几千几万，忙叫清兵齐放鸟枪、抬杆、大炮和箭矢。交战一直持续了半个时辰，打退了义军。可是，没等清兵们喘口气，刘启荣二队人马又冲杀上来。灯笼火把，亮子油松，照亮了山野，喊声不绝，声势更大。又交战了半个时辰，刘启荣才率军退下。就这样，姚之富和刘启荣轮番来攻，整个官军大营，包括秦承恩在内，一夜都难以合眼。

天，渐渐亮了。晨光像一把刷子，拂去了天上的残星，战场暂时陷入了沉寂。秦承恩、明亮和全营清兵，都疲困已极。他们认为天色已亮，义军再不会来攻，只留少数人哨望，其余全都昏昏睡去。他们刚刚睡熟，王聪儿、李全却带着一万精兵突然杀到了营前，直冲清营正面辕门。姚之富、刘启荣也不顾疲劳，各逞英雄，从左右两翼向明亮大营杀来。转眼间，便像旋风一样扑进了清营。清兵来不及应战，立时乱作一团。明亮慌忙上马，纠集兵将。他因平时治军较严、练兵有方，因此，在慌乱中尚能拢住人马，与义军顽抗。几乎与此同时，高均德、张汉潮、沈训也在西、北、南三面发起了猛攻。一场激烈的混战，在镇安城下展开。刀枪兵器的撞击声，将士厮杀时的呐喊声，战马的嘶鸣声，交织在一起。

明亮部下虽然强悍，但一夜疲劳，又是仓促应战，怎敌得王聪儿、李全养精蓄锐的一万主力精兵。再加上刘启荣、姚之富不顾疲劳参战，双方兵力不相上下，官军显然处于劣势，不过勉强支撑而已。秦承恩见势不好，当先逃命，又动摇了官军将领的信心。王聪儿一直杀透官军中心，与明亮交手，杀了二十余合后，明亮再也招架不住，拨马而逃。

明亮往后一退，官军全线溃散，义军越战越勇，追着官军砍杀。王聪儿抖擞精神，紧盯着明亮追下。

　　明亮跑得快，王聪儿追得紧。渐渐，王聪儿的马头，追上了明亮的马尾。王聪儿毫不怠慢，挺枪刺向明亮后心。"当"的一声，正中护心宝镜。明亮吓得三魂丢了两魂，心一慌从马上栽下。王聪儿正欲再刺一枪，官军一个副将赶到，一刀砍中坐马，王聪儿当即被掀倒在地。副将举刀就砍，王聪儿一个鲤鱼打挺站起，转到副将马后，一跃上了副将战马。不待副将转身，王聪儿已抽出青锋剑插入他的后心。副将惨叫一声，被王聪儿推下马去。这时，明亮也被手下官军救走了。

　　林开太在城头上，把战场的形势看得真切，急忙点起五千人马，杀出城来，同襄阳义军一起，紧追败退的清兵，恣意砍杀。直杀得官军哭爹叫娘，怨爹娘少生了两条腿。义军直追了二十里，方才收兵。林开太激动得下马抱拳向王聪儿施礼。楚、陕两省白莲教义军，会师在镇安城下。

第十五章　两万清兵鬼门设伏　八路义军东乡聚会

　　轻风和煦，春日融融。在镇安解围的第二天，范人杰、王廷诏率两万人马也来到了镇安。王聪儿、林开太并马出城，和众首领一起，前往城外迎接。襄阳义军三路人马，和林开太义军一起，已有七万之众。镇安城外，旌旗招展，欢声雷动，使得扎营在二十里外的七八万官军胆战心惊。

　　王聪儿正与范人杰、林开太互相引见，忽见远处荡起阵阵黄尘，一骑快马如飞而来。沈训迎上去拦住："什么人？"

　　来人二十多岁，义军小头领打扮，满面风尘，战马恰似水洗，显然赶路甚急。他跳下马来拱手说道："在下是四川徐天德教师派来，有要事求见总教师。"

　　王聪儿上前一步问道："你要见总教师何事？"

　　来人把王聪儿打量一眼，躬身施礼说："我乃徐天德教师亲随弟子佟春生，今奉徐教师之命前来求援！"

　　"求援？"

　　"我们在巴山附近误入绝境，被四川总督魁伦包围，特来求总教师火速发兵救援。"

　　王聪儿又问道："你怎知总教师在此处？"

　　"是我一路行来，逢人便问，得知此处两军对垒交战，便径自寻来。"

　　"你可有徐教师的书信？"

　　"大军被围，纸笔俱失，现有徐教师佩剑为证。"佟春生把剑呈上。

　　王聪儿接过宝剑，只见剑柄上刻着徐天德三字。她沉吟一下，又问："你们如何被围？且仔细些讲来。"

　　"我们起义以来，相继攻占了巴中、达州等地，打得官军抱头鼠窜。闻得冷天禄在东乡被官军围困，又急去解救，不料中了魁伦埋伏，误入鬼门谷绝地。不知您是哪位？总教师现在何处？"

　　王聪儿感到不会有诈了，便说："我便是王聪儿。"佟春生一听，急忙又躬身施礼说："总教师快发救兵吧！"

　　"鬼门谷竟这般险要？"

"谷内峭壁，宛如刀削，极其狭窄，人马难以施展。魁伦用重兵把住两面谷口，就是飞鸟展翅也难出山。"

王聪儿不免问道："既然如此，你如何能出来报信求援？"

"这，"佟春生稍许停顿一下，"总教师莫非信不过我？我是在夜静更深之时，靠绳索和峭壁上的松树，侥幸爬上绝壁，钻出了重围。"

王聪儿点点头："佟春生，你且去休息用饭，待我同众头领商议一下，再做定夺。"

佟春生走后，王聪儿当即就在城外帐中与众首领商议此事。

林开太抢先说道："我可尝到了被围的滋味，没说的，理当救援。"

刘启荣说："救兵如救火，延迟不得。"

众人见解一致，齐说当去救援。

王聪儿最后说："大家所说不差，天下白莲教友，俱是手足兄弟，要实现'兴汉灭满'大业，必须众志成城。四川各路义军初起，势孤力单，我们此次全军入川策应，重创四川官军，使四川义军减轻压力，得以施展。"

这时，探马来报：又有几支官军来到，人马已增至十万人。

范人杰一听，挽了挽袖子："既然官军又来送死，我们现有七万大军，何不列开阵势，和秦承恩大战一场，狠狠敲他一下！"

王廷诏也说："对！至少要吃掉它一半。"

"如此不妥。"王聪儿看着他二人说，"官军并非乌合之众，秦承恩、明亮等也并非无能之辈，况且官军十万，彼众我寡，列开阵势，难免互有伤亡，空耗我军实力。如此会战乃实不可解时为之，如今对打恐不上算。我们还是避实就虚，以走制敌。"

"对，"王清说："我们都是山里穷人，善能吃苦，光脚板爬山，哪天也可走上百十里。官军不惯山路，我们以走制敌，拖也能把官军拖垮。"

王聪儿又说："况且，徐教师那里急等我们解围，在此与秦承恩大打，难免拖延时日，岂不误了入川解围？"

刘半仙说："总教师既然决定挥师入川，还须设法避过秦承恩耳目，使他不至缠住我军，以致影响南下。"

王聪儿想了想，说："这个不难。'兵贵神速'，我们连夜拔寨出发。李先锋领兵为前队，范大哥为二队，刘大哥为三队，林大哥为四队，其余依次悄悄而行，我与姚之富断后。"

分派已毕，各回本营准备。当晚入夜以后，李全率领人马，由佟春生带路，悄悄拔寨出发。按照部署，王聪儿要待各队人马走后，于五更时分方才动身。时方二更，离天明尚早，她在帐中，翻开一册兵书正读，忽然杨升走了进来。

王聪儿放下书，问："杨公子，你不在帐中打点行装，准备上路，来此做甚？"

杨升显出有些委屈地说："我已打点完毕，有几句话要对总教师说。"

"有话即便讲来。"

"总教师，我一片赤心前来投靠，众人却始终把我当作客人一般，显然存有戒心。眼见得连女子都能上阵厮杀，唯独我整日里闲居帐下，实是问心有愧。恳请总教师与我一件差事，以免终日彷徨。"

王聪儿劝道："非是不愿把差事委你，因你体质文弱，不谙厮杀，两军阵前，刀枪无眼，这也是爱护之意。"

"虽然不能上阵，总能办些书文，料理些杂事。岂可饱食终日，无所事事？"

王聪儿被他缠不过，推托一下说："你既如此盛情，可去找找军师，看他可有事要你帮做。"

杨升不肯离去："总教师，今日无论如何，你也要给我一件事做。"

王聪儿无奈，思索一下说："好吧，杨公子，闻你文笔甚佳，我们起事以来，由楚入陕，纵横几千里，今后更将到处转战。你为我军草一告示，以备每到一处之时张贴。"

杨升一听十分高兴，觉得这正是在王聪儿面前施展才华的好机会，忙应道："我定然尽快写好。"

王聪儿又嘱咐说："告示是给百姓看的，言语不要深奥，要明白如话。"

杨升答应："我记下了。"说罢，他匆匆出帐。

王聪儿拿起兵书又看，不知什么时候，杨升又转回帐来。王聪儿放下书，问："你又来做甚？"

杨升故意讲些闲话："总教师，昔日关云长秉烛看《春秋》，成为千古佳话。你灯下学兵法，比关羽有过之而无不及，真乃大将风度。"

王聪儿对这些恭维话很反感："你莫信口将我妄比古人，到此究竟何事？"

杨升见王聪儿变色，忙取出告示底稿："总教师，你交办之事，我不敢稍有迟误，回帐后立刻动笔，已将告示拟好，请来过目。"说着，他将告示底稿放在了桌案上。

王聪儿放下书，低首细看，见宣纸之上，蝇头小楷，分外工整，告示写得也还通顺明白。她心想，此人如能学好，倒也是个有用之才。于是，她便说："杨公子，我看还好。"

哪知，杨升此时已经走心了。王聪儿看告示，他却在看王聪儿。他见王聪儿的手腕像凝脂一样洁白，十指如春笋般细嫩，不禁忆起韦庄的词句"皓腕凝霜雪"，便有些想入非非了。王聪儿不见杨升回答，却见他痴盯着自己的手，便抬高声音叫了句："杨升！"

杨升一惊，移开目光，又想趁机旧话重提："总教师，自你在伏虎沟除豹救我性命……"

王聪儿截断他的话："杨升，你若真心参加白莲教，就莫要心生邪念。不然，请速速离去，我绝不为难于你！"

"总教师，我不敢，我是真心实意。"杨升见王聪儿动怒，不免战战兢兢。

王聪儿把底稿丢给他："拿走，抄写几十份，以备各处张贴。"

杨升讨个没趣，拿起底稿，无精打采地走了。

高艳娥从后帐走出来，说："聪儿姐，他怎么竟想着这事？"

"还不是在杨家熏染的。"

"这样的人，赶走算了。"

"他诚心投奔，我们怎能拒之门外？好比滔滔汉水，怎拒小溪入汇？倘若无有百溪入汇，汉水岂不干涸？我们要成兴汉灭满大业，也要广纳人才，方能使八方豪杰壮士来投，队伍日趋兴旺。杨升虽然染有恶习，但总还可以救药，在我军中加以约束，慢慢就会好的。"

转瞬，五更已到。王聪儿与高艳娥收拾好行装跨上战马，与姚之富静悄悄地出发，官军竟然毫无警觉。等天明后秦承恩发觉时，义军先头队伍已走出一百多里了。秦承恩知道在后尾追也徒劳无益，只好叹口气作罢，谎写表章向皇上请罪。

王聪儿率大军来至大巴山下，沿着崎岖的山路攀登。杨升的衣服全被荆棘划破了，脸上、手臂上刮出道道血口子，平日那风流儒雅的派头已打消了不少。如今他脸上，泥一道汗一道的。面前，是个更为险峻的陡坡。杨升望而生畏，踌躇不动。

王聪儿在上面鼓励说，"杨升，再加一把劲，就要到顶了。"王聪儿伸出手，把兵士们一个个拉上来，也伸手拉上来了杨升。她见杨升一副用尽力气的样子，说道："当白莲教不容易吧？"

"是呀，"杨升急忙又改口说，"不受苦中苦，难为人上人，打天下都得经历磨难。"

"杨升，当白莲教可不为的做人上人哪！为的是解救天下人。"

杨升自知方才又说错了，急忙更正："我的意思是，我能够吃苦。"

"能吃苦就好，有苦才有乐。"王聪儿站在山崖上向前望去，只见队伍蜿蜒如龙，还在向上伸展。前进路上，依旧奇峰突起，怪石纵横。回头望，千山万岭，犹如飘浮在云海雾絮中的孤岛，若隐若现。她不禁赞叹："真美！我们几乎摸着天了！"

杨升接道："李白曰'蜀道之难，难于上青天'，真是不差，我们此刻真如置身九重。"

"多壮丽的山河呀！"王聪儿赞美说，"等白莲教打了天下，穷人都过上安生日子，我就来这里住他一辈子。"

刘半仙一旁笑问："怎么，总教师还有出世之心？"

"我想得太远了，打败朝廷，说不定要用十年二十年的工夫。"王聪儿遥望前方，坚定地说，"不过，总会有那一天的！"

队伍奋勇攀登。下午，翻过了大巴山，来到了南麓。道路虽然不像刚才那样艰险了，但依然层峦叠嶂、千回百转。正行之间，前军停下不动了。李全回马来报，已到鬼门谷口。王聪儿纵马来到前面，只见鬼门谷东西，是望不到尽头的峻岭崇山。鬼门谷如同一个裂缝，把大山裂为两半，就像巨大的怪物，张开了满是獠牙的大嘴，随时会吞掉进入谷中的一切。谷口残存着一些激战后的痕迹。刘半仙在一旁说："我们来晚了，也不知徐天德是死是活？"

王聪儿见佟春生看着谷口有些发呆，便问："佟春生，徐教师可是在这里被围？"

"不错，两万人马俱被困在谷中。"

"你看徐教师是否遇难？"

"我想不会，"佟春生说，"徐教师满身武艺，两万教友视死如归。一定是有义军接应，突围杀出去了。"

王聪儿也是这样想的，她又问："东乡冷教师那里，不知怎么样了？"

"若是徐教师突围，一定杀奔东乡去了，也许冷天禄教师先行突围出来救了徐教师。这些，我们过了鬼门谷，赶到东乡便一切可知。"

王聪儿又问："佟春生，这条谷有多长？里面地势如何？"

"大约十里长短，里面曲曲弯弯，宽处可并行十骑，窄处仅容一人一马通过。"佟春生说，"总教师。我们火速过谷赶往东乡吧。"

李全在一旁说:"总教师,此谷地势险峻异常,我们不可轻进,万一中了埋伏,岂不失算?"

刘启荣也说:"此处这样静寂,恐怕没有埋伏。"

林开太道:"何必在谷口徘徊,如若不然,我带队先过,便有埋伏,七万大军又何惧哉!"

刘半仙提醒说:"孔明平生多谨慎,堪为效仿。鬼门谷如此险要,我们何不绕道而行。"

"刘军师主意虽好,只是附近无路可通。"佟春生说,"若要绕道,要走出百里之遥,而且是栈道小路,崎岖难行,粮草辎重更难通过。只有走此谷,方可长驱直入。"

王聪儿专注地听完,不由问道:"如此说来,大军非走鬼门谷不可了?"

佟春生收回话来:"这要总教师决策。"

王聪儿想了想,说:"传令全军,原地待命,佟春生领路,李先锋、王廷诏等十人进谷哨探。"

于是,李全、王廷诏、佟春生等十余骑,打马进入了鬼门谷。

进得谷来,两侧山峰夹立,举首难以见顶,只有青天一线,峭壁直陡如削,难以攀登。谷内凉风飒飒,毫不觉热。道路本来就坑洼不平,而今又堆满了滚木礌石,死尸死马,残缺的刀枪,断损的弓箭,触目皆是,一幅残酷血战后的情景。李全等人默默无言,不忍细看。道路曲曲折折,时宽时窄,谷内静得怕人,声息皆无。只有正在啄食死尸的山鹰,不时被惊起腾空而飞。快到半路,谷内东侧有个山洞,李全近前去看,里面约有几间房子大小,倒卧着几十具尸体。显然,这里也经过了一场激战。

十余人继续前行,一直走到谷口尽头,也无一丝可疑迹象。李全等人返回,把里边情形告诉了王聪儿。

姚之富一听便说:"既然无埋伏,就赶快发兵吧。"

王聪儿道:"莫急,谷内死去之人,俱是教友,不能叫他们暴尸于野。李先锋和廷诏带人把尸体掩埋起来,就便清开通路。"

李全、王廷诏接令行事去了。王聪儿站在谷口,仰望两侧的山峰,心想,假如官军埋伏在两侧山顶,待义军进谷,他们再突然把谷口切断,岂不要重蹈徐天德的覆辙?想至此,她叫高均德和沈训,各带十余年轻壮士,爬上两侧高山哨探。

佟春生说:"总教师过于谨慎了。"

"是我胆小吗?"王聪儿问,"即便是胆小些也好。徐教师若是谨慎小心些,恐还不至于被困于谷内绝地。"

佟春生忙说:"总教师说得甚是。"

且说高均德和沈训,各挑了十名善于攀登的兵士,就近砍了些两丈长短的毛竹,两根接在一起,顶端绑上铁钩。然后,分头到裂谷两侧,选择有树之处,把竹竿钩在树身上,双手抱着一步步攀缘而上。倒了十数次,到了山顶,高均德和沈训放下绳索,一头在山顶系牢,二十名战士,分别爬上两侧山顶,然后便沿着裂谷向前搜索。山顶上,怪石横陈,杂草丛生,不时有毒蛇惊出又溜逃。他们走到尽头,不见一丝可疑之处,便下来交令。李全等人也已掩埋好尸体,清理了道路。王聪儿感到万无一失了,方传令全军通过鬼门谷。为防意外,王聪儿叫全军拉开距离,鱼贯而入。这样,虽然行进速度慢些,但是,不至于一下子把队伍全塞入谷中。

李全打马当先进谷,身后便是报信的佟春生。头队人马紧跟而进,不论是步、骑,都是循序而行。头队进入后,王聪儿同二队范人杰一起拍马跟进。正然行走,王聪儿看见路边的茅草不住晃动,显然并非轻风摇动。她不由得勒住马,来到草丛边,听到里面似有微弱的人声。于是,她急忙跳下马来,拨开草丛,里面原来有个身负重伤的义军士卒。王聪儿料定他必是徐天德部下,俯身给他饮下几口水,然后问:"你伤在哪里?"

"两腿断了。"他勉强睁开眼,发出蚊虫一样细弱的声音。

"徐教师呢?他在何处?"

"我们中了埋伏,教友们十成死了七成,没死的也叫魁伦抓走了。徐教师战死了,你们快、快出去,官军在山上石洞里……"他似乎把力气用尽了,头一歪死去了。

王聪儿觉到情况有异,刚要传信于李全,山谷两头,忽然同时传来了震天动地的"轰隆"声和喊杀声。王聪儿心知不好,必是官军切断了谷口两头出路。这时,谷内的义军呈现出了不知所措、惊慌混乱的状态。王聪儿上马大声喊道:"不要慌,往两头谷口冲杀!"

王聪儿所料不差,果是官军正用乱木巨石封锁谷口。埋伏在这里的,依然是四川总督魁伦,和他手下的几万精兵。数日前,他们在这里围住徐天德,魁伦侥幸大获全胜。这使他的野心膨胀,想如法炮制再吃掉一支义军。于是他诱降徐天德之徒佟春生,许以高官厚禄,引襄阳义军入绝谷。魁伦和几万官军,全埋伏在两侧山顶许多巨大的石灰岩溶洞中,因此不露痕迹。义军进谷之后,两侧官军才悄悄向裂谷运动。魁伦本想把襄阳义军全困在谷中，但王聪儿有了防范，队伍拉大了距离，头队义军已出谷口，三队义军方才进谷。魁伦眼见义军前队已出去一千余人，再等也无济于事，就下令堵塞谷口。于是，乱树巨石齐下，转眼便把谷口堵死。

李全出了谷口正行，见军情突变，明白是中了埋伏。这时，佟春生也不见了。李全举目望去，见佟春生已跑出几丈远。李全咬紧钢牙，迅速取下弓箭，瞄准佟春生后心一箭射去，佟春生应声栽下马来。李全回头来看，只见谷口已被堵死，山上的官军还不住把石头、木桩推下。他稍加思索，留下王廷诏与二百人抢扒谷口，自己则率领一千义军士卒，向前迅跑，寻找登山之路。李全明白，要使谷内弟兄脱险，必须抢上谷口山顶。情况万分紧急，李全带人跑出二里多路，见有处坡度稍缓，便立刻奋勇爬上。

后队未进谷的刘启荣、林开太等人，也未过分慌张。他们料到，被围在谷内的义军，处境极其危险。谷口硝烟滚滚，火光熊熊，抢扒谷口的兵士，非死即伤。官军居高临下，泼水般把巨石、乱木、火器打下来。沈训领百十人抢扒谷口，刘启荣、林开太、高均德、张汉潮等沿着方才哨探时垂下的绳索，手举竹竿，向两侧山顶爬上。刘启荣爬得最快，当他就要登上山顶时，有一伙官军已奔跑过来。当先的清兵挥刀要砍断绳索。千钧一发，刘启荣紧蹿几下，左手握紧绳索，右手举刀一架，把清兵手中刀磕出几丈以外。刘启荣一跃上了山顶，不问青红皂白，挥刀便砍，几个靠近的清兵登时被砍下山谷。这时，高均德手持竹竿也已登上山顶。转眼，义军已爬上数十人。他们合力把眼前这伙官军杀退，在山顶上有了立足之地，使得后续义军源源而上。刘启荣知道，拖延一分，谷内的损失就会增大一分，便带着抢上山来的几百名义军，不顾一切向谷口冲去。

魁伦非常清楚，倘若谷口上的地盘一丢，谷内义军就会破网而出。因此，他严令阻止刘启荣等靠拢。清兵火器箭矢齐发，但刘启荣身先士卒，高均德冲锋在前，所以义军虽然有半数人中箭带伤，依然视死如归，无一退缩，很快与官军短兵相接。官军依仗人多，把刘启荣等人团团围住。义军虽处劣势，全能以一当十，奋力苦战。义军援兵源源而至，渐渐，官军便难以支撑了。山上一打，使得谷中义军的压力减轻了。谷口里外两侧义军，不顾危险和伤亡，飞速扒开乱木巨石，谷内人马如潮流涌出。山上，义军越上越多，越战越勇。魁伦战线太长，兵力不足，挡不住义军猛攻。又见义军已从谷内冲杀出来，再战下去恐难脱身，只好带着人马撤退。李全、刘启荣等引兵追杀下去。

埋伏的官军被杀败退走，义军大队随即通过鬼门谷。王聪儿心情沉重地站在南面谷口，望着沈训、王廷诏等掩埋方才战死义军的地方，望着缪超领高艳娥和女兵们，给受伤的士卒包扎，不觉热泪滚滚。鬼门谷一战，有几千教友丧生，还有数千人受伤。她暗暗责怪自己，指挥不当，中了埋伏。

刘半仙在一旁劝道："总教师，莫要伤感，俗话说，'胜败乃兵家常事'，何况我们毕竟打了胜仗呢！"

"因我疏忽大意，而致这些兄弟姐妹战死，真觉心如刀剜。"

"这也在所难免。"刘半仙又劝道，"谁也不能百战百胜，古往今来哪有常胜将军？孔明还曾失街亭呢，关羽也有走麦城呢。往后多加小心也就是了。"

"血的教训，我要铭刻在心。"

这时，全军已然全部通过了鬼门谷，李全等人追杀了一程也都返回来了。大军略做休整后，王聪儿下令直奔东乡。

其实，徐天德并没有全军覆没，徐天德本人也并未遇难。他们被魁伦包围时，有一个面貌形体酷似徐天德的小头领，主动与徐天德换了服饰和兵器。徐天德和手下几百人，在官军从山顶向下猛推乱木巨石和施放火器时，被迫掩身在石洞中。当时佟春生未在徐天德身边，所以不知有人冒死顶替之事。当官军获胜后，来到谷内清点搜寻徐天德尸体时，发现了山洞，假徐天德当即冲出石洞，与官军鏖战而死，佩剑落入魁伦之手。魁伦误以为徐天德已死。其实，真徐天德乘机杀出谷口，引二百余骑，直奔东乡寻找冷天禄去了。

冷天禄率领的义军，共两万多人，原在忠州一带活动。得到徐天德鬼门谷被围消息后，便引兵前去解围。但是，官军也有防备，游击尚维岳和都司清福等两万官军，在东乡白秀山下阻住了义军去路。双方激战多日，互有胜负，使冷天禄始终不能突破官军防线。徐天德来到冷天禄大营，说明了全军覆没之经过。冷天禄怒气冲天，决心狠狠打击官军，为鬼门谷死难教友报仇。徐天德到后不久，重庆总兵袁国璜率两万官军，从背后包抄上来，与尚维岳、清福等一起，竟把义军围困在白秀山上。魁伦从鬼门谷败退，也很快来到了白秀山。这样，官军已达七万人左右，魁伦亲自指挥猛攻，想抢在襄阳义军来援之前，吃掉冷天禄的两万人马。于是，白秀山上下，展开了一场激烈的攻守战。

官军攻得凶猛，义军守得顽强。魁伦在一日夜内连攻十数次，死伤累累，但由于义军抵死固守，始终难以攻上山顶。白秀山山势虽然险要，利于防守，但是山上无水，义军人马干渴，无水难以为炊，义军士卒只好忍饥耐渴而战。冷天禄亲自带人掘井，怎奈青石百丈，费尽力气也是枉然。徐天德几次带人冲突，俱被官军强弓、硬弩、火铳、大炮阻回，难以突围。义军万般无奈，只得杀马取血止渴。正当两万多义军一筹莫展、危在旦夕之际，王聪儿率军赶到了。

魁伦得知王聪儿领兵来到，大为惊慌。鬼门谷一战，他已领略了襄阳义军的勇猛。如今，山上义军两万，又来七万，合计九万有余，而官军才只有七万，兵力相差大，肯定不是对手。因此，他想起早撤走，但闻冷天禄两万人已处绝境，又不甘心。袁国璜、尚维岳与清福，俱未受过义军沉重打击，都有建功升迁之念。他们齐劝魁伦，在白秀山下坚守。袁国璜还献计，襄阳义军到时，不论何种情势，只不出战，叫官军各营在营盘四周，用大树做木桩，绑上竹竿，捆上生牛皮当墙。墙外挖出又宽又深的壕沟，沟里沟外埋上铁棱和竹尖。义军来攻，就用炮火、抬枪、箭矢打退。而义军面对这牛皮墙，必然束手无策。这样，内可困死冷天禄，外可拖住王聪儿。与此同时，魁伦再飞檄附近州县，晓谕各寨乡勇，火速向白秀山增援。不出十日，官军、乡勇兵力就可大大超过义军。那时，冷天禄两万人早已困死，官军就可以里外夹击襄阳义军，定能大获全胜。魁伦被袁国璜说得心头发痒，决意与义军大打一场，当即传令按此布置。魁伦为保自己安全，把他的帅帐，扎在了地势险要的跑马坡。

襄阳义军到后，无论如何叫骂挑战，官军深沟据守，只是不理。王聪儿传令四面攻打，由于官军营寨坚固，炮火凶猛，又有深沟竹尖，牛皮围墙，义军死伤千余，也难奏效。徐天德、冷天禄在山上望见援军到来，集合起三千多尚能冲杀的兵士，冲下山来以为呼应，也被官军弩箭、火器阻回。官军有牛皮墙护身，很少受伤，肆意射杀进攻的义军，气焰极为嚣张。王聪儿见进攻不力，下令停止攻击。

当晚，王聪儿苦思一夜，也未想出妥善破敌之策。第二日早饭后，她约集主要首领和刘半仙一起，亲往敌营前查看，如何对付牛皮墙。她打马在山下沿敌营转了一圈，心里不觉有了些主意。回营之后，她向众人把想法一说，大家共同商量，拟定了破敌之策。众首领受令回营，各做准备，天黑后一切停当。次日黎明前，又降下了满天大雾，真是天公作美。王聪儿下令出击。数万义军同时从四面，悄悄向敌营靠近，直至壕沟边上，官军尚无察觉。这时，义军营中号炮骤响，埋伏在壕沟边的义军一跃而起，向敌营内投进千万个流星般的火球。官军营中，立刻起火燃烧。与此同时，义军抛出长绳拴的飞钩，把牛皮墙扯坏钩倒。义军又纷纷把携带的草捆抛入沟中，转眼，壕沟被填为平地。义军齐声呐喊，乘势扑入敌营。山上的义军见状，由徐天德、冷天禄带领，又杀下山来。这场混战，打了一个多时辰，李全枪挑尚维岳，范人杰刀劈清福。魁伦见势不妙，夺路杀出，逃往成都，袁国璜也败回重庆去了。

　　义军大获全胜，襄阳义军王聪儿，陕西义军林开太，四川达州徐天德、东乡冷天禄，胜利会师。不几日，四川省内巴州罗其清、太平龙绍周、通江冉天元、大宁陈崇德等四支义军也来到东乡。至此有八路义军会聚。二十多万人马，连营数十里，声势浩大。各路义军首领，钦佩王聪儿谋勇兼备，指挥有方，一致推举王聪儿为八路义军兵马总指挥，并共同发誓，相互支援，协同作战，早日实现"兴汉灭满"的大业。

第十六章　德楞太奉旨任统帅　白帝城王清化英魂

白帝城的傍晚，显得特别昏暗。一大群乌鸦，在天空中惊飞盘旋。它们那"呱呱呱"的噪叫声，和令人惊心动魄的江水呼啸声，使人有一种恐怖之感。大路尽头，尘土飞扬，一队人马渐渐出现了。迎候在城门外的文武官员，都急忙拂袍掸袖再整仪容。迎候的人群中，以广州将军、襄勇伯明亮为首，还有四川提督穆克登布、重庆总兵袁国璜、护军都统惠伦，以及总兵阿哈保、赛冲阿、诸神保等。他们望着那台越来越近的官轿，毕恭毕敬地等待着⋯⋯

湖北巡抚惠令，在牛角峪大败。紧接着，陕西巡抚秦承恩，又在镇安失利。随即，襄阳义军挥师入川，在白秀山重创四川总督魁伦，楚、川、陕三省八路义军在东乡会师。义军愈战愈勇，声势浩大，使得嘉庆皇帝坐立不安，又气又恼。为了扭转败局，嘉庆决计拿出更大的本钱，特地选派最得力的宠将——御前领侍卫内大臣、子爵德楞太，领兵去往四川。嘉庆特别面谕德楞太，襄阳义军为"贼"中最"凶悍"的一支，王聪儿是"贼中首逆"，要他务必歼灭襄阳义军，活捉王聪儿。德楞太刚满五十岁，就领兵统帅来说，还在有为之年。他出生于将门，自幼熟读兵书，精通武艺，堪称文韬武略俱全。而且他还屡经战阵，曾领兵镇压过苗民起义。在乾嘉朝中，他算得上是军事统帅中的佼佼者。他白净面皮，不苟言笑，又军令甚严，下属无不敬畏。德楞太受命出京后，心中暗自盘算，嘉庆对他如此器重，理应不负圣望，有所作为。因此，他马不停蹄，星夜兼程，赶赴战场。途经武昌，他特地把曾在惠令账下出谋划策的师爷陈夫之要来，因为陈夫之已与襄阳义军打过几次交道，比较熟悉义军情况。德楞太的雄心可谓不小，他想，三省义军在四川东乡会聚，正是一举全歼的好时机。虽然义军有二十多万，但四川省内可调之兵和乡勇，能有数十万之众。只要运筹得当，将义军包围在东乡附近是大有可能的。倘若此战得胜，教匪将一蹶不振，残匪亦不难剿除，龙颜一定大悦。为了实现合围的企图，他在路上就派人飞檄四川各地，催调了三十万人马，向东乡一带靠拢。当他轻装简从来到白帝城时，魁伦已调集二十万大军，进至梁平、大竹、渠县、仪陇、巴中、通江一带，从西、北两面阻住了义军去路。明亮等十几万大军，也已摆在了城口至奉节一线，阻住了义军的东行之路。南面，是长江天险。这样一来，基本上已形成了对义军的三面包围之势。

德楞太进城后不等席暖，就召集众将议事，询问军情。当他问明了官军的部署后，又满意又不满意。满意的是，各路官军行动还算迅速；不满意的是，各路官军都有些畏缩观望，谁也不愿抢先同义军接触。德楞太深知战机稍纵即逝的道理，当即派人传信魁伦，各路官军立即从三面同时推进，并且加强了长江沿岸各渡口的防守。明亮等各路官军受命后纷纷向前移动，德楞太则坐镇白帝城指挥。

对于官军的动向，义军已有所察觉。东乡会师以后，襄阳义军驻扎在开县南天洞一带。身为八路义军兵马总指挥的王聪儿，获悉德楞太要把义军合围于东乡、开县附近的企图后，立即召集各路义军首领商议对策。面对这种形势，徐天德、冷天禄、冉天元、林开太等，主张掘壕据守，与官军决一死战，胜败在此一举。王清、刘启荣等感到形势险恶，义军处境岌岌可危，难免一场恶战，甚至准备与敌人同归于尽。王聪儿听了众人的议论后，对众人说："各位教友，我年纪尚轻，阅历不多，蒙众教友推举我指挥八路兵马，实感力不从心。但既已受任，我就要尽心尽职。八路义军在此会师，乃我教举旗起事以来最壮之举，怎不叫嘉庆和清廷大小官吏闻风丧胆？而今，德楞太轻骑入川，与魁伦一起，调集大军三十余万，从三面向我合击而来。东、西、北三面，相距都不过一天路程，南面又有长江天险，我军的处境确很不利。尤其是东乡、开县一带无险可守，也无地利可用。因此，不宜在此死战。另外，还需看到，此次德楞太调集的兵马多是官军精锐，而且数量上毕竟多于我军十万。如果交战后，我军不能迅速取胜，官军、乡勇还会不断来援，我们被困在里面将越陷越深。这样一来，即便与敌同归于尽，也不上算。我们这二十多万人马，是全国义军主力，绝不能孤注一掷。为今之计，我们仍应采取'避实就虚，以走制敌'之策，来对付官军。趁官军大网还没有合成，迅即分别杀出重围，甩掉敌人，向官军力量薄弱地方进发。不到万不得已，绝不与敌人硬碰。"

议论后，王聪儿做出决断，四川各支义军，一起回师向西，冲破魁伦防线，向川西北挺进，以便策应甘肃的白莲教义军。北面官军力量较为薄弱，林开太则率本部义军向北突围，回师陕西，以便在陕西掀起白莲教起义的高潮。考虑到林开太力量较弱，王聪儿从大局着眼，特地派李全领一万人马，与林开太同行。王聪儿自己则亲率六万襄阳义军，挥军向东，突破最强硬的对手——德楞太的坚固防线，回师湖北。

分派已定，各路义军按所定方向出征突围。襄阳义军从开县南天洞出发，行出百里左右，就在江口镇一带，与德楞太指挥的官军相遇。东面的官军，约有十二三万，在数量上是义军的二倍多，由于有德楞太亲自督阵，官军防守严密，义军进展甚小。看起来，义军要突破德楞太的防线，是很不容易的。就在这种形势下，魁伦又率领五万官军尾追上来。原来，徐天德、冷天禄等几支义军十多万人，一阵勇猛冲杀，把魁伦的防线冲乱。四川义军虽然死伤了七八千人，总算杀出了重围。德楞太得知义军分兵突围后，便告诉魁伦，以一半人马尾追徐天德，而要魁伦亲率五万大军，从背后夹击襄阳义军。德楞太想起嘉庆的圣谕，襄阳义军最为猖獗，倘能将王聪儿这支人马吃掉，就是莫大之功。因此，他决计要把襄阳义军阻于白帝城之西。

前有十几万官军的顽强阻挡，后面又压上来五万追兵，襄阳义军处于新的危境之中。这时，义军前部姚之富、刘启荣等部进展缓慢，尚距白帝城几十里，义军后队仍在江口镇附近。而魁伦的追兵则越来越近，相距不过半天路程了，这怎不叫王聪儿忧心如焚！她明白，事已至此，只有向前才是生路。而要通过德楞太的防线，不经过艰苦死战，恐难办到。当此情形，前后两面作战于义军甚为不利。要摆脱此种困境，须有一支人马阻住魁伦追击，以使大队义军，可以一心对德楞太作战，不使官军合围之计得逞，给义军突围争得时间。然而，这是一副重担。因为留兵不可能太多，靠少数人马，阻止住五万官军，确实颇为不易。这需要指挥沉着、果断而又勇敢。可是，眼前义军的主要将领都在前线，后军只有高均德，自己身边也只有高艳娥和父亲王清。前面争战艰苦，往下撤人显然不利，而自己身边又无人能挑起殿后阻击的重担。这事可真难住了王聪儿。

王清在一旁看透了女儿的心事，他已然把一切想好，开口说道："聪儿，前有埋伏，后面追兵将至，应赶快分兵拒敌，留一小支人马阻住魁伦去路，你怎如此优柔不决呢？"

"爹爹，"王聪儿说，"分兵拒敌理所当然，只是这领兵重任……"

"我来承担！"王清不待女儿说完，便接过话来，"我已想好，就在这江口镇一带阻拦魁伦，大军不突围出去，绝不叫魁伦越过雷池一步！"

"爹爹，你！"王聪儿真是又激动，又担心，"爹爹，这是一副万斤重担哪！它关系到全军的生死存亡！"

"我知道这副担子的分量，你就放心把担子交给我，赶快到前面去指挥突围，莫有后顾之忧！"

"爹爹，大军突围之后，德楞太很可能派兵同魁伦一起夹击你们。那时众寡悬殊，留下阻击，十分危险！"

"聪儿，这样重担，又有危险，理应为父承担！"

王聪儿想了想，说："爹爹，莫如女儿留下殿后，父去指挥全军。"

"聪儿，怎么说起孩子话来？你是全军总教师，一身系全军存亡。我年纪虽大，尚能冲杀。你不需挂念，快领大军杀出重围。"

"好吧！"王聪儿点点头，"爹爹放心，前面纵有刀山火海，女儿也能闯过。"

王清嘱咐道："聪儿，德楞太是嘉庆从京城派来的，看来是个强硬对手，你不可轻敌。"

"女儿记下了，"王聪儿又说，"爹爹，大队突围之后，我即派人报信，您也要待机突围。"

"那是自然。"

"但不知爹爹杀向何方？"

王清已有打算："我想，待你们突围后，就设法回奔南山老林伏虎沟，我在那里等你们。"

"如此甚好。"王聪儿又问，"但不知爹爹要多少人马？"

"五千足矣。"

"那怎么行！"王聪儿说，"魁伦领兵五万，你五千怎能拒敌？给您分兵一万五千。"

"不可！"王清摆摆手，说，"德楞太有十余万大军阻击，你人马太少怎能杀出重围？分兵太多，于大队不利。"

王聪儿做了让步："那就留下一万吧，人马太少，阻不住魁伦的追击，岂不反而误事？"

这时，高均德来报，魁伦的追兵距此只有四十里了。王清一听，便命高均德整顿人马，准备迎敌。王聪儿见军情紧急，与父亲珍重话别，上马急急赶往前军去了。

江口镇附近，有一片丘陵地带，树木杂草丛生，又正当去往白帝城的途中，王清把一万人马在这里摆开。山坡后，树丛间，插了无数旌旗，并叫义军多挖炉灶，遍地点火做饭。布置完毕，天已傍晚。魁伦的五万大军也相继来到。

魁伦在马上举目望去，但见江口镇一带义军营账连绵不断，山坡后，树丛中，隐隐无数旗帜招展。数里方圆遍地升起炊烟，望也望不断。见此情景，魁伦心想，难道王聪儿大队人马仍然在此？既然如此，德楞太为什么送信来说，王聪儿大队义军正在猛攻白帝城？莫不是教匪小股人马布的疑兵之计？魁伦想到这里，忽听义军营中一声炮响，高均德引一千人马出来挑战。高均德把长枪一摆，高声叫阵。官军中一员副将拍马出阵，抡刀迎战。两个人在阵前战不下十个回合，魁伦眼见得高均德毫不力怯，但是拨马退走，副将引军便追。魁伦不觉恍然大悟，这是义军使的诱敌之计，王聪儿大队义军定在山后林中埋伏。魁伦忙叫鸣金收兵。他心想，幸亏自己未曾冒险进兵，不然险些中了王聪儿的奸计。魁伦当即传令全军，天色已晚，安营扎寨，埋锅做饭，紧守寨栅，严防劫营，待天明后再战。魁伦恐怕上当吃亏，也不管德楞太要他星夜追击的军令了。

王清见魁伦扎营不敢来攻，知道魁伦中了疑兵计，暗自高兴。这一夜的时间算是不费力气地争取到了，但是，明日这场力量悬殊的鏖战还是不可避免的。于是晓谕全军，好生歇息，准备明日厮杀。

一夜无话，又是黎明。时光易过，直到中午了，还不见义军出来挑战，魁伦可有点坐不住了。正在这时，德楞太又差飞骑前来报信，说王聪儿大队义军正在猛攻白帝城，要魁伦火速进兵合击，如在明晚前赶到，官军可获全胜。魁伦这才知道，自己这一夜零半天是傻等了。义军大队既在白帝城，这里定然人马不多。他当即传下军令，让先锋带领一万人马前去攻打义军大营。

官军先锋带兵杀到，高均德出营迎敌，双方交战约三十回合后，高均德渐渐体力不支。王清看见，急忙拍马挥刀上前助战，官军副先锋杀出来迎战。四个人捉对儿厮杀，在两军阵前如走马灯一般。官军先锋是个总兵，武艺高强，使用一支方天画戟，杀得高均德只有招架之功，并无还手之力。王清见高均德处境危险，分外担心，但是自己被官军副先锋缠住，又不得脱身去救，恨不能一刀劈死敌将。可是，官军副先锋也不含糊，一杆金背大刀，堪与王清匹敌。王清见一时难以取胜，心生一计，拨马便走，往本营败去。官军副先锋不知是计，挥刀紧追过来。王清听得脑后马蹄响，待等官军副先锋来近，方要使回马刀，一转脸间，发现敌将大刀已经横向挥来。这一刀要是砍上，王清就要被拦腰砍断。王清虽不是久经沙场，却也临危不乱。他急中生智，左手扳住鞍鞒，使个镫里藏身，身子贴在了马肚子左边。敌将大刀带着风声，从鞍鞒上挥过。说时迟，那时快，王清右手已就势把大刀砍过去，敌将不及提防，大刀正好砍中敌将坐马前腿。那马两腿被砍断，扑倒在地，敌将也被掀下地来，不由"啊呀"地惊叫了一声。王清哪容敌将站起，又来一刀，将官军副先锋结果了性命。

且说，官军先锋与高均德正战，忽听副先锋喊叫，急忙扭头去看，发现副先锋落马，更加着急，手中戟不觉就慢了许多。战场上哪容一丝一毫走心，就在他一疏忽间，高均德缓过手，狠狠一枪刺过来，直奔咽喉。官军先锋急忙躲闪时，已经刺中右肩，惨叫一声，撒手丢了画戟，拨马便逃。王清把刀一挥，催马掩杀，官军大败。魁伦急叫放箭，王清见状遂勒马不前，义军胜了一阵。

官军虽然败了一阵，但魁伦看出，义军将领武艺也只平常。整点一下人马，折了七八百人，又派两员副将引兵上前叫阵。王清、高均德出战，杀了几十回合，双方不分胜败，战至中午时分。王清跳出圈外，说："已到午时，且待吃过午饭，下午再战。"同高均德一起，拨马引兵回营。

下午，魁伦又换了两员参将出战，与王清、高均德只战个平手，仍然不分胜败。魁伦见难以取胜，不由性急，又派两员游击上前夹击。王清跳出圈外说："战场之上，理应单人匹马对阵，两打一算不得英雄好汉。你们用车轮战法，今日不与你们交战了，却待来日，哪怕你全营大将倾巢而出，我也要与你们大战三百回合！"说罢，与高均德回转本营去了。

王清的打算是：多拖一时是一时，只要把魁伦拖在此处，聪儿无后顾之忧，就可很快突围，离开险境。他想，从昨日至今，已经两天一夜了。按理说也该杀出重围了，怎么还无消息呢？王清哪里知道，白帝城地势险要，易守难攻，官军人数又是义军两倍，德楞太亲自督阵，官军拼死防守，所以义军打得非常艰难。两天一夜，只突破了官军一道防线。德楞太还有两道防线，而且一道比一道难攻。

王清的战术，急得魁伦如坐针毡。他知道，自己被阻在这里，不能如期到白帝城合击，倘使义军逃窜，德楞太必然归罪于他，向嘉庆皇上奏上一本，他就难以吃消。因此，他急于打败王清。经过一番计谋，魁伦决意当夜三更派人偷营劫寨。

说话间，天色已晚。魁伦调派两员参将，领一万精兵，于四更时分，悄悄接近义军营寨。弯月一钩，疏星闪烁，照见义军营寨，亮着几盏灯光，静寂无声。显然，义军毫无防备。官军参将不由大喜，来到近前，大喊一声，引军鼓噪而入，直至中军大帐。一员参将要夺头功，抢先杀入，但见灯明烛亮，空无一人。参将觉到中计，回马要走。义军营中一声炮响，伏兵齐起，顿时火箭、火把、火球，雨点般落到官军队伍中。地上埋的炸药同时被引发，只听"轰隆隆"，响声不绝，烈焰腾空，官军两员参将，人马俱被炸得四肢零碎。转眼间，一万官军就死伤千余。没死的官军，都慌忙往回逃窜，义军在后恣意追杀。魁伦见劫营失利，急忙派人引兵接应。官军两员副将，截住王清、高均德，双方混战一场，互有伤亡，各自收兵。

魁伦劫营失利，心中气恼，一夜未曾入睡，无计可施。天明后，他刚吃罢早饭，德楞太又派人送信来，催促他立刻赶到白帝城，夹击襄阳义军。魁伦发了狠，派十几员将领一起上阵，领三万人马，分别猛攻义军正面和左右两翼。顿时，义军营垒前金鼓齐鸣，杀声震天。义军同仇敌忾，奋勇拒敌，火炮、抬杆、火铳、弓箭齐用。从早晨到傍晚，官军整整冲杀了十几回，死伤了两千余人，义军营寨仍然屹立不动。

魁伦气得发昏，又无可奈何。这时，一个总兵向他献计，要魁伦在天黑后，派两万人马，分别从左右两翼，悄悄向义军迂回包抄。待将义军包围后，明日五更天三面合击，以官军的优势兵力，何愁不获全胜。魁伦感到此计可行，就分派两员副将，每人领一万人马，天黑后按计行事。

太阳渐渐西沉，夜幕从东边拉向西边的天际。大地上的景物，笼罩在夜色之中。义军营帐前，官军丢弃的尸体也看不见了。双方都暂且按兵不动，战场呈现一派可怕的寂静。敌人不来进攻，王清反倒难以安定。他想，魁伦绝不会甘心，莫不是在耍什么诡计？他告诉高均德，晓谕各营将士，定要严阵以待，不可疏忽。王清自己也不歇息，为克制困倦，他不住在各营走动。四更时分，对面敌营中，忽然响起了几声战马的嘶鸣和人的脚步声，这是魁伦在暗地调兵遣将。异常的动静，不禁引起了王清的警觉。难道官军又要发起进攻？可是，过了一会儿又没有动静了。王清越发不解，但是他告诉高均德，立刻唤醒睡着的兵士，防备敌人趁天亮前劫营。

四更将尽，王清坐在帐中打个盹，蒙眬睡去。一阵急促的马蹄声来到帐前，王清急忙站起，沈训已然急匆匆走进帐来。不待王清发问，沈训就说："王大叔，经过三昼夜激战，总教师和大队，已经从白帝城突围。总教师派我来送信，和你们一起杀出江口镇。"

王清见沈训身上斑斑血迹，便问："你因何如此模样？"

"大叔，赶快拔寨起营吧！"沈训说，"我从白帝城来的路上，竟然遭遇了大队官军，趁他们不提防，我便一阵猛冲闯了过来。看样子，官军已经从两翼迂回把我们包围了。要当机立断，趁官军未曾来到，快些突出重围。"

王清听罢，心中说，魁伦果然耍了诡计。但是，他已经晚了，王聪儿率领五六万义军，已经突围，德楞太的企图破产了。王清率领的一万义军经过三日激战，只剩下七千人了。魁伦有五万大军，将这支人马包围。看来，全部脱险绝非易事。怎么办呢？难道就和敌人硬拼吗？这样做，七千人马到头来恐怕所剩无几。不，应该设法让多数人杀出去。王清苦苦思索着突围之策。

沈训见王清伫立不语，焦急地说："王大叔，快下令突围吧！"

王清看看沈训和高均德："身为大将者，越是紧急关头，越是要沉得住气。你二人赶快集合队伍，整装待发，动作要快。"

二人领令匆匆而去，好在义军已有准备，很快将人马整顿完毕。沈训、高均德回到王清面前，王清也想好了主意。

王清说："五万官军，已将我们包围，形势险恶。要想杀出重围，须用分兵诱敌之计。现有七千人马，分成两部，一部两千人由我带领，一部五千人，你二人指挥。按照聪儿临走时的嘱咐，我们应向北突围，然后回到南山老林伏虎沟。为了迷惑魁伦，我立即带两千人马向南突围，声势造得大些，使魁伦误以为是全军往南，牵动官军全力追击。这时，你们率五千人出其不意，一阵猛冲，官军措手不及，定能破围而走。"

沈训一听急了："大叔，这主意好是好，只是您和两千人马就难以脱险了。"

"钓鱼岂能不下鱼饵？不使两千人也调不动魁伦。"王清说，"两千人危险，换得五千人平安，还是值得的，不然七千人马都难以脱险。"

高均德说："大叔，五千人马你来指挥，让我带两千人诱敌。"

沈训也说："大叔，我年轻，让我诱敌。"

王清拍拍二人的肩头："你们年轻，武艺也嫩，大叔虽说五十岁了，但是官军那些统兵的草包将领，三四个还不是我的对手。谁也别争，你们俩把五千人给我带回南山老林就是大功。"

"大叔！"二人仍不死心，还要争下去。

"我意已决，别再说了。"王清跨上战马对他们说，"我带人冲杀时，你们一定要按兵不动。直到官军被我牵走，你们才可冲杀。"

这时，四外的静夜里，已隐隐传来了官军的走动声，显然官军就要进攻了。王清感到事不宜迟，把大刀一举，领两千人马呐喊一声，一直往南面杀去。

官军预定在五更时分，从四面同时发动进攻，因时间未到，尚且都在等待。不料义军抢先突围了。开始，魁伦担心上当，还观望一下。及至听到义军呐喊声，震天动地，看到义军冲杀如山洪暴发，声势甚大，料定是全军突围。原来，魁伦在分兵合围时估计，南面是长江天险，义军突围绝不会向南。因此南面部署兵马不多，今见义军偏偏杀向南方，他不由心急如焚，慌忙传令各路官军，紧紧追击，务必不叫这支义军逃脱。各路官军得令，都急忙追赶上来。包围网顿时乱了。官军们只顾尾随王清追赶，哪里料到义军大营附近的树林中，还隐伏着五千人马。沈训、高均德看准西北角是个空隙，正西是魁伦的大队，正北是一总兵领的人马，便悄悄带兵从这中间飞速而出。大队官军都在追赶王清，有零星小股官军碰见，都被他们收拾了。因为他们毫不声张，其速如飞，居然没有引起魁伦的注意。

且说王清带人当先杀入南面敌营，一个千总急忙上来迎战，方一交手，便被王清砍于马下，立刻有两个都司向王清夹击而来。王清使开刀，大抖神威，十个回合以后，一个都司被削掉了天灵盖，另一个都司越发不是对手，落荒而逃。义军战士们也把官军杀得七零八落。王清本不想恋战，想趁势向南杀出重围。但他一看四面官军尚未吸引过来，遂在原地东冲西突起来。很快，四面官军渐渐围拢上来，王清见此情景，心下高兴，因为这样一来，高均德、沈训他们便无危险了。

王清见魁伦已经中计，便带人马继续往南冲杀，想闯出重围。可是两员官军副将挡住了去路。王清与他们战了十几个回合难以取胜，便拨马向东，又有三员敌将挡住，难以通过。王清折回来又向西，四员敌将又一齐围了上来。王清跟见不得冲出，只得仍在官军垓心屠杀。

因为王聪儿和沈训、高均德等俱已突围脱险，王清心中高兴，越战越勇，奋起神威，大吼一声，一员敌将被拦腰砍断。另一员敌将一愣神间，被王清回手一刀砍下马去。一把刀使起来，风声呼呼，左砍右劈，前遮后挡，盘旋冲杀，使得敌将人人心惊，个个胆寒。王清且战且走，不觉向南来到了云安镇，距离长江仅剩二十余里。这时，天已破晓。王清望见前面有一座空废的村寨，心中暗想，占此村寨，可使全军喘口气，稍许得到些歇息，就便吃些干粮。于是，王清带人奔进村寨。

这座村寨，虽不算大，但也不小，而且十分坚固，有两道寨墙。寨墙上修有炮台和枪眼。王清当即把人分派开，四面防守。但是，魁伦已经输红双眼，哪容义军喘息，当即下令四面攻打。上万官军，像蚁群一样扑上来。义军拼力防守，从早至午，官军的攻击从未停歇。村寨四周，留下了官军几千具尸体，义军也又死伤大半，仅剩三百多人了。王清把人收缩到二道寨墙防守。尽管义军个个誓死血战，但毕竟人员太少了，箭已射光，只好拆房用砖石迎击官军。魁伦把几门大炮调上来，向寨墙猛轰，义军在炮火中纷纷倒下。官军在中午时分，又攻破了第二道寨墙。王清见寨墙已破，急忙上马同拥上来的官军交战。这时，他身边仅剩二十几个人了。王清被七八名敌将围在中间，稍一疏忽，右臂不知被谁刺中了一枪，半边身子麻木，大刀也举不起了。七八个敌将一见，刀枪并举，高声呼喊："王清赶快下马投降！免你一死。"

王清看着这些敌将，微微冷笑一声："告诉你们，我自打参加白莲教，改了名字叫王清，就是发誓要灭亡满清！如今，我女儿已经带领数万大军杀回了老营，清朝的江山长不了啦！"说到这里，王清往东方深情地望了一眼，心一横，顺过大刀刀锋，自刎而死。

第十七章　抢粮砸厂声势复振　退银斩将假面骗人

夜风呼啸着从空中吹过，伏虎沟木厂院内的几株银杏树，晃动着茂密的树冠，发出刷啦啦的声响。两个巡夜的乡勇，一个手提单刀，一个腋夹长枪，在粮仓四周不住地走动。两个人无不提心吊胆，左顾右盼，唯恐黑影中会突然杀出白莲教来。夜越来越深，已经是四更天了。两个乡勇困得实在挺不住了，一个靠在墙角，一个倚在仓门前打起盹来。有一个困得前仰后合勉强支撑着，另一个则响起了"呼噜噜"的鼾声。

白莲教义军从杨家坪突围后，静凡带领五百人还留在伏虎沟活动。有义军在，棚民的日子总还好过些。可是，自从惠令牛角峪兵败，杨国仲领乡勇重霸杨家坪后，伏虎沟便又开始遭殃了。伏虎沟一带，有杨国仲的财源：木厂、盐厂、铁厂、纸厂、煤厂的收入。对此他岂肯放手？回到杨家坪不久，杨国仲就带两千乡勇杀进了伏虎沟。众寡不敌，静凡为保存力量，便将义军分散隐蔽起来，暂时避敌锋芒。这样一来，伏虎沟又成了杨家的天下，棚民们又坠入了苦难的深渊。

但是，义军并未完全停止活动。他们经常分成无数小股，在夜间去偷袭杨国仲在山里开的木厂、盐厂等等，弄些粮食，赈济棚民。杨国仲为了保住这些财源，只好往各厂派去乡勇，加强守卫。

木厂，是杨国仲在南山中最大的财源，仓里经常存有几十石粮食。因此杨国仲叮嘱掌柜尖嘴猴要格外小心。尖嘴猴也怕出事，他信不过值夜的乡勇，怕他们偷懒睡觉，每天夜间起来解手时，都要顺便查看一下。今夜四更过后，他起来看见两个乡勇睡着了，真是气不打一处来。他把两个乡勇训斥了一顿，嘱咐有事赶紧敲钟，然后才放心地回屋睡觉去了。

两个乡勇挨了一顿臭骂，又无精打采地转悠起来。渐渐，快到五更了，天边也微微发白，两个乡勇松了一口气，觉得今夜总算熬过去了，再也不会出事了。两个人也困得实在不行了，就都靠在银杏树上睡着了。睡梦中，他们就觉着身子勒得疼痛。睁眼一看，发现自己已被绑在了树上，口中也堵上了东西，动也动不了，喊也喊不出，眼睁睁地看着白莲教的人撬开了粮仓门。

静凡领人打开了仓门，田牛也干掉尖嘴猴回来了。二十多乡勇，全都被锁在了房中。这样，木厂粮仓里的几十石粮食，全都落到了义军手里。

天明后，静凡、田牛和义军在玄女庙向棚民发粮，并且告诉棚民们，已经有了消息，总教师王聪儿率十万大军业已杀回湖北了，南山老林又要重见天日了。棚民们闻此喜讯，个个兴高采烈，领到白米后，无不称颂白莲教大德，纷纷向无生老母牌位磕头烧香，并把王聪儿当作白莲圣母供奉。

杨国仲得知白莲教残部又回到了伏虎沟，并且占据了木厂，分了粮食，杀了尖嘴猴，气得发昏，急忙点集乡勇，要进山清剿。就在这时，从四川白帝城突围的沈训、高均德，经过近半个月的跋涉，带着一路吸收的共八千人马回到了伏虎沟。一路上，沈训为大造声势，策应总教师的大队，一直打着王聪儿的旗号。沈训、高均德一回到南山老林，立刻与静凡、田牛合兵一处，把杨家在山里开的木厂、铁厂、盐厂、煤厂、纸厂一分而光。不过六七天光景，义军又扩展到万人左右。

杨国仲听说王聪儿回到了伏虎沟，立时吓破了胆，哪还敢进山清剿，赶紧整顿乡勇，赶修城墙，加紧盘查行人，并且急派姜子石和杨怀，赶往襄阳，去求见正在那里的德楞太，禀报王聪儿回到伏虎沟的消息，要德楞太速派大军征剿。

白莲教襄阳义军，经过三昼夜激战，突破了德楞太在白帝城设置的防线，德楞太的企图化成了泡影。他想起出京时嘉庆对他的期望，越发不安，率领大队官军在后面紧紧追赶。但是，义军专走荒山野岭，其速如飞，官军使尽吃奶力气，还是被义军越甩越远。而且，义军时分时合，变化莫测，行踪不定，弄得德楞太辨不清义军主力究竟在哪儿。兜着圈子到达襄阳附近时，不仅扑了空，反而失去了义军的踪迹。德楞太只好停军驻马在襄阳附近，派出探马四出打探义军消息。就在这时，杨怀和姜子石来到了襄阳，报知王聪儿已在南山老林，有几万人马，甚是嚣张，正欲攻占杨家坪和郧西城。德楞太好不纳闷，这王聪儿难道像土行孙会地行术，怎么突然出现在伏虎沟呢？会不会是杨国仲有意耸人听闻？正在他疑惑不解时，又有探马来报，大洪山一带有支贼军，数目不详，有西渡汉水的迹象。这使德楞太又生疑虑，王聪儿莫非在大洪山？德楞太更加拿不定主意了。就在这时，又有探马来报，说有一支贼军在陕西龙驹寨、山阳一带活动，有南下回楚与南山老林贼军会合迹象。这一连串的军情，真叫德楞太无所适从。他前思后想，踌躇再三才拿定了主意。他想，伏虎沟乃贼军巢穴根基，陕西又有一支贼军要与南山贼军会合，即便王聪儿不在那里，这两股贼军也不可等闲视之。莫如移兵杨家坪，坐镇于彼，先在漫川关一带设伏，吃掉自陕回楚的贼军，然后再回头清剿伏虎沟，捣毁"贼军""巢穴"，不愁王聪儿不跳出来。德楞太打定主意，命袁国璜和惠伦，立刻领五万人马，去漫川关埋伏，不许走漏风声，张网以待，准备将自陕回楚义军一网打尽。德楞太还严加嘱咐，尤其要注意封锁杨家坪，以免有教匪内线去通风报信。德楞太可不是顾此失彼之人，他怕大洪山这支义军渡过汉水，为漫川关被围后的义军解围，又令明亮领两万人马在钟祥一带沿江布防，要明亮倚仗汉水之险，把义军阻在汉水以东。德楞太的如意算盘是：义军既然分兵，那就各个击破。布置完毕，德楞太命穆克登布先行出发，然后他与陈夫之一起，走水路奔赴杨家坪。

这日下午，德楞太来到杨家坪，穆克登布已将杨国仲的宅院收拾好。德楞太顾不上计较住处好坏，他担心伏击的计划能否实现。在杨家的客厅里刚刚坐下，他就急不可耐地问穆克登布："教匪如今行至何处？"

穆克登布答："据惠伦派人探报，昨晚已到了漫川关附近。"

"那是昨晚，今日在哪里？"德楞太颇为不满地问，"教匪昨晚既然已距漫川关不远，今日已过大半天，按理在中午时分就当钻入我的口袋，惠伦和袁国璜为何不见动作？也没报来消息？"

"这，恐是教匪移动缓慢。"穆克登布有点胆怯地说，"大帅神机妙算，谅来教匪是不会脱钩的。"

"会不会走漏风声？"

"想来不会。"穆克登布说，"我军埋伏甚好，隐蔽之处的村民全都看管起来了，消息严加封锁，教匪绝难知道我军埋伏。"

德楞太眨眨眼睛问："你们到此后，是否按我所嘱，严禁有人出入？"

陈师爷在一旁说："教匪曾在这里盘踞，难保城内没有他们的眼线，万一有人混出城去通风报信，可就前功尽弃了。"

穆克登布一听，不免有些紧张，惴惴不安地偷看德楞太一眼。

德楞太紧盯着说："你身为大将，须知战局如同棋局，一着失算，全局落空，满盘皆输。胜负常决于呼吸之间，战机往往稍纵即逝。当真不曾有人出城吗？"

穆克登布不敢再瞒了："大帅，昨晚乡勇哨官王光祖出城了。"

"何人放他出去？"

"是这样，王光祖称他姐姐病危，要出城送药。南门乃都司胡大长把守，初时不肯放他出城。后来王光祖一再哀求，说是等药救命，据说又送了百两纹银，胡太长才放王光祖出城。这是胡大长手下一个千总禀报我的。我闻信后,已将胡大长痛斥一番,他答应以后绝不再犯。那王光祖为乡勇哨官,总不会去为教匪报信。"

德楞太一拍桌子:"混账!恐怕事情就坏在这里。那白莲教无孔不入,难保王光祖不是内奸。真是气死我也!"德楞太在白帝城没能得手,满想这次在漫川关捞一把,看起来入网的鱼儿又要溜走。他越想越气,不由脸上变色,吓得穆克登布躬身站立,大气也不敢喘。德楞太想了想,感到自己身为统帅,喜怒不应外露,就压住了火气,说:"你出去吩咐,侍候升帐。"

穆克登布应了一声,胆战心惊地退出去了。

这时,有人把陈夫之找出去了。德楞太心中不悦,暗想:这个老东西背着自己弄什么名堂?一会儿,陈夫之满面春风地来了。德楞太装作不在意地问:"方才何人找你?"

陈夫之从惠令帐下来到德楞太帐下后,换了主子,总想办几件露脸的事,好讨取德楞大的欢心。想不到天遂人愿,今日这机会送上门来。他故意含而不露地说:"大帅,有件事请您示下。"

"何事?"

陈夫之从衣袖中取出一张银票:"大帅,杨国仲为酬谢大帅来此剿匪安民,送这点小意思孝敬。"

德楞太往桌上的银票斜了一眼,票面是二万两,不觉动了心。他暗暗盘算,收还是不收?本来,千里做官只为财。可是当他想起嘉庆对他的期待,而时至今日,他在军事上仍然毫无建树,在此情形下,收了这张银票,万一被嘉庆知道,那还了得?再者说,这次统兵剿匪,只军饷一项上做做文章,每年不愁有一二十万两进项,何必因小而失大呢!因此他打定主意退还银票,以示清廉。想至此,他对陈夫之说:"此次吾统兵剿匪,受皇上重托,干系重大。我若先开此例,各处争相效法,上下尽皆纳贿,将士俱无斗志,匪乱何时可平?此次,吾意已决,力矫弊端,严明军纪,使将士不敢心存邪念或稍有懈怠,好踊跃争战,早传捷音,奏明圣上。"

陈夫之赶紧恭维说:"大帅真不愧天子倚重之臣,清正廉明,两袖清风,诚国家之栋梁也。有大帅统兵,何愁教匪不灭?此乃皇上识人,国家洪福,万民有幸!"

德楞太颇为得意:"就烦陈师爷将银票婉言退还。"

陈夫之转转眼珠:"大帅,等下升帐时,你当众将之面,将银票亲手交还杨国仲，岂不更好？"

德楞大一听，觉得甚为有理，心中说，这个陈夫之倒真有些独到之处，看来留在身边还有些用处。于是，他点点头说："这样也好。"

陈夫之见德楞太采纳了他的主意，暗暗高兴，又说："大帅，我还有一事禀明。"

"还有何事？"

"大帅军务繁杂，每日甚劳身心。府内有一美女红珠，原为杨国仲之妾，后来失身事贼。大帅军旅之中，此女可稍解寂寞。"

德楞太心中一动，不觉沉吟。

"大帅，此女年方二十许，可称才色双绝，堪供役使。"

德楞太想了一会儿，终于摇摇头说："不可，身为统帅，岂可收留曾经事匪之女人？倘若手下尽皆效法，军纪何存，怎能取胜？这红珠非但不收，还要将她斩首！"

"斩首？"

"杀她以为降匪者戒！"

陈夫之忙说："大帅，不杀红珠，或许还有可用之处。"

德楞太沉默不语。

这时，鼓角已响过三遍，中军催促升帐。德楞太顾不上再和陈夫之叙谈了，急忙端足架子，来到堂上。只见众将已按品级在两厢排好，整个大厅鸦雀无声，颇有一番肃穆气氛。

德楞太把众将看了一遍，徐徐说道："而今教匪作乱，黎民不安，万岁甚忧。吾受天子重托，率众讨贼，势必一举荡平匪患。若战欲胜，军纪必明。各位俱须谨守。如有玩忽职守者，绝不宽容。吾身为统帅，自当身体力行。中军，传杨国仲进帐。"

杨国仲进来拜见，德楞太命人赐座后，说："各位将军，杨翁告老之后，造福乡里，甚孚众望。如今因感吾等前来平息匪乱，具白银二万两馈赠予吾。这是二万两银票，各位请看。"德楞太把银票拿在手里，展示给众人。

堂上众将和杨国仲大吃一惊，心想：自古以来，哪有受贿公之于众的。杨国仲更是忐忑不安，不知德楞太因何当众挑明，头上流下了冷汗。

看见众人惊奇的面容和目光，德楞太得意地笑笑："杨翁献银，足见杨家坪万民渴望平息匪乱之心。"

杨国仲赶紧就坡骑驴："大帅明鉴，望慨然笑纳，勿拂杨家坪父老百姓之心。"

"百姓盛情，本帅领了，但银票断不敢接受。"德楞太慷慨激昂地说，"吾身为朝廷大臣，更当谨守国法。万岁把剿匪大业委吾，应将此身报效朝廷，怎敢中饱以肥私囊。只有一尘不染，方能使全军将士恪守军纪，奋勇杀贼，上报皇恩，下安黎民。"说罢，他将银票交还了杨国仲。

堂上众人见状，不禁惊讶。有人为德楞太的廉洁而感动，也有人感到奇怪而不相信。杨国仲见德楞太当众捅出银票之事，不觉满面通红，甚为尴尬。常言说，"千里做官只为财"，他真不信德楞太会两袖清风，但表面上还不得不故意赞美说："像大帅这样一心报国，亘古少有。凯旋之日，杨家坪百姓当送万民伞以表敬意。"

"不敢当。"德楞太谦虚了一句，又问，"杨翁，陈师爷言道，汝有一美妾，名曰红珠，欲送与本帅，此事可真？"

德楞太一问，杨国仲不觉面红过耳，万万没想到德楞太在大庭广众之下提起此事。但他既已答应了陈夫之，也不好否认，就喃喃地说："只因此女能歌善舞，琴棋书画俱通，大帅军务之隙，可少解愁烦，亦有助于剿匪大事。"

德楞太正色对众人说："各位将军，杨翁美意，吾不敢领受。身为统帅，受今上重托，岂可置剿匪大业于儿戏，而携歌女于帐中？女色自古称为祸水，商纣不因妲己，何能自焚于摘星楼？周幽王不因褒姒，又怎能亡国亡身？唐明皇不宠杨贵妃，何来安史之乱？本帅若纳红珠，恐亦难免项羽别虞姬之下场。此事断然不可！"

听了德楞太一番宏论，堂上众人大多深为敬佩，觉得他真不愧为嘉庆倚重，不贪财、不爱色，非一般统兵大员可比。而知道他底细的人有些纳闷，德楞太为什么突然变了呢？……

正当有人猜测之际，德楞太又说："本帅现已查明，红珠已失身从贼加入匪教，倘若留下后患无穷。本帅决意将其斩首，以为降贼者戒！"

杨国仲一听，脑袋"嗡"的一下子闹迷糊了。这些天来红珠不肯陪伴他，他虽然气恼，但还恋恋难舍。后来他见红珠执意不肯伴他了，才从了姜子石的主意，把红珠献与德楞太以博得好感。如今听说要斩首，真似摘他的心肝。但是，他抬头看见德楞太紧绷着面孔，也不敢求饶，只好暗地心疼。

"把红珠押上来！"

德楞太一声吩咐，红珠很快被带到。红珠从门口往里一走，就如同明珠闪耀出迷人的色彩，德楞太不免有些惊呆了。陈师爷只说她貌美，哪料到竟这般妩媚动人？美貌女子德楞太可以说是见过太多，可哪曾见过这样婀娜多姿的美人？德楞太想，那南海观音、月里嫦娥也不过如此罢了。他内心不禁暗暗后悔，不该当初故作姿态，拒绝收受，更不该当众声言要把她斩首。

堂上众将见红珠天姿国色，也都暗暗惋惜。杨国仲不忍再看，只是紧闭双眼。一时间，整个大堂鸦雀无声。

德楞太怔了一会，突然明白过来。这样痴呆不行啊，被众将看出心事，岂不有失体统？他想不看红珠，又情不自禁，注目而视，又怕众将见笑，就睨着双眼问道："堂下可是红珠？"

"正是贱妾。大人呼唤，有何吩咐？"这声音恰似黄莺啼柳，燕语花间，使德楞太荡魄销魂。

德楞太强自把持，说："红珠，你知罪吗？"

红珠冲着德楞太秋波一闪："贱妾不知，请大人明示。"

"休要故作不知！"德楞太故意一拍桌案，一边看着红珠俊俏的面容，心想，那脸型、眉毛、鼻子、嘴唇、牙齿，为什么都比他那众多的姨太太好看，一边又说，"汝甘心事贼，助纣为虐，其罪当诛，要立即斩首！"

红珠挺起身来："大人，红珠无罪，杀我不得！"

"难道汝不曾委身匪首曾大寿？本帅还冤枉不成！"

"大人，红珠失身不假，但并非情愿从贼。教匪为乱，攻占杨家坪，杨国仲和乡勇自顾逃命，丢下贱妾不顾，我方为曾大寿所获。求生不得，欲死不能，我一弱女子又能如何呢？红珠无罪，你纵有尚方宝剑却斩不得无罪之人。要杀当杀惠令、杨国仲，他们为官不能安民，为夫不能保妻，才是其罪当诛！"

"这……"红珠一番话，倒把德楞太问住了，他暗自盘算："是杀是留？……"

这时，陈夫之在一旁说："大帅，请容老朽一言。红珠委身事贼其罪固然不小，但亦情有可原。依愚见权且收监，待以后戴罪立功。"

德楞太一听正合心意，便说："且把红珠监禁起来，以后再行发落。"

红珠押下去了，德楞太又吩咐："带王光祖上堂。"

下边答应一声，过一会儿，回话说："王光祖出城，尚未归来。"

德楞太感到不妙，看起来自己所料不差，便又下令："将王光祖全家，不分男女老幼全都提来。"

手下人领命来到了王光祖家中，一个人影也未见到，只好垂头丧气地回来了。

这越发证实了德楞太的猜测，王光祖肯定给义军通风报信去了。看来，在漫川关的埋伏又枉费心机了。为此，德楞太怒气冲冲地大吼一声："把胡大长给我押上来！"

胡大长上堂来双膝跪倒，浑身发抖，连磕响头说："大帅饶命！大帅饶命！"

"胡大长你可知罪！"

"标下知罪，罪该万死！"

"身为守卫城门之官，竟然贪图贿赂，放出奸细，致使剿匪大计毁于汝手……"

胡大长碰头流血，哭泣求饶："大帅开恩，标下家有八旬老母……"

德楞太决意要拿胡大长开刀，以杀一儆百，哪里肯听他哀求，一挥手说："推出斩首，号令三军！"

两个武士上前，不由分说把胡大长拖了出去，顷刻斩讫回报。众将见状，都不免战栗。

德楞太看着众将说："军律如刀，军令如山，谁敢触犯，绝不轻饶！"

众将齐齐整整地"喳"了一声。

看见诸将人人自危，德楞太多少有些满意。但王光祖报信之事，却在他心头蒙上了不散的阴云。倘若漫川关埋伏落空，又该怎么办呢？

果然不出德楞太所料，袁国璜差人飞马来报信，义军到达漫川关后，今日上午突然又回师向北了。德楞太心中烦恼，盘算着是追还是不追？不追，大军跋涉到此又劳而无功；追，又恐大洪山那里的义军渡过汉水。

杨国仲见德楞太委决不下，在一旁说："大帅，教匪已望风逃窜，如果尾随追击，彼忽分忽合，行踪不定，恐劳军伤财而无益。大军既已到此，何不乘势进剿伏虎沟，将教匪巢穴一举捣毁，断其根基，使之无再生之地？"杨国仲的用心是，借官军之手，扫平伏虎沟，使他无后顾之忧。

德楞太想，如今入陕追击，也难获大胜，只是疲劳奔跑而已。莫如权且驻兵在此，先对伏虎沟清剿一番，再观望一下教匪动向。于是，德楞太下令穆克登布领两万人马进山，余者按兵不动。

穆克登布领兵进山后，无非是大肆抢掠焚烧一番。义军在静凡、高均德、沈训等带领下，不与官军硬碰，分成无数支小队，以树木、茅草、石洞为掩护，趁黑天、雾日，得空便袭扰官军一下，打了就跑。叫官军只挨打而摸不着人影，每天都要受些损失。

德楞太闻知官军在山里并不顺利，心情越加烦恼。这时，忽然接到陕西巡抚秦承恩告急文书。言说有十数万义军，攻占了眉县和周至县，并正向长安逼近，长安危在旦夕，请德楞太火速发兵救援。德楞太听说长安危险，吓得真魂出窍。长安古都，关中重镇，举足轻重，其地位可以说仅次于北京。长安真要失守，他也就别想活命了。他想，十多万义军，又敢于进取长安，必定是义军主力，王聪儿定在那里。因此，他也顾不得从容整顿兵马，紧急下令全军立刻开拔，兵发长安。

偏偏，天公很不作美。德楞太大队人马刚离开杨家坪，天就下起雨来。那雨，就像扯不断的线，淅淅沥沥一个劲地下着。十万官军，跋涉在泥泞崎岖的山路上。人和马都被浇得湿漉漉的，官军们的衣服紧贴在身上。他们吃力地移动着脚步，拖泥带水地走着。

因为下雨，德楞太坐在四匹马拉的轿子车内，他的心腹陈夫之，也与他同坐一辆车。陈夫之半卧半倚在车篷上，闭着两眼似乎入睡了，从喉咙里不时发出"呼噜""呼噜"的喘气声，就像老猫打盹一样。其实，他根本没有入睡，眼睛还微微欠着两道细缝，在随时注意着德楞太的神态。他知道德楞太此刻心绪不佳，因此心中不停地转动着他那些智谋的转轴，随时准备为主子出谋划策，扭转其阴暗的心情。

德楞太看看似睡非睡的陈夫之："陈师爷，你说长安会不会在我们到达之前失守？"

陈夫之赶紧挺直腰板坐起来："大帅勿忧，秦承恩的告急文书难免有言过其实之处。教匪在漫川关时，明明只有两万人，回师向北怎么突然就有十几万人呢？就算陕西林开太人马合兵一处，也不过四万，因此断无十万之理。长安历代古都，城池之坚，天下数一，况且秦承恩手下还有两万精兵守卫那里，教匪又不是天兵神将，长安岂能轻易可下？只要教匪滞留长安城下，我大军一到，同秦承恩内外夹击，定获全胜。"

德楞太听陈夫之一说，心情舒畅了许多。他又问："陈师爷，据你看逆首王聪儿可在长安城下？"

陈夫之摇摇头："这就难说了。教匪一向采取避实就虚、忽分忽合之术。他们飘忽不定，神出鬼没。但不管王聪儿是否在彼，我们要能歼其一股，也如断去其一肢。"

"说得极是。"德楞太补充说，"不过，齐王氏诡计多端，又骁勇强悍，我们总须对她加意防范才是。"

陈夫之吹捧说："大帅英明卓见。"

说话间，车到天河渡口停下。德楞太看见渡口一片忙乱景象，清兵在风雨中拥挤着等船渡江，很多人都被雨淋得透湿，抱臂缩颈，怨声不断。

有人撑着伞，德楞太在天河渡口张望了一下，对陈夫之说："此处是通往杨家坪的必经之路，教匪要回南山巢穴，或南山教匪出来，都要经此地。如在这里驻扎一支兵马，等于卡断教匪的咽喉。"

"大帅所说极是，应当如此。"

德楞太问："陈师爷，留何人在此呢？"

陈夫之想，总兵王开，是德楞太的小舅子，留他在此可免去奔波之苦，王开必然欢喜，就说："非总镇王大人不可。"

德楞太想，王开不耐劳苦，留在这里正好，多给他些兵马，这小小渡口谅来无事。于是，他叫来王开说："总镇，给你两千人守卫天河渡口。干系重大，你务必日夜提防，不可玩忽职守。"

王开满心高兴："大帅放心，只要我在，绝不使渡口有失。"

德楞太渡过了汉水，率军向长安方向急进。

第十八章　玄妙庵中观音显圣　杨府堂上半仙跳神

夜深沉，雨连绵。闪电不时撕破夜幕，惊雷不时滚过长空。放眼看，遍野白茫茫。平地水深已经过膝，积水和汉水已连在了一起，分不清哪是汉水哪是江岸。明亮和他统领的两万官军，完全置身于水乡泽国之中。官军的一顶顶帐篷，好比是一片片漂在水面的浮萍，又像是一株株新长出的蘑菇。清兵们一个个浑身湿透，坐也不能坐，睡又不能睡，站在没膝的积水中，无不叫苦连天。

明亮的大帐，设在一处高坡上，因此未被水淹，但也潮湿得很。钟祥县令已来过几次，请他把行辕移到县衙，少受些雨淋水泡之苦，但是，都被他拒绝了。他想，自己搬到城里，万一教匪打来那还了得！此刻，大帐中点燃数支蜡烛，他坐在案前，面对几只熟鸡肥鸭和一坛美酒，正在大喝大嚼。两天来，无休无尽的阴雨，使他的心境也更加阴暗了。德楞太命他在此防守汉江渡口，阻止在大洪山活动的一支义军西渡。可是，义军活动无常，谁知他们会不会西渡？因为兵士们连日不得休整，口出怨言。明亮本想移兵离开此地，但昨日德楞太又差人送信，告诉明亮，大队官军已经入陕增援，要明亮务必坚守渡口，阻止义军过江，不使义军回到南山老林。明亮不敢违抗军令，只好坚守江边在水中受罪。

这时，中军进来请示说："将军大人，雨越下越大，可否暂且移营至八里外的山坡高地之上？"

"不行！"明亮一口回绝，"教匪万一回窜，我们岂不难逃罪责？"

"夜黑如墨，豪雨如注，水深过膝，行走艰难，如此雨夜，谅教匪也难以行军，将军不必过虑。"

"不妥！教匪一向神出鬼没。传令各营，不得松懈，防备教匪乘雨夜偷袭。"

中军虽然不悦，也只好领令出帐。明亮何尝不知部下不得歇息，人人心怀不满，但他也有自己的打算。像这样全军守在江边，就是义军来了战败，也比丢开渡口失职好交代。中军方才的一番话，使他的心绪更不佳了。美酒肥鸡到口，也觉索然无味了，他颓然放下酒碗，想到各营巡视一番。步至帐门前，望望外面如麻的大雨，他又停住了脚步，心说算了，这样的鬼天气，连鬼也不会来的。方要转身，"刷刷刷"的雨声中，忽然传来了乱哄哄的人声："不好了！白莲教来了！"一道闪电，恰好把天地照亮。一瞬间，明亮看见风雨中似乎有千军万马向江边杀来。他也顾不得多想了，急忙提刀上马。刚出得帐来，义军一员大将已杀到面前。来者乃是姚之富，他一见明亮举矛便刺，明亮忙用刀招架。他手下的兵马，本来就怨气冲天、毫无斗志，再加上猝不及防，谁肯认真迎敌，大都仓皇逃命。不少官军落入汉水中溺死，明亮的防线顿时崩溃。他战了几个回合，见身边只有十几骑了，人马都已四散奔逃，料到败局已定。再加上姚之富的长矛，恰似银蛇吐信、金鸡点头，"突突突"，上下左右不离他的喉咙、心窝，他算来难以取胜，便虚晃一刀，拍马逃走。姚之富也不追赶，任凭明亮落荒而去。

姚之富带领五千人马，夺取了渡口，急忙在附近找百姓帮助，架设浮桥。王聪儿率六万义军，从白帝城突破德楞太防线后，为了迅速摆脱追击，扩大影响，又兵分两路，由王廷诏、刘启荣为一路，经当阳向荆州进发，一路自己率领，过荆山、渡汉水，向东进发。两路义军又分成若干支，灵活机动，进展神速，使德楞太失去了追击目标。七天前，各支义军相约到大洪山地区会合。王聪儿得知德楞太带兵入陕，郧西和杨家坪空虚，遂决定重返郧西，再取杨家坪，从背后策应李全、林开太，并与高均德、沈训和父亲会师。自从白帝城突围，王聪儿一直未得到父亲的消息，心下十分挂念。为迅速渡过汉水，王聪儿决定趁雨夜奇袭明亮，果然奏效。待她率大军赶到扛边，姚之富已把浮桥架好。六万大军顺利通过，浩浩荡荡，平安地渡过了汉水。

天亮以后，在头顶上盘据了半个多月的乌云渐渐散开了。阔别了十几天的一轮红日，又含笑挂在于蓝天。长空经过十几日雨水的洗刷，蓝得像一幅洁无纤尘的锦缎。树梢还在向下滴水，显得格外翠绿。成群的鸟儿，迎着明媚的阳光，亮起了歌喉，抖开了彩羽。大自然呵！又恢复了蓬勃的生机。行进中的义军土兵，无不感到神清气爽，力量倍增。有人抑不住心中的兴奋，唱起了家乡的山歌：

哎——
太阳出来亮光光哎，
阿哥打猎拿起枪啊，
不打黄牛不射羊哎，

专打虎豹与豺狼呀，
　　哟哟嘿！

一个"打摆子"的小兵，只有十七八岁，坐在王聪儿的白马上，被太阳一照，觉得暖和多了，也精神多了。听了家乡的山歌，他那还有些稚气的脸上，露出了愉快的笑容，高兴地说："这歌唱得真好。"

王聪儿在前头给他牵马，回头问他："你愿意听唱歌？"

"我小时在家，最愿听渔鼓、三棒鼓、道情的。村里有个会唱的瞎子，我常常整夜整夜地到他那里去听。"

"现在想听吗？"

"想听是想听，可上哪儿去找那个瞎子呀？"他的声音低沉了，"大雪天，瞎子叫财主撵出村，冻死在河里了。"

王聪儿疼爱地看着小士兵："不要难过，我给你唱一段。"

"总教师，你！真的？"

"真的，不过，我可没那个瞎子唱得好。"说罢，王聪儿就唱起来：

　　三棒鼓，咚咚敲，
　　棚民哪心中似火烧。
　　离乡背井来逃荒，
　　深山老林住棚寮。
　　破衣烂布怎遮身？
　　长年累月难温饱。

开始，王聪儿声音并不大高，唱着，唱着，不觉放开了歌喉：

　　虎豹吼啊豺狼叫，
　　蚊子叮呀毒蛇咬。
　　山里的财主山外的官，
　　一般狠毒不差半分毫。
　　在山外被吸干身上血，
　　在山里被压断腿和腰。

唱着，唱着，许多兵士禁不住随声唱和：

哪里走？哪里逃？
哪里能容咱立脚！
弟兄们，姐妹们，
要活命造反拿起刀。
众人都闹白莲教，
开天辟地换新朝！……

歌声越唱越响，兵士们斗志越来越高，行军步伐越走越快，傍晚时分已走出一百多里。

扎营以后，王聪儿在帐中同刘半仙商议军情，对他说："军师，我们离开杨家坪后，杨国仲重又为非作歹，这次我们回去，无论如何不能再让杨国仲逃脱。"

"只怕他闻风而逃。"

"我想不会，杨家坪是他的老巢，岂肯轻易丢掉？他定然据险死守，派人向德楞太求援。这次我们六万大军，倒不愁攻下杨家坪。只是杨家坪百姓已然多经苦难，我们再硬攻，百姓难免又有伤亡，应设法使百姓不受战火之苦。"

刘半仙说："若想如此，就只有智取。"

"依军师看来，如何智取呢？"

"这智取嘛，"刘半仙用手指轻轻敲着额角，思考一会说，"无非是里应外合。"

王聪儿笑了："我意正是如此。"

刘半仙急忙接着说："我们派人混进城去，找到王光祖，何愁没有内应？"

王聪儿点点头，破天荒地说了句笑话："军师，真不愧是半仙。"

刘半仙得意地干笑几声："总教师，昔日赤壁之战，孔明、周郎都想到火攻，这叫作英雄所见略同嘛。"

王聪儿此刻尚且不知，王光祖已经在李全那里了。她又问刘半仙："军师，进城联络，困难非小，必须选个随机应变之人，你看派何人为宜？"

王聪儿一问，刘半仙不觉沉思起来。自从起义，被委为军师以来，自己其实并无甚作为。何不身当此任，里应外合，智取杨家坪，自己便是首功一件。想到此，他便说："总教师如果放心，我愿去走一遭。"

其实，王聪儿也有此意。她说："进城之举，并非易事。军师久走江湖，见多识广，能言善辩，遇事不慌，非别人所能及。只是，孤身一人，须要格外谨慎。"

"总教师但放宽心，杨家坪便是龙潭虎穴，也要任我往还！"

"如此有劳军师了。"王聪儿问，"但不知军师如何打扮？"

"我的老本行，扮作算命的江湖术士，岂不驾轻就熟？"

"乡勇中无人认得军师吧？"

"杨国仲等人，不曾与我会过面，可保万无一失。"

"但不知军师何时启程？"

"说走就走，"刘半仙站起来，"我这就回帐去改扮，连夜登程，好早些赶到城里。"

"好，军师自会随机应变，愿军师一帆风顺。"

刘半仙拱拱手："杨家坪见。"他便起身告辞了。

刘半仙走后，王聪儿觉得还无十分把握，万一刘半仙出了意外，里应外合之计岂不落空？想到此，她派人找来张汉潮，对他说："大军不日就要重返杨家坪，你先行一步去往伏虎沟，见到我师父静凡，和我父亲并沈训、高均德等人，告诉他们准备下山，配合攻取杨家坪。让他们最好先派些人化装混进城去，潜伏起来，待大军到达后，好里应外合。"聪儿又嘱咐说："天河渡口可能有官军把守，要多加小心。"张汉潮受命走了，王聪儿才放下心来。

再说杨国仲，自德楞太率军离开杨家坪后，他总是难以放心，害怕哪一天白莲教突然打回来。他闻得德楞太留下总兵王开和两千人马守卫天河渡，多少还有点依靠。为了叫王开高兴地尽心职守，守好通往杨家坪的渡口要道，这日上午，他和姜子石一起，特意去往天河渡口犒军。

来到渡口边王开的大帐前，姜子石对守卫的哨官说："相烦通报一下，杨家坪的杨国仲求见。"

王开和手下的几员偏将正在赌钱，玩在兴头上，哨官的禀报他根本没仔细听，就连连挥手说："去，去！"

哨官知道王开的脾气，他一要上钱，就连亲娘老子死了都不管。但是哨官也知道，杨国仲也不便怠慢。停了一下，他又硬着头皮说："总镇，是杨……"

"什么牛羊的，我正坐庄，你少废话，再啰唆敲你四十军棍！"

哨官无奈只得退出，对姜子石说："总镇正杀得难解难分，无法回话。"

杨国仲领会错了："总镇在与哪个厮杀？"

"咳！总镇正在打牌。"

杨国仲听了心头一沉，接不接、请不请倒无关紧要，只是这样的总兵怎能守住渡口？

姜子石又说："哨官大人，我们远路跋涉，相烦再为通报一声。"

哨官不停地摇头："我实在不敢再去讨没趣了，四十军棍我可吃不消。"

姜子石想了想："既然你怕被责，待我与你一同入内，总镇如若怪罪，由我一力承担。"说着他塞过去一锭银子，约有十两。

哨官把银子袖起来："好吧，你随我来。"

哨官与姜子石走进大帐，见王开斗牌，正杀得不可开交。哨官走近前说："大人，杨家坪杨府姜师爷前来拜见。"

王开不耐烦地停下手中牌，白了姜子石一眼："有事吗？"

姜子石赶紧上前施礼："我家主人杨国仲特来拜见大人，正在帐外等候。"

"啊。"王开看看手中牌，真是把好牌，大有获胜希望，实在放不下。于是，他对哨官说："你代我迎进来。"说罢，他又低头忙于打牌。

杨国仲随哨官进来，见王开在牌桌上争战正酣，老大不悦。姜子石向他示意坐下，杨国仲也只好不声不响地坐在一旁。这把牌总算打完，杨国仲想总该收桌了，想不到王开又兴高采烈地把牌码上了。姜子石见状，料到等起来没头，便示意杨国仲站起来说话。

杨国仲站起来，抬高声音说："总镇大人在上，老朽杨国仲有礼了。"

王开一见，只好散局。他把桌上的钱，全划拉起来，也不管是谁的。几个偏将只好自认晦气，退出帐去。他们临走，王开还嘱咐说："谁也别走远，等完事了还接着来。到时候找谁要是不到，别说我不讲情面，定要军法从事，赏他四十军棍！"

杨国仲只好耐心立候。

王开把牌归拢好才与杨国仲叙话："咳，守在这个穷地方，烦闷死了。大家玩玩牌消遣消遣，叫你久等了。请坐，请坐。"

杨国仲坐下说："王大人镇守天河渡，日夜辛劳，保境安民，杨家坪百姓莫不感激。老夫特备好酒十坛、活羊三十只，前来犒军。"

王开听说送来活羊美酒，眉开眼笑，急忙告诉哨官："快，把酒全抬到我的后帐，把羊牵到我的马棚，留着慢慢受用。"他转身又对杨国仲客客气气地说："杨老先生如此厚赠，真令我不安。有道是却之不恭，只好愧领了。"

杨国仲把话转入正题："王大人，不知教匪现在何处？"

王开其实也不知道。明亮兵败后逃往襄阳去了，他以为还在钟祥，就说："教匪大概还在大洪山一带流窜，你我尽可高枕无忧。"

杨国仲见王开对军情不甚了了，担心地说："万一教匪窜回杨家坪，如何是好？"

王开哈哈大笑起来："老先生真乃杞人忧天，钟祥渡口有明亮大人两万大军守卫，教匪岂能一步飞越？德楞太大帅已严令明亮，务必不许教匪西渡汉水，你又担的什么心呢？"

杨国仲与姜子石，见王开如此大意，不以为然，双双婉言劝说。最后王开答应夜间在渡口加强巡逻，一旦得到义军活动消息，便派人给杨国仲报信。

回杨家坪的路上，杨国仲依然忧虑重重。姜子石再三劝慰，杨国仲方宽下心来。进了南门，杨国仲忽地起了一个念头，他对姜子石说："师爷，我欲去玄妙庵求签，问问吉凶，你看可否？"

姜子石说："其实求签问卜俱是自欺欺人，老爷愿去试试也未尝不可。只是万一签语不祥，也不必信它。待我们陪老爷前往。"

杨国仲道："你一路劳累，就不必拘礼了，我只带两个从人足矣。"杨国仲说完，与姜子石分手，带两名乡勇一直来到了玄妙庵。

杨国仲来到玄妙庵打什么主意呢？原来，德楞太当众表示不肯收受红珠之后，杨国仲又想重把红珠占为己有。哪知德楞太心下实际是难以割舍，只因碍着面子，暂时不便受用，而软禁起来。德楞太数日前去陕作战，红珠仍然留在杨家坪。杨国仲以为有了机会，要与红珠亲近一番。谁料，德楞太留下一名亲信千总和二十名官军看守，杨国仲难以近前。他可望而不可即，越发难以把持。今日回城路上，他不由想起了玄妙庵的尼姑，想到此寻些快乐，以解愁怀。

玄妙庵在外城西南角，庙宇不大，只有两进。前院是殿堂，后院是卧房。庵中原有两个尼姑，一老一小。最近老尼病故，只剩小尼一人。小尼姑原是贫家之女，八岁舍入空门，算来已十四年，法名妙聪。她虽然瘦弱多病，却也秀丽聪明。城内一些恶少，常借故到庵中厮闹，企图接近妙聪找些便宜。师父在日，有师父为她解围。如今师父去世，她惧怕恶少们纠缠，往往日上三竿，才开庵门，而不等日落，就早早把庵门关闭。近几天不知为什么，索性连大白天也不开门了。

杨国仲见庵门前清静无人，暗自高兴，便叫乡勇叫门。乡勇敲了好一阵，也无人应声。杨国仲不由心急，叫两个乡勇一起动手。两个奴才得令，照准庙门连踢带踹，使劲喊道："快开门，再不开门可要打进去了！"

里面一阵急促的脚步声传来,妙聪打开庙门,粉面含怒说:"此乃佛门静地,何人在此无礼!"

一个乡勇睥起胸脯说:"你少厉害,杨老爷到了,竟然如此慢待,不想活了!"

妙聪一看,果是杨国仲手捻着山羊胡子站在面前,只得赔笑上前施礼:"小尼不知老爷驾临,未曾及早出迎,当面谢罪。"

杨国仲瞟着妙聪,心中说,早就风闻她年轻标致,不料竟如此出众地清秀,暗暗高兴。他绷着脸儿走进庵门:"不知者不怪罪。只是,你大天白日紧闭庵门,是何道理?"

妙聪怔了一下,面色微红地说:"近来常有恶少无理取闹,因此我才闭门静修。"

杨国仲点点头,心怀鬼胎地来到客房里坐下。

妙聪送上茶来问:"杨老爷今日来到茅庵,是随喜,还是要做功德呢?"

"我欲在菩萨前求签。"

妙聪一听忙说:"请老爷饮茶少坐,待我先去把佛殿打扫一下。"

"不必了。"杨国仲站起来,"你头前领路便了。"

妙聪只好领着杨国仲来到观音殿。杨国仲迈步正要入内,见两个乡勇紧紧跟随,就吩咐说:"你二人且到庵门外等候,闲杂人等一律不许入内。"两个乡勇乖乖地出去把守庵门。

杨国仲入内仔细观看,只见修眉善目、神清貌秀的观音菩萨,端坐莲台之上,下立双手合十的善财童子。

妙聪点燃一炷香,插在香炉中,说:"杨老爷,签筒就在供案之上,要问何事,跪下向菩萨祷告,然后摇动签筒,便知吉凶。"

杨国仲脸上闪出一丝狡猾的笑意,回手关上了殿门。

妙聪忙问:"老爷关门为何?"

杨国仲不怀好意地看看妙聪:"我祷告之时,担心被外人听见。"

"那么,待我回避。"

"不,我的心事岂能瞒你,正要你在一旁侍候。"杨国仲手拿签筒跪倒,口中叨念说:"菩萨在上,目今白莲教匪为乱,不敬佛祖,不尊王法,不孝祖先,杀生害民,万民不安,杨家坪已屡遭劫难。望菩萨睁开慈悲慧眼,指引迷津,明示教匪能否再次为乱。倘能保佑杨家坪永不再被教匪侵占,免却刀兵之灾,小民定为菩萨重修庙宇,再塑金身。"

妙聪站立一旁，听在耳内，恨在心里。

杨国仲把签筒摇动多时，向外一倒，一支竹签掉出，拾起一看，是"上上大吉"。他心中大喜，站起来眉开眼笑地说："妙聪你来看，'上上大吉'，菩萨有灵，菩萨有灵！"

妙聪说道："菩萨明辨人间是非善恶。正所谓'善有善报，恶有恶报，不是不报，时候未到'。"

杨国仲转转眼珠："你此话指何而言？"

"当然指邪恶之徒。"

"白莲教匪可是恶人？"

"小尼只知'种瓜得瓜，种豆得豆。一切祸福，自作自受'，不管人间是非。"

"我也不与你妄论善恶，我且问你，独守空门不觉寂寞吗？"

妙聪听出杨国仲话中含有邪意，正言厉色地说："我们出家人，每日诵经礼佛与世无争，不知何为寂寞！"

"非也，只恐心口不一。若似老夫年纪，饱经忧郁，心灰意冷，遁入空门以了残年，倒也罢了。像你正值青春妙龄，每日与青灯黄卷木像泥胎为伴，岂不可惜？"

"杨老爷之言，小尼不懂。"

杨国仲想，面前的妙聪虽不及红珠妖艳，但却比红珠清秀，而且是黄花处女。此时此庵再无他人，岂非天赐良机？他就舍下老脸说："妙聪，依我之言，你不如还俗，跟我去享荣华富贵。"

妙聪气得浑身发抖："你，你你，偌大年纪，说出此言，难道不知羞耻！"

"常言说，'有缘千里来相会'，今日之会，岂非天意乎！"

"杨国仲，你睁开眼睛，莫忘此乃佛门净地，菩萨在上，须知神目如电，报应有期！"

"妙聪，织女也曾思凡世，洞宾也曾戏牡丹，男女之情，人所难免。观音在上，正好权为月老，你莫要怕羞。"杨国仲说着就要动手。

妙聪急中生智，大声呼道："菩萨呀菩萨，难道你就眼睁睁看着，有人玷污佛门净地，还不开口吗！"

说来也怪，就在这时，那泥塑的观音菩萨，忽然显圣说话了："大胆的杨国仲，还不与我跪下！"

杨国仲一听，简直惊呆了，"扑通"跪在观音面前，浑身像筛糠，磕头如捣蒜，口中"菩萨饶命"，叫个不停。

　　真是观音显灵吗？当然不是。原来观音像后隐着静凡。静凡等人在伏虎沟听说德楞太率大队官军突然离去，不知是真是假，也不知何故。他们想，也许是王聪儿在那里把官府打疼，德楞太才带兵去追剿。高均德建议趁官军一走，杨家坪空虚，下山攻取杨家坪。静凡说情况不明，不能轻举妄动，所以才亲自进城，要找王光祖了解内情。她来到缪回春家，方知王光祖为给李全报信，已混出城去。缪老先生告诉静凡，因缪超随义军出走，王光祖又暴露了身份，乡勇对他很是注意。为防意外，静凡来到玄妙庵落脚。妙聪与静凡早已相熟，二人正在叙话，忽听打门声甚急，妙聪怕是乡勇得信来捉静凡，便叫静凡隐身在观音像后。不料，杨国仲却偏偏来观音前求签。静凡听到杨国仲那沙哑的声音，胸中怒火腾然而起，血海深仇涌上心间。整整十八年了，要不是为了报仇，怎会忍辱偷生到今日？如今，杨国仲只身在此，不正是报仇雪恨的好机会吗？十八年来，朝思暮想盼的不就是这一天吗？她刚想下去报仇，听到妙聪的说话声，忽然意识到不妥，在此报仇，岂不要连累妙聪？考虑再三，她只好暂压怒火，权且忍耐。当她听到杨国仲对妙聪欲行非礼，妙聪向菩萨呼救时，顿时领悟妙聪之意，便拿腔作调，装作菩萨显灵。

　　静凡耳听杨国仲连叫饶命，又说："大胆狂徒，竟敢在我面前欲为禽兽之行。本当将尔拿至地狱问罪，怎奈尔阳寿未终，还不与我滚走！"

　　杨国仲听见此话，赶忙磕头："谢菩萨天恩！"然后他爬起来，头也不回，失魂落魄，屁滚尿流地跑出庵门。两个乡勇见老爷两眼发直，面无血色，冷汗淋漓，周身发抖，出得庵门就瘫倒在地，无不大惊失色。

　　一个乡勇见妙聪出来关门，断喝一声："大胆贼秃！如何把老爷害得如此模样？还不从实招来。"

　　杨国仲有气无力地说："不干她事，是，是菩萨怪罪了！快，快回府！"

　　两个乡勇一见，只好把杨国仲架上马去扶走了。

　　杨国仲走后，静凡对妙聪说："杨国仲老贼回去后，醒悟过来也许重来此处搜查，我须躲走，以免连累于你。他们抓不到外人，你一口咬定是菩萨显灵，又是老贼亲眼所见，谅他们也奈何不得。"

　　妙聪问："师父去何处安身？"

　　"我到缪老先生家取些草药，然后就出城回山了。"静凡辞别妙聪，便向回春堂去了。

　　杨国仲回到府中以后，姜子石、杨怀、费通、史斌等人闻信俱来问候。只见杨国仲躺在床上,神志恍惚,时不时说些不着边际的话,惊悸劲上来,又哭又喊又叫,两三个人都按不住。姜子石把两个跟去的乡勇仔细盘问了一遍,越发摸不着头脑。姜子石想,这准是受惊中风所致,不论如何,先给治病要紧。正要打发人去接缪回春,忽然一个乡勇哨官闯进来。姜子石一见,原来是派去暗中监视缪回春的人,就问:"你不在回春堂附近密探,慌慌张张跑回作甚?"

乡勇说:"报告师爷,方才我看见一个贫妇打扮的人,进了缪回春家,仔细一看,像是曾经劫法场的那个道姑!"

"什么?"姜子石一听站了起来,"你没有看错?"

"我看着像她。"

"好!"姜子石拿定主意,对费通、史斌说,"你们快去,多带人马,把回春堂团团围住,务必把道姑和缪回春一同抓来。"

费通、史斌急忙点上百余名乡勇去了。

费通他们走后,杨国仲又折腾了一会儿,似乎明白些了,忽地坐了起来。

姜子石忙说:"老爷,莫要起身,要安心静养。"

杨国仲眨眨眼睛问:"你们因何站在我的面前?"

杨怀答道:"只因老爷身体欠安,所以我们在此侍候。"

"啊。"杨国仲好像想起来,方才在玄妙庵观音显灵了。

姜子石从心里不信泥胎会开口说话,见杨国仲有七分明白了,试探着问:"老爷,难道观音真的显灵了?"

杨国仲想起此事,仍不免心惊肉跳:"不得了呀!果然菩萨有灵呀!"

"观音当真开口了?"

"我亲耳听见,怎会有错?"

"老爷,你真就相信泥胎会开口说话?"

"千真万确,是菩萨的声音。"

这时,一个丫鬟手捧托盘来到杨国仲面前悄声细语地说:"老爷,这是刚做好的燕窝粥,请您食用。"

不知为何,杨国仲看着丫鬟,两眼忽然又发直了。

姜子石怕杨国仲再迷心窍,就大声说:"老爷快吃吧。"

姜子石的话,杨国仲犹如未闻。他两眼发直地看着丫鬟,似乎害怕,直往床里退缩。怔了一会儿,他突然跪在床上,冲丫鬟直劲作揖:"大士饶命!菩萨饶命!我不是人!不该在菩萨面前调戏出家之人,今后再不敢了。"说着,他左右开弓,不停地打起自己的嘴巴来。姜子石急忙把丫鬟搀走了,杨国仲方才安定下来。

这时,只听人声喧哗。原来是费通、史斌转回来了。他们按照姜子石的主意,果然把静凡和缪回春抓来了。姜子石吩咐,把静凡先押下去,带缪回春上来给杨国仲治病要紧。

缪回春被反绑双臂,推上堂来,银须气得直抖,昂然挺立,也不说话。姜子石上前,假惺惺地给松开绑绳,又把缪回春让到座位上,然后说:"老先生,方才费总爷有鲁莽之处,还望体谅。"

"姜子石,你要怎样?悉听尊便,不必装腔作势。"

"老先生不要介意,只因杨老爷突然受惊吓得病,费总爷心急请您,未免于礼不周。无论如何,也要给诊治才是。"

"你信得过我吗?"

"当然。"姜子石说,"老先生的医术,远近闻名,我家老爷对您分外器重。令郎随教匪而去,老先生说是裹胁,我们也未加追究。令甥举家通匪,老先生说不知情,我们也未怪罪于你。只因敬你医术高超,不忍使你遭受连累。为人总要讲些良心,杨老爷如此宽仁对你,难道他今日患病,你就忍心袖手旁观?"

缪回春明白姜子石这一套,冷冷地说:"我久病在床,脉理不准,难以从命。"

"老先生,常言道'老将出马,一个顶俩',还是看了为好。"

"缪回春从来说到做到,说不看就不看,要怎样随你便!"

杨怀气得在一旁拍桌子:"老东西!我看你分明也是白莲教!"

"那你是抬举我了。"

"你说,到底看不看?"杨怀挽起袖子,借以威吓缪回春。

"我只为人治病,不对禽兽行医!"老人毫不畏惧。

"老家伙,你敢骂人!"杨怀上前打了一巴掌。

缪回春觉得鲜血从嘴角流下,他抖动着银须,气愤地说:"你们这些衣冠禽兽,白莲教早晚是要同你们算账的!"

姜子石见缪回春执意不肯,就吩咐说:"且把他押下去囚禁起来,若回心转意,万事皆休,如若不然,定斩不饶!"

缪回春被押下去了,杨国仲躺在床上仍然神志不清,胡话不停,姜子石有些束手无策。

史斌在一旁献计说:"我看老爷准是中了邪魔,找个阴阳先生,也许能给破了。"

"我看他妈邪门。"杨怀说,"也许是黄仙、狂仙、长仙附体呀,找个算命先生试试。"

姜子石虽然不太信,但别无他法,只好试试看,便叫史斌去街上找人。

史斌出了内城,想去关帝庙前,正行走时,望见对面恰好走来一个算卦走江湖的先生。他不由心中高兴,喊了声:"算卦的,过来!"

说来也巧,此人正是化装进城的刘半仙。他见对面有个乡勇头目打扮的人打量他,想反身躲进小巷,可是史斌在呼唤他了,只得含笑迎上去。

史斌上下打量刘半仙,见他一身布衣,满是灰尘,鞋上沾满泥土,手拿一个布幡招牌,上写"小诸葛麻衣神相"七个大字,两旁若干小字写道:算命、摇卦、测字、相面样样精通,驱邪、捉鬼、阴阳、扶乩件件皆能。史斌心说,这个人口气不小,倒也正好,省得往远处跑腿了。他心里这样想,嘴里却吒呼着问:"干什么的?"

刘半仙把招牌举了举:"上面写得明白。"

"从何处来?"

"来处来。"

"到何处去?"

"去处去。"

"胡说!"史斌瞪起眼睛,"你想耍我吗!"

"非也。"刘半仙说,"我们算命卖卜之人,本来云游四海,到处为家,萍踪不定,将爷动问,也只好如此回答。"

"哼!我看你分明是白莲教的探子!"

"将爷笑谈,我可担待不起。"刘半仙毫不惊慌。

史斌盘问一阵,觉得放心了,就说:"你不是探子,你都会什么?"

刘半仙又晃晃招牌:"上面写的全能。"

"你的口气倒不小,我倒要看看你有多大本事?跟我走。"

刘半仙一愣:"这是何意?"

"叫你走就走,少废话!"

史斌头前走,刘半仙怀揣小兔子只好跟着,一直来到了杨国仲病室。

史斌对姜子石说:"师爷,我找来个能人,号称小诸葛,想必本事不小。"

姜子石看看刘半仙:"先生,杨老爷方才去玄妙庵求签回来,忽然神志恍惚,口吐狂语,请先生看看,是否中了邪魔?如能驱走,定当厚谢。"

"如此说,是要跳神了。"

"但凭先生定夺。"

刘半仙想，若不郑重其事地表演一番，他们定然生疑。于是他吩咐说："如要跳神驱邪，请备下一炷香、一碗酒、一块红布、一面手鼓。"

四样物品，很快备好。刘半仙把香点燃，叫人扶杨国仲坐起，头蒙红布。刘半仙喝口酒往红布上喷去，然后拿起手鼓，边敲边跳边唱起来：

> 天怕乌云地怕荒，
> 花怕风吹草怕霜。
> 忠臣最怕君不正，
> 孝子还怕父不良。
> 为人最怕身有病，
> 小鸟害怕人打枪。
> 天怕乌云要下雨，
> 地怕荒废不打粮，
> 人怕有病担心死，
> 鸟怕枪响一命亡。
> 老爷有病不须怕，
> 无非野物缠身上。
> 若是狐仙浑身晃，
> 若是黄仙乱叫嚷，
> 若是长仙全身冷，
> 若是阴魂不声响。
> 邪魔做事太胆大，
> 来缠老爷欠思量。
> 老爷本是大命人，
> 贵人自然有天相。
> 奉劝邪魔快退走，
> 晚走一步命不长！

"梆梆梆"，刘半仙敲了一阵，故弄玄虚地扭摆一气，又边跳边唱起来：

> 哎哎哎，哟哟哟，

>那是啥？众人瞧！
>不是虎来不是猫，
>又像虎来又像猫。
>你呀你，真可笑，
>钻门缝来溜墙角，
>拿着鸡粪当油糕，
>不成仙来难得道。
>赖在此处再不走，
>难免当头挨一刀！

刘半仙使劲敲一下手鼓，大喊一声："着！"连碗带酒猛地全扣在杨国仲头上。

杨国仲"噢"的一声，嘴里乱叫："大士饶命！大士饶命！"

刘半仙放下手鼓："好了，乃黄仙缠身。"

史斌、杨怀都看过跳神，他们见刘半仙做得很像，信以为真。杨怀请教地问："请问先生如何把黄仙赶走呢？"

刘半仙想，正好借此机会捉弄一下杨国仲，就说："要赶走黄仙，病人当要受些苦。"

"只要能治好病就行，该怎么办你就说吧。"

刘半仙煞有介事地说道："待到今夜三更，叫病人坐在院中，先用筷子夹手，如果不行，再用钢针穿鼻，还赶不走，就火炼金身。就是千年黄仙，也经不住太乙真火，管保非逃不可。"

姜子石听后，说："就请先生今夜如法施行吧。"

刘半仙想，不行啊，我得赶快脱身，找缪回春要紧。他便说："三更驱邪，需病者亲近人施行方可。我身上已有法气，黄仙闻见事先躲起来，难以奏效。"

杨怀点点头说："对，是这么回事，得从至亲好友中挑选身强力壮敢下手的。"

刘半仙又说："我在城中，还要待几日，如果有什么差错不灵验之处，明天可到关帝庙前找我。"

姜子石叫人取二两银子，重谢了刘半仙，并亲身送出二门。刘半仙心想，这群笨蛋，等义军打下杨家坪，我叫你们好好认识一下我这个"小诸葛"。

第十九章 老贼伏法人心大快 孟生认母返本归宗

德楞太率大队官军入陕，行至山阳县境内，闻知攻打长安的义军突然撤走了，而且去向不明。德楞太要前行，失去了目标；要后退，又不知义军去向，不禁在山阳一带滞留徘徊。他一面派出探马回去打探消息，一面在山阳权且驻兵等候。军旅空闲，德楞太倍感寂寞，不由想起了妖艳动人的红珠，越想越难自持。陈夫之晓得了主人的心事后，自告奋勇，要去把红珠秘密接来。德楞太一听大喜。陈夫之便带上几名心腹，轻车飞骑，直奔杨家坪而来。

一路无话，陈夫之进了杨家坪，直奔杨府大门。他在门前下车，正要往里走，忽见里面走出一个算卦先生。俩人一照面，那算命先生急忙用招牌遮住了脸。但是已经晚了，陈夫之早已看见，抢上前去呵呵地笑着说："哎呀呀！这不是敬温吗？真是幸会！幸会！"

冤家路窄，刘半仙只得硬着头皮搭话："表兄别来无恙。"

陈夫之对这一意外相逢，高兴得没法提，眼睛笑得眯成一道缝："敬温，为何如此打扮？"

刘半仙扯了个弥天大谎："我早已重操旧业了。"

陈夫之似信非信地说："如此说，敬温已然金盆洗手了？"

"正是。"刘半仙急于脱身，"表兄，你公务在身，我不便打扰，改日再会。"

陈夫之一把扯住他的袍袖："敬温，阔别已久，正该欢叙，何必如此匆忙？来，随我进去再说。"

刘半仙见走不脱，心下说此番性命休矣。这时，姜子石等闻信已迎接出来。

同到客厅坐下，姜子石问："陈师爷，这位先生难道与您相识？"他见刘半仙与陈夫之携手进来，甚觉奇怪。

刘半仙此刻神魂不定，他简直不敢想象，陈夫之要是公开他是白莲教的军师，该是个什么结局？不料，陈夫之却说："此乃余之表弟，我们弟兄许久不见，今日巧遇，欲借贵府畅谈一番。"

"原来如此。"姜子石又把方才刘半仙为杨国仲驱邪之事说了一遍。

陈夫之说:"噢,原来杨翁受了惊吓。这不妨事,我表弟善于驱邪送鬼,经他看过,管保无事。"

"多谢师爷吉言。"姜子石问,"师爷不在军中,到此为何呢?"

陈夫之看看刘半仙,含糊其词地说:"此来特为取一件东西,以供军用。"

"陈师爷,只要府中所有,一切敢不从命。"

"那我要先道谢了。"陈夫之说,"请把表弟先送到客房休息,待料理完公事,我还要与表弟叙旧。"

陈夫之说罢,由杨怀客客气气地把刘半仙送到了客房,陈夫之还派来一个亲信照料刘半仙。刘半仙知道,这是陈夫之派人看着他,可他怎么也弄不明白,陈夫之为什么不把他的身份说破?

刘半仙六神无主地等着陈夫之,可是陈夫之似乎把他忘了,吃过晚饭天都黑了,还不见陈夫之到来。他心神不定地站在窗前,只见疏星如豆、弯月似弓,夜空显得分外广漠神秘,深不可测。刘半仙的心情,也像这夜空一样,黑暗又没有边际。他想起上次自己用诈降计,欺骗了陈夫之,致使惠令大败,陈夫之今番定难饶过自己。看起来,性命是保不住了。想到死,不免也留恋地想到了过去。他也曾深信,"书中自有颜如玉,书中自有黄金屋",为光宗耀祖而十年苦读寒窗。他曾自信,只要也能"头悬梁""锥刺股",不指望六国拜相,也总会金榜题名。然而,手提考篮,一场场下来,脸上的皱纹渐渐多了,他依然是名落孙山。在仕途绝望的情况下,他入了白莲教。起义后,虽然几经波折,但总觉得有了封侯拜相之望。谁料,命运竟然这样捉弄人,一下子又把他推向了死亡的边缘。难道,今生就这样完结了吗?刘半仙不住地叹气咳声。

门外响起了脚步声,刘半仙心慌意乱地坐在椅子上,强稳心神,竭力保持镇定。

陈夫之慢慢踱进来,满面春风,一团和气:"敬温,晚饭可吃得如意?"

这半日已把刘半仙闷坏了,他故意口气很硬地问:"表兄,你究竟要如何?痛快一些,要杀要砍悉听尊便!"

陈夫之嘿嘿笑起来,他听得出,刘半仙口气虽硬,实则是怕死,就亲亲热热地说:"敬温,我若想坏你性命,何必为你遮掩?我们毕竟还是表兄弟嘛。"

刘半仙冷眼地看看陈夫之:"你把我软禁在此,究竟意欲何为?"

"有件小事,要请表弟帮忙。"

"我一个穷算卦的,能帮表兄什么忙?"

"表弟,真人面前莫说假话,谁不知你是王聪儿的军师。"

刘半仙分辩说："表兄，你莫信传言。当初，我一念之差入了教，过后悔之不及。白莲教中缺少读书人，我这个算命先生也就金贵了。说是军师，其实无非是算账写信而已。后来杨升投奔过去，我更不为所用。我见教匪必败，因此，一月前就已脱离他们，又重操旧业，仍旧卖卜为生。"

陈夫之哈哈一笑："敬温，你呀，跟我说瞎话，岂不是掩耳盗铃？自襄阳一别，倏忽二载有余，今日有幸巧遇，有两笔账我要和你算算。"

"两笔什么账？"刘半仙不解地问。

"俱是人命账！"陈夫之收敛了笑容，"敬温，你大不该用诈降计，致使惠令大人功败垂成，万余官军死伤，我也险些送命。只这笔账，你也罪该万死了。"

刘半仙低声说："两国交兵，各为其主，那时我也是不得已而为之。"

陈夫之并不深究："算了，过去之事不提也罢。有一件事，我却要向你当面道谢。"

"道谢？"刘半仙未免糊涂。

"那年在襄阳，多承你通报消息，使我得立大功，擒斩齐林以下教匪一百余人，这笔账今天也当一算。"

刘半仙站立起来："果然是你将我出卖，你真是人面兽心！"

陈夫之冷笑两声："怎么，你怕外人听不见吗？尽管高声喧嚷。"

这一下击在了刘半仙的痛处，他无力地坐下不言语了。

陈夫之暗暗得意："敬温，不管怎么说，我们是表兄弟，有道是'姑表亲，舅表亲，打断骨头连着筋'。你使诈降计害我，我不怪你。你透露消息致使齐林等一百多人送命，我始终守口如瓶，为你保密。此事若被王聪儿知道，岂有你的命在！你放心，此事只有你知我知天知地知，我若不说，别人休想知道。"

刘半仙默不作声。

陈夫之只好进一步摊牌："我为你花费这些心机，你也应当为我分担些忧烦。"

"表兄，明话直说，你想要我如何吧？"

"好，不愧是我的表弟，那我就直言了。"陈夫之靠近一些说，"敬温，教匪之乱，波及五省，当今圣上深为不安。尤以王聪儿为贼中首逆，如能将她置于死地，群龙无首，匪乱易平。可是，王聪儿武艺高强，骁勇善战，用兵又神出鬼没，致使十数万官军征剿也难奏效。眼下，我效力于德楞太大人帐下，他责我中你诈降之计，许我戴罪立功，如能设法除了王聪儿性命便罢，不然就要抄斩我的全家。如今，愚兄只有求救于你，表弟无论如何也要救我一家大小性命。"

刘半仙忙推托道："表兄，你这是强我所难。王聪儿满身武艺，一二十员上将尚不是她的对手，我手无缚鸡之力，怎能有此作为？"

"你不能行刺，但可以投毒！"

"不行。"刘半仙说，"王聪儿的饮食起居，有高艳娥等一班女将亲信照料。我接触不到茶饭，投毒又从何谈起。"

"你身为军师，日常留心，不愁没有机会。"

"此事实难做到。"

陈夫之感到，还要投些诱饵："敬温，你是读书人，应该看清大局，莫要死抱白莲教大腿不放，落个当贼的千古骂名。人生一世，谁不为荣华富贵？你若能除掉王聪儿，便是千古奇功。当今定然重有封赏，我保你少不了四品顶戴。这可是千载难逢的良机！"

刘半仙依然推托："我何尝不想富贵，只是我实在无能为力呀！"

陈夫之感到应该施加压力了："敬温，此事你若不应，恐怕于你的性命有碍。"

"性命！"刘半仙一惊。

"你我相会，我的从人尽知。如无结果，我断然不敢放你。"

刘半仙惊怔一下，嘴里却硬气着说："要杀要砍，随你便吧。"

陈夫之把话又收回一些："敬温，你可要再思再想，谅你无申公豹的法术，脑袋割下来可就安不上了。"

"你一定要杀，我也只好受死！"

陈夫之冷笑两声，站起来："敬温，不料你竟如此执迷不悟。那就休怪我不尽力相救了。"说罢，他呼唤一声，两个清兵走进，把一根绳索套在了刘半仙脖子上。刘半仙登时面如土色，浑身发抖。绳子刚一较劲，便觉呼气难喘，心内憋闷痛苦，难以名状，他急忙喊："表兄且慢！"

陈夫之一努嘴，两个清兵松开手。陈夫之然后问："还有何话说？"

"可否再做商议？"

陈夫之一挥手，两个清兵退出。刘半仙心想：我不能这么死了，一死岂不万事皆空？何不权且含糊应承，回去之后做不做由我？想到此，他便说："表兄，除掉王聪儿，恐非一朝一夕所能办到，求表兄宽限些时日。"

"我也并非要你明天就取下王聪儿之头，但时间太久也不行。"

"我一定尽快找机会下手。"

陈夫之上上下下把刘半仙看了几眼:"敬温,你可莫口是心非呀!"

"不会,大丈夫言必信,行必果。"

"好吧,请表弟写一字据。"

"字据!"刘半仙心中暗惊,"这就不必了吧。"

"表弟,非是为兄信你不过,只是如无凭据,我回去难以向德楞太大人交代。"陈夫之口气很硬。

刘半仙为了活命,万般无奈,写了字据。他心想:写了字据,我不干你能把我怎样?

陈夫之把字据收起来:"敬温,我给你半年期限。如果逾期,那么,我就把齐林等人死亡的内幕,连同这张字据,全都交给王聪儿!"

这一下,击中了刘半仙的要害,把柄在陈夫之手中,事就更难了。他把心一横,管它呢,车到山前必有路,且混过这一时再说。他便应道:"表兄放心,半年之内定有好消息。"

陈夫之当然并不认为刘半仙已经服帖了,也不认为刘半仙一定能谋害王聪儿。但他手握刘半仙的把柄,不怕刘半仙跑出他的手心。他想,不管怎么说,把王聪儿的军师控制在自己手里,就是一件大功。

陈夫之叫从人摆上酒宴,给刘半仙满上一杯酒:"敬温,开怀畅饮,安睡一宵,明日起早出杨府。以后万一王聪儿问起,你就说被史斌拉来,为杨国仲驱邪跳神了。"

刘半仙端起酒杯,喝了一口,不知是辣是苦,还是别有一番滋味。

酒过三巡,陈夫之又发动了第二个攻势。他给刘半仙夹了一箸菜,然后问:"敬温,说了这许久,你还未曾告诉我化装来此为何呀?"

"这个……"刘半仙想,既然已到这步田地,瞒也无用,不如直说了吧,便把经过说了一遍。

陈夫之获悉王聪儿六万大军已从钟祥过了汉水,正向郧西进发,不日就要前来攻占杨家坪,恨不能立刻把消息报告德楞太。他决定明早起五更把红珠拉上就走。他告诉刘半仙,明早出城返回军中,就说缪回春已被监禁,王光祖下落不明,这样回去可以向王聪儿交代,也不会生疑。刘半仙此刻无可奈何,也只好如此。

第二日一早,刘半仙独自先出城去了。陈夫之把红珠载于车上,临走嘱咐姜子石,要严格盘查出入行人,防止白莲教奸细混入城内。如果教匪来攻,且据险而守，大队官军很快就会赶到，那时将教匪夹击于城下，必获全胜。陈夫之经过天河渡口时，又特意嘱咐王开要多加小心。王开一听，告诉哨官带人在渡口严加盘查。

哨官领着几个清兵，正在渡口游荡，忽见有五个客商向渡口走来。哨官一声断喝："干什么的？站下！"

"我们是过路的客商。"为首的客商答道。

"去往何处？"

"到杨家坪收购山货。"

哨官看看客商们鼓囊囊的钱口袋说："等候检查！"哨官觉得这些客商年纪甚轻，不像长期经商的买卖人，就进帐报告了王开。王开这一阵牌不顺手，几乎输光了，听说有钱的客商经过，心想，先把他们带的钱整下来再说。于是，他吩咐哨官，把客商全都带进帐来。

为首的客商上前说："大帅开恩，我们俱是本分的买卖人，前往杨家坪收购山货，放我们过江吧。"说着，他从钱袋里抻出一贯铜钱，放到牌桌上说："这点小意思，给老爷们买碗茶喝。"客商抻铜钱时，不小心带出来好几锭元宝，他急忙拾起来，又装回钱袋。

王开见五个人钱袋全鼓鼓溜溜的，眼中冒火，笑着问："你们真是客商？"

"不敢欺骗大帅。"

"那好，我正在打牌，你们且上来打几圈，等这局下来，我盘问明白，就放你们过江。"

客商为难地说："我们不会打牌，再说，还要赶路呢。"

王开手下的几个部将，也早就眼红了。他们不由分说，把客商拽到牌桌上。王开便催他们下注。客商再三推托不过，只好把钱掏出来。王开看见成堆的铜钱，心里乐开花。他暗暗把灌铅的骰子拿在手里，挽起袖子，蹲在凳子上，兴高采烈地耍起来。一顿饭的工夫，客商们的铜钱就全都输光了。

王开把铜钱搂到面前，咧嘴笑着："押！押银子，捞本呀！"

客商们似乎都输上了火，各自把钱袋里的大银锭、小元宝、散碎银子，全都掏了出来，摆了满桌，王开等人见了实在眼热。这时，哨官进来报告说："启禀总镇大人，有一支人马有五千左右，已经接近渡口，请令定夺。"

王开不由沉吟，陈师爷说教匪已从钟祥渡过汉水，正向这里进发。莫不是教匪来到渡口？王开正自思忖，那为首的客商说："各位老爷，桌上这些银两，全都孝敬你们了，快放我们过江吧。"

王开和他手下的几员将领一听，就像饿狗扑屎一样，伸手乱抢，你争我夺，好不热闹。谁料，就在这时，五个客商一齐动手，从王开等人身上抽出刀剑，大喝一声："不准动！"原来，这些客商是白莲教义军乔扮的，为首之人便是姚之富。

王开等人立时都傻眼了。有个守备想溜走，被姚之富手起剑落，劈倒在地，剩下谁也不敢妄动了。

姚之富用手揪着王开的脖领："你手下人谁敢动一动，先叫你的脑袋搬家。"

王开浑身发抖："壮士饶命，谁也不动。你们要多少钱，我帐中所有的尽管拿去，只求饶命。"

"你以为我们是打劫的强人吗？我们是白莲教！"

"啊！"王开瘫在了椅子上。

"告诉你，外面来的队伍，也是我们的人马，十万大军就在后面。你若想活命，告诉你手下的两千人马赶快投降。"

"若保我不死，情愿投降。"

"只要投降，全都免死。"姚之富等把王开和几员官军偏将押出帐外。刘启荣、王廷诏带领五千人马已经上来接应。王开一见，更加不敢反抗了，慌忙下令部下两千人马集合，老老实实被义军缴了械。姚之富命令官军脱下衣服，让两千义军换上。他与王廷诏也换上了官军偏将的服装，对王开说："若想活命，带我们进入杨家坪，只要进了城，就放你逃生。"事到此时，也由不得王开了，他不敢不应，只得领着姚之富、王廷诏和两千化了装的义军，向杨家坪进发。

天河渡失守之事，杨家坪里全然不知。此刻，杨国仲正在大逞淫威呢。昨夜，姜子石并没有试验刘半仙的办法。而杨国仲经过一夜休息，早晨起来便清醒多了。姜子石见主人好了，当然高兴。早饭以后，杨国仲来到客厅。姜子石告诉他说，陈夫之带走了红珠，他们昨天抓到了劫法场的道姑静凡。杨国仲听说捉住了静凡，喜不自胜，忙叫带上来，他要亲自审问静凡。

当静凡被乡勇押着走上厅堂，杨国仲仔细看了几遍后，不禁惊呆了，怎么？难道是她？这怎么可能呢？她不是已经跳下舍身崖葬身谷底了吗？可是，那眉眼、神态、身段，又都确实像她呀！从劫法场他就知道这个静凡尼姑，但从未从近处仔细看过。如今她站在面前，杨国仲清楚地看见，那双眼睛喷射怒火。啊！看见了，她那颗小而迷人的黑痣，如今仍旧清晰地点在上唇。难道真的是她！杨国仲不觉站起来："你，你，你可是李……"

"老贼！杨国仲，你还认得我吗？"此刻，静凡什么也不顾了，她心中只有仇恨，难以压抑的仇恨，"我就是你害不死的李婉，十八年了！血海深仇，我时刻难忘！"

"以往之事，还提它做甚？"

"为什么不提？你这个道貌岸然的衣冠禽兽！今日，我要当众扒下你的画皮！"静凡满腔怒火在燃烧，十八年前的往事又涌上了心头。

十八年前，李婉是襄阳城一个戏班子里的刀马旦。二十多岁，正是演员的黄金时代。经过十年舞台生涯的磨炼，她的演技堪称炉火纯青。她的名字，已经誉满湖北的道州府县。她扮相俏丽，武功娴熟，嗓音甜脆。再加上她丈夫孟伶与她配戏，可称是珠联璧合，在当时艺压群优、名冠郧襄。

那年夏季，杨国仲葬父，把李婉所在的戏班子接去唱堂会。杨国仲指名要李婉夫妻主演《穆柯寨》。当时李婉已有六个月的身孕，再三请免，杨国仲不应，李婉只得登台。李婉扮的穆桂英，美丽、聪明、活泼，杨国仲看得着迷了，遂起不良之心。在戏班子回襄阳途中，船泊天河渡口，夜静更深，杨怀带人上船，把孟伶抛入汉水淹死，把李婉抢到了杨家坪。戏班子班主害怕火烧到自己头上，哪敢声张，连夜带全班人马逃往他乡去了。

李婉被抢后，本欲寻死，想起腹中尚有孟伶骨血，就忍辱活了下来。十月期满，她生下一子，便叫收生婆把孩子弃于后花园外，以期被好人拾去，抚养成人，长大后好给父母报仇。杨国仲受了骗，只知婴儿已抛于荒郊野外，哪里知道，这孩子原来就是他的养子杨升。没有了孩子牵累，李婉更不想死了，她要为丈夫报仇。因为老贼防范着她，不好下手。她便在一次清明节给丈夫的郊祭中，趁机杀死两名乡勇，夺过一匹马逃跑了。后来，她在青莲庵得遇年老道姑，便拜师出家学武。几年后，李婉武艺学成，老道姑也因病去世。她就把侄儿李全接去，期望李全学好武艺帮她报仇。昨晚，她与缪老先生关押在一处。李婉说起自己的身世，缪回春一听大喜，告诉她拾子经过。李婉这才知道，十八年来自己日夜思念的亲生子就是杨升，闻得他已投奔了王聪儿，心中越发高兴。遗憾的是杀夫之仇未报，自己反落贼人之手。

静凡一口气说罢经过，怒视杨国仲："老贼，这笔账早晚你要还清！"

杨国仲冷笑着说："李婉，你逃了十八年，还没逃出我的手，你是想死呢？还是要活呢？"

"你莫高兴太早，白莲教是不会放过你的！"

"只怕白莲教成不了气候！"

"白莲教定能杀尽贪官污吏，重整乾坤！"

"李婉，火烧眉毛先顾眼前吧。"杨国仲得意地捻起山羊胡子，"常言道'冤家宜解不宜结'，念在十八年前相识一场的情分上，你若肯归顺，我保你不死。"

"老贼，你就死了这条心吧！"

这时，史斌来报：镇守天河渡口的总兵王开，领两千人马移兵进城，一起来守卫杨家坪。杨国仲一听大喜，忙叫人把道姑押下。他亲自到城门迎接。王开在姚之富、王廷诏监护下，被接进了杨府客厅。未及坐稳，姚之富一摆手，随从蜂拥而上，早把杨国仲、姜子石、费通、史斌四人一起捆绑起来，只有杨怀不在，得以逃脱。

杨国仲有些发蒙，急忙问王开："王大人，这是何意？"

王开无力地说："杨翁，我是被押来的，他们全是白莲教！"

杨国仲、姜子石等马上傻眼了，都面面相觑，无言可对。姚之富命令把他们押下去，从牢中放出静凡、缪回春。这时，城内的乡勇已被进城的义军缴械了。姚之富派人飞马报与王聪儿知道。傍晚，白莲教大军又兵不血刃地进了杨家坪。

老神医缪回春也来杨家坪南门口，迎接义军入城。他儿子缪超在王聪儿身后，看见父亲急忙上前见礼。缪回春毫不理睬，却一把扯住走在缪超身边的杨升，不由分说，把杨升拽到了静凡面前。缪回春的举动，把众人闹愣了。杨升奇怪地问："老伯，您这是何意？"

缪回春笑容满面地问："杨升，你道是在你面前者何人？"

杨升疑惑地看看静凡，越发不明白："这不是静凡师父吗！"

"什么师父师父的，杨升，她就是你的生身母亲！"

"啊！"杨升一下子惊呆了。怎么，难道面前站的就是自己日思夜想梦中盼的生身母吗？他呆痴了，一时不知如何是好。

静凡眼望着亲生儿子站在面前，眼泪早如断线珍珠滚落下来。刹那间，往事全涌上了心头。她想起了自己同孟伶的恩爱，想起了老贼杨国仲害死孟伶的情景，想起了忍痛抛弃亲生子的时刻……天理昭彰，报应不爽，如今老贼落入了义军之手，儿子也回到了自己身边。这十八年的苦，总算没有白熬。看儿子的容貌、体态，多么像他的父亲，简直就是孟伶重生，站在了自己面前。她再也控制不住悲喜交加的情感了，一把抓住杨升的手，叫了声："儿啊！"就哭泣起来。

缪回春见杨升与众人还都在发愣，便把始末因由简单地讲了一遍。原来，缪回春和静凡被抓入杨府后，一同关在土牢里。静凡料到杨国仲不会放过她，就向缪回春吐露了实情，讲了身世。静凡一说曾把孩子弃于后花园外，并有红绫小被和银镯一只为信物，缪回春立刻想到定是杨升。二人仔细盘对一番，果然不差。静凡又喜又悲，嘱托缪回春日后见到杨升，把生身父母的真情告诉于他，让他为父母报仇。静凡以为母子难以见面了，哪料到逢凶化吉，姚之富用计活捉了杨国仲。静凡不但可以报仇雪恨了，而且也与亲生儿子重逢了。

杨升听缪回春讲完，"咕咚"一声，双膝跪倒，喊一声"娘！"，也哭将起来。

王聪儿和众首领一起上前，祝贺他们母子相认，并且提议，杨升改名换姓，叫作孟生。静凡听了非常高兴，当即给儿子改了名字。

这时，姚之富向总教师报告，杨国仲等四人被生擒，杨家的帮凶中，只有杨怀一人在逃。王聪儿下令，全城严加搜索，务必擒拿归案。王聪儿还决定，明日待伏虎沟的义军来到，一起大摆宴席庆功，并祝贺静凡母子团圆。人们兴高采烈，唯独刘半仙心怀鬼胎，忐忑不安，笑起来也有些勉强。他听说杨国仲等被活捉，分外担心，怕他们说出他与陈夫之曾在杨府饮酒密谈。虽然杨国仲不知谈话内容，但王聪儿若得知密谈之事，必然就要追根盘问。

王聪儿发觉刘半仙神情有些异常，就问："军师，你因何闷闷不乐？"

刘半仙急忙掩饰："我身为军师，化装进城一次，结果寸功未立，于心不安。"

王聪儿说："军师不必如此，城内情况有变，并非你不尽心竭力。况且，今后不愁无立功机会。"

刘半仙点头称是。他怕被王聪儿看出破绽，急忙离开了。

次日，沈训、高均德、田牛等人来到杨家坪，王聪儿不见父亲来到，心中暗自发惊，唯恐有什么意外，想问又不敢问。

范人杰早就急了："王大叔呢？他怎么还不来？"

"王大叔，"高均德结巴一下，"他在山里，暂时不得脱身。"

刘半仙说："均德，白帝城分兵时，我真担心你们杀不出重围。"

沈训接过话头说："说起来也真悬，要不是王大叔带领人马引走魁伦，我们休想突围。"

王聪儿已觉到情况有异，再也沉不住气了："你们说，我父亲他究竟怎么样了？"

"他，他……"高均德张口结舌，难以回答。

静凡走过来，拉着王聪儿之手："你父亲，他为使均德和众多教友脱险，调虎离山引走魁伦，在官军重兵围攻下，激战到最后，壮烈牺牲了！"

王聪儿闻听此言，只觉天旋地转，两眼发黑，强自把持，扶墙站立，才没有昏倒，但终于忍不住，哭出了声。

刘半仙劝道："总教师莫要过于悲伤，王大哥为了白莲教'兴汉灭满'大业，捐躯献身，虽死犹生。"

王聪儿想到自己是总教师，强忍泪水，叫高艳娥给倒了一碗酒，面对白帝城方向，双膝跪倒，把酒举过头顶，对空遥祭："爹爹，您可曾听见女儿的呼唤。为我白莲神教'兴汉灭满'大业，您血染沙场，捐躯异乡，白莲儿女们将永远记着您，不灭满清，誓不罢休！"

众首领也在王聪儿身后齐刷刷跪倒，齐声说道："不灭满清，誓不罢休！"王聪儿连祭了三碗酒，又哭了一场，方才起身。

刘半仙走近前说："总教师，等下我们将杨国仲等四人斩首，再用他们的人头为王大哥隆重设祭。"

王聪儿说："不必了。起义打仗，必然要有死伤。自我们举旗以来，有多少教友献出了生命。待到打得天下之时，我们一起为他们设祭。"

这时，负责布置刑场的刘启荣前来报告说，刑场已然准备完毕，单等总教师和众首领前去了。王聪儿一听，立即同众人一起向刑场走去。

刑场设在关帝庙前。从大清早起，杨家坪的男女老幼，就成群结队往关帝庙拥去。刚吃过早饭，那里就已人山人海，挤得水泄不通了。听说要处斩杨国仲等人，全城百姓几乎通宵未眠，他们高兴得近于发狂。多少年来，百姓受着杨家的欺压，有苦无处诉，有冤无处申。只说杨家是铁打江山，万劫不改。如今，白莲教起义的刀枪，终于把这个独霸一方的小朝廷打翻。他们多么期望亲眼看到杨国仲的下场呀，因此几乎倾城挤到了刑场附近。

王聪儿等人来到，见此情景，十分感动。他们好不容易穿过密匝匝的人群，来到临时搭成的台子上。王聪儿向下望去，只见万头攒动，人群似海。杨国仲等四人，都奋拉着狗头，跪在刑场中央。愤怒的人群中，不时发出对他们的血泪控诉，有的是哭，有的是喊。站在前面的人，不时往他们身上扔石头、打土块、吐唾沫。人们都想往前挤，义军拼力地维持着法场的秩序。

王聪儿明白了人们拥挤的心情，立即命令把杨国仲等架到台上向百姓跪下。这下，后边的人也能看得见了，就不再那么拥挤了。刘半仙此时只想快把杨国仲他们杀死，以免暴露出他曾与陈夫之密谈之事。可是，看样子王聪儿还要和大家讲几句,他就尽量往后躲闪着,以免万一叫杨国仲看见。就在这时,刘半仙忽然看见,两个义军战士押着一个人到了人群后面,正要往里挤。刘半仙在台上看得真切,被押的人正是杨怀,只见他挣挣拖拖不肯往法场里走。刘半仙不由一惊,心想千万莫叫杨怀看见,要是泄露了他的秘密可就糟了。很快杨怀被带到了台下。王聪儿见杨怀被捉到了,十分高兴,吩咐押上台来。刘半仙急忙站在身高体大的刘启荣身后。可是,刘启荣一走动,杨怀偏偏一眼就看见了他。杨怀就像落水之人抓住船板一样,赶忙跪在刘半仙脚下:"军师,刘军师,你千万说情,救我一命!"

刘半仙气得不知如何是好:"你,你向我求什么情?"

王聪儿见此情景,也觉奇怪,不由注意地观看。

杨怀心想,那夜陈师爷与刘半仙密谈了一宿,他们说是表兄弟,但一人是白莲教军师,一人是德楞太幕僚,其中定有隐情。若把此事向刘半仙点一下,他若怕我和盘托出,说句话就会救了我。想至此他便说:"刘军师,您向总教师求求情饶我不死,我绝不忘您的大恩,那陈师爷之事……"杨怀说到这里有意停下了。

刘半仙听杨怀如此一说,又急又怕。他也顾不得多想了,从身上拔出佩剑,直向杨怀胸口刺去。杨怀没有料到,胸口被捅个窟窿,当即倒地而死。

王聪儿怀疑地问:"军师,你这是何意?"

刘半仙也知此举露骨,但情急无奈不得不如此,就故作镇静地说:"可恨杨怀,死到临头还敢胡言乱语!"

王聪儿觉得杨怀之言必有内因,刘半仙举止有些反常。但是在此场合,她也不便盘问,就轻淡地说:"杨怀罪固当死,军师也未免太鲁莽了。"

刘半仙说:"我一气之下,就忘了许多。"

王聪儿叫人把杨怀尸体拖过一边,面对台下众百姓说:"父老兄弟姐妹们,杨国仲和他的帮凶,多少年来,骑在我们头上,做尽了坏事,血债累累。今日,白莲教要给黎民报仇雪恨!"

人群里发出欢呼声。

王聪儿接着说:"当今朝廷昏暗,暴敛无道,贪官污吏横行,老财恶霸为非作歹,日子苦不堪言。要想活命,要想过好日子,就只有造反!白莲教今日能把杨国仲打翻,明天也能将皇上打倒!"

王聪儿讲完,下令开刀。四个行刑的兵士,立刻上前,挽住杨国仲等四人的辫子,刚举起刀来,忽听有人喊道:"且慢!"随着话音,已经改名为孟生的杨升和他母亲静凡，一起来到了法场。

孟生来到台上，对王聪儿说："总教师，我要为死去的父亲报仇，您让我亲手杀了老贼吧！"

王聪儿看见师父静凡期待的目光，点点头说："好吧，杨国仲就由你行刑！"

孟生从行刑兵士手中接过鬼头刀，揪着辫子仰起杨国仲的头："老贼，你看我是谁？"

杨国仲睁开眼睛，惊异地说："升儿，你，竟然如此？"

"呸！谁是你的升儿！"孟生一口痰吐在老贼脸上，"告诉你杨国仲，被你害死的孟伶就是我父，你害不死的李婉就是我母，我叫孟生。今日，白莲教总算给我爹爹报仇了！"说罢，手起刀落，杨国仲立刻人头落地。随即，姜子石、费通、史斌也都做了无头之鬼.

处决了杨国仲等人后，王聪儿的心情还是难以平静。方才，刘半仙与杨怀的对话，以及刘半仙匆忙地把杨怀杀死灭口，使她隐隐感到，刘半仙似乎有什么不可告人的事。由此，王聪儿又不禁想起了齐林死前留下的短束。这封短信她一直带在身边，其中的两句话已经背熟了：刘半仙提早出城，难道无意？齐林之死是谁告密？这个谜，虽然至今尚未解开，但王聪儿对刘半仙有些怀疑。再加上今日这件事，不能不使她深思。她前思后想，始终委决不下，便把师父静凡请来，将以上事体说了一遍。静凡听后，沉吟片刻，说："无真凭实据，当然不能轻易认定谁是坏人。但是，防人之心不可无，今后对他需格外小心，可派心细之人暗中注意。若不是奸细，岂不更好？"

王聪儿点点头，感到师父说得有理。这时，探马紧急来报：德楞太率领十万大军，已经到了天河渡，正向杨家坪杀来。王聪儿不由站起身来，心中说，看起来与德楞太的一场激战是不可避免了。

第二十章　胜负顷刻战果谁知　福祸转瞬君心难测

　　血红血红的夕阳，姗姗滑落西山。王聪儿身披火红的晚霞，站在馒头石上眺望敌营。前方的旷野里，烟尘滚滚，人马晃动，旌旗招展，刀枪闪光。德楞太率十万大军已经进逼杨家坪城下。白莲教义军已做好迎敌准备。一万人马驻在城内，五万人马扎营城外，义军兵将箭上弦，刀出鞘，枪在手，马备鞍。只要总教师一声令下，他们就会像猛虎出山、蛟龙入海一样，杀向官军。王聪儿深知，这是极为关键的一仗。德楞太是个强硬对手，自信而又不糊涂。官军装备精良，弹药粮草充足，数量又占绝对优势。因此，要打败德楞太，显然并非易事。经过缜密考虑，王聪儿决定，乘官军长途奔波，刚到杨家坪，立足未稳，正在安营扎寨之时，就全军出动猛冲敌营，不给官军以喘息之机，将德楞太一举击败。为此，必须要保证两点：一是掌握好出击的时机，二是要求全军将士一往无前，在气势上把敌人压倒。所以，王聪儿亲临阵前，亲自观察官军扎营情况。她望见，官军各营有的正忙于挖壕埋桩；有的忙于支篷架帐；有的急着烧火做饭……她觉得时机已到，便下令出击。

　　总教师王聪儿一声令下，义军营中"嗵嗵嗵"炮声大作，"咚咚咚"战鼓齐鸣，喊杀声震天动地。王聪儿白衣银枪，一马当先，范人杰、姚之富、刘启荣、王廷诏、张汉潮、沈训、高均德等紧跟在后，率领五万义军以排山倒海之势，风驰电掣一般杀进了官军尚未扎好的大营。

　　义军一冲，官军的前、左、右三路，立刻就混乱了，只有中、后两军未动。中军是德楞太的精锐，又是他亲自指挥，平时训练有素，很快就列好了迎战阵势。后军未受到冲击，也立刻做好厮杀准备。义军首领当先，冲锋在前，兵士奋勇，人人争先，再加上养精蓄锐多日，士气旺盛，无不以一当十，勇猛冲杀。官军却是措手不及，仓促应战，又是连续行军之后未得休整，个个疲劳，未曾用饭，斗志涣散。因此，前、左、右三军一触即溃。各路义军乘胜突击，一鼓作气杀向德楞太中军。王聪儿、姚之富从中间杀到，范人杰、王廷诏从左翼杀来，刘启荣、沈训从右翼杀到，张汉潮、高均德则迂回过去，直冲德楞太后军。德楞太急忙指挥穆克登布、袁国璜、明亮、惠伦、阿哈保、诸神保等分路迎敌，官军和义军杀在了一处。

由于官军拼死抵抗，义军冲锋的势头已被阻住。义军虽然斩杀了十几员官军偏将，但是义军中沈训在混战中也不幸阵亡。官军中护军都统惠伦，侥幸得手枪挑了沈训，越发猖狂起来。他率领手下官军鼓噪而进，妄图突到义军垓心，搅乱义军阵脚，把右翼义军拦腰切断。刘启荣见沈训阵亡，怒不可遏，手使双锤，大喝一声，把围在身边的两员官军偏将打下马去，然后直向惠伦杀去。惠伦急忙取弓箭在手，拈弓搭箭，向刘启荣射去。刘启荣用锤一挡，把箭磕飞。惠伦正待放第二箭，高艳娥已从背后飞马冲到，手起枪落，刺中了惠伦后心。惠伦哀号一声栽下马去。右翼反扑的官军，终被杀退。

中路，姚之富率军几次冲杀，都被官军密集的火器和乱箭射回。刘启荣一见，从右翼杀来支援，姚之富再一次带人冲杀上去。德楞太和穆克登布亲自指挥，叫官军不停歇地施放火器。姚之富身后，手执莲花大旗的旗手突然中了抬枪，头部被打得血肉模糊，倒头栽下马去，大旗也撒手了。刘启荣恰好赶到，他挂起双锤，一伸手把大旗举起，高高挥动，大喊一声："杀呀！"飞马直扑德楞太大帐。义军一见襄阳黄号莲花大旗飞速向前，无不踊跃冲杀。姚之富也挺起长矛，直冲过去，连挑官军三员偏将。穆克登布见形势不利，偏将们不是姚之富对手，急忙拍马上前，亲自截住姚之富，与之厮杀。穆克登布不愧是四川提督，武艺果然不凡，一条枪把姚之富缠住，越杀越勇。

刘启荣一路冲杀，由于冲得太猛，身后仅有十数骑跟上。姚之富又被穆克登布截住，他便成了孤军深入之势。但是刘启荣依然毫不畏缩，如飞向前。刘启荣的气势，使德楞太甚为惊惧，心慌意乱，下令赶快放箭。官军乱箭齐发，一齐射向刘启荣。刘启荣身后立刻有四五骑中箭倒下，他自己左臂也中了一箭，接着，右腿又中一箭。但是他连眉头也不皱一下，用左腋夹住大旗，伸右手咬紧牙关，拔去左臂、右腿之箭，手执大旗，依然向前。

王聪儿在后望见姚之富的冲锋被遏止，刘启荣又闯入敌阵之中，情势十分危险，便把银枪一挥，说声"上"，一磕白龙驹，也向敌营垓心杀去。高艳娥和两千精骑紧紧跟随。义军与官军正杀得难解难分，看见总教师上前助战，士气大振，官军渐渐抵挡不住。

德楞太见王聪儿率精锐杀来，忙把身边仅有的五千精兵和阿哈保、诸神保两员大将放出去，截住了王聪儿。这时，刘启荣距离德楞太已不到一箭地了。刘启荣想，自己拼着一死，要是能把德楞太置于死地，那么官军失去统帅，必然不战自乱，义军必获全胜。他把大旗交与左手，右手单锤在握，高声怒喝：

"德楞太！你的末日到了，看爷取你首级！"德楞太可真慌了，他身边已无大将保护，刘启荣冲到近前，岂有他的命在。拨马逃跑吗？那一定会冲动全军，造成溃散。德楞太无奈，只叫官军放箭。

乱箭像飞蝗一样，密密麻麻接连不断。刘启荣不幸腰部连中三箭，再也坐不住鞍鞯。他在掉下马去的一刹那，把右手锤向德楞太猛甩过去。德楞太一时间被吓蒙，也来不及躲闪。可惜刘启荣气力不够，那锤落在德楞太前面几尺远的大鼓之上，把鼓皮全然砸烂。德楞太身边的官军，见刘启荣落马，一拥而上，把负伤的刘启荣捆绑起来。德楞太虽然吃了一惊，但是活捉了义军一员大将，心中欢喜。他怕刘启荣被义军夺回或逃脱，立即派人押送襄阳去了。

这时，左翼的袁国璜被范人杰、王廷诏杀败，退向中间。范人杰、王廷诏追杀过来，见阿哈保、诸神保正与王聪儿、高艳娥争战，急忙上前替下了她二人。王聪儿见战场之上，双方兵将相持，一时间胜负难分，就取出弹弓，扣上石子，先瞄准同姚之富对阵已占上风的穆克登布，暗暗射去。穆克登布不加提防，正中面门，鲜血直流。王聪儿复发一子，把他坐下马左眼打着。那马疼痛难忍，狂叫乱跳，掉头便跑。穆克登布想停也不能，再加上面部带伤，只好败退下去。王聪儿、姚之富、高艳娥一起催军掩杀，阿哈保、诸神保本来就战得吃力，经不住这一冲，也败下阵去。王聪儿等便一齐向德楞太冲杀过去。

穆克登布见势不妙，忙对德楞太说："大帅，莫再恋战，你快突围吧！"

德楞太还不甘心失败，声嘶力竭地喊着："不，不！不能败！要顶住，顶住！"可是，无论是穆克登布还是阿哈保、诸神保、袁国璜都已怯战，德楞太的亲信精锐也丧失了斗志。这时，明亮的后军也被张汉潮、高均德打败了。后军一乱，德楞太的中军再也支撑不下去了，就像决堤的洪水一样，溃退下去。德楞太身不由己，被穆克登布等人保着，退出了几十里，才停住脚步。计算一下军马，损失过半，知道难以再战，只得暂且退回了襄阳。

转眼，德楞太来到襄阳已经半个多月了。自从杨家坪兵败，他一直躲在房中，不愿见到任何人。他住在襄阳知府张三纲的官衙内，这是张三纲为讨好他主动让出来的。德楞太的住处，临水而建，回廊委曲，木舫凌波，池水如碧，绿柳依依，假山危立，清泉滴滴。这里听不到任何声音，显得异常幽静。如果打了胜仗，在这里歇息几日，倒是难得的享受。德楞太此刻却无此雅兴，他觉得这儿太压抑了。尽管身边一个人没有，他却似乎看见无数政敌，用各种目光和口气，向他发出讥笑和责难："德楞太，你枉为朝廷大臣，竟然惨败在一个青年女子之手，可笑呀，可耻！""你误了朝廷大事，应下到天牢问罪！"……诸如此类的话，在他耳边响个不停。他使劲晃晃脑袋，想把这一切赶走，不但办不到，面前倒又出现了嘉庆那阴沉可怕的面容。想当初奉旨出京时，嘉庆对他寄托了多么大的期望。他也曾叩头发誓，要迅速把教匪之乱一鼓荡平，以报天恩。然而，白帝城围堵失利，杨家坪又大败亏输，嘉庆能饶过他吗？他在朝多年，曾亲眼看见多少朝廷大臣，昨日还腰金衣紫，万岁恩宠隆厚，一夜之间便大祸临头，满门获罪。难道，这样的命运也要降临到自己的头上吗？为此，陈师爷代他写了一道请罪表章，婉言加以申辩，并派人飞马连夜送进京城。同时，他又给几位军机大臣、宫中的总管太监，写了求情书信及礼单项目，请他们帮助开脱周旋。此外，他还为王开和明亮之事难心。明亮在钟祥大败，王开丢了天河渡，又引义军轻取杨家坪，两人都该问罪。特别是王开，按理罪当斩首。杀吧，王开是他的小舅子；不杀，众将又议论纷纷，此后难以服众。他左思右想，苦无两全之策，只因京中尚无回音，才暂且把此事压下。

这时，陈夫之来到。德楞太忙问："京中可有消息？"

"尚且没有。"陈夫之屈指计算一下日程，"算来也该有回信了。"

德楞太咳了一声，他既盼京中有信，又怕京中有信。常言道天威难测，谁知嘉庆会对他如何呀？

陈夫之劝道："大帅，常言说胜败乃兵家常事，不必过分自责，您终日闷闷不乐，岂不有碍身体？今日天气晴和，我陪大帅郊游一番，舒散舒散心中的郁闷，好振作精神，重整旗鼓，再发大兵，荡平匪患。"

德楞太被陈夫之说动了心，方欲吩咐备马，忽然中军来报：圣旨到了。德楞太止不住心儿乱跳，他不知是吉是凶，忙不迭地迎出来。刚出府衙，手捧圣旨的黄门太监已在门前下马了。德楞太一看，原来是与他有交情的许太监，心里多少安定一些，抢上前施礼说："许公公，一路辛苦了。"

许太监微带笑意："不消客气，赶快准备香案接旨。"

这时，襄阳知府张三纲以下大小官员，和德楞太手下众将，也全都来到。张三纲命人摆好香案，许太监正中站定，德楞太当面跪倒，山呼万岁。许太监展开圣旨宣读起来：

奉天承运，皇帝诏曰：国有贤臣，社稷无忧，家生逆子，四邻不安。朕自登九五，便逢教匪之乱。惠令剿办不力，致使匪势愈炽。太上忧心，朕亦不安，方命德楞太统帅出征。岂料尔深负朕望，一败再败，使教匪更逞疯狂。将士死伤数以万计，粮草军械损耗无算，实乃负国误民。为正国法，以戒后者，即将德楞太拿获，星夜解京问罪，不得有误。钦此！"

德楞太听罢，真如五雷轰顶一般，登时目瞪口呆。许太监哪里还讲什么昔日交谊，哪里还顾什么情面，立刻叫人摘下德楞太顶戴，扒去官服，上了绑绳。然后他吩咐张三纲说："张大人，立即准备囚车，马上启程回京。"

张三纲谄媚地笑着："许公公一路风霜，鞍马劳顿，且休息一宿，明日早行也不误事。"

许太监端着架子说："这是给皇上办事，我岂敢稍有懈怠？快些把囚车备好。"

"囚车甚易，但总需备办。"张三纲岂肯放过巴结的机会，"许公公难得来此，无论如何也要暂住一宿，下官也好略尽孝敬之心。"

许太监心中明白，装作不耐烦地说："好吧，不过明日一早便要启程，千万不可耽搁。"

张三纲满脸堆笑："公公放心，绝不会误事，请到后衙歇息。"

许太监看看被反绑双手的德楞太，吩咐说："今夜把他关在签押房内，此乃钦犯，一定要严加看守。倘若有失，张大人，你我可担待不起呀！"

"公公放心，我多多派人看守，管保万无一失。"

就在这时，一片女人的哭叫声传来。德楞太的大老婆王氏和两个丫鬟，要往武当山进香，刚从京城来到这里不久，听到德楞太问罪的消息，一齐从后衙哭了出来。

王氏见德楞太被绑，扑上去用牙咬那绑绳，咬不开又解，边哭边骂道："哪个天杀的，敢把我家老爷绑起来，我非和他拼命不可！"

许太监见状，皱着眉头说："这成何体统！快把这个疯婆子扯开，将德楞太押进去。"

王氏看见许太监，好像见到了救星，撇开丈夫，跪在许太监脚下："许公公，原来是你传旨，这就好了。你看在以往交情分上，放了我们老爷吧。"

许太监紧往后躲："这是什么话？此乃万岁旨意，我怎敢擅自放人？"

王氏不肯放过机会，又磕个响头说："许公公，千万开恩，高抬贵手呀！"

许太监见王氏扯住他的裤脚不放，心里一急，抬腿把王氏踢个后仰。

王氏从地上爬起，头发也散了。她一见许太监这样待她，也不顾一切了，破口便骂："我把你这个挨刀的乌龟！没良心的兔子！逢年过节，大事小情，三五百两，千八百两的，我们也没少填你呀！……"

许太监怕王氏说出更难听的,急忙说:"真岂有此理,快与我拉走!"

张三纲忙叫衙役们动手,拖起王氏硬拽。王氏呼天抢地,大哭大叫,丫鬟也跟着放声大哭。

德楞太看着心酸,就说:"许公公,张大人,我兵败杨家坪,获罪于圣上,是杀是砍,听凭万岁处治,不敢迁怒于二位。但你们总该念些旧情,莫叫我妻室不安。"

许太监冷笑着说:"这怎能怪我?令夫人方才的样子,甚于河东狮子吼,难道你不曾见?"

德楞太说:"好吧,待我劝说她们,且回后衙等候消息。"

张三纲嘻嘻笑着:"大帅,你还想叫夫人住进后衙吗?"

"正要如此。"德楞太说,"我于明日便要押解进京,张大人且容她们暂住一时。"

"这未免不妥。"张三纲笑眯眯地说,他似乎忘记了,正是他把德楞太一家请进来的。

"这是为何?有什么妨碍吗?我想,这不至于连累张大人呀!"

"大帅,非是下官胆小。你乃钦犯,让你妻室住在我的官衙,被圣上知道,我可吃罪不起呀!"张三纲说着,干脆下了逐客令,"来呀,把王氏夫人和随身丫鬟、衣物全给我请出去!"

知府大人发话,衙役们更不留情,如狼似虎地上前,把王氏和丫鬟全都撵出了官衙。德楞太无可奈何地长叹了一声。

第二天一早,德楞太就被装进了囚车。临进囚车前,给他一碗稀粥算是早饭。德楞太不由想起,昨日还是大将军八面威风,如今竟是这等模样,和着泪水把粥喝下肚肠。他心中说:"咳!真是富贵一场春梦,功名过眼云烟,伴君如伴虎呀!"

日上三竿,许太监吃饱喝足,红光满面地跨上马。从张三纲开始,大小官员无不对许太监有所馈赠。银两不算,各种土特产就整整装了两车。许太监在众人簇拥下,好不威风。德楞太见此情景,越觉凄惨。囚车就要启动了,德楞太对许太监说:"许公公,可否容我与拙荆相见一面,我还有些言语要嘱咐于她。"

"不行。"许太监一口回绝,"万岁急等,误了行期那还了得!"

德楞太知道再求也无用,只好不作声了。这时,他忽然看见陈夫之牵着马,驮着行囊从面前经过,心想:莫非他要伴我进京?他急忙喊道:"陈师爷,陈师爷！"

陈夫之似乎不想过来，怎奈德楞太连声呼唤，只得拴上马，来到囚车前。

德楞太满心欢喜地说："陈师爷，看你的装束，定是要陪我进京。这真是再好不过了，看来你我总算没有白白知遇一回。"

陈夫之尴尬地笑笑："大帅，我本应陪您进京，怎奈，我去也无济于事。"

"不，陈师爷。"德楞太忙说，"我一向倚重于你，今我被难之时，更需你尽力协助。你足智多谋，同我进京，凡事也好有个商量。况且，进京之后，上下打点，投柬下书，也都非你不可。"

"大帅，你对我恩重如山，我时刻不敢忘记，理应舍身报答。只是大帅此次获罪，乃是圣意，非人力所能挽回。即便我去，也是徒劳无益。"

"我在患难之中，难道你真的不肯助一臂之力吗？"

"非是我不肯出力，实是无能为力，大帅见谅。"

"咳！"德楞太又是叹口气，"怪不得人说'白马红缨色彩新，不是亲者强来亲，一朝马死黄金尽，亲者如同陌路人'。看起来，此话一丝不差。"

许太监早已不耐烦了："算了，别再怨天恨地，该启程了。"说罢他催促立刻启程，这里，囚车刚刚启动，忽然有差人飞马来报：又有圣旨传到。

众人一听全愣了。许太监想了想，对张三纲说："定是叫德楞太自裁，或新任总统兵马之人。"因为要德楞太接旨，只好把他从囚车里放出来。张三纲刚把香案摆好，传旨的刘太监已经到了。

刘太监是个五十多岁的老太监，在宫中地位比许太监高。他下得马来，昂然走进大堂，只用眼神同许太监打个招呼，走到正中站好，口呼："德楞太接旨。"

德楞太急忙跪倒，心中越发不安，准备着更大的灾难临头。

刘太监展开圣旨，朗声读道：

奉天承运，皇帝诏曰：领侍卫大臣德楞太，进剿教匪，轻敌丧师，本当严惩。但念其曾屡立战功，朕不忍加诛。此旨到时，前旨作罢，命尔戴罪立功。获胜前罪尽免，再败二罪归一。钦此。望诏谢恩。

德楞太听罢，真是喜出望外，把头磕得"咚咚"山响，口中连说："谢主隆恩，吾皇万岁！万岁！万万岁！"

站在一旁的许太监、张三纲、陈夫之全都傻眼了。

德楞太方要站起，刘太监却又取出一道圣旨说："德楞太再来接旨。"

德楞太浑身"激灵"一下子，心说怎么还有旨意呀？他心里"嘀咕"着重新跪好。

刘太监展旨又读：

奉天承运，皇帝诏曰：教匪为乱，逆天扰民，一刻不除，一刻不安。为使德楞太迅即剪灭匪患，特从内库专拨白银二百万两以供军用。并选调直隶、山东、山西三省步军入楚作战，赦免湖广、河南的盗马罪犯作为马军助剿部队，并调湖南两万苗兵助战，务于年内将齐王氏为首之襄阳教匪根除荡尽，继而扫平川、豫、陕、甘诸省匪患。大小将士必须同心用命，奋勇杀贼。钦命德楞太统领楚、川、陕、甘、豫五省兵马，并京营和新调外省之兵。对剿匪有功者，朕不吝封侯之赏，如有敢玩忽王命者，德楞太可持朕尚方宝剑先斩后奏。钦此。

德楞太听着，不觉心花怒放，感激涕零。他磕头如捣蒜，谢恩已毕，站起来踌躇满志地接过了圣旨。

张三纲不愧为见风转舵的好手，马上变了模样，跑前跑后地张罗着给德楞太沐浴更衣，叫他老婆出面，把王氏和丫鬟又请回后衙，又亲自张罗安排酒宴。

酒宴之前，德楞太把刘太监请到密室叙谈。刘太监告诉德楞太，他的表章送到嘉庆手里时，嘉庆原以为是剿匪捷报，一见败报，登时大怒，立刻叫许太监出京传旨，要把他逮京问罪。刘太监接到他的求情书信后，急忙去见嘉庆，婉转陈奏说，德楞太虽然连败两阵，但比起惠令等人，还算大有功绩。第一仗，在白帝城斩杀了王清；第二仗，在杨家坪活捉了刘启荣。这些都是同白莲教作战以来，从未有过的战绩。如将德楞太免职，遍观朝中，无人可再当此任。说得嘉庆不住点头。刘太监又趁机奏闻，用涸水捕鱼之法对付教匪，即以十倍兵力、财力征剿，以免迁延时日。嘉庆被说动了心，才又连下后两道圣旨。德楞太听罢不免对刘太监说了许多感恩戴德的话语，又将五万两银票塞到刘太监手中。刘太监假意推辞一下，欣然接受。刘太监还告诉德楞太，刘启荣不必解京，就地正法，以免半路逃脱。

这时，张三纲来请去府衙花园中欢宴。在座的有德楞太、刘太监、许太监、陈夫之、张三纲等。这桌酒宴的名义可谓多矣，是为刘太监接风，也是为刘太监、许太监送行，又是为德楞太压惊，还是张三纲向德楞太赔情。

宴席之上，刘太监高谈阔论，旁若无人。许太监却感到有些难堪，因为他与德楞太有过交往，确实也多次受过德楞太的好处。此番奉旨出京，他眼见嘉庆大发雷霆，以为德楞太不死也要扒层皮，所以也没管交情和面子。哪料到君心难测，如今德楞太又受赏高升了。他想与德楞太说几句套感情的话，一时又难以启齿。而且他见德楞太老用白眼珠瞅他，就低头不语吃闷酒。

此刻，德楞太的心情，最复杂不过了。这一天多的变化，太出乎他的意料。嘉庆把他革职逮京问罪，使他伤心；后来，又加以封赏，使他感激。张三纲、陈夫之、许太监对他态度的变化，使他感伤。他也知道，嘉庆对他的封赏，不是没有代价。如果再打败仗，那他的结局说不定会更惨。因此，他也很难尽兴尽欢。

张三纲的脸皮可算最厚，他满面含笑给德楞太斟满一杯酒："大帅，请满饮此杯。"

德楞太用鼻子哼了一声，动也未动。

张三纲毫不在意，继续讨好献媚："大帅，您的夫人已在后衙安顿好，愚妻还在那里侍候照料，尽管放心。"

陈夫之见德楞太还是不理，就从旁劝道："大帅，张大人敬酒，出于一片至诚，您满饮此杯才是。"

"好个一片至诚！"德楞太愤愤地说。

张三纲还是满脸赔笑："大帅，即便下官一时考虑不周，小有冒犯，想必您也不会耿耿于怀，常言道'宰相肚子能行船'。"

德楞太脸上还是不开晴："如今我才知道，'人情薄如纸'呀！"

陈夫之知道，这话也含沙射影地捎带着他，就说："大帅此言差矣。"

德楞太一翻眼睛："什么差矣！我差了，难道你们对了不成？"

"大帅，你容我讲一个古人故事，以助酒兴。听完，谁对谁错，大帅自有分晓。"

德楞太气鼓鼓地没作声。刘太监酒兴正浓，说道："你且讲来。"众人也都好奇地催促他讲。

陈夫之慢说："战国时，赵国大将廉颇，养了一千多食客，待他们甚好，全是锦衣玉食，奉为上宾。一日，赵王在后宫饮宴，恰值边关告急，廉颇闯宫见驾。见赵王正在欢宴，忍不住奏道，大王深居九重，每日里看的美女欢舞、听的弦管之声，饮美酒，吃珍馐，须知虎狼在前，边关危急，应以国事为重！赵王酒已八分，正在兴头，闻言大怒。传旨将廉颇削职为民，家财抄没入官。赵王一声令下，御林军立刻查抄将军府。一千食客听说廉颇被逐，当即一哄而散。只有个八旬老家人，牵出一匹瘦马。廉颇见此情景凄然泪下。他问老家人，一千食客何在？老家人答，四散逃命去了。廉颇长叹一声，上了瘦马，到平日要好的几位大臣家叫门。他们全怕赵王怪罪，都不肯见他。廉颇无处投奔，无奈在城外破庙中安身。次日早晨，赵王酒醒，想起昨日对廉颇之举，深深追悔。因为没有廉颇，赵国江山难保。赵王当即派人四处寻找。终从破庙中找到廉颇，扶上赵王御马，迎至金殿之上，官复原职不算，还加了三级，赏赐黄金、白银、彩缎无数。这一消息，立刻传遍了邯郸。廉颇回府刚刚坐定，一千食客俱相继归来，给老将军道喜。廉颇看着他们气不打一处来，说道，养兵千日，用兵一时，我平日待你们可谓不薄，为什么老夫刚刚被贬，你们就风走云散？似这般势利小人，还有何颜见我？内中有一食客答道，老将军此言差矣，我等依附府内，皆因您德高望重，好比大树参天，我等得乘阴凉。你被赵王贬为平民，一贫如洗，自顾不及，我们一千人跟你何以为餐？正所谓树倒猢狲散，我们不各奔他乡，自找生路，又能如何呢？如今老将军重新得宠，威望更高，我们一千人回来，衣食不愁，出谋划策赋诗对棋也俱有所用了，故而重又转回，这又有什么奇怪呢？所谓趋炎附势，从古至今难道不历来如此吗？食客一番话，说得廉颇默默无言，就又把一千食客收留下来。"

陈夫之讲完，说："大帅好比当今廉颇，莫记小人之过。如今又有了权势，我们还是尽心效力。"

陈夫之的话，也说得德楞太张口结舌。他长叹了一口气："是呀，世态炎凉，自古如此呀！"

陈夫之笑着说："大帅言之有理。预祝大帅再战旗开得胜，马到成功，早传捷报，奏凯还朝！"

德楞太眉头舒展一些，端起杯来和众人一饮而尽。

第二十一章　妖娆少妇果能倾城　卖唱盲叟实为奸细

　　钦命总统五省兵马的领侍卫内大臣、子爵德楞太，正在升帐理事。四川提督穆克登布，将军明亮，总兵袁国璜、阿哈保、赛冲阿、诸神保，以及众多的副将、参将、游击、都司、守备等等，尽皆肃立两厢。接到圣旨以后，德楞太派出许多探马，已经探明义军的动向。根据探马报告，襄阳黄号义军李全一部，从西安附近撤走后，被陕西巡抚秦承恩调集大军，围困于安康附近。林开太前往救援，也陷入了重围。王聪儿接到告急信后，率大军离开杨家坪，前往陕西解围，留下范人杰一万人马守卫杨家坪。曾大寿因棒疮复发，行走不便也留下守城。义军还给静凡、田牛留下五千人马，屯扎在伏虎沟，保护囤积在山洞中的粮草，同时四出筹集粮草以备军用。德楞太经过考虑，采纳了陈夫之的建议。大军权且驻扎在郧阳附近，在等待直隶、山东、山西三省兵马和两万苗兵，及盗马贼组成的骑兵助剿队到达的同时，先设法袭击义军基地杨家坪；如有可能，再进击伏虎沟。在采取军事行动以前，为了重振军威，德楞太决定升帐处理几件大事。

　　德楞太见众将肃立，越发得意。威严的目光，从头到尾，把众将逐个审视一遍。最后，目光停留在明亮的脸上。

　　德楞太用低沉的声音唤道："明将军。"

　　明亮赶忙出列，躬身施礼："标下在。"

　　"你可知罪？"

　　"我奉命在钟祥防守汉江渡口，阻止教匪西渡，因寡不敌众，为教匪所败。"

　　"据我所知，教匪先锋只不过引兵五千，而你率军两万，竟然一败涂地，难道你还无罪吗？"

　　明亮沉默不语，心中说，我两万人为义军所败，你十万人不也照样输吗？当然，他不敢当堂质问德楞太，但是他却敢攀咬王开。他想，王开是德楞太妻弟，若徇私庇护王开，就责怪不得我明亮。于是他说："我战败固然有罪，但也有失守渡口之人，并且甘为教匪充当走卒，诳开杨家坪城门，使教匪兵不血刃，唾手而得杨家坪，这样人又该当何罪呢？"

德楞太顿了一下："你莫非指的总兵王开？"

"大帅明白。"

"王开之罪，我自然也要追究。如今且先论你的罪责。"

"并非标下不信，只恐大帅不能秉公而断。"明亮抬高声音说，"王开论罪，理当问斩。大帅若能对他明正军法，我明亮甘愿领罪！"

德楞太微微冷笑："明大人，你以为本帅不能大义灭亲吗？昔日杨延昭辕门斩子那是假的，我受当今重托，绝不会废军法徇私情。来呀，把王开押上来！"

立刻，有两个校尉把王开押上来，当堂按倒跪在德楞太面前。王开似乎挣扎着要抬起头来，又被校尉狠狠按了下去。

德楞太说："王开，你身为总兵，奉军令守卫天河渡口，不思恪尽职守，每日狂赌乱饮，致使渡口失陷，又甘心为贼驱使，骗开杨家坪城门，使教匪轻取杨家坪，按罪理当斩首！"

众将全都冷眼旁观，德楞太惧内是尽人皆知的，他们不相信德楞太真能把王开如何，因此谁也不吭气，无人求情。

陈夫之从旁座上站起来说："大帅，王开罪固当斩，但他官居总兵，以往也曾为国立功。再说，教匪放他回来，意在借刀杀人，让我们自己残杀。真要斩首，岂不正中教匪奸计？"

"师爷之言差矣！"德楞太说，"军令不严，何以指挥三军？昔日戚继光曾斩亲生之子，军令严明，戚家军方能百战百胜。今日定斩王开，谁要求情，与王开同罪！推出去，斩首示众！"

众将见德楞太真的要杀，纷纷跪倒说："两军交锋，正用人之际，望大帅饶他性命，许他戴罪立功。"

德楞太故作为难地说："领兵全在赏罚分明，方能号令三军。常言说军令如山，孙武子演阵斩美姬之事，我们尽知。王开若非我之妻弟，尚可从宽。我若真把他开脱，诸将心中必有不服者，又何以服众？"

众将齐声说："大帅号令严明，执法如山，我等心悦诚服，只求免王大人一死。"

德楞太长叹一声："咳！也罢，看在众将面上，赏他个全尸，用白绫将王开勒死！"说罢，他用袍袖掩住了面孔。

两个校尉架起王开，拖出帐外。少时，把王开勒死后，抬进尸体，当堂验明。德楞太掩面哭泣，挥手叫抬走埋掉。众将一见，都不禁油然起敬，也有人心生疑虑，但又不能不信。

明亮见德楞太真的杀了王开，不免着慌，后悔自己不该当堂攀咬，逼得德楞太无路可走。这一来，德楞太必然迁怒于自己。虽然自己身为广州将军，官职与德楞太不相上下，只略低一些，但此刻德楞太掌握生杀大权，看起来，这一关是不好过了。明亮急忙主动说道："大帅，方才标下失言，请大帅重责，我虽死无怨。"

德楞太拭去眼角之泪："明将军，非是本帅责你。两万大军，对付五千教匪，本来绰绰有余，你却一触即溃。统兵将领若都如此，匪乱何日得平？你我同为领兵大将，深受皇恩，理应为国出力。你不该玩忽军情，而有过失又不思悔改，反以王开要挟本帅。姑念你为国征战多年，免去死罪。"

明亮忙说："谢大帅不杀之恩。"

德楞太又说："死罪免过，本当责你八十军棍，但念你身为大将，带伤难以为国立功，故而本帅格外开恩，活罪也免。"

明亮赶忙又施礼："谢大帅，今后标下一定誓死报效大帅，赴汤蹈火，万死不辞！"

德楞太看着众将得意地说："常言道，养兵千日，用兵一时。我们身为统兵将领，受朝廷厚禄，理应不惜马革裹尸，为国分忧。当今为平教匪之乱，拨银增兵。望众将莫负圣望奋勇杀贼，为国立功！"

众将齐声回答："情愿效命！"

德楞太又当众宣布，把嘉庆从内库拨来的二百万两饷银，分给众将各军一些。众将一听，无不奋发踊跃，誓死血战，舍命争先。

这时，德楞太又吩咐一声："把教匪刘启荣押上来！"

立刻，两个校尉押着五花大绑的刘启荣来到堂上。

德楞太一拍桌案："大胆教匪，见了本帅为何不跪？"

刘启荣昂然而立："别说你是德楞太，就是到了金銮殿，我刘启荣也绝不屈膝！"

"刘启荣，你在教匪中也位列首逆，罪恶昭著，理当斩首。倘若肯归降，为朝廷出力，领人赚开杨家坪城门，不但可饶你不死，而且还给你官职，你意如何？"

"德楞太，你是在白日做梦！我大铁锤刘启荣宁可掉头，绝不弯腰！"

"难道你就不怕死吗？"

"怕死就不入白莲教！"

德楞太对刘启荣已经多次施用酷刑，皆一无所获，他知道面对刘启荣这样的铁打汉子，再多说也没用，便下令将刘启荣钉死。何谓钉死？这是当时朝廷处死白莲教徒的一种极刑。德楞太因为审了刘启荣几次，挨了几顿臭骂，今天决意要治一治刘启荣。辕门口，早已立好了一堵木墙。刘启荣被四个彪形大汉推到木墙前站好，双手、双脚、腰部、颈部，全都被皮带扣好，使刘启荣整个躯体成"大"字形紧贴在木墙上，恰好与德楞太相对，距离约三四丈远近。

德楞太大声问："刘启荣，你服不服？"

"德楞太，爷爷怕死就不当白莲教！二十年后又是一条好汉！有啥法儿你就使吧。"

德楞太哼了一声："动刑！"

只见一个行刑的大汉，手拿一把一尺长的短剑，看准刘启荣左手手心，狠狠刺进去。刺透以后，又用手中的木槌敲打几下，短剑钉牢在木墙之上。一阵剧痛，直入刘启荣骨髓。他咬紧牙关，不出一声，鲜血顺着手心，像泉水一样流下来。

德楞太凶狠地问："刘启荣，你降不降？"

"德楞太！你个狗娘养的，老子到了阴曹地府也不放过你！"

德楞太一挥手："钉！"

刘启荣右手也被钉上了，接着双脚也钉上了短剑。彻骨钻心的疼痛，使刘启荣已然昏死过去。他的脚下，汪了一大摊殷红的鲜血。这情景，使帐下众将都不寒而栗，有的人吓得闭上了眼睛。

德楞太阴沉着脸对众将说："你们都已目睹，这个死法可不是好受的。此后同教匪作战，谁要敢畏缩不前，临阵脱逃，与教匪同罪，一律钉死！"

众将战战兢兢地回答："我等不敢懈怠，一定浴血死战。"

德楞太得意地"哼"一声，吩咐将刘启荣处死。于是，又一柄短剑从刘启荣心窝处钉进去，这个骁勇善战的义军首领，直到死也未向敌人低头，就这样英勇壮烈地就义了。

退帐以后，德楞太来到后帐，见陈夫之跟进来，迫不及待地问："师爷，王开在哪里？"

陈夫之嘿嘿一笑："大帅放心，我把他送回原郡隐居，下水船已走出几十里了。"

原来，方才被白绫勒死的并非真王开，乃陈夫之的李代桃僵之计。事前陈夫之在兵士中挑了个身形面貌皆与王开相像之人，许以重金养家，把他扮成王开替死。陈夫之怕这个兵士临时后悔,又先把他的舌头割掉,使得德楞太演了一出假斩真杀的把戏。

德楞太含笑称赞说:"陈师爷,你可真是足智多谋。"

"大帅夸奖,为大帅效劳,理当尽心竭力。"陈夫之又说,"大帅,红珠之事也该办了。"

"对,马上就发落她。"德楞太吩咐去带红珠。

少时,红珠带到。她自从被陈夫之接到军中,对世事似乎更心灰意冷了,风流妖艳的脸上,多了几分憔悴,眼角,也多了几线愁丝。她站在德楞太面前一言不发,似乎置一切于不顾,把自己的生命,也不当一回事了。

德楞太单刀直入,问:"红珠,你可想念母亲与兄妹?"

"想念又怎么样?"近来,她确实渴望见到人世间她仅有的三位亲人。

"你想知道他们的处境吗?"德楞太觉得,陈夫之的计策大有希望。

红珠冷冷地答道:"想知道又怎么样?"

"我可以告诉你。"

"他们还不是在京城里过太平日子。"

"嘿嘿!"德楞太加重语气说,"他们已被捕入狱了。"

"啊!"红珠吃了一惊,随即摇摇头,"我不信。"

"你信也好,不信也好,他们当真在牢中受罪,只怕是性命难以长久!"

"他们不犯王法,为何入狱?"

"可你却犯了灭门之罪!"

"我?!"

"对,就是你连累了他们!"德楞太这句话,像重锤猛敲红珠的心。

"不,不!"红珠几乎喊起来,"我没有连累他们,是我当初卖身救了他们!"

德楞太一阵冷笑:"红珠,你委身于教匪曾大寿,就是甘心为贼,自然要全家抄斩,祸灭九族!"

"什么!你们把我也当成了匪首?"

"匪首之妻,当然是首逆。"

"啊!"红珠几乎有些支持不住了,"难道真是我连累了他们?"

陈夫之看准时机说道:"红珠,你虽然连累了他们,但是,你还能救他们。"

"我?"红珠似乎未听懂。

德楞太问:"你想不想救亲人出狱?"

"想又怎么样？"

"我给你一个机会。"

"机会？"红珠问，"叫我干什么？"

"红珠，目前王聪儿大军已经入陕，曾大寿与范人杰留守杨家坪。你若回到曾大寿身边，劝他献城归降，我给他总兵之职。"

"我呢？"

陈夫之说："事情办成，赏你千金，愿随曾大寿过活，也有荣华富贵；不愿随他，听凭你另择高门，你的亲人当然全都出狱。"

"我再回去，只怕曾大寿不信。"

陈夫之说："曾大寿酒色之徒，只要你温柔多情，他还不服服帖帖。"

"但不知要何时动手？"

"当然越快越好。"陈夫之说，"七天后，我去听你的消息。"

红珠问："我们如何见面？"

陈夫之想想说："我扮成卖唱盲人，混入杨家坪，打听到曾大寿的住处，便在附近卖唱。你听到我的声音，以听唱为名叫我进去，岂不方便得很？"

红珠想，自己的处境如此，反正也这样了。为了救出亲人，姑且试试看吧，她就点头应允了。

陈夫之见红珠答应了，当即安排叫红珠沐浴更衣，并安排车轿送红珠去往杨家坪。

这一天，曾大寿站在杨家坪南门城楼上，正无聊地闲望，忽见大路上抬过来一乘小轿，直奔城门而来。他正漫不经心地看着，轿帘突然掀开了，里面闪出一张如花似玉的俏脸。曾大寿觉得面熟，正想细看，那张脸又缩回轿里不见了。他心中好生放心不下，急忙跑下城楼，向城门口奔去。

守门的义军正拦住轿子盘问："下来，我们要盘查。"

轿里传出娇滴滴的燕语莺声："你们胆敢拦我，我是曾副元帅的夫人，快叫曾大寿来接我！"

曾大寿几步奔上前，掀开轿帘一看，果是红珠在内，不禁大喜。他忙喝开门军，让轿夫飞也似地把红珠抬到了他的住处。

红珠与曾大寿在房中坐定，脸上先浮起一团柔情媚意，曾大寿不觉神魂飘荡。自从失散之后，曾大寿魂飞梦绕，朝思暮念。他忘不了那缠绵的体贴、甜蜜的温柔。此刻，这令人心醉的目光，又在看着他。这目光里，有喜？有恨？有爱？有怨？也有挑逗？曾大寿再也坐不住了，站起来刚要扑过去搂抱，范人杰怒气冲冲地闯来了。

范人杰是得到消息后，匆忙赶来的。他不管曾大寿冷眼相对，径直走向红珠："我问你，从何处而来？"

"郧阳。"

"你住在何处？"

"被官军拘押。"

"因何得以脱身？"

"是我把德楞太灌醉，逃了出来。"

"一派谎言，"范人杰说，"你分明是官军派回来的奸细！"

红珠神色不变："范元帅，怎见得我是奸细？常言道，捉贼要赃，捉奸要双，你拿出凭据来！"

"这，这……"范人杰一时间被问住了。

红珠站起身，挪着碎步，走近曾大寿，冷笑几声。火辣辣的目光，射向曾大寿不知所措的脸，娇脆的莺声，连珠炮般吐出樱唇："我算是错投人了！我悔不该嫁与你这样一个无能无为的男人！自从失散后，我被囚官军营中，为你保了贞节，挨了多少打和骂！夜雨中，残灯下，我为你忍受了多少铁窗寒牢、凄凉愁苦？为你流下了多少凝血含悲、相思泪水？想念你，度过了多少不眠长夜直到鸡啼？好容易逃生回来，实指望与你同偕鱼水，谁料你竟然坐视我被诬，袖手旁观，无情无义，真叫我一片痴情化成灰！你枉为七尺男儿汉！似这样，我不如撞死堂前，以明心迹，免得叫你为难！"红珠真说得气喘不休，泪流粉面，看着粉壁，挺身碰撞。

曾大寿急忙上前抱住："夫人，莫寻短见，一切有我做主！看谁敢把你如何？"红珠就势偎依在曾大寿胸前，似乎很委屈地哭个不住。

范人杰见曾大寿一副拼命的架势，心想，说红珠是奸细又无把柄，带走她曾大寿定然不依。总教师临行时嘱咐，对曾大寿要多加小心，也要多加帮助，此刻闹翻，曾大寿必然拼命，红珠也不服。且暗中派人监视，不怕他们搞鬼。想到此，范人杰说："红珠，你说不是奸细，果真不是倒好。可是，我把丑话说在前，谁要是暗中弄鬼，我的钢刀可不讲情面！"说罢，范人杰走了。

范人杰一走，曾大寿把红珠抱至床上，伸手便解裙带。红珠轻轻打他一个耳光，笑里含嗔说："你休在我面前无礼！"

"你，这是为何？难道变心了不成？"

"我不能待在这里，我要走。"

"走？"曾大寿张开双手，拦住红珠去路，似乎怕她会飞了，"你口口声声回来找我，怎么又走呢？"

"我若不走，怕被范人杰当奸细杀了。"

"他敢！有我在谁敢动你一根头发。"曾大寿拍着胸脯说，"他的刀是吃荤的，难道我的刀是吃素的！"

"我不信你有这样的胆量，看你在范人杰面前那副狗熊样吧！"

"你真的信不过我！"曾大寿拔出刀，"我这就去找范人杰算账！"

红珠见他被激起火气，拉住他说："哪个要你现在就去拼命，只要你以后听我的，不叫我受气就行了。"

"我敢赌咒，你叫我干啥我干啥，叫我上东不上西，叫我打狗不撵鸡。"

红珠故意叹口气："就怕由不得你呀。"

"怎见得！我曾大寿可不是省油的灯！"

红珠往曾大寿身上靠得更近一些："常言说，最近莫过夫妻，我才直言对你说，我看白莲教根本就信不着你。现在，刘启荣已经死了，你们牛栏山的人，往后的日子就更不好过了。王聪儿既敢打你五十军棍，难保她今后不会找个借口把你杀掉。我担心咱夫妻二人，今后有性命之忧。"

曾大寿听得不住点头："这一层我也担心。可是，该怎么办呢？跑了又无处投奔，回牛栏山也不行了，没人没粮，还不叫白莲教追去杀死。"

"我倒有个好主意，不知你肯不肯听。"

"你的话我岂有不听之理，快讲与我。"

红珠先是迷人地媚笑一下，把粉面紧贴在曾大寿那麻坑累累的脸上，在他耳边娇声浪语地说："我们莫如去投奔官军。"

"投官军？"曾大寿一愣，继而说，"官军能要我？还不杀了我！"

"不但不会杀你，还要封官给赏。"

"我不信。"

"我对你实话实说了吧。"红珠觉得火候已到，莫如趁热打铁，"昨日，德楞太亲自放我回来，他说敬你是个英雄，特地让我来劝你改邪归正，投奔官军，重加封赏。"

"真能封赏？"

"你就别再三心二意了，你在这里净吃下眼食，而且白莲教怎能成气候？没啥指望。投过去，有个前程，富贵一生，我们夫妻也能白头到老。他们说，你若能献城降顺，给你个总兵当。"

"总兵！真的？这可是二品武职呀！"

红珠甜蜜地一笑："我就等着跟你当二品夫人了。"

"好吧。"曾大寿拿定了主张，"咱们今晚就献城！"

"看把你急的！"红珠用食指戳一下他的脑门，"我得给他们一个回信呀，官军不来，你把全城献给谁？"

"你可要快点，说干就干，夜长梦多。现在正好是我把守南门。你这一来，说不定哪天范人杰一起疑心，从城门口把我撤下来。"

"你别慌，我比你还急，到时候我自会告诉你动手。"红珠又说，"不过，我可丑话说在前头，你可千万不能走漏风声。从今日起，不许饮酒，以免酒醉露出马脚。"

曾大寿点头应承："你放心，我不会拿脑袋开玩笑。"

一转眼，五六天过去了。红珠屈指算来，与陈夫之约定见面的日子到了。这些日子，她比几年还难熬。日夜提心吊胆，害怕出了差错。真要露出破绽，就一切都完了。这天吃过早饭，她就不住地侧耳倾听，街上可有卖唱之声，真是坐立不安。曾大寿见她出来进去的难以消停，奇怪地问："你这是怎么了？有什么事吗？"红珠不告诉他，只说自己心烦意乱。

曾大寿一连五六天没喝酒，实在忍不住了，央求道："夫人，今日我见你心烦意乱，咱夫妻莫如小饮几杯，少解愁烦。"

红珠想，少饮一些无妨，正好借酒稳稳自己的心神，就说："可要少饮，不得超过三碗。"

"你放心，我绝不会吃醉，我有一二十斤的酒量，你又不是不知？"

于是，红珠和曾大寿摆上几样菜肴，就慢酌对饮起来。

刚喝了一杯，范人杰又突然来到了。曾大寿气哼哼地也不说话。红珠知道今天是与陈夫之会面的日子，于是，笑盈盈地站起来说："哟！今天刮的什么香风，把范元帅吹来了？快请入座，一起喝两杯。"

范人杰说："不，我想找曾副元帅商议一下军情。"

"什么紧急的事？"曾大寿说，"我今日身体不爽，明天再议吧。"

红珠在一旁却是十分热情："范元帅，既然赶上了，无论如何也在一起喝两杯。"她嘴里这样说着，眼睛却在看着曾大寿，示意他快把范人杰打发走。

曾大寿把酒杯一蹾说："范元帅，我今天不舒服，改日再议吧。"

"军情如火，不能耽搁。"

红珠见范人杰不肯走，暗暗着急。就在这时，后面街上传来了一阵吱吱啦啦的胡琴声，伴随着传来一个男人的沙哑卖唱声，唱的是：

一轮明月照西厢，二八佳人巧梳妆，三请张生来赴宴，四顾无人跳粉墙，五鼓夫人知道了，六花板拷打小红娘……

红珠不觉一惊，这分明是陈夫之在唱，唱的正是与她约定的暗语呀。这该怎么办呢？范人杰又偏偏在场。这边，又说了几遍，曾大寿还是不去，范人杰还是不肯走。外面，陈夫之唱过去又唱过来，已经唱了两遍了。红珠用眼色示意曾大寿，叫他起来随范人杰同去。曾大寿偏偏不领会，只是撺范人杰走。这一来，红珠不得不直说了，她瞪了曾大寿一眼："范元帅找你，有紧急军情商议，你理应去，不该推三阻四。还不随范元帅快去！"

曾大寿这才明白红珠的意思，站起来说："好吧，范元帅，咱们走吧。"

曾大寿要去，范人杰反倒坐着不动了，他觉得这里面好像有什么文章，红珠为什么急于让他走呢？于是，他想坐一会儿，看看虚实，便说："不急，方才承蒙你们再三相劝，我倒真想喝两杯再走。"

红珠见此情景，知道再张罗叫范人杰走，必然使他生疑，就若无其事地说："范元帅既然不急了，又肯赏脸，就请多喝几杯。"说着，她给范人杰斟满一杯。这时，外面的陈夫之已经唱过第三遍了，红珠怕陈夫之着急，或者径自走了，眼珠一转说："范元帅难得在此饮酒，我听外面有个卖唱的，我去把他叫来，唱两支小曲，好助酒兴。"红珠的打算是，借此出去，在外面和陈夫之把当说的话说了，再往里一领，陈夫之糊弄唱一段，一打发走，就万事大吉了。哪知道，范人杰却说，叫个卖唱的，不需红珠亲自跑腿，却打发手下的兵士出去叫。红珠怕范人杰生疑心，也不好硬争着自己去。

少时，兵士把卖唱的领来，离桌五尺远，给他一个凳子坐下。范人杰见这个卖唱的，足有五十多岁了，双目皆盲，两个眼皮往下耷拉着，眼球在里边"叽里咕噜"直动，仄着耳朵细听屋内的声音。卖唱的瞎子，在附近来来去去唱了三遍，引起了范人杰的疑心。他不待红珠开口，抢先问道："卖唱的，你会什么？"

红珠接着说："我说瞎子，这是我们范元帅问你呢，你要老实地回答。"

陈夫之明白这是红珠告诉他小心，便说："会的不难，难的不会。"

"你是唱小曲呢？还是说大书？"范人杰又问。

陈夫之答："大书不大，小书不小，大小全来，全能说好。"

"你的口气可不小。"范人杰仍在盘问,"大书你会说什么?小曲你会唱哪段?"

"上自三皇、五帝、夏、商、周,下至秦、汉、隋、唐、宋、元、明,以至皇帝王侯、忠臣良将、才子佳人、烈女节妇,我一概能说、能唱。"

"哟!说你胖你还喘起来了。"红珠怕范人杰问个没完,陈夫之露出破绽,接过话来说,"但不知唱一段要多少银钱?"

"分文不少,百两不多,听得高兴,任凭赏赐。"

"你这个卖唱的,倒挺会说,你就唱一段吧。唱得好了,重重有赏。唱得不好,乱棒打出。"

陈夫之忙说:"管保叫元帅和夫人满意。"说罢,他拉动胡琴,唱了起来:

金乌方坠玉兔升,
寒来暑往夏复冬。
山转水转多少事,
是非成败后人评。
我不唱妲己乱国殷纣灭,
也不唱褒姒烽火戏群雄。
我不讲西施吴宫强作笑,
也不讲如姬窃符发救兵。
我不说霸王别姬千般意,
也不说昭君出塞万种情。
我不道貂蝉拜月忧国事,
也不道贵妃醉酒恨玄宗。
我不叙代父从军木兰女,
也不叙龙女牧羊在洞庭。
我不言穆桂英大破天门阵,
也不言梁红玉击鼓战金兵。
我不表白素贞借伞西湖畔,
也不表崔莺莺西厢会张生。
……

"别唱了!"曾大寿一拍桌子,"这也不唱,那也不唱,你到底唱啥?"

"元帅息怒,这是引子。引子唱完,便是正文。"

"唱的如狼嚎鬼叫,就像哼唧唧牙疼,我可不听了!"曾大寿说。

红珠说:"我每天在家,简直要闷坏了,今个我可要好好听听,也好消愁解闷。范元帅可愿意听下去?"

范人杰听了一阵,早就腻烦了,心说,看样子这个瞎子是个真卖唱的,别在这等了,以免耽误了正事。他对曾大寿说:"曾副元帅,你要是不想听了,我们走吧,好去商议军情。"

"走就走,什么了不起的屁事!"曾大寿抬腿先走,范人杰随后,二人很快出门去了。

范人杰、曾大寿一走,陈夫之也不再装瞎卖唱了,他与红珠立刻说起劝降献城之事。陈夫之闻知红珠已将曾大寿劝妥,甚为高兴。当时约定,今夜三更以红灯为号,届时曾大寿升红灯献城。计议停当,陈夫之匆匆离去。

陈夫之走后不久,曾大寿就满面不高兴地回来了。红珠一见忙问:"你因何郁郁寡欢?范人杰找你商议何事?"

"咳!"曾大寿叹口气坐下,"范人杰说,有一支官军,约为两万人,已经到了天河渡口。他说怕官军万一来攻城,四门都要加强防守。还说,为了叫我等官军来时好出城对敌,就不叫我守城门了。"

"什么!"红珠听了此话,真不亚于五雷轰顶,"你说什么?"

"范人杰说,守城门日夜不得休息,叫我把守城之事交与他的部下,让我领一支人马养精蓄锐,准备迎战官军。"

"这明明是信不过你。"

"我早就怕这一手,催你快些与官军接头,你总不急,结果叫范人杰占了先。"

"咳!"红珠无限焦急地说,"我已与那边说妥,定于今夜三更献城。"

"这便如何是好!?"曾大寿一听更急了。

停了一会,红珠问道:"范人杰叫你把城门交与他手下之人,你可曾交割?"

"还没有,"曾大寿说,"定于晚饭后交割。"

"好了。"红珠有了主意,"既然如此,你就拖过今晚。"

曾大寿一听,也明白了:"对,我先不交,只要拖到三更天,大功告成,我们就不怕了。"

二人打定主意,曾大寿索性暂且不到南门去了。晚饭过后,范人杰不见曾大寿到南门交割防守事宜,便亲自到他的住处寻找。红珠说他饮酒过量,醉得不省人事，曾大寿也佯醉不起。范人杰无奈，只好离去，心想，今晚谅来不会出事，明早再换人防守不迟。

三更将至，曾大寿与红珠二人双骑，悄悄离开住处，径往南门。范人杰派的巡夜哨官，看见曾大寿去往南门，急忙去报告。守卫南门的，还是曾大寿部下，见他来到不知何事。曾大寿说，他有重大急事要连夜出城，当即放下吊桥，并把带来的红灯挂于城楼之上。然后，他飞步下城，去开城门。方拉开门栓，打开一扇门，未及上马，范人杰已匆匆赶到。一见此情，范人杰大喝一声："曾大寿，你要做甚？往哪里走？"

曾大寿也不答话，上马便欲出城。可是，范人杰已飞马追上，大刀凌空劈下，曾大寿措手不及，当时被斜肩带背劈为两半。红珠一惊，从马上跌落下来。不等她爬起，埋伏在城外的五千官军骑兵，在明亮率领下已抢进城来，眼见得把红珠踩于马下，踏为肉泥一般。范人杰急忙指挥义军迎敌，但是义军仓促应战，再加上官军源源涌进，范人杰料到难以坚守，再战下去，只能徒令战士死伤，只好挥刀杀出，率军从北门而走。官军随后掩杀，义军死伤惨重。待杀出城来，范人杰一看，身后跟随的义军仅有五六千人，损失将近一半。回头望去，只见杨家坪火光闪耀。范人杰觉得，那漫天大火，比烧他的心还要难受，不由深深悔恨自己失职，只好带领人马往伏虎沟去了。

第二十二章　堵河岸两军大血战　老林中二女让红丝

梧桐叶落，衡阳雁去，萧瑟金风又起，到了深秋天气。王聪儿率大队襄阳黄号义军入陕，在兴安将秦承恩打败，解了李全、林开太之围。不久，德楞太就督率大军追赶上来。当时，王聪儿与李全合兵后，共有七万人马，而德楞太则率兵二十余万。其中，有新从直隶、山东、山西调来的精锐六万，有苗兵两万，和盗马贼组成的骑兵助剿队两万。王聪儿见德楞太来势汹汹，就与林开太分手了，由襄阳黄号义军把德楞太大军牵走。几个月来，襄阳黄号义军再次翻越险峻的大巴山，二次入川，转战在川、陕边界，且边战边走，飘忽不定。但是，始终没能摆脱德楞太的追击。以往，义军可以用专走崎岖山路，或连续急行军的办法，把追兵远远甩下。如今情况不同了，一是德楞太唯恐丢官罢职，死死咬住义军不放；二是他的骑兵力量大增，已有数万之众，便于追击；三是盗马贼们熟悉地形，惯走山路，由他们在前引导，官军不再走瞎路。

由于连续不停地行军、作战，义军得不到休整，伤病号越来越多，行军速度也越来越慢了。德楞太的官军，也被义军拖得筋疲力尽。他们的步骑之间，常常拉开十几里距离。襄阳黄号义军的压力虽然很大，但他们牵制了二十多万官军精锐，给其他各路义军减轻了压力，使得他们得到了壮大和发展。因此，王聪儿倒是愿意牵着德楞太的鼻子多转几圈。

经过几个月的转战，襄阳黄号义军离川入陕，又从陕西回到了湖北。一日，襄阳黄号义军沿堵河来到了武当山南麓。这里，距天河渡口不到百里了。德楞太追兵的前锋，相距也不过十里路。

这时，先锋李全从前面来到中军，对王聪儿说："总教师，我们不能叫德楞太跟到杨家坪，应该找机会敲他一下。"

"你说的我并非没有想过，如果不教训德楞太一下，他穷追不放，我们连喘口气的工夫都没有。打吧，官军四倍于我，列开阵势交战，正是德楞太求之不得的，我们则非吃亏不可。要打，除非有好的地势，打他一个埋伏。"

李全高兴地说："我看前面山口地势险要，正好在此打一仗。"

王聪儿说："好，待我们一起去看看。"她便打马与李全一起奔向山口。

这个山口，约有二十丈宽窄。堵河水沿东边山脚，向北注入汉水。除去河床、河滩，人马可行道路，仅剩六七丈宽。两侧山峰，险峻异常，从南面很难攀登。山口里的道路，随着河水七曲八弯，进山口不到一里路，河道就拐了个"之"字形的大弯。山口迎面，有一座高峰，像屏风一样，高高耸立。道路至此，呈直角拐向东，再沿着山脚向北。见此地势，王聪儿连声叫好，当即布置人马。她命张汉潮带一万人，占据山口东侧山峰；王廷诏带一万人占领西侧山峰；姚之富带一万人防守山口迎面山峰；王聪儿和其余首领，率军在山口里面屯营扎寨，把一个空荡荡的山口，向德楞太敞开。

德楞太的四万马军先头追到，先锋阿哈保见地势险要，未敢轻进，报与德楞太知道。德楞太与陈夫之一起来到山口观看。但见山口空荡荡、静悄悄，就连泉水的流淌声都能听见。

陈夫之说："这样险要地势，实属少见，莫中教匪埋伏。"

德楞太道："若有埋伏，怎会如此清静？"

陈夫之提醒说："王聪儿用兵一向诡诈，大帅莫忘惠令牛角峪之败。前车之鉴，不可不记。"

"你提起前车之鉴，倒叫我想起古人司马懿。他被孔明空城吓住，结果坐失良机。我绝不做司马第二！迟延下去被教匪逃脱，数月追击，岂不前功尽弃？"

"大帅理当慎重，请三思。"

"师爷不必多虑，且先派一万名骑兵试试虚实。"德楞太当即命阿哈保带一万马军出击。

阿哈保率军立刻扑向山口，直冲进去，毫无动静。到了迎面山下方要转路，突然震天价一声炮响，东西两侧和迎面的山峰上，眨眼间飘起无数旌旗。紧接着，炮声不断，火光闪闪，枪箭齐发，滚石如雨。只见阿哈保的一万官军人仰马翻，非死即伤。

陈夫之在马上连叫："中计，中了埋伏！"

德楞太见阿哈保马军已有四成倒下，余者潮水般退回，在马上下令说："第二队上！"

赛冲阿率一万骑兵，迎着败兵冲了上来。退回的骑兵，无奈又都掉转马头，重又冲入山口。三面山上的枪炮、箭矢、石雨更加猛烈了，官军纷纷倒下。冲过的官军，又遇到王聪儿、李全等的阻击，迎头又挨炮火箭矢的杀伤，很难有存活之人。转眼，官军又有三四千骑倒下，他们冲不上来，只好又败退回去。

陈夫之怕德楞太再叫第三队上去送死，抢先劝道："大帅，教匪占了地利，再冲下去吃亏更大，且撤下去另作商议吧。"

德楞太无可奈何地说："叫他们多活一时。"

官军被打退了，山口前丢下了数千具尸体，义军上下无不拍手称快。几个月来，被德楞太穷追不放，受尽了窝囊气的义军，今日总算出了一口气。王聪儿号令各军，一律分为两部，一部警戒，一部休息。她又趁官军不攻的机会，把众首领召集到大营议事。

王聪儿说："方才我在山上看见，德楞太离山口三里扎营。敌营两侧都有松林，暗中悄悄用兵，那里可以埋伏。"

王廷诏说："我们在此坐等，怎能将德楞太打败？若利用松林为掩护，今晚劫营，可奏大效。"

李全说："德楞太久经战阵，陈夫之老贼狡猾，他们岂能不防？"

刘半仙说："德楞太兵多将广，必然认为我们不敢劫营，这正是出其不意、攻其不备。"

姚之富说："不把德楞太打疼，他就不会老实。今晚干脆偷袭一下，即便不能大胜，也能把敌营搅乱。"

王聪儿此时求胜心切，于是做了劫营决定。当下命姚之富领五千人马于二更天时，去敌营东侧埋伏；李全领五千人马，去敌营西侧埋伏。待到三更时分，张汉潮、王廷诏、高均德、王光祖四人，引两万人马，悄悄出了山口，很快接近了敌营。众人发一声喊，像狂风陡起一样，杀进了敌营。

张汉潮马快，直奔飘着帅旗的大帐。他看见，德楞太与陈夫之尚在对棋，好不高兴，拍马杀进帐来，口中高叫："德楞太，你的末日到了！"话音未落，张汉潮连人带马全被绊倒，四下伏兵齐起。王廷诏急忙上前来救。帐后，转出穆克登布等十几员大将，齐声说道："教匪，你们上当中埋伏了！"迎住王廷诏等人便战。张汉潮未及爬起，便被乱刀砍死。姚之富、李全一见中计，急忙拼力向中间杀来。阿哈保、赛冲阿从两翼以重兵敌住，因此，两翼俱都冲杀不动。而德楞太又在紧急调拨军马，想把劫营义军包围。

王聪儿在高处望见劫营失利，忙叫放号炮收兵。众头领听见号炮，纷纷领兵杀出敌营。王廷诏走在最后，穆克登布领十几员战将紧追不放。王聪儿领高艳娥等，急忙杀出山口接应。她擎弹弓在手，连打官军几员上将。两侧山峰上的义军，炮火、箭矢齐发，滚木、石块俱下，官军难以行进，穆克登布才只得引军退回。

劫营失利，又折了张汉潮，王聪儿闷闷不乐。德楞太二十多万大军紧跟在后，义军究竟该怎么办呢？要把官军打败，肯定是办不到了。原计划攻占杨家坪，也不可能了。即便占了杨家坪，德楞太也会大兵压境。那样，义军岂不又陷绝地？而再这样拖着官军绕圈子，义军自己也快吃不消了。王聪儿经过再三考虑，决定把队伍拉进南山老林。这样，义军就可变不利为有利。南山老林山高林密，义军入内，好比蛟龙入海，虎进深山，行动如鱼得水。而官军要进去消灭义军，有如盲人骑瞎马，绝难奏效。漫说德楞太有二十多万人马，便有百万大军，也是束手无策。王聪儿打定主意决计全军撤入南山老林休整。为使大军安全迅速进山，她决定留姚之富、王廷诏领一万人，在此凭险据守，并告诉他们，至少要坚守一天一夜。

安排停当，王聪儿率大军昼夜兼程，奔赴伏虎沟。到达以后，先把伤号病员送入山中，然后领人在山口抢修石墙和寨栅，并派多数人马进山休整，挑选两万精兵屯扎山口，以防德楞太紧追进山。刚刚布置完毕，姚之富、王廷诏就领着人马来到了。王聪儿一看，一万人马只剩四成左右，将士们几乎个个带伤。他们身后不过几里路，黄尘漫天，人喊马嘶，官军的骑兵紧紧追来。王聪儿等人急忙把范人杰部接进伏虎沟口。这里，义军后队刚刚撤进，阿哈保和赛冲阿已领两万骑兵冲杀上来。义军早有准备，大炮、抬杆、火铳、弓箭一齐发射，把官军的攻击顶了回去。

德楞太大队来到后，立即重新组织进攻。他倚仗人多，向伏虎沟轮番猛攻，几乎不间断地冲杀，义军连喘息机会都没有。王聪儿见状，决定不再固守沟口，而把官军放进来打。义军在沟口阵地暗暗埋好了火药，然后带人突然撤走了。

义军突然把山口放弃，德楞太害怕中计，没敢贸然跟进。过了一个时辰，经过探马进去查看，证实义军已远远撤走，才叫前军进山。官军蜂拥而入，转眼便有一万多人进入山口。就在这时，伏虎沟两侧山上，突然射下数不清的火箭，落地后立刻把遍地茅草点燃，火光顿起。官军陡乱，争相躲避火舌，你拥我挤，马踩人踏。正混乱间，埋在地里的火药被烈火引燃。立刻，连珠炮一般的爆炸声冲天而起，震得山鸣谷应。官军的残肢断腿，满天乱飞，血肉横溅。被炸起的石块、碎尸雨点般落下。德楞太晚到几步，拣了一条命。他被爆炸的气浪，推出一丈多远。过了好一阵，惊魂方定。举目望去，遍地都是官军血肉模糊的尸体。德愣太越想越气。看见有个副将正在血泊中挣扎，向他呼救，他抽出宝剑，把这个副将一剑砍死，然后高高举起滴血的宝剑，声嘶力竭地喊着："追！追！给我追！"于是，数不清的官军，像发疯的饿狼一样，顺着伏虎沟，往南山老林里扑去。

黎明时分，德楞太的中军来到了玄女庙附近，并在此扎下了大帐。折腾了一宿，官军早已是人困马乏，刚刚扎下营，就都进入了梦乡。二十多万官军，散布在各条沟里，就像遍地蝗虫，黑压压、密麻麻。猛然间，从四周密林里，一下子杀出来千军万马。喊杀之声，响彻山谷。官军们尚在懵懂中，义军已杀到面前，真如神兵天降一般。官军措手不及，大都抱头鼠窜，转眼间尸横遍野。等到官军组织好迎战，义军却又突然间全都撤走了。只见义军兵士手挂长竹竿，纵身三跃两跃，越沟过河，恰似长翅，瞬间便无踪影。德楞太望着惊魂不定的官军和浓密的丛林干生气，说不出话来。

早饭以后，官军分成数队开始搜山。起初，他们还保持着队形。后来爬山下坡，钻沟过岭，穿林蹚河，一个个衣服都被峭石树枝刮得稀烂。南山老林山岭相连，林海无际，官军在这茫茫林海、重重崇山中转了多半日，不但一个白莲教教民也没抓到，就连棚民也很少见。直到下午，阿哈保才侥幸发现一个石洞，从里面拽出一百多老幼棚民。

德楞太闻讯来到这些棚民跟前，他手中握剑，先把一个老者拽出来问道："你说，教匪藏在何处？"

老人倔强不语，德楞太号叫一声，劈死了老人。然后他又问一名妇女："你说！"

"我不晓得！"妇女冷冷地回敬了一句。

德楞太又一剑劈死妇女，然后揪住一个十余岁的少年问："你说不说？"

少年把小胸脯挺得高高："我不知道！"

德楞太手起剑落，少年也倒在血泊中。就这样，德楞太一连砍死了二十七个人。他手上、脸上、衣服上，溅满了点点滴滴的鲜血。脚下躺满横七竖八的尸体，眼珠似乎要从眼眶里冒出来。此刻，就连陈夫之都有些害怕，担心他杀红了眼。

第二十八个又带到德楞太面前，这是个五十岁左右的男人。前面二十七人的下场，早已使他心惊胆战，如今轮到他，不等问就先软瘫下去了。

德楞太抓住他的后脖领，把沾满血污的宝剑架到他脖子上："你说不说？"

"说，说，我说！"他唯恐丢命，赶紧叫嚷不止。

德楞太脸上现出狰狞的笑："教匪在哪儿？"

这个男人用手一指对面的山坡："他们，藏在对面。"

德楞太举目望去，见山坡有二里长短，长满没人的蒿草，因为隔着一道断涧，从这里爬不过去。要想上去，需要绕很远的路。他看了一会，下令放火。

官军立刻向整个山坡射出了千万支火箭，顿时，整个山坡就燃起了漫天大火。

火越烧越旺，浓烟滚滚，直冲霄汉，在山坡上的一个隐蔽的石洞中，掩藏着义军几千名伤病号和女兵。浓烟往洞里一灌，他们可就受不住了。在洞里负责的高艳娥和缪超急忙领人用衣服往外扇着浓烟。王聪儿发现这里起火，急忙领人赶来援救。他们从四面突然向德楞太指挥的官军杀去。官军仓促应战，两军交手。义军手中俱拿一丈多长的竹竿，安着矛头，相距两丈远近，就可将官军刺死。而官军手中枪，对比之下不如烧火棍，义军的特殊武器明显占了上风。趁此机会，王光祖、高均德等，领人把洞中的伤病号很快转移走了。王聪儿见人已救出，一声号炮，交战的义军又突然撤走。只见义军兵士把竹竿一拄，纵身跳跃，飞过一道道山坡小溪，很快就消失在丛林中。德楞太望着如飞而逝的义军，无可奈何，干瞪眼睛。

闹腾到天晚，各路官军依然一无所获，而且还损伤了一些人马，无不垂头丧气，只得原地扎营。可是，一夜之间官军休想有一刻安生，义军不间断地进行袭扰，弄得官军难以安宁，德楞太也一宿没有合眼。

夜间休整不好，第二天官军们个个无精打采，德楞太也大为泄气。想打一仗，义军又不露面。你没防备时，突然一阵乱箭射来，夜间更是干挨打找不着人。这样过了三天，官军一无所获。德楞太无奈只得退出了南山老林，但他并不死心，把二十几万官军全摆在山外，将出入、南山老林的大小通道尽皆封锁起来，就连羊肠小道也不放过。

面对这种情况，王聪儿决定趁机叫队伍休整。她想，二十多万官军总不会长期滞留在山外，等官军走了，义军也养精蓄锐，元气大复，那时再杀出南山。这样，官军不进，义军不出，南山老林处于暂时的寂静。

因为眼下无仗可打，静凡也就想起了自己的心事。这日晚饭后，她见只有王聪儿自己在房中，便又提起了当年在青莲庵时的旧话："聪儿，你和李全的事，究竟何时办呢？"

师父一问，王聪儿不觉脸红。本来，她与师兄李全彼此爱慕。只因为了白莲教"兴汉灭满"的大业，才暂时把个人的感情压下去。但是，在王聪儿、李全的心中，成亲只是个时间问题。但是近来，王聪儿觉得这事有些复杂了。因为最近她听到高艳娥的话里话外透露出对李全的爱慕，虽然高艳娥并未明说。此刻师父一问，她有些不知所措地说："这事，我还没仔细想过。"

静凡开始摊牌了："聪儿，你父已故，师父做主。你与全儿志同道合，又彼此有意，趁此时无战事，何不办了，也了却为师一番心愿？"

王聪儿轻轻摇头说："师父，如今大敌当前，我身为总教师，处理私事唯恐不妥。"

"成亲之后，正好并肩杀敌，于理无碍，你不必顾虑太多。"

王聪儿推托说："师父，容我再考虑考虑吧。"

静凡见王聪儿迟疑不决，心想，莫如叫李全再来与她挑明，看情况她心里还是愿意的。静凡想到此，起身去找李全。

王聪儿不知师父做何事去了，坐在房中正自思量，李全忽然来到了。不知为什么，今日两人见面，有些难为情。

王聪儿故作平静地问："李先锋，你来了，请坐。"

"啊，总教师，你在做啥？"

"我，没什么事。"

李全想起师父方才的叮嘱，终于鼓起了勇气，称呼也变了："师妹，方才师父与你说些什么？"

王聪儿不由脸红心跳，躲闪着说："没讲什么。"

话既然开了头，李全也就不羞口了："师妹，我们成亲吧！"

王聪儿又喜又羞："师兄，你……"

正在这时，高艳娥嘴里哼着道情，像燕子一样飞了进来。她一见李全在屋，不觉脸红害羞，赶紧闭住了嘴，难为情地一笑。

王聪儿问："艳娥，米发完了？"

"五天口粮，发放完毕，"高艳娥忘却了拘谨，恢复了活泼，"你们吃过晚饭了？"

"吃了，"王聪儿问，"你呢？"

"也吃了。"

一时间，三个人都觉得无话可言。李全更感到不得劲，就说："你们坐吧，我还要回去看看。"说罢，他匆匆走了。

高艳娥眉目含情地注视着李全的背影，青春的热血在周身奔涌。她早就在心里深深爱着李全，也早就想把心事告诉顶亲顶近的王聪儿，只因害羞，才几次欲言又止。如今，眼前只有她们二人，何不趁此机会把心事说出，让聪儿姐给拿个主意？自己总闷在心里，何时是头呀？想到此，她叫了声"聪儿姐"，一头扑到了王聪儿怀里。

王聪儿感到很突然："艳娥，你怎么了？"

高艳娥把头扎在王聪儿怀中，不肯抬起来："聪儿姐，你把我当成亲妹妹吗？"

"看你说的，我们不是比亲姐妹还要亲嘛。"

"姐姐！"高艳娥把聪儿二字免去了，"我从小没娘，有心事也没处去说，如今，有了你这样的亲姐姐，我把心事告诉你，你一定高兴听。"

"艳娥，我们姐妹无话不说，有啥话只管告诉我。"

"姐姐，你说，李先锋他，好吗？"

王聪儿心头一震，强自镇定着说："你说李全吗？他，当然很好。"

"姐姐，你也说他好，那就更没说的了。"高艳娥的头在王聪儿怀里蠕动着，就像孩子偎依在母亲胸前，"姐姐，不知为什么，从见到他那一天起，我心里就一直放不下。我就是闭上眼睛，也总是看见他。姐姐，你说，我和他，行吗？"

担心的事，终于发生了。这可叫王聪儿如何回答！李全对自己的一片深情，早就在烧着自己的心。而自己因齐林遇难受损的心，又多么需要李全的爱情来抚慰。可是，天真的高艳娥，偏偏也爱上了李全，而且爱的是那么真挚、那么情深。她把自己当亲姐姐一样倾心吐胆，自己怎能去刺痛她的心？这事，可实实难住了王聪儿。

高艳娥把头又拱了一下："姐姐，你说呀，我和他行不？他会喜欢我吗？"

王聪儿无奈，只好回答说："那你，当面同他谈一谈吧。"

"姐姐，那可怎么说出口呀？"高艳娥使劲搂着王聪儿的腰，"姐姐，你替我传个话好吗？"

王聪儿又是一惊，高艳娥竟然要她做媒人，这可怎么办哪……

高艳娥等了一会，不见王聪儿回答，就抬起头扳着她的肩膀说："好姐姐，你一定会答应我的！"

王聪儿苦笑着点点头："好，姐姐答应你，你让我想想，该如何对他讲。"

"好姐姐，你真好！"高艳娥兴奋得紧紧搂抱着王聪儿。

这时，李全又转回来了。方才离去后，他想到王聪儿已有应允之意，心想应该趁热打铁，所以很快便去而复返。高艳娥一见，觉得这正是王聪儿为她传话的好机会，含情脉脉地看了李全一眼，便很快地躲开了。

王聪儿不知如何是好，微微低垂着头，半晌无言。

李全感到奇怪："师妹，你怎么了？"

"师兄，"王聪儿又急忙改口，"啊，李先锋，你坐。"

这"先锋"之称，使李全心儿一沉。方才无人时，彼此以师兄、师妹亲密相称，怎么一会的工夫她就突然变冷了呢？李全默默坐下，犯起思忖。

王聪儿正在深思之中。方才，高艳娥对李全的一片真情，深深打动了她。自己爱李全，为什么不允许别人爱呢？李全既然那样好，高艳娥爱他又有什么不对呢？高艳娥把自己当成亲姐姐，自己怎能使她痛苦失望？高艳娥小自己一岁，论容貌，美丽端庄，说性情，温柔和顺，讲武艺，弓马娴熟，与李全堪称天生一对。自己是白莲教总教师，齐林和父亲的遗志尚未实现，"兴汉灭满"的重任在肩，自己理应全力以赴，儿女之情今后干脆抛在一边。想到此，她的心豁亮了许多，脸上的表情也平静如常了。她抬起头来亲切地说："师兄，你知我心，我知你意，我们彼此可以说是心心相印。但是，我身为总教师，大敌当前，重任在肩，绝不该顾及个人之事。"

李全急了："我们可以暂不成亲，待到打败德楞太再说。"

"德楞太并非一时所能打败。"

"我宁肯等你三年五载。"

"我们为的是兴汉灭满，推翻满清，恐非三五年所能奏效，也许要厮杀十年、二十年。"

"那我就等你十年、二十年。"

"那岂不耽误了你的青春？"王聪儿说，"师兄啊，你可曾知道，有个年轻、美丽、武艺出众而又性情温顺的姑娘，早就深深爱着你。"

李全急忙申辩："师妹，绝无此事，我的心中只有你！"

"师兄，你虽然不知，但她对你却是一片深情。你要知道她是谁，也一定会喜欢她的。"

"这绝不可能！"

"师兄，你听我说完。"王聪儿不容李全表白，"这个姑娘，像我的亲妹妹一样。你们成婚，一定是美满的。让我永做你的师妹，你永是我的师兄！"

"师妹，你，难道这样忍心！"

"师兄，我不能答应你了，我已经答应了我的妹妹。"

"你妹妹？"

"她不是别人，就是艳娥呀！"

李全先是愣了一下，然后说道："不，不管是谁，我的心也不变！"

"姐姐！"这时，高艳娥突然哭着跑进屋来，"扑通"一下跪在了王聪儿面前。

王聪儿急忙扶她起来："妹妹，你这是怎么了？"

李全见高艳娥如此模样，急忙抽身走开了。

原来，方才高艳娥走后又悄悄回来偷听。她越听心里越后悔、越难受，后来再也忍不住了，就跑进房来。她伏在王聪儿肩头上，哽咽着说："姐姐，我真该死！我太糊涂了！"不等说完，她又泣不成声了。

王聪儿见高艳娥双眼哭得像水铃铛，掏出手帕为她拭泪，并且劝道："妹妹，你不要这样。"

高艳娥仰起泪脸："姐姐，方才我那些话就当没说。"

"妹妹，你莫反悔，你与李先锋确很般配，我已经拿定主意，要成全你们二人的婚事。"

"姐姐，难道你真的不肯原谅我吗？"

"艳娥，你要听姐姐的话，我是总教师，早已发誓，不推翻满清，绝不再婚！"

"姐姐，我也向你学，一辈子不结婚了。为了'兴汉灭满'，我也舍得一切！"

这时，李全突然从门外走进，接了一句说："总教师，我也要像你们一样，白莲教不打下江山，终身不娶！"

王聪儿轻轻摇头："你们呀！怎能如此呢？你们和我不同，我是总教师。"

正说着，孟生走进屋来。他一见屋中情景，有些糊涂了。

王聪儿问："孟生，你不在母亲身边，来此何事？"

孟生先是迟疑了一下，然后说："总教师，这些日子，母亲对我严加教诲，使我更觉以往之事问心有愧。更甚者对您曾生不敬之念，母亲要我向您赔罪认错。我方才草就散曲一组，以表心迹。"

王聪儿接过来，打开观看。只见上面写道：

敬书总教师

柳眉如钢锋，星眼电光生，白马任驰骋，银枪神鬼惊，巾帼英雄！侠肝辉日月，壮志贯长虹。分明是木兰再世，又似那桂英重生。

感除豹搭救性命，哭法场痛不欲生。此心可向天地明！喜原非杨姓，幸得随军中，鱼儿入海，鸟出樊笼，入白莲方悟人生。恨当年生存秽境，对恩姐邪念曾萌。若非您耐心垂教，余怎能跃门化龙？

兴汉，灭清，大业同心必得成。此志坚，此心忠，哪怕风狂雨又猛，永无改更！

难忘教诲恩情重,青锋斩断儿女情。梦已醒,月复明,心有愧,意惶恐。总教师迷津指引,愿洒尽碧血染得白莲红!

　　王聪儿看罢说道:"观此曲之意,你心迹俱知。对我所褒之词,不敢领受。但愿你能如曲中所说,忠于我教,永无改变。"

　　孟生激动地说:"总教师,我向您发誓,绝不玷污白莲教的名字!"

　　这时负责哨探的王光祖匆匆来报说,二十多万官军突然全部撤走了。王聪儿闻报,甚觉奇怪,官军的行动很不寻常,不知是否有诈?她当即决定,通告众首领一齐前来,商议军情。

第二十三章　三岔河聪儿惊敌胆　卸花坡白莲永飘香

　　残冬尽，冰雪融，转眼又是初春。襄阳黄号义军被困在南山老林中，业已数月。他们的积粮已尽，处境极为艰难。同样，官军的日子也不好过。二十多万大军被牵制在这里，糜费粮饷而毫无建树。而四川、陕西、河南等地的义军，却趁机得到了发展。嘉庆接连降旨，训斥德楞太无能；如果近期内再无作为，就要严加查办。德楞太慌了神。陈夫之献计道，与其这样僵持，不如把人马撤走，放义军出山，以便寻机围歼。德楞太觉得也只有如此了，便把二十几万大军分成数路，做了周密部署，然后，在一夜之间突然全撤走了。

　　王聪儿闻此消息，确实感到意外，急忙召集众首领商议。大家正在争论之时，探马来报，说是亲眼看见德楞太率大队人马，过汉水南下，可能奉旨入川了。报事人说得真而又真，王聪儿将信将疑。后又有几起探马先后回报，除了南面以外，东、西、北三个方面，几十里内均未发现官军踪影。众首领闻听，纷纷要求趁机杀出山去。王聪儿想，敌情虽然并不十分明朗，但是全军已经断粮，七万人不打出去，也将要被饿死。与其饿毙，不如就此杀出南山，以免被困在深山之中，难以伸展。经过一番考虑，王聪儿决定兵分三路杀出南山。一路由李全率领，高艳娥、王光祖为副，人马两万，向西南方向经白河入陕进川。王聪儿特意把高艳娥分在李全一处，是另有一番苦心。二路义军，由范人杰率领，王廷诏、高均德为副，人马两万，向北经漫川关入陕。三路王聪儿自领，姚之富为副，人马也是两万，出山后往东南方向经郧阳境入豫。静凡和田牛领下余一万人马，在伏虎沟一带坚持。分派停当，各路人马按预定方向，分别出山。

　　因为王聪儿对德楞太的真正去向，始终有所怀疑，所以行军速度有意放慢。下午，大军来到祝家坝后，王聪儿下令权且在此扎营，并派出探马四出打探消息。这时，李全、范人杰两处先后派人来报信，他们一路未遇官军阻截，进展顺利，越走越远，就不再送信联络了。王聪儿派出的探马也陆续回报，各个方向均未发现官军。留守杨家坪的官军，闻得义军出山，加强了防守。王聪儿想，德楞太的大队官军难道当真入川了？她仍然心存疑虑，决定在祝家坝驻兵一夜,明日再做定夺。

天方定更,探马忽然来报,穆克登布率四万官军从杨家坪来到了祝家坝,很快从四面把村子围住。官军扎下营盘,并不交战,看样子要等天明后厮杀。

王聪儿想,如若等到天明,敌众我寡,于我不利。官军最怕夜战,就传令各营,四更时分向东南方向突围。义军暗地整备好人马,待到四更鼓响,王聪儿把银枪一举,姚之富舞动长矛,领先杀向敌营。官军一员副将,抡刀迎战王聪儿。只不过战了三五回合,便被王聪儿挑下马去。四员官军将领,立刻一起围上来。王聪儿越战越勇,一杆枪似银龙盘旋、玉蛇飞舞。十几个回合后,王聪儿又连挑两将。姚之富也连刺三将,义军一阵猛冲,杀出了重围。这时,东方渐露晓色,王聪儿为甩掉官军,引兵向东南方向急进。

穆克登布整点一下人马,尾随着义军,在后追来。双方相距大约四五里路,义军进,官军亦进,义军停,官军亦停。官军也不向义军进攻,只是尾随不放。这样走了几日,王聪儿不由生疑。她想,前方莫不是有官军埋伏?这时,队伍来至郧西境内的三岔河。王聪儿见前面地势复杂,下令大军暂停前进,派出一百骑,往前方哨探。

探马去了,大约行出数里,未见一丝异常,就回来复令。

王聪儿仍不放心,又派出四个义军,分成两股,让他们设法找几个当地百姓来。王聪儿想,附近如有大队官军,必然瞒不过当地百姓。派出的兵士还未回来,殿后掩护的头领来报告,尾随的官军又分出两支人马,向义军两翼移动,看样子,后面的官军似乎增加了。王聪儿吩咐他密切注视官军动向。过了一会儿,有两个义军回来,他们说各处找遍,不见一个百姓。王聪儿焦急地等待着另外两个兵士回来,可是小半天过去了,两个兵士也未回转。王聪儿越发生疑,不敢贸然前进。

太阳渐渐西沉,两万义军屯扎原地不进不退,王聪儿仍未拿定主意。

刘半仙见王聪儿沉吟,上前说:"总教师,大军滞留在此,不进不退,乃兵家之忌。当进则进,当退则退,而今情况不明,难以决策。待我亲自出去寻找百姓,务必找来一人,问明情况,好做决断。"

王聪儿看看刘半仙说:"军师,你去我怎能放心?"

"不放心?"刘半仙一笑,"总教师难道信不过我?"

王聪儿微微一笑:"军师想到哪里去了,方才已有两个弟兄失踪,军师前去,万一出了意外,我岂不失却膀臂?况且,这种小事,也不必军师出头。"

这时,巡哨的小头领来报:"总教师,捉住一个奸细。"

"奸细？"王聪儿问，"是男是女？是老是少？快带来见我。"

小头领答："是个老道。"

"老道？"王聪儿说，"管他是啥，快带上来待我盘问。"

立刻，老道被带进帐来。只见他六十开外，稀疏的胡须，半旧的道袍，进得帐来，故作镇静。王聪儿一拍桌案，厉声问道："大胆奸细，到此意欲何为，还不从实招来！"

老道说："善哉，善哉，贫道出家之人，怎会成了奸细？"

小头领说："妖道，你在营前躲躲闪闪、缩头探脑，看见我急忙藏在了草窠子里，若不是奸细，因何如此模样？"

"贫道出来化缘，看见你们提刀弄枪之人，心中害怕，故而躲闪。"

王聪儿冷笑一声："你说不是奸细，我且问你，在哪里出家？"

"贫道乃武当山张三丰仙师嫡派，云中观出家。"

"云中观？我带队从此处走过，未听说有什么云中观。"

"深山荒观，与世隔绝，少为人知，亦不足为怪。"

王聪儿又问："道长近来可曾外出云游？"

"贫道有两月之久，足迹未离此地。"

王聪儿突然抬高声音："此处百姓因何尽皆不见？"

"总教师问起此事，倒也有一段情由。"老道说，"半月之前，来了一伙强人，有上千之众，在此大肆劫掠。青壮男人俱被拉走强逼入伙，年轻女子被抢去做压寨夫人。故而百姓俱逃往他乡。"

"有这等事？"王聪儿又问，"此处可有官军埋伏？"

"贫道日日在这里四出化缘，就连官军影子也未见到。"

正说着，一个遍体鳞伤的义军兵士，被人架着走进帐来，原来他就是失踪的两名兵士之一。他与同伴奉命去找百姓，因遍寻不见，就又往远处走了一程，不料误入官军埋伏之处。二人急忙逃跑，他的同伴被官军抓住，他不甘被捉，舍命跳下悬崖，幸亏被野藤挂住，才得免一死。入夜后，他又挣扎着回来报信。

王聪儿感到情况严重，已知前面设有埋伏，但不知伏兵有多少、是何人指挥统领。她叫人把报信的兵士扶下去将息，转对老道问："道长，你不是说连官军的影子都没有吗？"

老道见逃回的义军已把埋伏说破，已自心惊，强作镇静说："贫道不敢说谎，我属实未曾看见，也许是他们误把强人当作官军。"

"你还想花言巧语吗？快把一切从实招来，免得皮肉受苦！"

"人说白莲教乃仁义之师，总教师怎能屈诬出家之人？我所说之言，信不信由你，贫道告辞了。"

"你还想走吗？"王聪儿声色俱厉，"要走也容易，只要说出实话。前面共有多少官军？谁为统帅？官军俱是如何埋伏？讲！"王聪儿用力一拍桌案。

老道吓得激灵了一下子："总教师所问，贫道哪知，岂非强人所难？"

姚之富在旁早就气得耐不住了，拔刀在手，上前揪住老道的耳朵："你这个杂毛，痛快招出还则罢了，再敢狡辩，我叫你脑袋搬家！"

老道斜眼看看刀锋，仍然嘴硬："你把我碎尸万段，我不知还是不知。"

"你这个牛鼻子老道，不给你放点血你是不知道疼啊！"姚之富手一动，钢刀轻轻带过，"哧"的一下，老道的左耳被齐根切下。疼得老道大呼"哎呀"，他急忙用手去捂，弄得满手鲜血淋漓。

姚之富又揪住了老道的右耳："这只耳朵你大概也不想要了！"

"我要，要，大王手下留情！"老道哭唧唧地说。

"老老实实，从头讲来，若有半字不真，我就一刀一刀剐了你！"

老道一见姚之富真敢下手，无奈只得说出了真情。原来义军三路分兵出山后，德楞太探明王聪儿在这一路，便舍弃了李全、范人杰两路，以全力对付王聪儿这一支。穆克登布在祝家坝的围攻战，实际是一种佯攻，为给义军造成错觉，让王聪儿相信他已带兵入川。祝家坝之战后，德楞太便把大军埋伏在了三岔河一带。因为义军一直向东南方向挺进，德楞太便在迎面摆下了约十万大军。同时，命令穆克登布在后尾随，只要义军进入三岔河一带，穆克登布就死死堵住后路。并向两翼运动，与埋伏在左右两侧的阿哈保、赛冲阿接合，形成了包围网。德楞太怕人走漏风声，事先把这里的老百姓强行赶走。王聪儿眼看就进入了德楞太的罗网，却忽然按兵不动了。德楞太知道王聪儿起了疑心，就把抓来的老道派到义军营前，让老道编造谎言，使义军上钩。不料德楞太弄巧成拙。

王聪儿听罢，深感形势严重，吩咐把老道押下去，当即与姚之富商议突围之策。两人经过合计，决定立刻杀个回马枪，从穆克登布这里撕开口子，跳出罗网。王聪儿传令全军，三更时分，从西北方向突围。

夜幕降临，各营义军都在轻装。虽然形势险恶，但义军兵士却充满信心，他们觉得，有总教师指挥，必能化险为夷。

三更将至，义军各营将士都已准备停当，只等总教师一声令下，就杀向敌营。激战之前，王聪儿把姚之富叫至近前说："之富，今夜的形势极其险恶，八路官军共二十余万，将我们团团包围。我考虑再三，全军突围恐难办到，为了不致全军覆没,你领一万骑兵先走,行动迅速,一阵猛冲,定能杀出重围。待官军明白过来,已经晚了。"

不容王聪儿说完,姚之富就急着说:"总教师,你说得不对,突围理应一起走,要死要活大家在一起。两军相逢勇者胜,我们人人死拼,个个争先,一定能杀出重围。"

"之富,"王聪儿耐心劝道,"打仗光靠勇敢还不行,官军十几倍于我,力量悬殊。德楞太屡遭嘉庆训斥,今晚必不惜血本而战。所以,突围甚为不易。眼下,德楞太犹在观望,我们趁此机会突然冲杀,或许能使一部分弟兄脱险。我身为总教师,不能眼看着教友全部战死,如能冲出一万名弟兄,就好比保存下一万颗火种,定会烧起燎原大火,直到把嘉庆烧死!"

"总教师,"姚之富动了感情,"既然如此,你带一万马军突围,我来殿后掩护。"

"不行!"王聪儿一口回绝说,"德楞太看见我在,才能放心不追你们。你们突围后,立即前往陕西,去与范人杰会合,要马不停蹄,昼夜兼程。"

"总教师!师母,还是让我留下!"

"时间紧迫,不容争辩!"王聪儿斩钉截铁地说,"军令不可违,立刻按计行事。"

姚之富含泪上马,把手一招,一万马军起动,悄悄向穆克登布大营靠近。相距尚有一里路时,四周的官军也忽然行动起来。原来德楞太也已传令,定于三更时分向义军发起进攻。

王聪儿见状,忙对姚之富说:"之富,事不宜迟,快冲快闯!"

姚之富把长矛一举,大吼一声,把马狠加一鞭,一万马军如风驰电掣般地扑向官军。穆克登布没料到义军会从这儿突围,急忙指挥兵马迎战。姚之富怒火在胸,两眼瞪圆,勇猛异常。一支长矛,恰似龙蛇翻腾,真有一人拼命、万夫难挡之势。他杀入敌营,犹如一股旋风滚来滚去,旋风到处,只见官军纷纷落马。

穆克登布驱动手下众将,舍死抵抗。他心中明白,真要叫义军从他手下突围,德楞太绝难饶他性命。此刻他也顾不得危险了,带领十数员战将,紧紧缠住姚之富。

这时,王聪儿领一万步军也杀将过来,她见姚之富被穆克登布缠住,急忙拍马杀上,一抖手中枪直取穆克登布。这杆枪神出鬼没,杀得穆克登布手忙脚乱,几员副将急忙前来保护。姚之富身边压力减轻,抖起神威,连挑二将,趁机杀出，一万马军在他身后，边杀边走，渐渐逃出重围。

此刻，穆克登布双眼紧盯着王聪儿，他心中明白，只要王聪儿走不了，即便突出一些义军也无妨。王聪儿见姚之富已快突围，背后德楞太、另外几路官军也都围拢上来。为叫姚之富那一万人尽快脱险，她把枪一挥、马一拍，突然又掉头杀向垓心。穆克登布率领兵将紧紧追随。

王聪儿见穆克登布追上来，心中暗喜，把银枪高举，故意大声疾呼，吸引官军注意。八路官军看见白马银枪的王聪儿被围在里面，都想抢个头功。战场上人喊马嘶，刀枪齐鸣。在这瞬息万变、错综纷纭、形势险恶的决战中，王聪儿的心如同拉紧的弓弦，但她异常镇定，毫不惊慌。她纵观八方，望见迎面不远，德楞太的帅旗迎风摆动，心说，擒贼先擒王，只有把德楞太战败，官军失去指挥，方有突围希望。想到此，她从身边的旗手手中，接过那杆白莲花大旗，一马当先，向着德楞太猛冲过去。义军将士们看见总教师冲锋，勇气大增，呐喊一声，一齐扑了上去。德楞太身边的官军，虽然尽是精锐，但也被义军视死如归、一往无前的气势吓住，被迫后退了半里多路。

官军毕竟人数众多，义军再冲便冲不动了。背后的穆克登布趁势扑杀上来，义军背后受敌，渐渐不支。王聪儿一见，掉转马头，紧加一鞭，高举大旗，又向穆克登布冲去。义军们高喊："总教师来了！杀呀！"像飞涨的怒涛，卷向官军。王聪儿一转旗杆，把一员敌将戳下马去，余者大惊。穆克登布约束不住，只得任军后退，退了一程，稳住阵脚，急叫放箭，箭飞如雨，义军纷纷中箭。

王聪儿见状，又引军向左冲去，阿哈保只叫施放火器，把义军顶回。王聪儿又引军向右，赛冲阿也叫部下一齐放箭。王聪儿虽率军前冲后突，左杀右闯，战了一个时辰，仍不得出，手下将士已死伤过半，仅剩四千余人。

王聪儿见情势越来越危急，四面八路官军越压越紧，包围圈越来越小。她想，今日只有拼了，若想再救些兵士杀出重围，除非活捉德楞太。想到此，她再也顾不得危险了，大喊一声，直向德楞太扑去。几员敌将急忙拦挡，王聪儿全然不理，拨开他们的刀枪，一阵风似的扑到德楞太身边。德楞太左右的四员副将，急忙上前接战。王聪儿左刺右挑，两员敌将毙命，另两人胆怯，不敢上前。王聪儿举枪直刺德楞太左肩，德楞太仓皇躲过。她第二枪又刺，德楞太无长兵器，只有用手中剑招架。短剑哪能抵得长枪，枪剑相碰，德楞太觉得臂膀发麻，宝剑失手坠地，急忙催马加鞭而逃。

王聪儿哪里肯舍，拍马紧追不放。此刻，她心中只有一个念头：要能活捉德楞太，官军失去统帅，必然不战而乱。即便不成，与德楞太同归于尽，也是够本的。她又给马加了两鞭，白龙驹恰似长了翅膀，追风赶电一般，渐渐追上了德楞太的马尾。可是就在这时，穆克登布、袁国璜、阿哈保、赛冲阿、明亮等全都围了上来，刀枪并举，群起而攻王聪儿，使德楞太得以幸免。王聪儿眼见到手的德楞太又飞了，甚是遗憾。方一走神，坐骑被阿哈保刺中，王聪儿挺身一跃站在地上，没有和马一起摔倒。明亮等一见，争先恐后便向王聪儿砍杀。王聪儿手中枪左右招架。尽管她武艺高强，但失了坐骑，怎敌得五员上将？

在这千钧一发之际，官军队中忽然混乱起来。穆克登布回头望去，只见他的部下纷纷落马。又见一将横冲直撞，径直向这里冲杀而来。呼吸之间马到人到，手中兵器早向穆克登布心窝刺来。穆克登布急忙躲闪，被刺中征袍，带下马去。来将刚要结果他的性命，阿哈保、赛冲阿双双抵住。穆克登布被手下人救走。这时，王聪儿早已抢上了穆克登布的战马。上得马来，看清却是姚之富单人独骑闯入阵中。她心中虽然感激，但也暗暗责备。两人也无暇叙话，合在一处，急引手下人马向西冲杀过去。

不过一里路，两万苗兵迎头拦住了去路。王聪儿见天色将明，手下人马已不足三千，经过一夜苦战，已是人困马乏，众寡悬殊，难以突围，就率军退上了附近的一座高山。两万苗兵立刻向山上疯狂扑来，连攻数次，由于山势险峻，苗兵损将折卒，德楞太下令暂停进攻。他唯恐王聪儿会飞走，急忙调动二十余万大军，将这座山峰团团围住。真是里三层、外三层，足足围了七八层。可称是飞鸟难逾，水泄不通！

天渐渐放亮，阴晦的天空，飘浮着铅样的乌云。森林般的旌旗，随风猎猎抖动。锣不敲，鼓不响，战场处于可怕的平静中。偶尔有几匹战马，发出撕裂人心的长鸣，越发加重了恐怖的气氛。面对这种极为险恶的局面，王聪儿心头也很沉重。站在山头，举目四望，晨光中只见山脚四周，官军如同海水，密密麻麻，漫无边际。义军据守的山峰，恰似大海中的孤岛，随时都有被吞没的危险。经过一夜激战，残存的两千多义军，也大都挂彩带伤。众将士心里都很明白眼前的处境，谁也不多说话，都在紧张地准备抵抗官军的进攻，人人脸上都是一副视死如归、血战到底的表情。王聪儿很快地察看了地势，从山腰到山顶，一共设置了五道防线。全军剩下的火铳、抬杆不多了，火药更少，箭矢略为多些，但显然也不够用。姚之富领着兵士，正在搬石头，准备当武器用。王聪儿见姚之富正在掀动一块大石头，掀了几下搬不起，急忙上前搭手，和他一起把石头搬到阵地前。

王聪儿看着姚之富，十分遗憾地说："之富，你呀，真糊涂！为什么不听我的话？已经突出去了，却又回来，岂不是白白送死？"

"师母！我不能丢下你不管，我要是只顾自己逃命，怎对得起死去的师父！"

王聪儿听姚之富说起齐林，心中越发伤感，不觉热泪往上涌，她怕姚之富看见，急忙走开了。她心里说，好在一万马军已安全脱险了，官军已经死伤了两万人，德楞太是捞不到便宜了。

王聪儿迈步走到火头军做饭之处，见他们还没有生火，不觉发怒："弟兄们厮杀了一夜，人人饥饿，而且说不定官军就要进攻，你们因何还不快些烧饭？"

火头军的小头领说："总教师息怒，常言说巧妇难为无米之炊，我们米还有些，只是无水也难以烧饭。"

"没水？"王聪儿一惊，屯扎在高山顶上，最忌断水。如果没水，将士们如何对敌坚守？

小头领又说："总教师请看，全山找遍，只在此处有清泉一线。"

王聪儿蹲下身看，只见一块磨盘大的青石上，有个凹下去的石坑，约有饭碗大小。坑底有一道细裂缝，从石缝中有一线清泉浸出。需一袋烟的工夫，方能将石坑溢满。此刻不等水满，火头军就用勺儿把水舀到了锅内，已经半个多时辰了，锅里才积攒了几瓢水。王聪儿不觉暗皱眉头，站起身，看见身旁的石壁上刻着三个大字：一碗水。

王聪儿心想，这一碗水怎救得全军饥渴？看起来非要做最坏的打算了。

王聪儿心情沉重，向山峰最高处走去，她想把地势看好，查找一下有无便于突围之处。当她来到峰顶，只见迎面一块丈高的巨石，像一扇屏风当道而立。"卸花坡"三个醒目的大字刻在上面，也不知是哪朝哪代所留。

王聪儿绕过巨石，便是断崖绝顶。停步崖边，俯身下望，但见云涛翻卷、深不可测，不禁暗自摇头。各处看遍，深知突围无路，只有死战到底。

王聪儿又来到停放伤病兵士的松林中，逐个看视受伤、生病的兵士。缪超已在混战中牺牲，药物俱失，但伤病号并无一人喊痛，俱都默默无言。王聪儿本想安慰大家几句，见此情景，不知该说些什么。对眼前的形势，大家心里是很清楚的，确实也不需要说什么。王聪儿正往前走，发现刘半仙正躺在松树下。他见王聪儿来到了身边，便手扶树干慢慢站起。

如今的刘半仙，样子是够狼狈了：头巾不知啥时候失落了，头发散乱，脸上布满灰尘，衣服几乎破碎成条，还溅满了血迹。左腿中了一箭，右臂挨了一刀。因为他是军师，有兵士拼死保护，才没死在战场上。

王聪儿见刘半仙态度消沉，关心地问："军师你感觉怎样？"

刘半仙此刻已然绝望，摇头叹气地说："咳！九死一生，我们完了！"

王聪儿大为不满："军师怎能说出此等丧气之话？我们即便不能杀出重围，壮烈捐躯，又有何妨！常言说，大丈夫生于三光之下，生而何欢，死而何惧！我们就是死，也要死得壮烈。况且，业已斩杀了官军两万多人。再说，我们死了，白莲教的大业也不会完。李全、范人杰他们还在。四川、陕西、河南、甘肃还有几十万白莲教教友。'兴汉灭满'的大业是一定会实现的！"

这些话，刘半仙哪里听得进去，他又叹了一口气："咳！三寸气在千般用，一旦无常万事空啊！"

刘半仙的态度，让王聪儿很反感。她不禁想起了处决杨国仲等人时，刘半仙的变态情景，心说，看起来这人贪生怕死，幸好未让他随李全等人前去，不然留在军中说不定是个祸患。官军说不定什么时候就要进攻，王聪儿无心再同他叙谈了，急忙反身回到第一道防线。

太阳升起一竿，义军的饭终于做熟了。兵士们狼吞虎咽地吃着。可是，没等他们吃完，官军就发起了进攻。义军倚仗有利地形，掌火铳、箭矢、石头顶住了官军无数次进攻，直到傍晚，官军也未能越过义军第一道防线。

就这样，官军连续攻了七天，义军众志成城，同仇敌忾，始终坚守着。但是，义军的处境也更难了。粮食已经颗粒皆无了，没有水喝，伤病号没有药。战死的，加上饥渴病伤而死的又有一千多人。卸花坡山上，勉强能够厮杀的义军已不足一千人了。而且，箭矢也用光了，就连唯一可以当作武器的石头也不多了。尽管如此，义军仍然死死坚守在山上。

七天来，德楞太付出了伤亡几千人的代价，还未能攻上山去，不由分外焦灼。他想拿出更大的本钱，豁出上万人，分成十队，只进不退，哪怕以十人换一，也要尽快拿获王聪儿。陈夫之献计说，义军已经粮尽援绝，奄奄一息，不若明日派人下书劝降，倘若王聪儿能归降，湖北各路教匪，全可不战而降，大帅就有天大之功！

德楞太一听，王聪儿要能归降，当然最好不过，只是他不太相信。陈夫之又说，义军已是穷途末路，蝼蚁尚且贪生，为人谁不惜命？德楞太就决定试试看。于是，陈夫之亲笔写了封劝降信，派人送给了王聪儿。

王聪儿看过信后，正与姚之富商量。刘半仙闻讯，拖着伤腿过来。他迫不及待地问："总教师，闻得德楞太派人送来劝降书信？"

王聪儿注意观察着刘半仙的神色说："是呀，信在这里，军师请看。"

刘半仙看后，试探着问："但不知总教师作何打算？"

姚之富一听便要说话，王聪儿拦住他，自己答道："我心中方寸已乱，对此事委决不下。依军师之见呢？"

刘半仙沉吟了一会儿说："总教师，我是直言相告，如有差错，还望总教师担待。"

"此处此时我们是患难同舟，何必客气，军师有话尽管直言。"

刘半仙此时唯求一线生路，也顾不得许多了，开口说道："总教师，平心而言，我们已处绝境，如不从权变通，只恐剩下这一千多弟兄的性命难保。并非我多心多疑，此地名为'卸花坡'，于我们白莲教大不吉利。总教师可知道，殷纣时有一闻太师，他神通广大，道法无边，偏偏兵困'绝龙岭'而死，说起来岂非天意？总教师当引为鉴戒，不要执意轻生。"

王聪儿问道："听军师之意，要我向官军投降？"

"其实，无所谓降不降，而今我们只有假意应承，方能起死回生。"

王聪儿思索了一下，叹口气说："我们到了如此地步，恐怕德楞太不会真心受降，骗我们放下了武器，然后杀死。到那时，我等岂不悔之晚矣！"

刘半仙听王聪儿有归降之意，不觉有了精神，急忙说："总教师若是真心，我敢担保总教师非但不死，还能享受富贵荣华。"

王聪儿一笑："这是笑谈！你乃白莲教军师，德楞太岂能听你的？"

"总教师有所不知，我的表兄陈夫之现为德楞太师爷，可以说是言听计从，有他从中帮忙，一切不必担忧。"

王聪儿想了想，说："军师，当年在杨家坪突围之时，你曾用诈降计骗过表兄，如今他岂能信你，为你出力？"

刘半仙一急便忘乎所以："总教师你尽管放心，我们在那以后已经……"说到这里，刘半仙自觉失言，急忙刹住，改口说："我们是姑表兄弟，岂有坐视之理？"

尽管刘半仙说了半截话，王聪儿心中已明白八九分。她脸上现出为难的样子，说："咳，这事也叫我犯难。归降吧，对不起死去的父亲和齐林；不降吧，一千多弟兄性命难保。别说了，为了一千多教友的生命，看来也只好如此了。"

刘半仙拍掌笑道："总教师果是英明，实乃众人再生父母。"

王聪儿又说："军师，为叫众人放心，你写一回书，叫令表兄上山细谈，不然，恐下属不信。"

刘半仙见王聪儿执意要陈夫之上来谈判，唯恐王聪儿再变卦，就急忙写了回信。德楞太接到回信甚为高兴,便叫陈夫之上山去见王聪儿,并答应王聪儿如果归降,赏良田千亩、黄金千两。陈夫之虽然对王聪儿归降半信半疑,但有刘半仙亲笔信,也不肯放过立功的机会。

陈夫之由一个都司陪伴,来到山上,不见王聪儿迎接,心下便有些不乐。待到面前,他只得施礼说:"总教师,老朽有礼了。"

王聪儿微微冷笑一声:"之富,把陈夫之、刘半仙全给我拿下!"

刘半仙、陈夫之大吃一惊,同声问道:"总教师这是何意?"

"何意?你们瞎了狗眼,打错了算盘!"王聪儿问道,"你们二人平日是如何勾结的?从实招来,免得皮肉受苦!"

跟随陈夫之来的都司,自不量力,一旁说道:"王聪儿,你好大胆!要敢动陈师爷一根毫毛,定将这座山踏为平地!"

没等他说完,姚之富的钢刀已经架到他的脖子上:"你小子是活够了!"

这一下,都司傻了,连连说:"好汉饶命!好汉饶命!"

刘半仙、陈夫之当然不肯招认。陈夫之还装腔作势地说:"王聪儿,两国交兵,不斩来使。尔乃失礼也!"

"你少与我之乎者也,先叫你尝尝皮鞭的滋味!"王聪儿吩咐拉下去狠打。

陈夫之当即被拖了下去,扒下裤子,按在地上。刚打了十几鞭子,他就受不了了,知道不说不行了,后悔不该贸然上山。他便把刘半仙在襄阳会面以来之事,一五一十,从实招出来。刘半仙早已吓得瘫在了一边。

姚之富听说师父齐林和一百多教友,就是死在他二人之手,气愤已极,不等王聪儿发话,早已一刀一个,砍下了陈夫之和刘半仙的人头。都司吓得浑身发抖。王聪儿对他说道:"饶你不死,回去告诉德楞太,要王聪儿投降,除非汉水倒流!"都司得命,急忙屁滚尿流地下山去了。

德楞太听得陈夫之已被处死,气得眼睛发蓝,当即点齐一万名官军,分成十队,向山上扑来。这次,德楞太亲自督战,明亮、阿哈保、赛冲阿等都亲自上前。官军有进无退,谁敢退后一步立斩。义军又抗拒了半日,石头也打光了。渐渐,只剩下一百余人,也退到了最后一道防线。

官军发了疯一般向山顶扑来,与义军展开了肉搏战。王聪儿在一棵大松树后,看见德楞太正手挥宝剑,声嘶力竭地督战,心想,可惜一支箭也没有了,要有一支雕翎箭,此刻准能要了他的狗命。但是,她一伸手摸出了心爱的弹弓,囊中还有三颗石子。她握在掌心,悄悄拉紧弹弓,照准德楞太射去。德楞太猝不及防,左眉骨中了一弹。用手去捂时,第二弹又到,正中面门,顿时皮破血流，紧接着第三弹飞来，正中上唇，两颗门牙被打落。吓得德楞太赶紧趴在了地上，口叫："快上！活捉王聪儿，重重有赏！"

这时，义军只剩下姚之富等六七个人了。他们已经退到绝顶断崖边上，再也无路可退。忽然，擎旗的女兵中箭，就要倒下。王聪儿从她手中，急忙接过了白莲花大旗。眼看着官军一步步逼近，王聪儿毅然大步走到了悬崖边沿。

这时，德楞太捂着被打伤的上唇扑到了近前。他和十几员官军上将，与王聪儿相距两丈开外，便不敢再向前了。德楞太损折了几万人马，才吃掉了义军几千人。如今总算把皇上最恨、最怕的王聪儿围在了绝境。如能活捉，押解进京，皇上定会重重封赏。

他捂着受伤的嘴，得意而又焦急地喊道："王聪儿，快投降吧！"

王聪儿鄙视了德楞太一眼，然后抬起头来，望望广漠的苍穹，手执的白莲花大旗，在微风中猎猎抖动。看着旗上那朵白莲花，刹那间，二十二年来的春风秋雨，一下子全涌现在面前。一个弱女子，从忍辱到反抗，直到成为使皇帝坐卧不安，令官军闻风丧胆，指挥千军万马的白莲教总教师，这一生难道还不值吗？望着大旗上的白莲花，她又仿佛看到了李全、范人杰等正率领着襄阳黄号义军，同川、陕、豫、甘各省义军一起，浩浩荡荡杀进了北京。一时间，她又觉得自己也跨白龙驹执银枪同教友们在一道驰骋。队列中，还有丈夫齐林、父亲王清……想到这里，她的嘴角现出了一丝胜利和欣慰的笑意，猛地转过身，又无限深情地眺望一眼连绵不断的群峰，纵身跳下了悬崖。

几乎同时，姚之富和剩下的几名男女兵士，也紧跟着总教师跳了下去。

这一天，正是公元1798年的3月6日。

德楞太眼见王聪儿毅然跳崖，只觉脑袋"嗡"的一声，惊恐异常，身子晃了几晃。

王聪儿像飞一样从悬崖峭壁上飘落下来，手中的大旗"哗啦啦"响着，在春风中招展。旗上的那朵素洁夺目的白莲花，也仿佛在春风中溢芳怒放……